널
헐 ❶

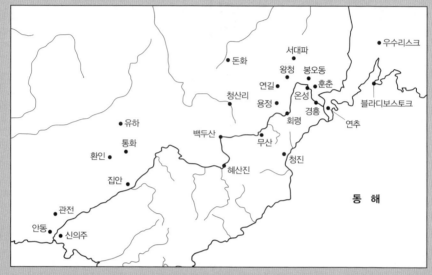

〈백두산 중심 원근 지도〉

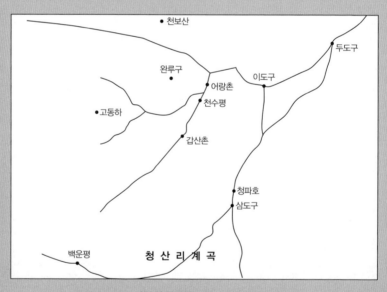

〈청산리 대첩 주변 약도〉

<만주(동북 3성) 위치도>

어린 시절, 주위 어른들은 만주 벌판 얘기를 심심찮게 했다. 그때는 막연하나마 만주는 넓고도 먼 땅이라고 생각했다. 중학생이 되어 역사를 배울 때 일제에 강점된 조국과 민족 앞에 시련의 세월이 계속되자 역사적인 3·1 만세 운동조차도 시들했다. 그러나 곧이어 김좌진과 이범석이 이끈 '청산리 전투'의 승리는 커다란 통쾌감으로 각인되어 이후 잊어본 적이 없었다. 지금 와서 생각하면 어떤 운명적인 만남이 아니었나 싶다.

《열혈》은 1920년 한 해의 이야기로 그 가운데 만주의 '청산리 대첩'이 우뚝했다. 앞의 해는 만세 운동이 일어난 기미년이다.

일제 강점이라는 암울한 시기에 만세 운동으로 독립 열기가 고조된 열혈 지사와 피 끓는 청년들은 고대 고구려와 발해의 영토로 선조들의 넋이 살아 숨 쉬는 만주 간도 땅에서 '독립 전쟁의 해'를 맞아 온갖 어려움을 무릅쓰고 독립 전쟁 수행을 위해 최선의 노력을 기울였다.

만세 운동에 당황한 일제는 조선총독부 수뇌를 교체하고 이른바 '문화 정치'라는 고등 술책으로 한민족의 환심을 사서 식민지 지배를 계속 꾀하는 한편, 만주 독립군을 토벌하기 위해 불법으로 대규모 출병을 감행하였다.

결국은 두 세력이 맞부딪쳐 대한 독립이 소원인 독립군은 무적 황군이라는 일본군을 상대로 '청산리 대첩'을 일궈냈다. 불굴의 투지로 쟁취한 청산리 대첩은 만세 운동의 구현이자 독립 전쟁사에서 일대 기적이며, 한민족에게는 영원히 빛나는 전설이다.

불과 백 년 전의 일이다.

그런데 대첩의 신화는 식민사관으로 인해 축소, 왜곡되었고, 저자가 찾은 답사 현장은 중국이 펼친 동북공정(東北工程)의 소용돌이 속에 다시 왜곡, 훼손되고 있었다. 거기다 일제 강점기라는 오욕의 역사를 거친 한민족은 지금 남북이 분단된 상태이며, 흩어진 민족은 중국에서는 조선족으로, 러시아와 중앙아시아에서는 고려인이라는 이름으로 살아가고 있다. 독립된 조국을 후손에게 물려주기 위해 독립 전쟁에 나선 순국선열을 생각하면 참으로 안타까운 일이 아닐 수 없다. 또한, 지정학적으로 중국, 일본과 함께 '동양 3국'에 속한 대한민국의 역사는 결코 과거일 수 없으며, 현재이자 미래이기도 하다.

역사를 잊은 민족에게 미래는 없다.

청산리 대첩이라는 신화를 통해 한민족의 단합과 민족혼을 일깨우고, 자랑스러운 역사와 함께 미래를 열자는 뜻에서 소설 《열혈》을 썼다. 역량에 비하면 너무 버거운 화두였다. 그러나 일일이 출처를 밝힐 수는 없지만, 여러 선인(先人)과 학자의 깊은 공부는 역사 소설을 전개해 나가는 데 밝은 등불이 되었다.

소설 《열혈》이 태어나기까지 고마움을 전해야 할 분들이 많다. 담장 없는 옆집에서 함께 자란 송강직 동아대학교 교수는 그대로 평생 지기지우였다. 산중 칩거 생활을 말리면서도 물질과 정신적 도움을 준 이봉순 님은 《열혈》이 태어난 기초가 되었다. 일광여행사의 정동명 형님은 세세한 부분까지 신경을 써주셔서 도움이 컸다. 만주 답사에 동행한 현지의 장문철 님, 연변대학교 김태구 교수님께도 감사를 드린다. 폐를 끼친 주위의 지인들에게는 미안한 마음을 전하고 싶다. 휴앤스토리 맑은샘 출판사와 아름다운 인연을 맺게 되어 행복하다.

독자와의 설레는 만남은 미래의 일이다.

청산리 대첩 100주년을 앞둔 2020년 8월
宋憲守

1권

3
권

책머리에

기미년을 장식한 한 열혈 지사 이야기

"오등(吾等)은 자(玆)에 아(我) 조선의 독립국임과 조선인의 자유민임을 선언하노라."

기미년인 1919년 3월 1일이었다. 파고다 공원에서 한 청년이 우렁우렁한 목소리로 독립 선언서를 읽기 시작했다. 이때만 해도 세상은 태풍 전야처럼 고요했다. 곧 조선 천지가 벌컥 뒤집히리라고는 상상조차 할 수 없었다.

드디어 한민족이 폭발했다. 독립 만세를 외치는 함성은 지축을 뒤흔들었고, 거센 바람을 탄 들불처럼 온통 타올랐다. 한반도를 휩쓴 독립 함성은 곧바로 만주와 연해주 등의 해외에서도 웅장했다. 그러나 대한 독립은 여전히 요원한 가운데 만세 해인 기미년도 속절없이 저물어갔다. 독립 만세를 외치던 격정과 희생에 따른 분노는 여전히 진행형인데, 역사적인 한 해는 점차 막을 내리고 있었다. 하지만 만세 운동으로 흘린 피와 땀은 절대 헛되지 않았다. 한마음 한뜻으로, 마치 화산처럼 민족혼이 폭발해 한민족의 의지를 세계에 떨친 것은 두고라도 구체적인 성과가 적지 않았던 것이다.

상해에 수립된 대한민국 임시 정부는 어둠을 인도하는 등불이었다. 식민지 철권통치에 경종을 울린 것은 일본 제국주의로부터 항복을 받아 낸 바나 다름없었다. 뿐인가. 아직도 만세 함성이 메아리로 남아 있는 귀에 간간이 들려오는 독립군 소식은 그대로 승리의 찬가였다.

만세 운동이 일제, 나아가 국제 사회에 끼친 영향을 바로 보여 주는 상징적인 사건이 있었다. 기미년 막바지에 상해 임정의 한 열혈 지사로 인해 일본 열도가 들끓고 내각이 붕괴하는 사태가 벌어진 것이다. 그 내용은 대략 이러했다.

열화 같은 만세 운동을 가까스로 진압한 일제는 그 뒤처리에도 골머리를 앓았다. 상해 임정을 해산 또는 무력화시키는 것은 발등의 불이요, 만세 운동을 야만적으로 탄압한 결과 쏟아진 국제적 비난은 그대로 화살이었다. 마침내 일제는 임정 지사들을 일망타진하려고 기를 썼다. 그러나 아무리 눈엣가시라도 국제도시인 상해에서 조선 사람을 멋대로 강제할 수는 없었다. 일제는 물리력 동원을 포기하는 대신 임정 내부에 갈등을 조장시켜 스스로 자멸토록 만들자며 전략을 수정했다. 그리하여 만세 운동의 영향으로 신정치를 표방한 조선총독부와 최초의 정당 내각인 일본 정부가 머리를 맞댄 뒤 꾀를 하나 냈다. 상해의 유력한 조선 지도자를 일본으로 초청하여 회유하자는 것이었다. 임정을 분열시키기 위한 이간책으로 좋았고, 덤으로 말썽 많은 국제 사회에 유화 정책 과시는 그대로 매력 덩어리인 때문이었다. "당면한 조선의 여러 문제를 놓고 허심탄회하게 토의하자."라는 게 초청 명분으로는 또 그럴싸

했다.

초청 대상자는 30대 중반의 떠오르는 지사 몽양(夢陽) 여운형(呂運亨)이었다. 이유는 다양했다. 이번 공작에는 일본 목사도 깊숙이 관여했는데, 여운형이 기독교인인 관계로 우선 접근하기가 쉬웠다. 한데 무엇보다도 근래에 눈부신 활약을 펼쳐, 일약 독립 진영의 핵으로 떠오르는 여운형을 일제가 마냥 두고만 볼 수 없다는 게 가장 큰 이유였다.

1918년 말에 세계 대전이 끝나자 여운형이 보여준 행보는 확실히 놀라웠다. 먼저 파리에서 열리는 강화회의에 독립청원서 제출과 함께 대표를 파견한 일을 들 수 있었다. 국제 정세를 환히 꿰고 있던 여운형은 이 막중대사를 치밀하게 추진했다. 일개 개인 자격이 아닌, 힘이 실리는 대표 파견을 위해 최초로 근대적 정당인 신한청년당까지 조직했던 것이다. 거기다 대표의 외교 활동에 힘을 실어주려고 직간접적으로 만세 운동까지 기획하였다. 그 뒤 상해로 몰려든 지사를 규합해 임정 수립의 산파역까지 담당하자 여운형의 위상은 한껏 치솟을 수밖에 없었다.

일제로부터 초청 제의를 받은 여운형은 처음 한마디로 거절했다. 짙게 풍기는 음모의 냄새를 맡은 때문이었다. 거기다 아무리 담력 좋은 여운형이라지만, 광기 어린 적굴을 단신으로 뛰어든다는 게 어디 말처럼 쉬운 일이겠는가. 그러나 초청 제의는 다방면으로 끈질겼다.

젊은 패기와 호방한 성격의 여운형은 차츰 생각이 바뀌었다. 이번 기회에 조국의 독립을 놓고 일제와 담판을 한번 해보자는 결심이 일었던 것이다. 그러자 호랑이를 잡으려면 호랑이굴로 들어야만 한다는 두둑한 배짱까지 생겨났다.

여운형은 먼저 수락 조건부터 내걸었다. 일본에 가면 신분은 물론 언론과 행동의 자유를 보장할 것이며, 통역은 장덕수(張德秀)로 하고, 다시 상해로 돌아올 때는 조선을 경유한다는 게 조건이었다. 공작이 성사될 조짐을 보이자 일제는 한층 달아올랐다. 일체의 조건을 수락함은 물론, 국빈에 따르는 예우까지 스스로 약속했다.

영어를 비롯하여 여러 외국어에 능통한 여운형이 굳이 장덕수를 통역으로 고집한 것은 동지애의 발로였다. 독립운동으로 상해에서 하루해가 짧던 여운형은 자금 모집을 위해 20대의 혈기 왕성한 장덕수를 국내에 파견했다. 한데 그만 최측근이 일경에 체포되는 결과를 낳자 이번 기회에 장덕수 석방을 조건으로 내걸었다.

다소 생뚱맞을 수도 있는 적지 방문에 상해 임정에서는 찬반으로 의견이 갈리는 등 곡절이 많았으나, 시대의 혁명아 여운형은 신분을 개인으로 한정한 뒤 끝내 방문길에 올랐다. 임정 인사 2명을 대동하고 오랜만에 만난 장덕수와 회포를 푸는 여운형은 이미 일본의 국빈이었다. 대기하고 있던 귀한 승용차 두 대에 분승한 일행은 이윽고 도쿄 중심가의 제국호텔에서 여장을 풀었다.

이때 어느 신문사가 추측성 기사를 터뜨렸다. '여운형이 일본에 온 목적은 조선 자치권을 요구하기 위함'이라는 식이었다. 나름의 속셈을 지닌 여운형은 기사를 트집 잡고 기자 회견을 고집했다. 비장의 무기는 일정의 전면 취소였다. 마침내 기자 회견은 며칠 뒤에

갖도록 하자는 전과를 얻자 여운형은 조선 유학생들을 동원해 이를 공식화하는 기지까지 발휘했다.

도쿄 도착 다음 날인 11월 19일부터 여운형의 공식 일정이 시작되었다. 상해의 혁명아를 회유하는 것이 이번 공작의 궁극적 목적인 만큼 일정은 대부분 일제 고위층과의 면담으로 짜여 있었다. 첫 상대는 이번 초청을 주도한 척식국(拓植局) 장관이었다. 상대의 설득에 당당히 맞서 여운형은 시종일관 정연한 논리로 오히려 조선의 즉시 독립을 역설하고 들었다. 공작을 주도한 책임이 있는 만큼, 척식 장관은 회유에 최선을 다했으나 끝내는 불가능하다는 것을 깨달았다. 아니, 도리어 자신보다 30여 년 연하인 조선 지사의 인품과 식견에 반한 나머지 나중에는 대중 앞에서 '여운형 만세'를 외치기까지 했다.

다음은 다나카 기이치(田中義一) 육군대신 차례였다. 일제 육군 군벌의 거두로 실세 중의 실세였지만 한편으로는 한민족의 평화적인 만세 운동을 총칼로 탄압한 원흉이기도 했다. 여운형의 높은 기개와 식견을 미리 간파한 육군대신은 자신의 위상부터 은근히 과시하고 들었다. 면담 자리에 문무의 거물들을 참석시켰던 것이다. 우선 조선 땅의 무력 지배자인 우쓰노미야 다로(宇都宮太郎) 조선군사령관과 함께 조선총독부의 둘째 권력자인 미즈노 렌타로(水野錬太郎) 정무총감(政務摠監)의 얼굴이 보였다. 더불어 관동·청도·대만의 군사령관에다 체신·척식 장관 등이 피식민지의 혁명아를 맞았다. 일제의 무력을 상징하는 다나카 육군대신은 처음부터 으름장을 놓았다.

"우리 일본은 천하무적인 막강 병력에다 해군 함대는 사해(四海)를 휩쓸고 있다. 조선은 일전(一戰)의 용기가 있는가? 만일 조선인이 끝까지 반항한다면 2천만 정도의 조선인쯤이야 일시에 없애 버릴 수 있다."

여운형은 50대 중반인 육군대신보다 젊고, 강점당한 나라의 유랑 지사에 불과했으나 배포는 상상 이상이었다. 대뜸 논어의 글을 인용해서 일제의 실세를 통렬히 반박했다.

"그대도 글을 읽은 사람이라면 '삼군을 거느린 장수의 뜻은 빼앗을 수 있지만, 필부의 뜻은 빼앗을 수 없다(三軍之帥可奪 匹夫之志不可奪).'라는 말의 참뜻을 알 것이다. 우리 동포 2천만 명을 다 죽일 수도 있고 나의 목을 단칼에 벨 수도 있다. 그러나 2천만 명의 혼까지 죽일 수는 없을 것이고 나의 마음마저 벨 수는 없을 것이다. 하물며 나 여운형이 지닌 철석같은 조국애와 영원불변의 독립 정신까지 벨 수야 있겠는가?"

주눅 든 기색은 찾아볼 수 없었다. 으르던 육군대신이 이번에는 달래는 투로 나왔다.

"조선은 자치하여 일본과 제휴하는 것이 제일 현명한 길이다. 조선이 일본과 제휴하면 부귀를 누릴 것이요, 그렇지 않으면 무자비한 탄압이 있을 뿐이다. 만세를 불러서 독립될 줄 아는가? 또 일본이 허락할 줄로 아는가?"

이미 상해에서 출발할 때부터 각오를 다진 여운형이었다. 양쪽 끝이 위로 굽어 올라간, 마치 독수리 날개를 연상시키는 카이저 콧수염을 쓸며 여운형이 느긋하게 응대했다.

"호화로움을 세계에 자랑하던 타이태닉호가 대서양에서 물 위로 100분의 9만 드러난 빙산 덩이를 그것이 전부인 양 얕잡아 보고 돌진하다가, 물 밑의 거대한 빙산에 부딪혀서 배 전체가 침몰하고 말았다. 그대들은 이와 같은 만용의 어리석음을 타산지석으로 삼아야 할 것이다. 조선 사람이 부르짖는 '대한 독립 만세'는 물 위에 나온 소부분의 빙산이다. 멸시하면 안 될 것이다. 멸시하면 세계 인류의 정의에 부딪혀 일본은 멸망의 구렁텅이에 빠지고 말 것이다."

말이 채 끝나기도 전에 다나카 육군대신이 발끈하며 나섰다.

"일본은 동양의 종주국이다. 일본이 망하면 동양 전체가 망한다."

여운형도 바로 쏘아붙였다.

"조선 속담에 '초가삼간이 다 타도 빈대 죽는 것이 시원하다.'라는 말이 있다. 동양이 다 망하여도 일본이 망하는 것을 통쾌히 생각하는 것이 우리 조선 민족의 솔직한 심정이다."

상대는 제국주의를 대표하는 실세였으나 이미 여운형은 식민지의 초라한 방문객이 아니었다. 정의에 기초하여 용기와 식견으로 좌중을 압도하는 거인이었다.

여운형은 척식 장관의 안내로 국빈이 아니면 구경할 수 없는 아카사카(赤坂) 이궁(離宮)을 참관했다. 일본인도 고관이 아니면 참관할 수 없는 황실의 별궁이었다. 일제의 의도는 뻔했다. 여운형을 국빈급으로 극진히 예우하며 은근슬쩍 일본의 힘을 보여준 뒤 결국 회유를 관철하자는 속셈이었다. 한데 여운형의 별궁 참관을 두고 일본 정계가 술렁거렸다. 속국인 조선의 낭인들을, 감히 자신들의 성역인 황실 지역에 드나들도록 했다며 비난이 일었다. 이번 공작은 조선 독립 진영의 이간이 목적이었으나 일제 스스로 먼저 분열상을 보이며 엇박자를 연출하고 있었다.

여운형은 조선 총독을 대행한 미즈노 정무총감과도 설전을 벌였다. 상대가 조선총독부의 수뇌인지라 처음부터 어깃장을 놓았다.

"부임할 때 강우규(姜宇奎)의 폭탄에 얼마나 놀랐느냐?"

두어 달 전인 9월에 남대문 역에서 새로 부임하는 조선 총독에게 폭탄을 던진 사람이 강우규였다. 거기에는 역시 새로 정무총감에 부임하는 미즈노도 함께 있었다. 따라서 여운형이 폭탄을 운운한 것은 총독부의 조선 통치를 비난하는 촌철살인의 한마디였다. 나름대로 똑똑하다고 자부하는 미즈노가 어찌 해석에 어둡겠는가. 정무총감은 벌건 얼굴로 우물우물하다가 목청을 돋웠다.

"그대가 조선을 독립시킬 자신이 있느냐?"

독립운동은 턱도 없는 짓 아니냐는 빈정거림이었다. 여운형이 곧바로 역습했다.

"그대는 조선을 통치할 능력이 있느냐?"

정무총감은 말을 섞을수록 정의에 기초한 여운형의 식견에 눌렸다. 궁지에 몰리자 언뜻 말을 영어로 바꾸었다. 한데 여운형은 영어를 한층 능숙하게 구사하며 응수하는 게 아닌가. 끝내 미즈노는 고개를 좌우로 흔들었다. 자신의 실력만 과신했지 여운형의 전공이 영문학이라는 사실을 미처 몰랐던 것이다. 고위층과의 면담은 내무·체신 장관으로 이어졌지만, 여운형의 철석같은 마음은 추호도 흔들림이 없었다.

역시 일본 방문의 백미는 제국호텔에서 가진 기자 회견이었다. 조선 유학생들의 활약으로 5백여 명의 청중이 모였다. 참석자는 대부분 내외신 기자를 비롯한 일본의 저명인사였다. 미남자에다 풍채까지 당당한 여운형이 연단에 우뚝 섰다. 카이저 콧수염도 멋과 위엄을 더했다.

"내가 이번에 온 목적은"

여운형은 부리부리한 눈으로 먼저 청중을 압도했다.

"일본 당국자와 그 외의 식자(識者)들을 만나 조선 독립운동의 진의를 말하고 일본 당국의 의견을 구하려는 것이었다. 다행히 지금 각원(閣員) 및 식자 제군들과 간격 없이 의견을 교환하게 된 것은 유쾌하고 감사한 일이다."

기자 회견은 여운형이 한국어로 한 단락을 말하면 옆에 선 장덕수가 유창한 일본말로 통역하는 식이었다. 할 말이 태산인 여운형이 굳이 서두를 장황히 할 필요는 없었다.

"나에게는 독립운동이 평생의 사업이다. 세계 대전이 일어났을 때 나와 우리 조선이 독립국으로 싸움에 참여하지 못하고, 동양의 한 모퉁이에 쭈그리고 앉아 우두커니 방관만 하는 것이 심히 유감스러웠다. 그러나 우리 한민족의 장래가 신세계 역사의 한 페이지를 차지할 시기가 반드시 오리라고 자신했다. 그러므로 나는 표연히 고국을 떠나 상해에서 나그네로 있었다."

위축된 모습은 찾아볼 수 없었다. 간결하지만 청중을 사로잡는 연설은 차츰 열기를 더했다.

"작년 11월에 세계 대전이 끝나고 상해의 각 사원에서는 평화의 종소리가 울렸다. 우리는 신의 사명이 머리 위에 내린 듯했다. 그리하여 활동을 시작하였다. 먼저 동지 김규식(金奎植)을 파리에 보내고, 3월 1일에는 내지(內地)에서 독립운동이 돌발하여 독립 만세를 절규하였다. 곧 대한 민족이 전부 각성하였다. 주린 자는 먹을 것을 찾고, 목마른 자는 마실 것을 찾는 것은 자기의 생존을 위한 인간 자연의 원리이다. 이것을 막을 자가 있겠는가! 일본인에게 생존권이 있다면 우리 한민족에게는 홀로 생존권이 없을 것인가! 일본인에게 생존권이 있다는 것은 한국인이 긍정하는 바이요, 한국인이 민족적 자각으로 자유와 평등을 요구하는 것은 신이 허락하는 바이다. 일본 정부는 이것을 방해할 무슨 권리가 있는가."

식견과 기개가 넘쳐나는 여운형은 손바닥으로 연단을 크게 두드렸다.

"이제 세계는 약소민족 해방, 부인 해방, 노동자 해방 등 세계 개조를 부르짖고 있다. 이것은 일본을 포함한 세계적 운동이다. 조선의 독립운동은 세계의 대세요, 신의 뜻이요, 한민족의 각성이다. 새벽에 어느 집에서 닭이 울면 이웃집 닭이 따라 울게 마련이다. 그러나 그 닭은 다른 닭이 운다고 우는 것이 아니고 때가 와서 우는 것이다. 때가 와서 생존권이 양심적으로 발작된 것이 조선의 독립운동이다. 결코, 민족자결주의에 도취한 것이 아니다."

계속해서 여운형은 조선 독립의 당위성을 주장했다. 도도한 열변은 이미 장내를 압도하고도 남았다. 이윽고 마무리로 접어든 연설은 마치 일제를 타이르는 듯했다.

"조선 독립은 일본과 분리하는 듯하나 원한을 버리고 같은 보조를 취하여 함께 나가고자 하는 것이니 진정한 합일(合一)이요, 동양 평화를 확보함이며, 세계 평화를 유지하는 제일의 기초이다. 우리는 꼭 전쟁하여야 평화를 얻을 수 있는가? 싸우지 않고 인류가 누릴 자유와 평화를 못 얻을 것인가? 일본 인사들은 깊이 생각하라."

기자 회견장은 일본인이 대부분이었다. 그러나 여운형의 감명 깊은 연설에는 박수갈채가 쏟아졌고, 다음날 일본의 주요 신문은 이를 크게 보도했다. 제목부터 꽤 자극적이었다.

〈조선의 청년 지사 독립을 주장하는 사자후(獅子吼)〉

〈제국 수도 한복판에서 불온 언사 난무〉

〈여(呂) 군의 도도한 열변에 장내는 숙연〉

〈여운형 군 독립주의를 고집〉

또 어떤 시사 잡지에는 이번 기자 회견으로 조선 독립에 대한 이론이 명쾌해졌다는 논설까지 실렸다. 결국, 일제의 초청 공작은 헛물만 켰다. 아니, 일본의 심장부에서 조선 독립의 당위성을 크게 선전하도록 자리를 깔아준 셈이었다. 그리하여 애초 예정되었던 여운형과 총리대신, 나아가 천황과의 면담은 자연 중지될밖에 없었다. 약 2주일 동안 도쿄에 머문 여운형은 그대로 태풍의 눈이었다. 기대 이상의 성과를 거둔 만큼 여운형도 미련 없이 도쿄를 뒤로했다.

혁명아 여운형은 특히 삼국지의 관우에게 심취했다. 그 때문인지 이번 적지에서의 쾌거는 얼핏 관우의 저 유명한 '오관참육장(五

關斬六將)'고사를 떠올리게 했다. 한(漢)의 승상인 조조에게 의탁하고 있던 관우는 주인인 유비를 찾아가기 위해 조조의 영역을 벗어나는데, 이를 저지하는 장수 6명을 베고 다섯 관문을 돌파한 것이 고사의 유래였다. 자기 사람으로 만들기 위해 관우를 극진히 대한 조조나, 여운형 회유를 목적으로 식민지의 유랑 지사를 국빈으로 대접한 일제의 행태는 많은 부분이 겹쳐졌다. 그렇다면 회유 공작에 나선 척식·육군·내무·체신 장관과 총독부의 정무총감은 여운형 앞을 가로막은 다섯 관 내지는 6명의 장수로 비유가 가능하지 않을까. 오관참육장은 겹겹이 쌓인 난관을 돌파한다는 뜻의 고사성어였다.

처음 약속대로 여운형이 조선을 거쳐 상해로 돌아가려 하자 조선총독부가 이를 적극적으로 반대하고 나섰다. 이유는 뻔했다. 이번에 일본의 심장에서 독립을 역설한 여운형이 조선에 입국하면 만세 운동이 재연되거나 소요 사태 발생이 우려된다는 것이었다. 약속이 어긋나자 여운형은 개탄했다.

"저들의 하는 짓이 참으로 가소롭구나. 우리의 독립 요구를 외면하고 문화 정치니 신정치니 하면서 조선 통치를 계속 고집하다가는 끝내 파국을 면치 못할 것이다. 두고 봐라. 올해는 국제 사회에 독립을 호소하고 평화적으로 만세 운동을 펼쳤지만, 앞으로는 저들의 피를 요구할 것이다. 벌써 만주와 연해주 일대의 우리 독립군은 전쟁 준비에 들어갔다. 한데 끝내 다른 길은 없단 말인가."

여운형의 현실 인식은 정확했다. 단지 평화적인 만세 시위로 독립을 요구하자 일제는 총칼을 들이대며 뉘 집 개가 짖느냐는 식으로 대응했다. 또 바깥으로는 민족자결주의에 기초하여 대한 독립 승인을 열강에 호소했지만, 국제 정치의 현실은 비정했다. 이리하여 일제에 대항하여 독립을 쟁취하는 길은 오직 전쟁뿐이라는, 이른바 '독립 전쟁론'이 대세를 형성하고 있었다. 여운형은 기자 회견에서 그 점을 명백히 밝혔다. 내용은 이러했다.

"이제 한민족은 깨었다. 열화 같은 애국심이 이제 폭발하였다. 붉은 피와 생명으로써 조국의 독립에 이바지하려는 것을 무시할 수 있겠는가."

제국호텔에서의 기자 회견을 떠올리자 여운형은 다시금 벅찬 감동이 밀려왔다. 그것은 개인적으로도 평생 잊지 못할 쾌거였다. 그러나 현실은 자신의 주장이 공허한 메아리로 끝날 듯했다. 안타까움에 그는 회견 내용의 마지막 부분을 천천히 되뇌었다.

"우리는 꼭 전쟁하여야 평화를 얻을 수 있는가? 싸우지 않고는 인류가 누릴 자유와 평화를 못 얻을 것인가? 일본 인사들은 깊이 생각하라."

여운형은 12월 10일에 다시 상해로 무사히 돌아왔다. 이때는 이미 국제적인 인물이라서 일제도 신변 보호에 온 힘을 다할밖에 없었다. 한데 정작 주인공이 빠진 자리에 뒤늦게 일본 정계는 저희끼리 책임 공방전으로 난리를 피웠다.

여운형은 기자 회견에서 전쟁을 운운했다. 그러나 당장은 강약(强弱)이 부동(不同)하다는 사실을 뼈저리게 느끼고 있었다. 여운형이 만주와 연해주 일대를 돌며 지사들을 만나 독립운동의 대략을 살핀 것은 만세 운동 직전이었다. 당시 소수의 독립군은 오직 의기 하나밖에는 없었다. 한스럽게도 그들 독립군이 조선 무력의 전부였다. 한데 만일 일본 방문에서 돌아온 여운형이 기미년 말의 독립군 형편을 직접 접했더라면, 아마도 놀라움을 금치 못했을 것이다. 불과 십여 개월 만에 그만큼 독립군은 모든 면에서 일취월장해 있었다. 특히 압록강과 두만강을 격한 간도(間島) 땅의 독립군이 크게 기세를 떨치는 중이었다. 만세 운동의 후폭풍이었다.

기미년이 저물었다. 한민족에게는 역사적인 한 해였지만, 끝내 독립이라는 숙원을 풀지 못한 채 새해가 밝았다. 새해인 1920년의 간지(干支)는 경신년이었다.

1. 사라진 거액

백(白)은 청정과 순결을 뜻한다. 또한, 검은색이 패배인 데 반해 하얀색은 승리의 의미를 지니기도 한다. 지금 온통 하얀 눈으로 뒤덮인 산야가 그러했다. 희다 못해 장엄하기까지 한 은세계는 청정의 극치를 보여주었고, 그로 인해 매서운 추위조차 한결 포근한 느낌은 승리의 일종이라 할 수 있었다.

쉬이이잉, 쉬이이잉…

얼어붙은 허공을 거침없이 난도질하는 것은 겨울철 북쪽의 불청객인 삭풍이었다. 소한(小寒)을 맞아 동장군(冬將軍)의 위력을 한껏 떨쳐 보이려 함인지, 삭풍은 칼날 같은 독기를 자신도 주체치 못해 허공을 내달으며 연신 괴이한 소리를 질러댔다. 땅 위의 흰 눈가루가 공중으로 어지럽게 내둘린다. 앙상한 뼈마디를 드러낸 나뭇가지들이 몸서리를 친다. 나뭇가지에서 위태위태하던 눈꽃이 땅 위로 우수수 떨어진다. 삭풍은 거침없는 폭압으로 은세계를 잡도리했다.

삭풍의 무력시위에 은세계는 치를 떨었다. 그러나 모두가, 또 완전히 거친 폭압에 굴복한 것은 아니었다. 특히 야트막한 산의 끝자락에서 우뚝 몸을 일으킨 거대한 바위는 도리어 미쳐 날뛰는 바람을 다잡고도 남을 만큼 그 기상이 늠름했다. 커다란 바위 셋이 우뚝 서 있어 삼형제 바위로도 불리는 '선바위'였다. 마치 하늘을 괴는 기둥인 양 창공에 우뚝하니 '서 있는 바위'라 하여 붙여진 이름이었다. 그러한 선바위 꼭대기에는 다시 한 번 기상을 더하듯 소나무 한 그루가 우뚝했다. 신선이 바둑을 둔다면 아마도 저런 곳이 아닐까 싶을 정도로 절경이었다. 이제 선바위는 인근을 가리키는 지명으로도 통용되었다.

선바위에서 동편으로 흘러간 산은 완만한 구릉이 능선으로 굽이쳤다. 산마루가 그만그만하고 그다지 높지가 않았다. 그러다 코끼리 등을 빼닮은 듯한 큰 산이 동남쪽에서 우뚝하니 몸을 일으켰다. 오랑캐령이었다. 키를 낮추듯, 다시 첩첩이 이어진 능선은 이윽고 선바위의 저 앞으로 내달았다. 그래서 선바위 동편은 산이 병풍처럼 둘러싼 분지였다. 습지와 진펄이 아득하게 펼쳐진 분지의 들판도 온전한 은세계였다. 아담한 초가집은 마치 옹긋옹긋 돋아나는 버섯처럼 여기저기 무리 지었고, 곡식을 거둔 논밭은 빈터로 황량했다.

저 멀리 우뚝한 오랑캐령에서 신작로가 새끼줄처럼 흘러나왔다. 신작로는 하얗게 얼어붙은 강을 동무 삼아 널따란 들판을 달려온 뒤, 이윽고 선바위 발치께로 지나갔다. 그래서 선바위의 동편 마을에서 보자면 선바위는 들판의 어귀요, 천연적 관문도 되는 셈이었다. 산야를 하얗게 장식한 눈은 선바위 아래를 지나는 길에도 제법 착실했다. 겨우내 얼어붙은 눈 위에다 엊그제 날린 함박눈이 다시 몸피를 키웠기 때문이다.

눈 쌓인 길에는 삶의 흔적이 오롯이 새겨져 있었다. 마차가 지나다닌 길 중앙은 바퀴와 말발굽 자국이 어지러이 뒤섞여 반들거렸고, 길 가장자리는 사람의 왕래로 다시 길 속의 길이 한 가닥 뚜렷했다. 길을 가로질러 점점이 이어간 발자국 중에는 크게 표나는 것도 있었다. 눈 속 깊숙이 음각(陰刻)된 섬뜩한 자취였다. 이로 미뤄 선바위 인근에 맹수가 어슬렁댄다는 것은 어김없는 사실이었다.

동쪽 하늘이 제법 희붐하게 열렸다. 해가 떠오르자 산야는 은빛을 발하며 곳곳에서 반짝였다. 산천을 꽁꽁 얼린 추위가 아니래도 사람이 나다니기에는 이른 시간이라 신작로가 흘러간 선바위 주위는 여전히 모진 바람만 몰려다녔다. 한데 얼마 뒤였다. 동편의 들판 쪽에서 선바위로, 마치 앞다툼이라도 하듯이 청년 둘이 재게 걸어왔다. 나이는 20대 초반쯤인데 얼핏 중국인처럼 보였다. 상의 주머니가 4개인 중국 옷에다 모자와 신발까지 중국인 차림새였다. 겉모습은 엇비슷했으나 둘은 체격에서 뚜렷이 구별되었다. 한 사람은 크고 서글서글한 눈매만큼이나 몸집이 좋은 데 반해, 다른 동행인은 대체로 작고 단단한 편이었다. 아침나절의 사냥꾼은 아니었다. 어깨에는 총 한 자루도 걸치지 않았고, 시뻘건 혓바닥과 위협적인 송곳니를 드러낸 채 헐떡거리는 사냥개도 없었기 때문이다.

선바위에 이르자 청년들은 쉬어 갈 참인지 걸음을 멈추었다. 그들이 걸어온 길 우측에는 마치 거대한 성곽처럼 선바위가 우뚝하니 서 있었다. 가쁜 숨을 몰아쉬던 둘은 이윽고 땅바닥에 발을 구

르며 바짓가랑이와 신발의 눈부터 털어낸다. 모진 바람을 피해 옷
매무새도 다듬는다. 무언극이라도 하듯 둘은 말 한마디 없었다.
어딘가 팽팽하고 묘한 긴장감만 흘렀다. 행동거지로 보아 반드시
추위 때문만은 아닌 듯했다. 그러다 키 큰 청년이 문득 말문을 열
었다.

"설사 하늘이 무너지더라도"

차림새와는 달리 조선 사람이었다.

"오늘 일만큼은 기필코 성공해야 할 텐데…."

간절한 심정은 커다란 눈동자에서도 뚜렷했다. 키 큰 청년은 성
이 한(韓) 씨였다.

"진인사대천명 아닌가? 잘 될 거야, 잘 되고말고."

역시 조선 청년인 동행인이 곧바로 응수했다. 힘차게 뻗은 눈썹
이 특히 인상적이었다. 손에 지겟작대기 비슷한 철봉을 쥐고 있어
한층 다부져 보였다. 친구의 확신이 듬직한지 가만히 고개를 끄덕
이던 한이 문득 생각난 듯 말했다.

"이번에 네 처가에 폐를 많이 끼쳤다. 아침부터 서두르느라 정
작 빙장(聘丈) 어른께는 인사도 제대로 못 드리고 떠나와서…."

말을 맺기도 전에 동행인이 손사래부터 쳤다.

"우리가 중한 일을 꾸미고 있다는 것은 아마 장인어른께서도 짐
작하셨을 거야. 설사 그게 아니래도 내가 딸을 데려와 알뜰살뜰 잘
살고 있는데 폐랄 게 뭐 있나? 이제 너도 장가갈 날을 잡았으니 얘
긴데, 마누라한테만 잘하면 처가는 그냥 만사형통이야."

애써 긴장감을 감추려는지 농담기도 보였다.

"장가 일찍 갔다고 유세를 부리네. 그래도 우리 최(崔) 서방, 최서방하고 처가에서 살뜰히 챙기는 걸 보니 과히 싫지는 않더구먼."

결국, 둘은 웃는 듯 마는 듯 웃었다. 일단 대화가 시작되자 서로 거리낌이 없었다. 그러다 평소 염려가 없지 않았던지 다부진 최가 정색까지 하며 말했다.

"이제 신부 될 사람을 생각해서라도 제발 오늘 몸조심해라!"

그러나 역시 예상은 크게 빗나가지 않았다. 어림없다는 듯 한은 머리부터 가로저었다.

"몸을 사리다 보면 일쑤 일을 그르칠 수가 있어."

의지까지 보이려는지 불룩한 주머니를 툭툭 친다. 주머니 속의 물건은 권총이었다. 최는 한층 표정이 엄정해졌다.

"용기와 만용은 엄연히 다르다는 걸 왜 몰라?"

역시 이들은 나름의 큰일을 꾀하고 있었다. 그것은 매복하여 기다리고 있다가, 빙판 진 두만강을 건넌 뒤 오랑캐령을 넘어오는 한 떼의 인마를 습격하는 것이었다. 가담자는 모두 6명인데, 두 청년은 선발대에 해당했다. 행동 편리와 여러 형편을 고려해서 선발대는 어젯밤 동편 들판에 있는 최의 처가에서 합숙한 뒤 아침 일찍 행동을 개시했다. 목적지는 지금의 선바위에서 10여 리 떨어진 동량어구(東良漁溝)였다. 그곳은 집결지이자 매복 장소도 되었다.

"어쩌면 윤(尹) 선생님이 일찍 올 수도 있으니 그만 가볼까? 선바위야! 너도 당분간 못 보겠네. 우리 뒷날에 다시 보자꾸나."

우뚝한 선바위를 올려다보며 다정다감한 청년인 한이 약속하듯 말했다. 윤 선생은 이번 거사의 책임자로서 최연장자이기도 했다. 선바위에서 몸을 추스른 선발대는 다시 신작로를 내처 걸었다. 그럭저럭 동량어구로 가는 길을 다잡는데 한이 언뜻 감탄사를 터뜨렸다.

"참으로 장관이다. 장관! 자연은 저토록 맑고 아름다운데 우리 인간의 하찮은 다툼은 그칠 날이 없으니…. 참으로 미련한 게 바로 인간이야, 인간."

바쁜 걸음 중에도 한이 경이로운 눈길로 바라보는 것은 설경(雪景)이었다. 저쪽 들판에서부터 신작로 왼편으로는 얼어붙은 강이 줄곧 따르고 있었다. 그러한 신작로와 강 사이의 방천은 버드나무 숲이 끝없이 이어졌다. 버들 방천이었다. 비록 버드나무 잎은 떨어지고 없었지만, 희디흰 눈으로 뒤덮인 숲의 풍경은 마치 태고(太古)의 전설이라도 간직한 양 신비롭기 그지없었다. 한은 단지 감상에 겨워서 한 말인데 친구는 못마땅한 모양이었다.

"하찮은 다툼이라지만 당하는 처지에서는 어디 그런가! 아이는 장난이지만 붙잡힌 개구리는 죽을 맛이거든. 지금 우리가 누구 때문에 이 고생인가?"

말을 하다 보니 화가 더 치미는지 최가 철봉으로 길가의 버드나무를 후려친다. 눈꽃이 우수수 떨어진다.

"말인즉슨 그렇다는 얘기지. 그건 그렇고 오늘 돈벼락을 맞는다고 생각하니 벌써 가슴이 콩닥콩닥 뛰는구먼."

"벼락이라니? 불길하게. 돈방석이라면 또 모를까, 허허허."

대화 속에 돈 냄새가 물씬 풍겼다. 그것도 돈벼락이니 돈방석이니 하는 말로 미뤄 뭉칫돈임이 분명했다. 선발대의 등에는 어깨에서 옆구리로 비스듬히 훔쳐 맨, 마치 아이의 책보 같은 보따리가 둘려 있었다. 한의 보따리에는 오늘 소용될 여러 물건이 담겼다. 최는 처가에서 주먹밥과 말린 음식 따위의 먹거리를 챙겨왔다.

선바위에서 10리쯤 왔을까, 거의 목적지에 다다른 듯 선발대의 걸음이 다소 느슨해질 무렵이었다. 문득 길가의 버들 방천에서 부스럭부스럭하는 소리가 들린다. 나지막했으나 분명 검불을 밟는 소리였다. 본능적 경계심에다 비밀스러운 일까지 도모 중인지라 청년들은 일순 긴장감에 휩싸인다. 갑자기 푸드덕하며 소리가 커진다. 자신도 모르게 움찔하며 둘은 서로를 쳐다본다.

꿩꿩꿩…

아침 공기를 헤집는 청량한 울음소리부터 들렸다. 이어 울긋불긋한 모습의 살진 장끼 한 마리가 버들 숲에서 공중으로 솟구친다. 그게 일종의 신호였는지 여기저기서 한층 수선스럽다 싶더니 연이어 꿩이 날아올랐다. 수상한 소리의 정체는 방천에 날아든 꿩의 무리였다.

이윽고 선발대는 바쁜 걸음을 멈추었다. 목적지인 동량어구였다. 저편에 조그만 마을이 있긴 했으나 매복 지점으로는 그럴듯했다. 특히 신작로를 사이에 두고, 버들 방천과 맞은편의 나지막한 언덕이 바싹 다가서서 불시 습격에 알맞았다. 선발대는 왼편에 있는 버들 방천으로 숨어들었다. 그때까지 길에 인적이라곤 없었다. 한데 얼마 뒤였다. 버들 방천의 큰 바위 아래서 선발대가 애기 중일 때 언뜻 인기척과 함께 사람들이 슬금슬금 나타났다. 전부 4명으로 역시 윤 선생 일행이었다. 대체로 선발대보다 연상인 20대 후반의 사나이들이었다. 조선 사람인데 모두 중국인 복장이었다. 의도적인 차림새 통일은 이제 한층 분명해졌다.

일행 중 앞장선 사람이 윤 선생이었다. 차분하고 지적인 인상이었다. 나름의 통솔력을 지녔는지 모두 윤 선생의 말을 잘 따랐다. 거사를 위한 만반의 준비는 이미 끝난 상태였다. 잠깐의 만남 뒤 선발대인 청년 둘은 그대로 버들 방천에 남고, 윤 선생을 비롯한 네 사람은 주위를 눈살피며 다시 신작로로 올라왔다.

"임(林) 동지, 이제 혼자가 되면 꽤 심심하겠는걸?"

신작로의 윤 선생이 한 사람을 향했다. 상대는 큰 몸집에 체력까지 강건해 보였다. 임 동지로 불린 사나이는 왼팔의 손목시계를 들어 보이며 대꾸했다.

"째깍째깍 시계 가는 소리나 듣고 있지요. 그래야 장차 살아가면서 시간 아까운 줄도 알 것 아닙니까?"

"허허, 우리 임 동지는 매사에 열정적인 게 장점이야. 오늘 일도 잘 부탁하오."

"여부가 있습니까? 모두 몸조심하십시오."

임 동지는 모자를 벗으며 가볍게 고개를 숙였다. 가르마를 탄 머리였다. 인사가 끝나자 임 동지는 혼자 작은 언덕을 성큼성큼 올랐다. 선발대가 숨은 버들 방천의 맞은편이었다. 또 하나의 매복 장소였다. 사실 오늘 거사는 윤 선생과 임 동지, 그리고 선발대인 최와 한이 핵심 4인조였다. 나머지 두 사람은 지원이 목적이었다.

이윽고 임 동지의 뒷모습이 언덕 위로 사라지자 윤 선생을 비롯한 나머지 세 사람은 길을 재촉했다. 선발대가 온 길을 되짚어 선바위로 향하는 신작로였다. 그들은 묵묵히 이동만 했다. 그러다 한 사람이 걸음을 멈추는가 싶더니 눈이 찔그러지고 차츰 입이 벌어졌다.

"에, 에춰. 그것참! 날씨 한번 어지간하네요."

코맹맹이 소리를 한 사나이는 집게손가락으로 한쪽 코를 누르더니 팽하고 콧물을 풀었다. 사실 혹한이란 표현이 무색할 정도로 날씨는 맵짰다. 윤 선생이 안쓰러운 얼굴로 혀를 찼다.

"쯧쯧, 감기가 오래가는구먼. 대한 추위가 소한 집에 가서 얼어 죽었다는 말까지 있는데, 자네 오늘 고생깨나 하겠는걸."

절기는 동지를 지나서 밤보다 낮이 노루 꼬랑지만큼씩이나마 길어지고 있었으나 겨울 중의 겨울이라는 소한 무렵인지라 천지는 그대로 살얼음이 친 듯했다. 일행이 동량어구에서 선바위를 향해 얼마쯤 걸어가자 큰 모롱이가 나타났다. 목적지였다. 모롱이 언덕을 오르기 위해 윤 선생 일행은 옷차림을 추스르고 정강이에 감은 행전(行纏)까지 바싹 동여맸다. 이윽고 세 사람은 나란히 줄을 섰다. 눈 덮인 언덕길은 가파르고 미끄러웠다. 마치 미장이라도 한 듯 곱디곱던 눈 위에 사람의 발자국이 움푹움푹 새겨졌다. 언덕을 오를수록 삭풍은 한층 미쳐 날뛰며 일행의 몸을 할퀴고 들었다. 이곳이 목적지인 이유는 이내 확실해졌다. 모롱이 언덕을 오르니 동편의 선바위 쪽이 툭 터여 신작로에 대한 시야 확보가 좋았기 때문이다.

얼마 뒤부터 윤 선생의 걸음이 차츰 신중해졌다. 수시로 고개를 돌려 신작로에 대한 시야 확보와 함께 길까지의 거리도 가늠했다. 그러다 발견의 기쁨으로 짧은 탄성을 터뜨렸다.

"여기에 저런 곳도 있었네! 길도 훤히 보이고 거리도 적당한 것 같은데, 어때?"

윤 선생이 가리킨 곳은 잡나무와 돌무더기로 둘러싸인 작은 구덩이였다.

"아주 명당입니다, 명당!"

삭풍에 쩔쩔매던 뒷사람들이 먼저 구덩이 속으로 뛰어들며 합창했다.

정찰 장소를 정한 윤 선생은 주의를 기울여 다시 주변부터 찬찬히 살폈다. 저 동편의 널따란 들판을 둘러싼 것은 큰 산에서 연이어 뻗어 내린 파상형(波狀形)의 구릉이었다. 그것은 마치 풍랑을 만난 거대한 파도가 갈래갈래 연이어 달려오는 느낌이었다. 반경을 넓혀 가던 윤 선생의 눈길은 이윽고 동남편의 오랑캐령을 타고 넘었다. 겹겹의 연봉은 저 멀리 아득한데 그를 바라보는 눈동자에는 어떤 그리움 같은 것이 일렁였다. 자신도 모르게 한숨을 토한 윤 선생이 이번에는 얼핏 동에 닿지 않는 말을 중얼거렸다.

"우리 제갈량의 헤아림이 빈틈없어야 할 텐데."

햇살이 퍼져도 소한 추위는 여전히 맹렬했다. 그래도 주위는 차츰 명랑해졌다. 길에는 사람이 오가고 이따금 마차도 내달렸다. 그러다 짧은 겨울 해가 설핏하니 서산으로 기울자 그마저도 뜸해졌다. 그때 어디서 수리 한 마리가 나타나 저편 선바위 공중을 빙빙 선회한다. 커다란 몸집에 암갈색을 띤 것이 암컷이었다. 유장하게 쭉 뻗은 날개로 유연한 비행을 보여주던 수리가 갑자기 한 지점으로 내리꽂힌다. 저녁거리라도 발견한 모양이었다. 어쩌다 종종걸음의 인적도 완전히 끊겼다. 낮에는 얼마간 선심을 베풀던 삭풍이 언제 그랬느냐는 듯 다시 사방을 들쑤시고 다녔다. 모롱이 언덕과 동량어구에 숨은 사람들은 종일토록 자기 자리를 지켰다.

석양 노을도 제법 지나고 사방이 희끄무레해질 무렵이었다. 한동안 적막감만 감돌던 신작로에 언뜻 인기척이 났다. 선바위를 지난 한 떼의 인마였다. 정복 차림으로 말을 탄 경찰 하나가 무리의 선두였다. 군도에다 장총을 어깨에 두른 것도 모자라 옆구리에는 육혈포(六穴砲)까지 매달고 있었다. 선두 바로 뒤에는 고급스러운 옷차림의 사내가 역시 말을 타고 거드름을 피웠다. 그런 선행 말과 적당히 거리를 두고 말 두 필이 더 따랐다. 양쪽 등에는 묵직한 짐이 얹혔는데 그로 인해 말들은 상당히 지쳐 보였다. 한데 각기 말고삐를 감아쥔 사람들은 행색이 여느 마부는 아닌 듯했다. 대열의 끝은 사내 둘인데 하나는 경찰이었다. 역시 완전 무장 차림인 경찰은 매가리라고는 하나 없이 마바리 뒤를 터벌터벌 따랐다. 사람 여섯에다 말 네 필인 이 무리는 선두를 책임자로 한 호송대였다. 한눈에도 이들의 느지막한 고생은 말에 실린 짐 때문임을 알 수 있었다.

"힘을 내, 힘을! 왜 그렇게 비실비실해."

선두의 호송 대장이 말을 돌려세우며 다그친다. 한데 뜻밖에도 일본말이었다.

"제기랄, 자기도 온종일 한번 걸어 보시지."

후미의 경찰이 앞을 흘끔거리며 조그맣게 씨부렁거린다. 같은 경찰인데도 이번에는 조선말이었다. 모롱이 언덕의 두 사람이 그런 호송대의 이동을 유심히 지켜보고 있었다. 지원 나온 사나이들이었다. 윤 선생은 해 질 무렵에 이미 아래편 언덕으로 이동했다. 거기서 본인 나름대로 정찰하다가 위쪽 사람이 호송대를 발견하면 즉시 신호를 주기로 미리 약속된 상태였다. 그러면 윤 선생은 호송대보다 먼저 동량어구로 달려가 버들 방천의 선발대에 통보한 뒤, 맞은편 언덕의 임 동지와 한 짝이 되어 벼락같이 호송대를 덮치는 게 임무였다. 마침내 호송대가 모롱이를 돌아갔다. 후미의 경찰까지 길을 따라 저만큼 나아가자 언덕의 한 사람이 가만히 속삭였다.

"예상외로 순사 놈들이 적어서 다행이군. 더 따르는 놈은 없겠지?"

역시 머리를 빼 올리며 호송대의 후방을 주의 깊게 살피던 옆 사람이 답했다.

"없습니다."

"그만 내려가자."

언덕에서 종일토록 추위와 싸운 두 사람은 드디어 행동을 개시했다. 오른손은 차가운 금속성 물건을 옮기고 있었다. 권총이었다. 길녘에서 다시 세밀히 후방을 살핀 그들은 이윽고 호송대와 적당히 거리를 유지한 채 뒤를 따랐다. 호송대는 이동을 계속했다. 길은 대체로 평탄한 편이었다. 그러나 호송 대원은 물론, 말도 한겨울의 장거리 이동에 이미 크게 지친 상태였다. 이동 속도가 점차 느려지는 것은 당연했다. 한데 어느 순간 타박이 심하게 터져 올랐다. 따르는 일행이 자꾸만 뒤처지자 호송 대장이 다시 기수를 돌렸던 것이다.

"사람이고 말이고 할 것 없이 왜 그렇게 꾸물대는 거야, 응? 꾀부리면 사정 두지 말고 후려쳐! 젠장, 배고프지도 않나."

신경질을 질근질근 씹는 목소리였다. 호송대의 이동이 갑자기 멈추자 미행자들은 그대로 눈길에 엎어지다시피 했다. 한 점 망설임이라고는 없었다. 사실 어둠이 깔린 데다 거리도 상당해서 발각될 염려는 거의 없다시피 했다. 그러나 미행자는 조그만 허점도 보이지 않으려고 미리 작정한 듯했다. 마침내 매복 장소인 동량어구가 가까워지자 미행자들의 행동이 한층 기민해진다. 호송대와의 거리도 대담하게 좁혀 간다. 그것은 마치 먹이를 채기 직전에 범이 보여주는 걸음걸이만큼이나 신중했다.

보름을 하루 앞둔 둥근 달이 어느새 산 위로 둥실 떠올라 있었다. 그때 문득 저 멀리서 은은하게 반짝이는 것이 보였다. 시내의 전기 불빛이었다.

"이제야 도착지가 보이는군. 오늘 날씨가 엔간해야 말이지."

불빛을 본 호송 대장은 담배까지 피워 물며 제법 여유를 부렸다. 그러나 이내 태도가 돌변했다.

"가만 보니 이제 이놈의 말까지 요령을 피우네."

자기가 탄 말이 비트적거리자 호송 대장은 피우던 담배를 손가락으로 튕긴 뒤 사정없이 고삐를 후린다. 머리에 얹힌 순사 모자의 챙이 달빛에 반사되어 반짝인다. 말의 콧김이 거칠어지며 당장은 걸음이 빨라졌다. 하얀 눈으로 인해 사물은 뚜렷했다. 둥근 달빛

도 거들었다. 숲에서 후드득하는 소리가 들린다. 나뭇가지의 눈꽃
이 떨궈지는 소리였다. 화답하듯 저편 산에서는 늑대가 울어댄다.

꺼우웅, 꺼우웅…

옅은 구름 속의 둥근 달이 고개를 내민다. 주위가 한층 밝아진
다, 밝아진다.

탕!

버들 방천의 맞은편 언덕에서 총소리가 터져 올랐다. 갑작스러
운 총소리는 차디찬 한겨울 밤의 정적을 일순간에 뒤흔들었다. 이
어 숨 쉴 틈도 주지 않고 연달아 총성이 울린다. 버들 방천에서도
총격에 가담했다. 한순간에 마상의 호송 대장이 맥없이 스르르 굴
러떨어진다.

히히히힝…

호송 대장의 말이 놀라서 풀쩍 내닫는다. 곧바로 짧은 비명과
함께 또 한 사람이 말에서 떨어졌다. 일차적으로 말을 탄 사람이
표적이 될밖에 없었다. 아닌 밤중에 홍두깨 격으로 난데없는 총소
리는 호송대를 극도의 혼란 속으로 빠뜨렸다. 뒤편의 경찰이 갈피
를 못 잡고 허둥거린다. 경찰이 아닌 일반 대원들도 권총을 빼 들
었으나 마치 혼이 공중에 뜬 듯 어찌할 바를 모른다. 습격자의 위
치나 규모를 파악할 수 없으니 마주 응사한다는 것은 어림없는 일
이었다. 더구나 지휘를 책임진 호송 대장은 이미 이 세상 사람이
아니었다. 그때 갑자기 마바리 두 필이 앞으로 내달았다. 총소리
에 놀란 때문이었다.

"빨리 말부터 잡아라!"

언덕을 뛰어내리며 윤 선생이 외친다. 얼떨결에 튀어나온 고함이었다. 그동안 습격자들은 입도 뻥긋하지 않았다. 서두른 덕분에 윤 선생은 마바리 하나를 붙잡고 올라탔다. 뒤이어 다부지고 날랜 최가 전력으로 달음박질한 끝에 겨우 다른 마바리를 잡아탈 수 있었다. 마바리를 쫓으며 뒤를 보여도 호송대에서는 아무런 반격이 없었다. 아니, 아예 반격할 형편이 못되었다. 설사 반격한다손 치더라도 마바리만큼은 절대로 놓칠 수 없었다. 놓치면 모든 계획이 말짱 허사였다. 한데 그 와중에 호송 대원 하나가 잽싸게 달아났다.

동량어구의 요란한 총소리는 계속 터져 올랐다. 호송 대원 하나가 또 픽 쓰러진다. 총알에 맞았는지, 아니면 임기응변의 눈속임인지 당장은 알 수가 없었다. 끝내 움직임은 하나로 좁혀졌다. 한데 그는 제법 은폐물을 찾아 몸을 숨겨 가며 마주 총질을 해댄다. 딱히 총부리가 일정한 곳을 겨눈 것 같지는 않았다. 하지만 그것도 잠시, 어느 순간 몸을 발딱 일으키는가 싶더니 일껏 왔던 길로 마구 달음박질을 친다.

탕, 탕!

호송대 뒤편에서 총소리가 울렸다. 짓쳐 나가던 걸음 그대로 물체는 길바닥에 풀썩 엎어졌다. 끝이었다. 달음박질도 총소리도 모두 끝이 났다. 언제부턴가 늑대의 울음소리도 들리지 않았다. 거짓말 같은 고요가 한 겹 두 겹 밀려들었다. 잠깐의 긴 시간이 흘렀다.

이윽고 권총을 겨눈 사나이들이 호송대를 향해 한 발 한 발 다가간다. 모두 4명이었다. 습격자들의 피해는 없었다. 호송대의 무력은 완전히 제압된 상태였다. 눈길에 엎어진 호송 대장은 이미 저 승길을 떠났고 조선인 경찰도 상처를 입었다. 말을 탔던 다른 한 사람은 복부 중상이었다. 나머지 대원 둘도 몸이나 정신이 성하지 않았다. 그러나 확인 사살은 물론 더 이상의 총질은 없었다. 앞장 서서 다가가던 선발대의 한은 상대의 총부터 수거했다. 이어 동료 와 함께 미리 준비한 포승줄로 호송 대원들을 묶었다. 처음부터 호 송 대원의 살상이 목적은 아니었다. 마바리를 탈취하려다 보니 부 득이 호송대를 제압할 수밖에 없었던 것이다. 창백한 달빛 아래 호 송 대원들의 신음이 한결 뾰족했다.

"뒤처리를 부탁합니다."

어느 정도 현장이 수습되자 임 동지가 지원 나온 사나이에게 속 삭였다. 그런 임 동지는 선발대의 한을 재촉해 눈길 속의 마바리 발자국을 뒤쫓았다. 다행히 근처의 산기슭에서 말을 진정시키고 있는 두 사람과 만날 수 있었다. 이로써 거사의 핵심 4명은 습격 현장에서 벗어나 다시 뭉쳤다. 윤 선생과 임 동지, 그리고 선발대 인 최와 한이었다. 그들은 먼저 나무에다 말고삐부터 단단히 묶었 다. 그제야 모두 한시름을 놓는 눈치였다.

사실 호송대를 발견한 순간부터 습격자들은 긴장의 연속이었 다. 그러나 심장이 한층 뛰노는 것은 어쩌면 이 순간인지도 몰랐 다. 아직 마바리의 짐을 확인 못 한 때문이었다. 오직 짐을 탈취하 는 것이 이들의 목적이었다. 매서운 추위를 감내하며 아침부터 서 둔 매복도, 생사를 넘나드는 총격전도, 그리고 무엇보다 사람을 죽인다는 사실까지 받아들일 만큼 짐은 중요했다.

먼저 최가 타고 온 말의 짐부터 내렸다. 가죽 자루였다. 모두 네 자루였다. 사나이들의 형형한 안광이 한층 빛을 발했다.

"이게 뭐야!"

자루를 풀던 윤 선생이 비명에 가까운 소리를 내지른다. 그럴 밖에 없는 것이 자루 속에는 우편물만 그득했다. 행낭(行囊) 자루였던 것이다. 희망으로 반짝이던 사나이들의 눈이 곧바로 실망과 의혹투성이로 변했다. 나머지 자루를 다 뒤져도 그저 우편물밖에 없었다. 급한 마음에 자루를 까뒤집어 보아도 결과는 마찬가지였다. 기대한 지폐는 고사하고 땡전 한 푼도 나뒹굴지 않았다. 마침내 사나이들의 얼굴이 하얗게 질린다. 땅이 꺼지라고 한숨을 내쉰다. 이번에는 윤 선생이 잡아탄 말의 짐을 내렸다. 우선 자루가 아니고 철궤란 점이 희망을 품게 했다. 우편물이 담긴 자루보다 무겁고 단속 또한 여물었다. 다시 사나이들의 눈빛이 조금씩 살아났다. 그런데 막상 철궤의 내용물을 확인하려고 드니 남은 관문이 더 있었다. 양옆에 붙은 새빨간 봉인(封印)은 어차피 소용없는 딱지였다. 문제는 묵직한 자물쇠였다. 철궤 중앙에 버티고 있는 자물쇠는 보기에도 완강했다. 급한 마음에 윤 선생이 자물쇠를 움키고 마구 흔든다. 그러나 처음부터 그런 식으로 해결될 일이 못 되었다.

"제가 해보겠습니다."

지켜보던 최가 철봉을 들고 나섰다. 뾰족한 철봉 끝으로 자물쇠를 두어 번 비틀자 마침내 툭 하고 쇠가 풀렸다. 자물쇠를 뽑는 윤 선생의 손이 가늘게 떨린다. 기도라도 올리는지 잠깐 눈을 감았다가 천천히 철궤의 뚜껑을 열어젖힌다. 누군가 침을 꿀꺼덕 삼킨다.

"우와!"

누가 먼저고 누가 나중이랄 것도 없었다. 절제된 함성이 동시에 터져 올랐다. 철궤 속에는 지폐가 빼곡히 쌓여 있었다. 지폐에 그려진 인물은 풍성한 백발 수염을 자랑했다.

"돈이다, 돈! 이젠 됐다, 이젠 됐어."

빳빳한 돈다발을 양손에 움킨 윤 선생은 좋아서 어쩔 줄 모른다. 눈에는 금방 눈물이 그렁그렁 괸다. 돈을 본 사나이들은 서로를 부둥켜안는다. 자루 속에 우편물만 들었다면 이번에는 철궤마다 전부 돈다발이었다. 띠지로 묶은 다발이 무려 150개나 되었다. 먼저 흥분을 가라앉힌 사람은 역시 윤 선생이었다. 지금은 계획에 차질이 빚어진 상황이었다. 그렇다면 무엇보다 시간이 촉박했다. 일각이 급했다. 따라서 차후 대책을 숙의한 뒤 재빨리 행동을 취하는 것이 중요했다.

그들이 위치한 산기슭은 사건 현장과 가까웠다. 사실 여러 정황을 고려해 습격 장소를 동량어구로 정할 때부터 이미 도주할 시간은 빠듯했다. 한데 지금은 그만 호송 대원 하나가 달아난 상황이었다. 차라리 이제 여유 따위는 없다고 보는 편이 옳았다. 아니, 어쩌면 추격은 이미 시작되었는지도 몰랐다. 뿐만이 아니었다. 습격의 목적이 호송대의 마바리인 것은 말할 필요도 없었다. 그렇다면 추격대는 눈 속으로 이어진 마바리의 발자국을 뒤쫓을 게 뻔했다. 따라서 눈 속의 말발굽 자국은 더없이 좋은 단서였다.

논의가 거기까지 진행되자 윤 선생은 정신이 산란했다. 이제라도 추격대가 달려들 것만 같은 불안감이 엄습했다. 사건 현장과 지척인 데다, 쌓인 눈에 추적하기 좋은 단서까지 남겨진 것은 그만큼 치명적이었다. 그렇다고 어렵게 탈취한 돈을 포기할 수는 없었다. 지금의 돈은 어쩌면 목숨 이상일 수도 있었다. 시간은 없고 결정적인 단서가 남겨진 상황에서 끝까지 돈을 지닌 채 추격대를 따돌린다는 것은 참으로 쉽지 않은 일이었다. 임기응변이 필요했다. 다부진 최가 계책을 내놓았다.

"분산과 유인책을 쓰면 어떨까요? 단서가 되는 말과 돈을 분리하는 거지요. 누군가 계속 말을 몰아 추격대를 유인하는 동안에 나머지는 돈을 지니고 멀찍이 달아나는 겁니다. 유인에 나선 사람은 적당한 곳에서 말을 버리고 다시 합류하면 되지 않겠습니까?"

달리 뾰족한 방법이 없는 데다 계책 또한 그럴듯했다. 윤 선생부터 고개를 끄덕였다.

"그러면 유인은 제가 맡겠습니다."

강건한 체력만큼이나 매사에 열정적인 임 동지가 위험 부담이 큰 임무를 자청했다. 상황이 상황인 만큼 윤 선생의 결단도 빨랐다.

"좋아. 일각이 급하니까 빨리 서두르자. 그러면 임 동지는 우리 목적지와 반대 방향으로 말을 몰아가되, 이왕 유인하려면 멀찍이 달아나는 게 좋아. 그다음은 어디서 합류하면 좋겠나?"

"내일 김 포수 집에서 만나면 어떨까요?"

"그게 좋겠구먼. 한데 어질더분해진 여기서 분산하면 무조건 발자국을 발견할 거야. 두 사람씩 말을 나눠 타고 좀 더 이동하세."

얼마 후 사람들이 말에서 내리자 임 동지는 계속 말 두 필을 몰아갔다. 백두산이 있는 서쪽 산악 지대였다. 약속 장소인 북동쪽과는 반대 방향이었다. 한편 윤 선생을 비롯한 세 사람은 각기 묵직한 배낭을 하나씩 메었다. 미리 준비한 배낭이었다. 내용물은 말할 것도 없이 돈다발이었다.

"일단 첫 고비는 잘 넘긴 셈인데…. 사실 이제부터가 더 문제야."

윤 선생이 아침의 선발대인 두 청년에게 말했다. 그것은 어쩌면 스스로에 대한 다짐인지도 몰랐다. 사나이들은 길 없는 길을 더듬어 산에서 내려왔다. 밤중이 되자 온몸을 할퀴어대는 바람의 기세는 한층 사나웠다. 어쩌면 이들의 험난한 앞길을 예고하는지도 몰랐다.

사건이 발생한 이 날은 1920년 1월 4일이었다. 만세 운동의 기미년 이듬해, 즉 경신년 새해였다. 장소는 만주 땅 간도, 좀 더 구체적으로 말하면 '간도의 서울'이라는 용정(龍井)에서 남쪽으로 10여 리 떨어진 동량어구였다. 따라서 현금 호송대는 드넓은 용정 시내를 얼마 앞두고 습격을 당했던 것이다. 호송대의 출발지는 함경도 회령이었다.

고대의 만주는 부여와 고구려, 그리고 발해의 영토로 한민족의 활동 무대였다. 그 뒤로는 주로 유목과 수렵에 종사하는 여진족이 이곳에 흩어져 살았다. 조선 중기에 이르러 여진족이 크게 세력을 떨치는가 싶더니 마침내 중국의 지배자로 등장하였다. 그런 여진족의 청나라는 백두산 일대의 광활한 땅을 봉금(封禁) 지역으로 삼았다. 자기네 조상의 발상지라며 신성시하여 한족(漢族)의 이주를 엄금하는 것이 목적이었다. 아울러 만주와 접경해 있는 조선 사람에게도 무단출입을 금하였다. 봉금령 탓에 이 지역은 오랜 세월 사람이 살지 않아서 무인지경으로 변했고, 지명까지 조선과 청나라 사이에 놓인 공지와 같은 땅이라 하여 간도라 불리게 되었다.

간도는 다시 서간도와 동간도로 구분되었다. 서간도는 압록강과 송화강(松花江)의 상류 지방인 백두산 일대를 가리켰고, 동간도는 북간도라고도 하는데 두만강 북부의 만주 땅을 일컬었다. 그런데 통상 간도라 하면 동간도, 즉 북간도를 지칭했다. 그런 북간도는 연길(延吉) · 왕청(汪淸) · 훈춘(琿春) · 화룡(和龍)의 4개 현(縣)이 중심이었다. 중국에서는 만주 길림성(吉林省)의 동남부 지역인 이곳 북간도와 함께 돈화(敦化) · 액목(額穆) · 영안(寧安) · 동녕(東寧)의 4개 현을 포함하여 연길도(延吉道)라 불렀다. 행정 책임자는 연길도윤공서(延吉道尹公署)의 우두머리인 연길도윤이었다.

청의 봉금령 뒤 오랜 세월이 흘러 조선 말기에 이르렀다. 평안도와 함경도 등의 조선 북부 지방은 계속되는 흉년과 관리들의 횡포로 생활이 몹시 궁핍해졌다. 이에 농민은 몰래 강을 건너가 봉금의 땅 간도와 함께 러시아 땅인 연해주로 이주하여 비옥한 땅을 개간하며 정착하기 시작했고, 그 수는 해가 갈수록 증가하였다.

사양길의 대한제국이 끝내 일제에 의해 강점되자 농토를 빼앗긴 농민은 대거 살길을 찾아 압록강과 두만강을 건넜고, 열혈 지사들의 이주까지 크게 부추겼다. 이리하여 민중의 피난처이자 항일 전투 세력의 집결지가 된 간도와 연해주는 각기 인구 수십만을 헤아리는 한인 사회가 형성되었다. 만세 운동에 고무된 정치적 망명자들은 앞서 이주한 지사나 의병과 의기투합하여 많은 독립 단체를 조직하였으며, 이로 인해 간도와 연해주는 사실상의 독립 기지로 건설되어 갔다. 항일 운동 방법도 이제는 독립 만세의 비폭력 운동에서 벗어나 무장 투쟁, 즉 독립 전쟁론이 대세를 이루었으며 열기 또한 대단하였다.

만주와 연해주의 기운이 한층 심상찮은 가운데 만세 해가 저물고 새해가 밝았다. 만세 운동의 기미년을 원년(元年)으로 한 대한민국은 이제 2년이 되었고, 중화민국 9년이며, 일제는 대정(大正) 9년이 되는 1920년이었다. 그런데 새해 벽두부터 현금 호송대가 습격을 당하는 대사건이 터졌다. 그것도 풍운의 조짐이 날로 더해지는 간도 땅에서 일어났다.

1월 4일 밤이었다. 용정에 있는 간도 일본 총영사관의 당직실이 술렁거리기 시작했다. 도착 시각이 훌쩍 지났는데도 회령에서 현금을 운송해 오는 호송대가 감감무소식이었던 것이다. 당직자는 일반 영사관 직원에 경찰 2명이었다. 현금 호송과 직접 관련된 일제의 용정은행에서는 당직실로 벌써 수차례 현황 파악을 요청해온 상태였다. 용정은행은 조선은행의 출장소였다. 결국, 총영사관의 당직 경찰은 이 변고를 먼저 경찰부장에게 보고했고, 부장은 경찰 비상소집 명령을 하달했다. 곧바로 상황실 겸 임시 당직실이 영사관 2층에 가동되었다.

상황실에서 상황 파악은 안 되고 목소리만 웅성거릴 때였다. 조심성이라고는 없이 상황실 문이 왈칵 열리더니 나이 지긋한 사내 하나가 들어섰다. 총영사관의 우두머리인 스즈키(鈴木要太郞) 총영사였다.

"늦은 시간에 연락을 드려 죄송합니다."

총영사를 본 경찰부장이 뒤통수를 긁적이며 다가왔다. 그는 방금 사내 둘과 더불어 심각히 얘기 중이었다. 얼굴이 온통 흙빛인 사람은 용정은행의 소장이고, 다른 하나는 경찰 간부였다. 한데 뜻밖에도 경찰 간부는 조선 사람이었다.

"여태 은행 호송대가 도착을 안 했다니 그게 무슨 뚱딴지같은 소리요?"

허둥대며 상황실로 들어선 총영사는 언성부터 높였다.

"글쎄 말입니다. 혹 무슨 사고나 터진 게 아닌지….."

은행 소장이 경찰부장에 앞서 스즈키 총영사의 말을 받았다. 근처에 있는 은행에서는 도저히 초조감을 이기지 못해 이곳으로 달려온 상태였다. 총영사가 나타나자 다소 산만하던 소장도 언행을 자제했다. 긴급 연락을 받기 전까지 총영사는 술집에서 술을 마시고 있었다. 자신의 취한 모습을 감추려는지 총영사는 양손을 펴서 얼굴을 쓱쓱 문지른다. 그래도 술기운으로 얼굴이 벌그스름했다.

용정의 일제 총영사관은 3일인 어제 시무식이 있었다. 매년 1월 3일에 거행하는 원시제(元始祭) 행사를 치른 뒤였다. 원시제는 일본 황실의 여러 제사 가운데 가장 정성을 들이는 것으로, 천손(天孫)의 강림을 축하하는 행사였다. 시무식의 총영사는 장황한 훈시를 했다. 중언부언(重言復言)하다 보니 시간을 까먹어 그렇지 실상 내용은 단순했다. 작년의 만세 소동 여파로 아직 조선인이 독립에 대한 환상에서 완전히 깨어나지 못했고, 분별없는 저들의 이른바 지사란 자들에다 철없는 청년까지 간도에 떼거리로 몰려온 만큼, 1920년의 간도는 다른 어느 해보다 여러 문제로 시끄러울 것이며, 따라서 영사관 직원의 가일층 분발이 요구된다는 게 대강의 요지였다. 총영사의 훈시 맺음말은 다분히 암시적인 데가 있었다.

"여러분은 가까운 장래에 반드시 느끼게 될 것입니다. 자랑스러운 대일본 제국의 신민으로서 이곳 만주 땅에 근무한 것이 얼마나 큰 보람이었으며, 또 가슴 뿌듯한 자부심으로 다가오는가를 말입니다."

4일인 오늘은 마침 일요일이었다. 스즈키 총영사는 영사관 1층에 있는 사택에서 시간을 보냈다. 새해라며 제법 마음가짐도 다듬고는 했다. 그러나 작심삼일이란 말이 예사로 생겼겠는가. 석양에 타는 붉은 노을까지 사라지자 타국인 데다, 들뜨기 쉬운 새해라 그런지 총영사는 슬슬 술배가 고팠다. 결국은 새해를 핑계 삼아 단골 술집을 찾았고, 도도한 취기와 더불어 접대부에 대한 희롱질도 점차 도를 넘고 있었다. 한데 느닷없이 불청객이 들이닥쳤다. 경찰 부장의 긴급 지시를 받은 순사였다. 처음에는 총영사가 오만상을 찌푸렸다. 그러나 순사의 귓속말을 듣고는 그만 놀란 나머지 손에 든 술잔까지 떨어뜨렸다.

"아무래도 예감이 안 좋습니다. 늦어도 8시까지는 도착했을 텐데…."

대리석처럼 굳은 얼굴의 경찰부장이 말끝을 흐렸다. 총영사의 흐릿한 눈길이 상황실의 벽시계를 향했다. 9시가 훨씬 지나 있었다. 한겨울에는 야심한 시간이었다.

"으음⋯."

벌그죽죽한 얼굴의 스즈키 총영사가 깊은 신음을 토한다. 잠시 무거운 정적이 흐른다. 그때 갑자기 푸지직 푸지직 하는 소리가 난다. 난로 위에 올려 둔 주전자의 물이 끓어 넘치는 소리였다.

"여태껏 이런 경우는 한 번도 없었는데⋯. 회령 은행에서 출발한 건 확실한가?"

은행 운운은 이제 극비 사항도 못되었다. 상황이 상황인지라 당직자 대신 경찰부장이 나섰다.

"제가 두 번에 걸쳐 함경북도 경찰부에 확인 전화를 했습니다. 무장 경관의 호위 아래 호송대는 아침 8시를 지나 회령에서 출발해 빙판 진 두만강을 건너갔답니다. 그 뒤로는 특별한 보고가 없었을 뿐만 아니라 달리 아는 바도 없다고 했습니다."

40대의 경찰부장은 애써 냉정함을 가장했다. 둥글넓적한 얼굴이 제법 미남형에 속했다. 한데 정열이 넘치는 표정 속에는 또 어떤 약빠름도 느껴져 묘한 인상을 풍기는 사내였다. 계급이 경시(警視)인 스에마쯔(末松) 경찰부장이었다. 용정 총영사관의 경찰부장은 간도 일제 경찰의 최고 우두머리였다. 다시 말해 복마전(伏魔殿)이나 다름없는 북간도의 여러 영사관을 총괄하는 사령탑이 이곳 용정의 총영사관이요, 책임자는 총영사이며, 각 영사관에 소속된 150여 명의 경찰을 총지휘하는 자는 경찰부장이었다. 그만큼 권한과 책임이 막중한 스에마쯔 경시였다. 간도의 영사관 경찰은 편의상 함경북도 경찰부에 소속되었다.

스에마쯔 부장과 머리를 맞댄 조선인 간부 경찰은 현시달(玄時達) 경부(警部)였다. 경찰 계급은 순사보로 시작해 순사, 경부보, 경부, 그리고 경시로 높아졌다. 따라서 간도 경찰에서 현시달의 위상은 경찰부장 다음이었다. 조선인치고는 분에 넘치는 출세였다. 하긴 합방을 기념해 일본 정부로부터 '한국 병합 기념장'을 수여 받을 정도였으니 애초부터 피라미과는 아니었다. 거기다 간도에 처음으로 일제 통감부(統監府) 소속의 임시 파출소가 생겨날 때, 감찰과 직원으로 부임한 이래 지금까지 간도 밥을 먹고 있으니 그대로 영사관의 구년(舊年)묵이도 되었다. 조선인에다 간도 형편까지 환히 꿰고 있는 현시달이 경찰부장 입장에서는 큰 조력자이면서 때로는 부담스러운 존재였다. 간도의 일제 영사관 업무는 대부분 조선 사람과 관련되었다. 따라서 조선인 경찰도 많을밖에 없었다.

따르릉, 따르릉.

전화기가 울자마자 당직자는 얼른 수화기를 잡아챘다. 상황실의 시선이 일제히 당직자에게 쏠렸다.

"여보세요.··· 도착했으면 벌써 연락을 드렸지요."

얼굴이 굳어진 당직자는 이내 신경질적으로 나갔다.

"상황이 파악되면 바로 연락을 드릴 테니 제발 전화 좀 작작 합시다. ··· 뭐라고요? ··· 아, 여보세요? 여보세요? 젠장, 전화기가 왜 이래."

"어이, 당직자. 총영사님도 계시는데 말버릇이 그게 뭔가!"

갸름한 얼굴의 현시달 경부가 제법 참견하고 나섰다. 당직자의 대꾸에서 이미 환히 꿰었는지 전화 내용은 묻지도 않았다. 성질깨나 지닌 당직자는 주먹으로 가슴을 친다. 직속상관도 아닌 데다 조선인인 현시달한테 잔소리를 들은 것이 도무지 억울한 모양이었다. 당직자의 심정은 아랑곳없이 지금의 총영사는 전화 내용이 궁금했다. 술기운엔다 방금 합류한 관계로 아직 상황실 형편에 어두웠던 것이다.

"당직자, 어디서 온 전화인가?"

"용정의 우리 우체국입니다. 우편원이 도착할 때가 지났는데 여태 안 온다고 자꾸 전화질입니다. 이곳 발등의 불이 더 급한데 말입니다."

총영사의 주름이 더 깊어졌다. 그래도 총영사관의 책임자로서 뭔가 한마디 없을 수가 없었다. 방금 현시달 경부가 자신의 위상을 일깨워 준 탓도 있었다.

"은행과 우체국의 호송에 우리 영사관이 관여되어 있으니 물어보는 게 당연하지. 잘 좀 하게!"

총영사가 돌아서자 당직자는 참았던 한숨을 거칠게 토했다.

일제가 조선 땅을 거쳐 중국에 진출하기 위해서는 압록강과 두만강을 국경으로 하는 간도가 그 교두보 역할을 했다. 그러한 간도에 세력을 키우려면 절실한 게 역시 돈이었다. 무엇보다 중국 돈인 길림관첩(吉林官帖)보다는 조선은행권의 유통 시장을 넓히는 것이 시급했다. 또 구제회나 동양척식 따위를 통해 조선 사람의 땅을 저당 잡은 뒤 고리대금을 놓는 일에도 돈은 필요했다. 고리대금의 궁극적 목적은 훗날 결국은 조선 사람의 땅을 빼앗아 세력 확대를 꾀하는 것이었다. 간도에 진출한 여러 일제 세력의 고정 지출도 만만치 않았다. 그뿐만이 아니었다. 간도는 조선 독립운동의 거점으로, 독립 단체와 함께 그 구성원인 독립군이 하루가 멀다며 불어나는 형편이었다. 나아가 그들 독립군은 툭 하면 강을 건너가 게릴라전으로 조선 땅의 일제 군경을 괴롭혔다. 그러한 간도의 독립군 탄압도 영사관 소관이었다. 그러나 남의 나라인 중국 영토에서 영사관 경찰만으로는 어떤 한계에 봉착할밖에 없었다. 이럴 때 흔히 동원되는 것이 돈이었다. 귀신도 조화를 부리게 만든다는 것이 돈인데 하물며 사람의 일이야 말해 무엇하겠는가. 그래서 영사관은 정보 수집을 위한 끄나풀 매수부터 시작해 갖가지 음모에도 뒷돈이 많이 소용되었다. 간도 땅의 세력 확대를 위해 여러 일을 차질 없이 추진하려면 결국 돈이 뒷받침되어야 하는데 간도의 유통 자금만으로는 부족했다. 그래서 간도 일제가 필요로 하는 뭉칫돈은 조선은행 회령 지점에서 연전에 설립된 용정은행으로 공급되었다. 회령에서 두만강만 건너면 중국 영토인지라 간도에서 경찰을 부리는 총영사관이 안전 문제를 책임질 수밖에 없었다.

한데 안전한 수송이 문제였다. 회령과 용정은 130여 리 떨어졌다. 수월찮은 거리인 만큼 늘 위험 부담이 뒤따랐다. 그래서 현금 수송은 거액일 수밖에 없었고, 날짜는 부정기적인 데다 일부 관계자만 아는 극비 사항에 속했다. 비단 돈뿐만이 아니었다. 간도의 일제가 필요로 하는 것은 대부분 무장 경찰의 호위 아래 회령 길을 통했다. 멀리 일본까지 수시로 오가는 우편물 역시 마찬가지였다.

회령의 일본 우편소와 용정의 간도 우체국이 그 통로였다. 그만큼 회령 길은 이용 빈도도 높고 요긴한 길이었다. 따라서 용정의 총영사관에서 볼 때 회령으로 통하는 길은 젖줄이라 해도 과언이 아니었다. 그러나 그동안 특별한 사고나 문제점은 없었다.

그런데 사고의 조짐이 보였다. 아니, 지금은 사고라고 단정을 지어도 별 무리가 없는 시간대였다. 사고라면 십중팔구 대형 사고가 분명했다. 정기적인 우편물 외에 오늘 특별히 수송되는 것은 거액의 현금이었다. 일제는 간도협약(間島協約)을 통해 청나라로부터 연길과 회령을 잇는 길회 철도 부설권을 획득했는데, 거기에 소용되는 자금인 만큼 다른 때보다 훨씬 거액일 수밖에 없었다. 자그마치 조선은행권 15만 원이었다. 고액권인 10원짜리 5만 원에다 나머지 10만 원은 5원짜리 지폐였다. 노동자의 일당이 대략 1원이었다. 또 쌀 한 가마의 가격이 20원 안팎이었다. 따라서 15만 원이면 금싸라기 같은 쌀을 7천5백 가마나 살 수 있는 어마어마한 금액이었다. 그런 거액 호송대가 늦은 밤중까지 함흥차사였다. 용정의 총영사관이 벌컥 뒤집힌 것은 너무도 당연했다.

똑, 똑, 똑.

절제된 노크 소리에 이어 젊은 순사가 상황실로 들어섰다. 눈꼴이 마치 살모사처럼 삼각형인 데다 입가에는 흉터까지 얻은 조선인 순사였다. 그는 총영사가 등장하기 직전에도 상황실에 들렀다. 그리고는 긴급 지시를 받고 나갔다가 지금 다시 상황실로 돌아오는 길이었다. 마침 현시달은 경찰부에 갔는지 상황실에 없었다. 새 인물이 등장하자 총영사의 얼굴에 어떤 기대감 같은 것이 어렸다.

"왔습니다."

잠시 주위를 두리번대던 조선 순사가 일본 당직 순사에게 다가가 짤막하게 보고했다. 어눌한 일본말이었다. 일순간 총영사의 얼굴이 확 펴진다. 신경을 곤두세우고 새 인물을 주목한 덕분에 얼핏 보고 내용을 엿들었던 것이다.

"은행 호송대가 왔다고! 그럼 그렇지. 한데 왜 이렇게 늦은 거야."

총영사는 안도의 한숨과 함께 큰소리로 떠벌린다. 다시 손바닥으로 얼굴을 쓱쓱 문지르는 것은 취기 때문이 아니라 이번에는 긴장으로 굳어진 근육을 풀어주는 모양이었다. 의아한 눈길의 스에마쯔 부장이 그런 총영사와 조선 순사를 번갈아 쳐다봤다.

"강 순사, 무슨 일이야?"

총영사의 호들갑이 전염된 듯 경찰부장이 들뜬 목소리로 물었다. 조선 순사는 강호술(姜鎬述)로 공식 직함은 '간도 일본 영사관 경찰부 순사'였다. 영사관에는 조선인 경찰이 많았다.

"예? 예?"

갑자기 수뇌들의 관심이 자신에게 집중되자 강 순사는 도리어 독사 같은 눈을 띠룩띠룩 굴리며 의아스러워했다. 상황을 지켜보던 당직 순사가 언뜻 사태를 짐작했다. 곤혹스러운 표정으로 수습에 나섰다.

"저어, 그게 아니라…."

내막은 이러했다. 총영사가 술집에 있을 때 경찰에 비상 소집령이 떨어졌다. 한바탕 수선을 피운 끝에 경찰들이 영사관에 속속 복귀했다. 한데 정작 경찰부장이 애타게 기다리는 순사는 얼른 나타나지 않았다. 걸음걸이가 뒤뚱거려 별명이 오리로 불리는 순사였다.

오늘 현금 호송대의 책임자는 회령 경찰서의 나카토모(長友) 순사였다. 오리 순사는 나카토모와 동기로 서로 죽이 잘 맞는 사이였다. 초조하고 답답한 마음에 무슨 정보라도 얻을까 싶어 찾는데, 그놈의 오리 순사까지 오리무중이자 경찰부장은 더럭 의심과 함께 안달이 났다. 먼저 오리 순사부터 찾으라며 닦달질을 해댔다. 그러자 현시달 경부가 나름의 끄나풀 운용으로 후각이 발달한 강호술을 불러 그 임무를 맡겼던 것이다. 결과적으로 상황실에 다시 나타난 강 순사가 "왔습니다."라고 말한 것은 바로 오리 순사가 이제야 경찰부로 복귀했다는 보고였다.

상황실 출두가 늦은 총영사는 그런저런 과정을 전혀 몰랐다. 설마 하는 심정으로 이제나저제나 하고, 벌써 초저녁에 탈이 난 호송대의 도착만을 혀가 빠지게 기다리는 중이었다. 그런데 바깥에서 들어온 순사가 앞뒤 없이 불쑥 "왔습니다."라고 보고하는 것을 엿들었으니 총영사로서는 호송대가 도착한 것으로 지레짐작할밖에 없었다.

"보안 유지에 신경 좀 쓸 수 없나! 이런 판국에 새파란 조선 순사가 상황실을 제집 드나들 듯이 마구 들락거리고 말이야."

총영사가 당직자를 거칠게 몰아붙였다. 자신의 속단에 대한 무안함이 신경질을 더 부채질한 모양이었다. 상황실을 나서던 강 순사의 얼굴이 일순 굳어졌다. 조선 순사를 싸잡아 비난해대는 총영사의 막말에 심사가 사나워졌던 것이다.

"이봐, 당직자! 그런데 영사관 직원은 왜 코빼기도 안 보이나?"

총영사가 마침내 시비조로 나왔다.

"예?"

"예라니! 꼬락서니를 보니 멀뚱멀뚱 앉아만 있었군. 꼭 내가 일일이 지시를 내려야만 움직이나. 자빠져 자지 말고 전부 나오라고 해! 당직이란 작자가 비상사태도 파악 못 하고 이래서야 무슨 일이 되겠어. 비상 연락망은 언제 써먹자고 저렇게 떠억 붙여 놓았나?"

말을 할수록 총영사는 흥분기를 보였다. 술이 깨면서 설마 하던 여유는 점차 스러지고 마침내 초조감이 엄습한 때문이었다. 만만한 놈만 볼기 맞는다고 당직자에게 실컷 화풀이한 총영사는 유리창을 통해 영사관 정문을 뚫어지게 쳐다보았다. 낮에는 마차가 심심찮게 굴러다니는 길인데 지금은 그마저도 뚝 끊어진 상태였다. 맹렬한 바람에 한 그루 우뚝한 수양버들만 이리저리 쓸리고 있었다. 육중한 철 대문은 여전히 덩그러니 완강할 뿐 어떤 극적인 반전의 낌새는 조금도 느낄 수 없었다. 마침내 간에 불이 붙은 총영사는 뒷짐을 지고 실내를 분주하게 왔다 갔다 한다. 틈새가 어긋난 부분이 있는지 나무를 깐 바닥이 구두 걸음에 삐직삐직 앓는 소리를 낸다. 난로는 스즈키 총영사만큼이나 벌겋게 달아올랐다. 다람쥐 쳇바퀴 돌 듯 경찰부와 상황실을 오락가락하는 스에마쯔를 총영사가 붙들었다.

"경찰부장, 나 좀 보세."

이윽고 두 사람은 총영사실로 자리를 옮겼다.

"뭣 좀 알아낸 게 있나?"

담뱃불을 댕기며 총영사가 눈을 치뜬다. 평상심을 조금은 회복한 모습이었다.

"특별한 사항은 없습니다. 밤중이라 순사대가 용정 경계까지 나가봤지만 별다른 단서도 없고⋯. 또 용정에서 호송대를 봤다는 목격자도 없는 상태라⋯."

말끝을 흐리는 경찰부장은 손바닥만 비비적거렸다.

"그렇다면 결론은 뻔하구먼. 아침에 회령을 떠났는데 용정에서는 꼬락서니도 못 봤다니 중간에서 무슨 사고가 났다는 말밖에 안 되잖아?"

"확실한 건 날이 샌 뒤 수사를 해봐야 알겠습니다."

"물론 그럴 테지. 현금 수송은 비밀 유지가 관건인데⋯. 혹 시원찮은 은행 작자들 때문에 정보가 새나간 건 아닐까? 마적 떼는 더 말할 것도 없고 불령선인(不逞鮮人)이 눈치를 채도 얼씨구나 할 텐데 말이야."

총영사는 새 담배에 불을 붙이며 중얼중얼했다. 내심 사고 쪽으로 결론을 내린 뒤 벌써 책임 소재에 전전긍긍하는 모습이었다. 그리고 사고가 발생했다면 그 범인으로 다짜고짜 마적과 불령선인에 혐의를 뒤집어씌웠다.

대체로 왕권이 쇠약해진 왕조의 끝 무렵에는 떼를 지어 다니며 약탈을 일삼는 도둑의 무리가 생겨나기 마련이었다. 청나라 말기에도 예외는 아니어서 마적까지 생겨났다. 이름 그대로 말을 타고 떼 지어 다니는 도둑이었다. 한데 마적은 원래 촌락 공동체 보호를 위해 자체적으로 조직된 무장 집단이 그 뿌리였다. 일종의 민중 자위 조직인 셈이었다. 따라서 촌락을 습격하여 약탈 행위만 일삼는 비적(匪賊)이나 토비(土匪)와는 그 성격이 달랐다. 그러나 자기들의 보호 구역을 벗어나 다른 지역에서 약탈할 때는 그대로 도둑이었다. 세월이 흐르면서 원시림인 밀림을 근거지로 힘을 기르며 군대나 다름없는 수십, 많게는 수백 명이 한 무리가 되어 횡행(橫行)하는 것이 이즈음의 마적 떼였다. 마적의 발호는 정치와 군사적으로도 만주의 여러 세력에 적지 않은 영향을 끼쳤다. 그런 마적은 두령의 기질이나 출신에 따라 행동거지도 천차만별이었다. 졸개들까지 하얀 백마를 탄 낭만만큼이나 비록 마을을 약탈할지라도 필요한 재물 외에 더는 피해를 주지 않으면서 제법 의적을 흉내 내는 마적단도 있었다. 그에 반해 여자 납치쯤은 다반사요, 돈과 아편이 생길 일이라면 세상에 못 할 짓이 없는 무리도 존재했다. 이들은 어쩌면 비적보다도 더 못된 마적이었다. 중국이나 조선에 호의적인 집단도 있지만, 일제의 돈질에 맹종하는 패거리도 수두룩했다. 그래서 만주와 시베리아 벌판을 주름잡는 마적은 여러 민족의 각축장이었던 만주 역사만큼이나 다양했고 소털만큼이나 많았다.

총영사가 거론한 마적은 물론 도둑 떼를 의미했다. 한데 그런 마적과 거의 동등한 의미로 불령선인을 입에 담았다. 불령선인이란 단어는 일제가 조선 독립군을 비하해서 만들어 낸 조어였다. 일제는 독립군을 가리켜 '조선 독립을 빙자하여 떠돌아다니며 난동을 부리는 부랑자'로 정의한 뒤 '불령선인'이란 말로 통칭했다. 곧 조선 독립군이 일제로서는 불령선인이었다. 침략의 일제를 끝없이 괴롭힌 의병이 '폭도'로 불린 것과 같은 맥락이었다.

"큰일 났습니다."

두 수뇌가 총영사실에서 두통으로 끙끙대고 있는데 갑자기 경찰 간부가 들이닥쳤다. 현시달도 엉거주춤 그 뒤를 따랐다.

"무슨 일인가?"

스에마쯔 부장이 자리를 박차고 일어선다. 웬만한 충격쯤은 이미 각오를 다진 듯한 모습이었다.

"방금 보고가 들어왔는데 현금 호송대가 박살 났답니다."

경찰 간부는 박살이란 말에 힘을 주었다. 총영사는 눈을 질끈 감았다. 얼굴에 체념 같은 것이 빠르게 스쳐 갔다.

"어디서 당했는데? 피해 상황은?"

경찰부장은 정보통인 현시달을 향해 다그치듯 물었다.

이제 밤은 10시를 훌쩍 넘겼다. 한데 한겨울의 야심한 시각에 한 떼의 기마대가 황급히 용정을 빠져나갔다. 10여 명의 영사관 경찰이었다. 사고 현장으로 긴급 출동하는 수사대임은 말할 필요도 없었다.

화룡현의 청산리(靑山里) 밀림 지대에서 발원하여 동쪽으로 흐르는 것이 해란강(海蘭江)이었다. 또 다른 강인 육도하(六道河)는 두만강에서 동북으로 흘렀다. 용정은 그러한 두 강이 합류하는 지점에 있었다. 중국인들은 용정을 육도구(六道溝)라고 불렀다. 용정에서 육도하를 거슬러 회령 가는 길을 잡으면, 동량어구를 지나서 선바위에 이르렀다. 이 천연의 관문을 통과해 얼마쯤 가면 아담한 마을이 하나 나타났다. 남향한 마을 앞은 논밭이 풍성하게 어우러졌고, 뒤편 언덕은 밭뙈기로 일군 명동촌(明東村)이었다. 이른바 불령선인이 득시글거린다고 하여 처음부터 총영사관의 눈 밖에 난 마을이었다. 명동촌에서 신작로를 내처 따르다 보면 큰 산이 앞을 가로막는데 바로 오랑캐령이었다. 힘들게 오랑캐령을 넘으면 올망졸망한 마을 셋이 자리했다. 거기서 유유히 흐르거나 아니면 허옇게 얼어붙은 강이 바로 두만강이었다. 강 건너는 조선 땅 회령이었다.

"아니, 그게 참말이오!"

한밤중에 경찰을 몰고 나갔던 경찰부장은 의외로 일찍 돌아왔다. 그런 스에마쯔 부장의 직접 보고를 들으며 총영사는 몇 번이고 펄쩍 뛰었다. 얼굴은 수시로 누르락푸르락 경련을 일으켰다. 각오 이상의 초대형 사고가 터졌기 때문이다. 현장 상황과 보고를 종합하면 대략 이러했다.

호송 대장인 나카토모 순사는 사고 현장에서 시체로 발견되었고 조선 순사의 부상도 심각했다. 뿐만이 아니었다. 상인이 말을 타고 호송대와 동행했는데 그만 중상을 당해 오락가락하는 중이었다. 애초 말까지 타고 호송대를 따른 것이 불운이라면 불운이었다. 나머지 은행원이나 우편원은 포승줄 신세거나 용케 탈출에 성공했다.

인명 피해도 피해지만 마바리 두 필이 사라지고 없었다. 말이 문제가 아니라 당연히 실린 짐이 중요했다. 현장 주변을 샅샅이 수색한 결과 우편물 자루는 근처 산기슭에서 발견할 수 있었다. 그러나 현금이 담긴 철궤는 끝내 찾을 수 없었다. 범인이 철궤 실은 말을 몰고 줄달음질을 친 것은 거의 확실했다. 습격을 당한 장소도 충격적이었다. 용정은 간도 일제의 심장부에 속할 뿐만 아니라 장차 만주 대륙 경영을 위한 전초 기지였다. 일제가 용정에 계속 공을 들이는 이유도 거기에 있었다. 한데 범인들은 그런 용정의 바로 코앞에서 활개를 쳤던 것이다. 일종의 정면 도전이나 다름없었다.

지옥 문턱을 경험한 호송 대원들은 한가지로 조선 사람을 범인으로 꼽았다. 총기를 휴대한 조선인 마적단이라는 것이었다. 아마도 중국인 차림새로 미뤄 마적은 분명한데, 행동거지나 언뜻 엿듣게 된 조선말이 그러한 추론을 가져온 듯했다. 그러나 습격자의 규모에 이르자 열 명이 훨씬 넘느니 하면서 대원들이 제각기 횡설수설이었다. 규모를 파악할 형편도 못되었지만, 한편으로는 불가항력의 상황을 애써 강조하려는 눈치도 역력했다. 보고를 받은 총영사는 분노와 함께 전율을 느꼈다. 이마에는 핏줄이 툭 붉거졌다.

"대체 어떤 놈들이 감히, 감히 우리 대일본 제국의 경찰을 살해한단 말인가! 돈 냄새는 또 어떻게 맡았을까?"

말을 더듬더듬했다. 경찰부장에게 담배를 건네는 총영사는 수전증(手顫症) 환자보다도 더 심하게 손을 떨었다.

"부장은 이 사태를 어찌하면 좋겠나? 아니, 그보다도 이런 만행을 저지른, 간이 배 밖에 나온 조선 놈들이 대체 누굴까?"

기가 막히긴 간도 경찰의 총책임자인 스에마쯔 부장이 더했으면 더했지 덜하지 않은 충격적인 사건이었다. 그 때문인지 평소보다 목소리가 더 단호했다.

"우선 현장 주변에 긴급 조치를 취하고, 범인들이 몰고 간 말의 발자국을 뒤쫓고는 있습니다만 밤중이라서…. 역시 불령선인의 소행일 가능성이 가장 농후해요. 현장을 발견하기 전까지는 혹 내부 소행이 아닌가 하는 의구심도 가졌지만, 조선인들이 범인인 것은 이제 확실합니다. 한데 조선 마적은 한낱 속임수에 불과해요. 떼거리의 조선 마적단 자체가 금시초문인 데다 그깟 차림새 정도야 꾸미기 나름 아닙니까?"

경찰부장의 장황하던 설명이 잠시 중단됐다. 결론에 앞서 어떤 뜸 들이기였다. 총영사가 긴장하는 눈치를 보였다.

"따라서 요즘 동정이나 정황 등을 종합해 볼 때 일부 막돼먹은 불령선인이 돈을 탐내 저지른 만행이 아닌가 하는 것이 제 소견입니다."

함께 출동했던 현시달 경부는 범인으로 간도의 대한청년회를 주목했다. 현장 수습이 서툴다는 게 가장 큰 이유였다. 그러나 조선 경찰의 의견은 스에마쯔 부장에게 단지 참고 사항일 뿐, 군이 총영사에게 일일이 보고할 필요는 없었다. 경찰부장이 얼굴을 들이밀며 단정을 내리자 이미 짐작했다는 듯이 총영사가 곧바로 고개를 끄덕인다. 그러다 다시 도리질한다. 정신이 든 것만은 확실했다.

"그게 제일 무난한 추리겠지. 하면 놈들이 호시탐탐 노렸다는 얘긴데 돈이 수송된다는 사실은 또 어떻게 알았을까? 은행에서 내처 따라붙을 수도 없는 노릇이고…. 그도 그렇고, 우리를 건드렸다간 뒷감당이 무섭다는 걸 세상에서 누구보다도 잘 아는 조선 놈들이 과연 대일본 제국의 경찰을 살해할 수 있을까?"

경찰 살해라는 말에 스에마쯔 부장은 한층 예민하게 반응했다.

"미리 돈을 노린 것만은 분명한데, 돈 냄새를 어떻게 맡았느냐에 대해서는 저도 섣불리 예단키 어렵군요. 하지만 분명한 사실 하나는 조선 놈들이 엄청나게 변했다는 것입니다. 용정에 가만히 앉아서는 피부로 못 느낍니다. 우리 경찰 소재지를 벗어나 보면 험악합니다. 정말 험악해요."

은연중 총영사에 대한 비난도 내포된 반박이었다. 헛기침의 경찰부장은 말을 잇대었다.

"불령선인은 제쳐 두고 무지렁이 농사꾼도 이제 만만치가 않아요. 지난 만세 소동 이전과는 아예 비교할 수가 없어요. 세세히 보고는 안 드렸습니다만, 두메산골에 우리 경찰이 한번 출동하려면 막말로 목숨을 담보하지 않고서는 불가능한 게 작금의 현실입니다. 이번 사고가 아니래도 조선총독부나 외무성에서는 근본적인 대책을 미리 세워야만 했어요."

책임이 막중한 경찰부장은 갈수록 목소리를 키웠다. 흥분기 때문인지 상관에게 침 파편이 튄다는 사실조차 의식하지 못했다. 총영사가 머리를 끄덕였다.

"만세 소동 이전보다 분위기가 한층 살벌해진 것은 인정하지. 그렇지만 불령선인이 협박 따위는 가해도 간도에서 우리 일본 사람을 살해한 적은 없잖아?"

비록 혐의는 다분하지만, 여러 이유로 범인들이 독립군은 아니었으면 하는 게 총영사의 바람이었다. 침 파편이 튀어 찜찜한 얼굴을 소맷자락으로 훔치며 말을 이었다.

"어쩌면 호송 대원들의 말처럼 조선 마적 떼일지도 모르지. 승냥이 떼처럼 워낙 들끓는 게 마적 아닌가. 멍청하게 포박이나 당했던 자들이 횡설수설하니 도대체 알 수가 있어야지. 그건 그렇다 치고…."

총영사는 뒷말을 잇지 못하고 머뭇머뭇했다. 말을 꺼내기가 내심 두려운 눈치였다. 손가락으로 죄 없는 성냥개비만 톡톡 부러뜨리다가 마침내 작정한 듯 입을 열었다.

"부장, 만약에 가정해서 말일세. 부장의 추리대로 그 돈이 불령선인의 수중에 떨어진 게 확실하다면 놈들이 어디다 사용할까?"

"불령선인들은 지금 무장을 갖추려고 혈안이 되어 있습니다. 따라서 십중팔구 연해주로 가서 무기를 사겠지요. 그만한 돈이면 여기 간도는 물론이고 연해주의 불령선인까지 완전 무장을 하고도 남습니다."

확신에 찬 어조였다.

"으음, 역시 그렇겠지."

경찰부장의 답변이 자신의 예상과 한 치도 어긋남이 없자 총영사의 얼굴은 한층 침울해졌다. 그것은 생각만으로도 등골이 서늘해지는 각본이었다. 총영사가 내심 범인으로 독립군을 배제한 이유도 거기에 있었다.

"그렇다면 범인 추격과 함께 노령(露領) 방면의 길목 차단이 급선무 아닌가?"

"이를 말씀입니까. 현장 주변 수색과 주요 길목의 검문검색은 수사에서 기본 아닙니까?"

경찰부장의 뾰족한 반문이었다. 그러나 총영사는 지금 제정신이 아니었다. 성냥통이 빈 줄도 모르고 무의식적으로 손이 들락거리다가 문득 자기 주문(呪文)에 빠져들었다.

"돈 앞에서는 부자(父子)간에도 속인다는데, 하물며 남남이라면 더 말할 나위가 없지. 아무렴, 그렇고말고. 엄청난 돈인데 설마하니 아무 탈 없이 무기 구입까지야…. 돈이란 손에 쥐어지는 순간 마음이 먼저 변덕을 부리는 요물 덩어리 아닌가."

마침내 새벽이 다가오자 경찰부장이 상황실을 나섰다. 범인을 체포하려면 일각이 급하기 때문이었다.

"궁금하니까 중간에 자주 연락을 주시오."

총영사의 말을 듣고도 경찰부장은 쓰다 달다 말이 없었다.

"적어도 매시간 순사를 내게 보내도록 하게! 외무성과 조선총독부에 보고하려면 현황 파악이 급선무란 말일세."

이번에는 못을 박는 지시였다. 끓어오르는 울화와 초조감으로 밤을 꼬박 지새운 수뇌들은 눈에 벌겋게 핏발이 서 있었다.

총영사관을 빙 둘러싼 붉은 벽돌담은 사람의 키를 훌쩍 넘겼고 그 둘레는 무려 5리나 되었다. 담장의 네 귀퉁이에는 어깨에 총을 멘 순사가 보초를 서고 있었다. 겉면을 노란색 타일로 장식한 2층 건물이 본관이고, 저만큼의 음침한 건물은 생뚱맞게도 영사관 감옥이었다. 턱없이 높다란 담장을 따라 아무렇게나 밀어붙인 눈은 마치 흙이 섞인 눈사람만큼이나 보기에 흉했다.

하늘에 별이 총총 박힌 것이 아직 먼동이 트려면 이른 시간이었

다. 현관을 나선 경찰부장은 곧장 영사관 뒤뜰로 향했다. 거기에
는 경찰이 집결해 있었다. 여기저기서 옆 사람과 수군수군하다가
누군가 대장이 온다며 짧게 외자 금시 쥐 죽은 듯이 조용해졌다.
조선 순사는 뒷줄에 서 있었다. 단 위에 오른 경찰부장은 마치 출
전을 앞둔 군 지휘관처럼 명령을 하달했다.

"간밤에 회령에서 현금을 호송해 오던 우리 경찰이 살해되고 또
크게 다쳤다. 더불어 막대한 현금까지 현재 행방이 묘연한 상태
다. 범인이 조선 놈들이란 사실은 다들 숙지하고 있을 줄로 안다.
한마디로 말해 지금은 비상사태다. 최소 요원만 남고 전원 출동한
다. 필요하다고 판단되면 다른 영사관에서도 인원을 차출할 예정
이다."

주먹으로 입을 막고 잔기침을 한 경찰부장은 목소리를 키웠다.

"범인들은 악질인 데다 총기까지 소지 중이다. 이 말은 미리 전
투 상황을 단단히 각오하라는 뜻이다. 그에 따라 권총과 함께 장총
으로 재무장한 군장(軍裝) 검사를 30분 뒤에 실시하겠다. 이곳으로
다시 돌아올 때를 기약할 수 없는 만큼 각자 준비를 철저히 하기
바란다. 이상 다른 질문 사항 있나?"

새벽을 재촉하느라 이따금 닭이 길게 목청을 뽑았다. 그런 미명
을 뚫고 분주히 용정 시가지를 빠져나가는 한 무리의 기마대가 있
었다. 역시 기동성을 발휘하여 범인 추격에 나선 영사관 경찰이었
다.

총영사는 간부들과 머리를 맞댄 뒤 조선총독부에 사건 경위를
보고했다. 전화로 중계되는 간접 보고였다. 아니나 다를까 경성의

조선총독부에서는 따끔한 질책부터 날아들었다. 그러고도 연방 전화기가 울어대는데, 총독부는 현재 야단법석이며 특히 치안 담당 부서인 경무국(警務局)이 크게 격앙된 상태라며 을러대는 것이었다. 조선총독부에서 격하게 반응한 것은 당연했다. 일제에 엄청난 충격을 안겨 준 만세 운동 여파로 총독부의 수뇌는 얼마 전 교체된 상태였다. 그들은 만세 운동 뒤처리와 전반적인 쇄신에 전력을 쏟았다. 그 결과 만세 운동 불길은 어지간히 잡은 셈이었다. 문제는 불씨였다. 특히 간도의 독립운동은 새록새록 살아나는 불씨로, 언제 강을 건너와 조선 천지에 다시금 화광을 충천시킬지 알 수 없는 노릇이었다. 그래서 총독부는 간도의 독립운동 불씨를 죽이려고, 하다못해 한반도로 번지는 사태만큼은 미리 방지하려고 전전긍긍했다. 대책의 하나로 제기된 게, 간도 일제의 총본부 격인 용정 영사관을 총독부가 수족처럼 부리자는 것이었다. 그래서 얼마 전부터 용정의 총영사는 조선총독부의 사무관을 겸임토록 조처했다. 또 "불령선인을 황민화(皇民化)하고 선량한 조선인을 보호한다."라는 핑계로 전보다 한층 더 적극성을 띠고 간도의 여러 일을 참견하려 들었다. 한데 총독부의 시책을 비웃기라도 하듯 전에 없는 대형 사고가 터졌다. 난감하긴 총독부도 마찬가지였지만 당장은 현지 영사관을 화풀이 상대로 삼을밖에는 없었다.

마침내 조선총독부의 정식 훈령이 총영사에게 긴급으로 떨어졌다. 평소 조선 독립운동에 관대했던 중국 측에 강력히 항의할 것이며, 불령선인 마적단을 중심으로 범인 체포 및 강탈당한 현금 탈환에도 온 힘을 다하라는 엄중한 내용이었다. 총독부는 이미 독립군을 배후로 단정한 듯했다.

"각오한 이상으로 닦달이군. 조선총독부에서는 이번 사고의 파장에 신경이 곤두선 것 같아. 새해 첫 시련이라나, 뭐라나."

경찰부장을 상대로 풀기 죽은 총영사가 푸념했다. 스에마쯔 부장은 자기 발등에 떨어진 불이 더 급한지라 대꾸조차 시들했다.

"총독부의 경무국장이 단단히 뿔났나 봅니다. 역시 무기 구입 자금으로 흘러가기 전에 무슨 수를 써서라도 전액 회수하라며 저한테도 불호령이 떨어졌다더군요. 곧 경무국에서 긴급출장을 나온답니다."

영사관 경찰은 명색이 함경북도 경찰부에 속했고, 그러한 경찰 조직의 최상급 기관은 조선총독부의 경무국이었다.

"이미 엎질러진 물 아닌가? 위기는 곧 기회라는 말도 있으니 우리 수습에 온 힘을 다해보세. 우선 경찰부는 범인 체포에 전력을 기울여 주게. 내 최대한의 지원을 약속함세."

"그러자면 먼저 사건 현장을 중심으로 인근 마을부터 시작해 철저한 수색과 탐문이 이뤄져야만 합니다. 혹 중국 측이 월권이라며 항의하지나 않을까요?"

스에마쯔 부장이 토를 달자 총영사는 대뜸 콧방귀부터 뀌었다.

"흥, 언제는 우리가 일일이 저들의 허락을 받았던가. 특히 이번 사고만큼은 입이 열 개라도 찍소리 못할 걸세. 부장, 설마 저들 덜 떨어진 중국 군경이 범인을 체포해 주리라 기대하는 건 아니겠지?"

중국 측에 다분히 감정적인 스즈키 총영사였다. 경찰부장도 그냥 한번 해본 소린 듯 공권력 행사 문제에 대해서 더는 언급하지 않았다. 답변 대신에 묵직한 말로 당부했다.

"당분간은 보안 유지가 필수적입니다. 영사관 직원들에게도 특별히 주의를 환기하여 주십시오."

영사관 수뇌들은 남의 영토인 간도에서의 공권력 행사를 별반 대수롭잖게 여겼다. 거기에는 일제가 신흥 강국이라는 배짱도 은연중 작용했다. 더불어 그럴 만한 역사적 이유까지 있었다. 간도가 지금은 비록 중국 영토라고는 하나 얽히고설킨 이력으로 인해 완전한 주권을 행사하기에는 여러 제약이 따랐던 때문이다.

2. 긴박해진 용정

　조선 숙종 38년인 1712년의 일이었다. 이미 간도 일대에 봉금령을 선포한 청나라는 불분명한 조선과의 국경을 획정(劃定)할 필요성을 느꼈다. 이에 청의 강희제(康熙帝)는 오라(烏喇=길림) 총관(摠管)인 목극등(穆克登)을 사신으로 파견하였고, 통지를 받은 조선 조정에서도 접반사(接伴使)를 보냈다. 국경 확정을 위해 혜산진에서 회동한 양국 대표는 답사 등을 거친 뒤 백두산에 정계비(定界碑)를 세우기에 이르렀다. 청나라 총관인 목극등이 주간(主幹)한 비문(碑文)의 핵심 내용은 이러했다.

　"양국의 변경을 답사 조사하니 서쪽은 압록강이고 동쪽은 토문강(土門江)이다. 그러므로 분수령(分水嶺) 위에 비를 세워 이를 기록한다."

　말하자면 백두산에서 발원하는 압록강과 토문강이 청과 조선의 국경선임을 뜻했다.

　백두산정계비가 건립되고 170여 년이 흐른 1881년이었다. 청은 마침내 봉금령을 해제하고 간도 이주와 개척을 시작했다. 그러자 이미 터를 일구어 살고 있던 조선 농민과 새로 이주하는 청국인 사이에 자주 분쟁이 발생하였다. 이에 청나라의 만주 관리는 간도 조

70

선인을 자기 나라 사람으로 간주하겠다며 조선 조정에 통고하더니, 급기야는 조선인 철수까지 요구하기에 이르렀다. 이는 정계비에 국경선으로 명백히 밝힌 토문강을 무시한 채 두만강을 국경선으로 치부한 결과였다. 예전부터 중국은 두만강을 도문강(圖們江)이라 불렀으나 송화강의 상류인 토문강(土門江)은 백두산의 동북에 엄연히 따로 존재했다. 한마디로 말해 두만강과 비문에서 국경선으로 밝힌 토문강은 전혀 별개의 강이었던 것이다.

정계비에 따라 이미 간도를 국토로 인식하고 있던 간도 땅의 조선 농민은 청의 회유와 압력에 매우 놀랐다. 그리고 억울했다. 자신들이 피땀 흘려 개척한 삶의 터전을 함부로 빼앗길 지경에 이르렀을 뿐만 아니라 까딱 잘못하면 남의 나라 사람이 될 수도 있었기 때문이다. 그래서 자치 기구의 대표단은 먼저 백두산에 올라 이미 훤히 숙지 중인 정계비 내용은 물론, 토문강 원류까지 밝게 탐사하였다. 이 명백한 자료를 토대로 청나라 관청에 항의하는 한편, 조선의 종성부사(鐘城府使)에게도 대책을 호소했다.

이런 억울한 사정을 알게 된 서북경략사(西北經略使) 어윤중(魚允中)은 두 차례나 사람을 백두산에 올려보내 명확한 조사를 명할 정도로 이 문제를 신중히 처리했다. 그리고 마침내 여러 자료와 조사를 토대로 토문강은 송화강의 상류이며, 따라서 '토문강 이남의 간도 땅은 조선 영토'라는 조선 농민의 주장이 옳다는 것을 확인했다. 그러한 어윤중은 청의 관리에게 공동 조사를 제의할 정도로 이 문제에 확신을 지녔다. 여러 곡절 끝에 결국 양국은 간도 영유권(領有權)을 두고 회담을 두 차례 가졌다.

1차 감계회담(勘界會談), 즉 국경회담은 1885년에 회령에서 열렸다. 조선에서는 청렴과 강직한 인품으로 두루 신망을 얻은 안변부사(安邊府使) 이중하(李重夏)가 토문감계사(土門勘界使)로 임명되었다. 한데 회담은 처음부터 난항을 겪었다. 청은 두만강의 본류(本流)가 어디인가를 논의 대상으로 삼으려 했지만, 조선은 토문 감계를 주장했다. 다시 말해 두만강을 국경으로 삼으려 미리 작정한 청의 대표는 두만강을 거슬러 올라 정계비에 이르려 했다면, 이중하는 정계비에서 강의 발원(發源)을 조사하자며 강력히 맞섰다. 결국, 양측은 백두산 답사를 거친 뒤 다시 말을 나눴다. 이중하는 도문과 두만은 같은 강임이 분명하나 정계비 비문의 토문은 문자 그대로 토문강임을 분별했다. 그러나 청나라 대표는 정계비의 토문이 송화강의 상류임을 확인하고서도 토문강이 곧 도문강이라며 우겼다. 심지어는 정계비가 실제와 부합하지 않으므로 뒷날 만들어 세운 것으로 보인다며 정계비의 신빙성까지 의심하고 들었다. 을유(乙酉) 감계회담은 끝내 결렬될 수밖에 없었다.

2년 뒤 다시 회담이 열렸다. 한데 이번에는 충분히 여건을 조성한 청나라에서 먼저 요구하고 나섰다. 조선에 주재하며 조정을 주무르고 내정 간섭을 일삼는 원세개(袁世凱)를 통해 이미 감계 문제를 강하게 압박했던 것이다. 이번에도 조선 대표는 이중하가 맡았다. 오랜 세월 종주국으로 군림한 위세에다 조선에 군대까지 진출시킨 청은 1차 회담 때보다 한층 강경하게 나왔다. 조선 관리를 대하는 태도도 거칠었다. 종전 주장을 되풀이하던 청의 관리는 은근히 이중하의 목숨까지 위협하고 들었다. 강한 바람이 불어야 굳센

풀을 알아본다는 말처럼 이중하는 원래 기백이 넘치는 인물이었다. 움츠리기는커녕 오히려 한술 더 뜨고 들었다.

"내 머리는 잘라 갈 수 있을지언정 내 국토는 촌토(寸土)도 잘라 갈 수 없을 것이다."

2차에 해당하는 정해(丁亥) 감계회담 역시 결렬되었다. 한데 이때 통역을 담당한 역관(譯官)이 불과 열다섯 살의 이동춘(李同春)이었다. 회령이 고향인 어린 역관은 통역하면서 힘없는 나라의 설움과 함께 이중하로부터 백성 된 자의 나라 사랑을 온몸으로 느꼈다. 이후 이동춘의 인생행로가 뚜렷해진 것은 실로 이 자리에서 비롯되었다.

그 뒤 국호까지 대한제국으로 바꿔 가면서 자주독립 국가를 열망하던 조선은 간도 문제에 대해서도 보다 적극성을 띠었다. 관찰사에게 철저한 현지답사를 명한 뒤 이를 토대로 간도가 조선 영토라는 사실을 확신하기에 이르렀다. 그리하여 대한제국은 회령에 변계경무서(邊界警務署)를 설치하여 간도 조선인에 대한 보호 정책을 펴는가 하면, 이범윤(李範允)을 북변간도관리사(北邊間島管理使)로 임명하여 간도에 상주시키는 등 지속해서 간도 영유권을 주장하였다. 그러나 대한제국은 끝내 간도 귀속 문제를 결말짓지 못했다. 을사늑약(乙巳勒約)이 체결되면서 그만 일제에 외교권을 빼앗긴 때문이었다.

일제는 대륙 침략 정책의 하나로 용정에다 '한국통감부 간도 임시 파출소'를 설치하였다. 이것은 "간도는 한국 영토이다."라는 훈령이 내려진 뒤의 행정 조치였으며, 실제에서도 꾸준히 이를 역설하였다. 그래서 '간도 한국 사람의 생명과 재산 보호'를 통감부 간도 파출소의 설치 명분으로 삼았다. 한데 일제는 러일 전쟁 뒤 러시아로부터 획득한 남만주의 여러 이권에 대해 세력 확대와 공고화를 꾀하는 과정에서 전혀 엉뚱한 일을 저질렀다. 만주의 철도와 탄광 등에서 여러 이권을 얻는 대신, 그동안 목청을 돋우던 간도는 슬그머니 청나라 영토로 인정해 주었던 것이다. 1909년에 청나라와 일본이 맺은 이른바 간도협약이 그것이었다.

간도협약의 첫 번째 조항이 "두만강을 양국의 국경으로 하고, 그 상류는 정계비를 지점으로 하여 석을수(石乙水)를 국경으로 삼는다."라는 것이다. 백두산으로 뻗어 있는 두만강의 지류는 홍토수(紅土水)와 석을수 등으로 모두 네 개나 되었다. 이중하가 목숨까지 걸고 국경으로 삼으려 했던 것은 홍토수였다. 한데 양국의 국경을 정한 국가의 영토에 관한 이 협약에 정작 분쟁의 한쪽 당사자인 대한제국은 완전히 배제되었다. 이로써 30여 년을 끌어온 간도 귀속 문제에서 정계비는 전혀 무시된 채, 청일 간에 체결된 간도협약이 간도를 청의 영토로 인정하는 결과를 낳았다. 협약 이듬해인 1910년에는 한일 합병이란 게 체결되었다. 이 때문에 간도 조선 사람은 또다시 얄궂고 분통 터지는 일을 겪어야만 했다. 똑같은 조선 사람임에도 불구하고 거주지가 어디냐에 따라 신분이 달라졌던 것이다.

간도협약의 일제 이권 중에는 "용정촌, 국자가(局子街=연길), 두도구(頭道溝), 백초구(百草溝) 등 네 곳에 영사관이나 영사관 분관을 설치한다."라는 내용이 들어 있었다. 그래서 상부지(商埠地)로 개방된

네 개 지역과 이미 그전부터 개방지인 훈춘에 사는 조선 사람은 일제의 신민으로서 영사관 경찰의 통제를 받아야만 했다. 쉽게 말해 이곳은 치외법권 지역으로 일제의 영사 재판권이 행사된다는 것이었다. 그리고 개방지 외의 조선인은 망국민으로서 청나라 법에 복종해야만 뒤탈이 적었다. 거듭되는 봉변이요, 핍박의 연속이었다. 그런 간도 땅이지만 강을 건너오는 흰옷의 행렬은 그칠 줄을 몰랐다. 구차스럽지만 목숨을 이어가기 위한 막다른 선택이었다.

대한제국을 강점한 일제는 악랄한 무단 통치로 공포 분위기를 조성하였다. 무엇보다도 민족의 저항부터 잠재우는 것이 급선무였기 때문이다. 호랑이가 온다고 해도 고집스레 뻗대던 아이가 순사가 온다면 울음을 뚝 그칠 정도로 무자비한 통치였다. 그런 일제에 열혈 지사는 그대로 눈엣가시나 다름없었다. 사건을 조작해서라도 민족주의자들은 감옥에 집어넣어야만 직성이 풀렸다. 차츰 조선 땅에서 독립운동을 한다는 것은 어렵게 되었다. 자연 지사들의 발길은 지리적으로나 사회적 여건상 간도나 연해주로 향할 수밖에 없었다. 간도로 이주한 뒤에도 이제 독버섯처럼 번진 일제의 마수에서 벗어나려면 도리 없이 상부지, 즉 개방지는 등져야만 했다. 결국, 중국 측 담당 지역이 독립운동의 기지로 성장한 것은 불가피한 선택이자 하나의 흐름이었다. 그런 식으로 독립운동 세력이 계속 불어나자 마냥 내버려 둘 수 없다고 여긴 일제 영사관은 마침내 중국 측에 선언했다.

"조선인은 우리 대일본 제국의 신민이다. 비록 개방지 밖일지라도 선량한 조선인 보호를 위해 불령선인은 우리가 단속하겠다."

상투적인 문구를 동원한 억지였다. 선량한 조선인을 보호한다는 명목으로 이미 중국의 주권을 인정해준 곳의 독립군까지 일제 스스로 탄압하겠다는 뜻이 아니고 무엇이겠는가. 청일 전쟁에 이어 러일 전쟁의 승리로 일약 미·영·불·독과 함께 세계 5대 강국으로 부상했다는 군국(軍國) 일제의 거드름과 다름없었다. 그러나 중국 측 일선 관청의 답변은 단호했다.

"생트집도 유분수다. 개방지 외의 땅은 엄연히 우리 중국이 주권국이다. 일본의 주장은 월권으로 외교상 커다란 결례다."

일찍이 세계열강은 중국을 '잠자는 사자'로 여겨 한 수 접어주었다. 한데 청일 전쟁을 지켜보니 맹수의 사나움은 어디에도 없었다. 그렇다고 명색 사자 족보에 속하는 중국이 일제의 위협 한마디에 강아지처럼 꼬리를 말 수는 없었다. 이리하여 간도의 일제와 중국 측은 조선인 문제를 놓고 빈번히 외교적 마찰을 빚고는 했다. 결국, 중국 측에 대한 스즈키 총영사의 콧방귀는 이런 복합적인 간도 역사와 어우러진 결과였다. 한데 이번에 행 혹은 불행을 떠나 마침 호송대 사건이 터졌다. 중국 담당의 땅에서 일제가 인명과 재산상의 피해를 보았다. 울고 싶던 아이에게 때맞춰 뺨을 때려 준 격이랄까, 어쨌든 영사관으로서는 좋은 빌미를 얻은 셈이었다.

총영사는 먼저 외교 문제부터 챙겼다. 반드시 경찰부장과의 약속이 아니래도 지역을 불문하고 공권력을 행사할 수 있도록 뒷받침해주는 것이 중요했다. 그래서 평소 영사관 경찰의 활동 범위를 제한한 것이 마치 사고의 직접적인 원인이라도 되는 양 중국 측에 거칠게 항의했다. 말뿐만 아니라 외교 문서도 남겨 둘 필요가 있었다. 대일본 제국의 경찰까지 포함된 다수의 인명 살상과 거액의 현금 강탈 사건은 엄청난 범죄이자 도전 행위라고 단언한 뒤, 촌각을 다퉈 범인 체포는 물론 재발 방지를 위한 책임 있는 조치까지 취해 줄 것을 강력히 촉구했다. 물론 외교 상대는 사고 현장의 치안 책임자인 연길도윤이었다.

촌각을 다투는 일을 대략 마무리한 총영사는 희끗희끗한 머리를 손가락으로 빗질하며 창가로 다가갔다. 간밤에 눈 한번 제대로 못 붙여 본 탓에 머리는 자꾸만 욱신거렸고, 줄담배를 피워 댄 혓바닥은 갈라지는 듯 따가웠다. 술과 계집으로 날밤을 새운 경우와는 천양지차의 아득한 나락이었다.

창밖에 펼쳐진 용정은 깨끗하고 평화로웠다. 온통 희디흰 눈으로 뒤덮인 탓도 있었다. 용정은 시작부터 조선 사람이 개척하고, 조선 사람이 많이 모여 사는, 조선 사람을 위한 땅이었다. 그러나 멍한 시선으로 창밖을 응시하는 총영사에게 지금의 용정은 무감각한 한 폭의 정물화에 불과했다. 총영사의 머릿속은 온갖 생각이 꼬리에 꼬리를 물었다.

'총독부 말처럼 새해 출발부터 이 무슨 불길한 조짐인가? 간도 불령선인의 전면적 조선 침입설은 지난가을에 마치 정설처럼 끈질기게 나돌았다. 그러다 계절이 바뀌며 한낱 풍문에 불과한 듯싶더니, 이번에는 불령선인이 강을 건너기 쉬운 겨울의 결빙기를 택한 것이 틀림없다며 지금도 의견이 분분하다. 물론 군사 작전에 있어 계절은 무시 못 할 커다란 변수 중의 하나임은 분명하다.'

팔짱 낀 총영사는 엄지손가락으로 입술을 비비며 자꾸만 생각이 깊어졌다.

'하지만 내가 판단컨대 불령선인이 쉽사리 도발을 못 하는 근본적인 이유는 병력과 무기 때문이다. 그중에서도 병력은 어차피 중과부적이라 게릴라전을 염두에 두더라도 부족한 무기만큼은 참으로 난감하기 짝이 없을 것이다. 저들의 소원인 독립 아니라 독립 할아비라도 그렇지, 꿩이나 잡는 구닥다리 총 몇 자루만 달랑 들고 강을 건널 수야 없지 않았겠는가? 이번 사건은 아무리 심정적으로 부인하고 싶어도 독립군, 아니 불령선인이 무기 때문에 저지른 짓이다. 돈이 문제지, 지금 연해주는 널린 게 신식 무기 아닌가. 따라서 강탈당한 돈이 어김없이 무기 구입에 충당된다면 불령선인의 숙원인 완전 무장쯤은 쉽사리 해결되고 만다. 그것은 우리 일본 속담처럼 도깨비에게 금방망이를 안긴 꼴이나 진배없다. 더 고약한 것은 그런 무장 대오가 소문처럼 강을 건너 조선 땅으로 쳐들어간다고 치자. 그럼 내 신세는?'

오만상을 찌푸린 총영사는 고개를 절레절레 흔들었다.

'방금 추측이 그대로 현실화한다면 나는 보나 마나 끝장이다. 따라서 이미 죽은 자를 되살릴 방도는 없지만, 돈만큼은 무슨 수를 쓰더라도 되찾아야만 한다. 그깟 조선 놈들로 인해 내가 벼슬길이 막힌다면 장차 억울해서 어찌 산단 말인가. 한데 출동한 경찰은 아직 변변한 단서조차 못 잡은 것 같다. 이런 사건일수록 시간 다툼이 관건인데 벌써 늦어 버린 건 아닐까? 어쨌든 노령 방면의 길목 차단만큼은 빈틈없어야 할 텐데, 그조차도 뒷북이나 치는 건 아닌지….'

충혈된 총영사의 눈길은 자신도 모르게 연해주 방면으로 달렸다. 그러다 어느 순간 저만큼 교회 지붕의 십자가에서 고정되었다.

'평소에는 잘 띄지도 않더니만 하필이면 지금 눈에 밟히는 걸까? 내 마음이 약해졌다는 징조인가.'

창가에서 소파로 돌아온 총영사는 다시 담배에 불을 붙였다. 손가락에 끼우지 않고 담배 허리를 잡은 채로 빡빡 빨아댄다. 손톱은 이미 진이 배어 누르께했다. 어질더분한 탁자에는 허리 분질러진 성냥개비가 총영사의 지금 심정만큼이나 한 무덤 쌓여 있었다.

사건 발생 나흘째인 1월 7일의 늦은 아침나절이었다. 서로 멀찍이 떨어진 채 낡은 주막과 중국 초소가 덩그러니 서 있는 이곳은 용정 교외의 삼거리였다. 지금 서간도 방면에서 짓쳐 오는 마차는 용정행이었다.

"정지, 정지! 마차를 세워라."

중국 병사가 빨간 깃발을 위아래로 흔들었다. 중국인 마부는 잔뜩 성가신 표정이었다. 비록 삼거리 검문소이긴 하지만 평소에는 빈집이나 마찬가지여서 거리낌 없이 지나치고는 했다. 한데 하필이면 오늘같이 추운 날 웬 청승인가 싶었다. 이윽고 마차를 세운 땅딸보 병사가 제법 노련한 척 재어 가며 마부에게 다가왔다.

"가는 곳은 물으나 마나 용정일 테고…. 어디서 오는 마차요?"

병사가 수작을 걸어도 마부의 시선은 다른 곳에 가 있었다. 때마침 저편 나무 막사에서 군경이 뒤섞여 나왔다. 그들은 한눈에도 식별할 수 있었다. 중국 군인은 투박한 쥐색의 무명 군복 차림새였다. 그에 비해 검은 제복과 제모, 장총이 아닌 권총으로 무장한 경찰은 세련미가 돋보였다. 바로 일제 영사관 순사였다.

"어허, 그쪽은 신경 쓸 것 없어. 어서 묻는 말에 답이나 해요!"

"두도구에서 오는 길입니다."

마부가 또렷한 목소리로 검문에 응했다. 처음에는 심드렁히 여기다가 한 패거리 몰려오는 군경을 목격하고는 사태가 심상치 않음을 직감했던 것이다. 그러나 긴 채찍을 감아 들이며 마부는 여전히 표정이 아리송했다. 마차로 밥술을 뜨며 간도 곳곳을 누비고 다니지만, 중국 군인이 일제 경찰과 짝한 모습은 난생처음인 때문이었다. 그것은 마치 개와 원숭이가 어울린 만큼이나 보기에도 어색했다. 마부가 고개를 갸우뚱거리거나 말거나 땅딸보 병사의 예비 검문은 계속되었다.

"몇 명이나 태웠소?"

바람과 추위를 막느라 마차는 포장이 씌워져 내부가 보이지 않았다.

"모두 8명입니다."

"거의 만원이군. 전부 내리게 한 뒤 마차는 저기다 세우시오!"

병사가 손가락으로 한쪽 공터를 가리켰다. 마차의 승객에게 얼굴을 세워 볼 요량인지 마부는 자신 없는 목소리로 한 번 뻗대었다.

"이 마차에는 수상한 사람이 없습니다."

그때 초소에서 털레털레 걸어오던 허우대 좋은 군인이 귓결에 들었는지 다짜고짜 고함부터 꽥 내질렀다.

"웬 잔소리야! 마차에 간 큰 도둑놈이라도 들어앉았는지 당신이 어떻게 알아?"

표정이 꽤 험상궂었다. 마부를 윽박지른 군인은 목의 가래를 칵 돋우어 멀찍이 뱉은 뒤 혼잣말로 투덜거렸다.

"하긴 이런 식의 검문검색에 붙잡힐 정도로 어수룩한 놈들 같으면 진작 잡혔지. 재수가 없으려니 원….'"

위세도 위세려니와 노랑 실이 수놓아져 있는 어깨의 견장으로 미뤄 이 군인이 조장(組長)쯤 되는 모양이었다. 사실 조장의 고함은 다분히 의도적이었다. 마차 속의 승객을 단숨에 위압하는 한편, 혹한의 날씨 속에 궂은일을 맡은 데 대한 화풀이까지 겸했다. 마부를 의혹에 빠뜨린, 그러니까 중국 군인과 일제 경찰이 짝한 데는 나름의 이유가 있었다.

호송대 사건에 대한 영사관의 항의는 거칠고 끈질겼다. 마치 이런 날이 오기를 손꼽아 기다리기라도 한 듯 중국 관청을 몰아붙였다. 그러다 마침내 일방적 통고를 하기에 이르렀다.

"우리 영사관은 자기방어 차원에서 범인을 잡고 돈을 회수할 때까지 필요한 지역은 개방지를 불문하고 직접 수사토록 하겠다."

그러한 통고는 그동안 마찰을 빚어 온 개방지 밖에서의 경찰력 행사를 좀 더 공식화하겠다는 뜻이지, 처음부터 중국 측의 허락에 연연한 것은 아니었다. 그것은 일제의 과거 행태에서도 여실히 드러났다.

간도협약에 따라 처음 영사관을 설치할 때, 일제는 자국의 거류

민 보호와 개방지 내의 조선인 재판을 구실로 경찰을 조직했다. 그러다 개방지 바깥 지역까지 슬금슬금 세력을 키웠다. 비록 개방지는 아니지만, 일제 신민인 조선인이 다수 거주하므로 마적 습격을 예방하는 차원에서라도 경찰 분소 설치가 불가피하다는 식이었다. 명분만 놓고 따진다면 마치 고양이가 쥐 생각하는 셈이었다. 이런 식으로 자연 순사는 불어났고 개방지 밖에서의 활동 또한 예사가 되었다. 속셈은 뻔했다. 조선 사람의 독립운동 탄압과 함께 간도에 대한 영향력 확대였다.

총영사의 외교 상대인 연길도윤은 장세전(張世銓)이었다. 나름대로 소신이 뚜렷한 장 도윤은 조선의 독립운동에 대해서도 관대한 편이었다. 그러나 영사관의 일방적 통고에는 아닌 게 아니라 처지가 난감했다. 통고대로 직접 수사를 허락하면 영사관 경찰은 얼씨구나 하고 고삐 풀린 망아지처럼 날뛸 게 분명했다. 그러면 수사를 빙자하여 독립운동을 전면적으로 탄압하는 것은 불을 보듯 뻔했고, 거기다 한 번 허락은 그게 빌미가 되어 장차 통제력을 크게 상실할지도 몰랐다. 혁명과 군벌의 다툼 따위로 뒤숭숭한 중국 정부가 커다란 방패 역할을 해줄 수 없는 형편이고 보면, 주권은 어쨌든 일선에서 지켜내야만 했다. 그렇다고 통고를 싹 무시하기도 어려웠다. 일차적으로 인명과 재산 피해에 따른 치안 책임이 따랐다. 거기다 총영사관이 직접 수사를 하겠다며 억지를 쓰는 데는 또 나름대로 명분이 없지 않았다.

도윤을 비롯한 중국 관헌은 음과 양으로 조선 사람의 독립운동에 호의적이었다. 따라서 중국 측만 믿다가는 조선인 봐주기 내지는 무성의한 수사를 펼칠 거라는 영사관의 뿌리 깊은 불신도 무시할 수가 없었다. 무엇보다도 제국주의 일본의 위세를 일개 지방 관리가 거스른다는 것 자체가 버거운 일이었다.

밀고 당기기를 거듭하다가 결국 '중일(中日) 합동 수사대'란 것이 편성되었다. 조선인을 위주로 직접 수사를 펼쳐야만 직성이 풀리겠다는 총영사관과 날뛰는 망아지나 다름없는 일제 경찰에 고삐라도 채워 보려는 중국 측이 합의한 결과였다. 수사 범위는 마을 수색은 물론, 큰 고개인 영(嶺)과 주요 길목의 검문검색을 망라했다. 인원 편성은 중국 군인에다 반드시 영사관 경찰을 포함했다. 따라서 비록 명칭은 합동이지만, 실제에서는 서로를 불신하고 견제하는 공동의 성격이 짙었다. 곡절 끝에 편성된 합동 수사대는 이곳 초소에도 투입되었다. 3명의 군인에다 경찰 둘인데 약방의 감초처럼 조선 순사도 끼어 있었다.

"넷."

조장 군인의 절도 있는 외침이었다. 마차의 포장 속에서 내리는 승객 숫자를 차례로 헤아리는 중이었다.

"다섯. 추운데 좀 빨리빨리 나왓!"

못마땅한 표정으로 저만큼의 순사를 흘끔거리며 조장은 또 고함을 내질렀다. 승객이 조장한테 나이 대접받기는 애당초 글러 먹었다.

"여… 섯!"

카랑카랑하던 조장의 셈이 갑자기 늘어졌다. 방금 마차에서 훌쩍 뛰어내린 청년의 위세에 순간적으로 눌린 탓이었다. 위세라 하지만 실상 그것은 어떤 무형적인 기(氣)에 가까운 것이었다. 눈의 광채가 사람을 쏘는 듯하면서 깊이가 있는 청년이었다. 그런 안광에 홀린 데다 또 상대를 압도하는 여유까지 느껴졌다. 엷은 미소를 띤 얼굴은 봄바람처럼 부드러웠으나 전체적으로 풍기는 분위기는 절대 예사롭지가 않았다. 차림새는 극히 평범했다. 투박하게 솜을 놓은 흰옷의 조선 청년이었다.

순간적으로 얼이 빠져 셈을 놓친 조장 앞에 다른 조선 청년이 우뚝 내려섰다. 무엇보다 훤칠한 키에 외투 차림이 썩 잘 어울렸다. 커다란 눈은 맑고도 섬세했다. 동행인 두 청년은 처음부터 태도가 의연했다. 어떤 여유라고도 할 수 있었다. 한데 주머니에 손을 찌른 외투 청년은 애써 지금 상황을 무시하고 들었다. 사람들은 아랑곳하지 않고 주변 경관을 두루 살피는 품이 아마도 이 지방이 초행인 듯싶었다. 그러다 앞서 내린 청년 곁으로 다가가더니 조금은 긴장한 투로 물었다.

"왜 일본 경찰이 설쳐대고 그럴까?"

"중국 군인과 합세라…. 어째 분위기가 예사롭지 않은걸."

백의 청년은 군경의 동태를 눈살피며 나지막이 답했다. 마차에서 꾸물꾸물하다가 맨 끝에 내린 승객은 홍일점인 중국 여자였다. 이윽고 군인의 지시에 따라 마차 승객은 두 줄로 늘어섰다. 조선과 중국 사람이 각기 4명씩으로 반반이었다. 조장과 남은 군인 하나가 검색을 맡았다. 땅딸보 병사는 마부를 안동하고 마차 내부를 검색 중이었다. 순사 둘은 저만큼 거리를 두고 검색 장면을 유심히 지켜봤다. 마치 상급 내지는 감시 기관에서 파견이라도 나온 양 팔짱 낀 일본 순사의 태도가 무척 거만해 보였다. 나름의 요량인지 백의 청년은 조장이 담당한 끝줄에 가서 섰다. 바로 앞에는 외투 청년이었다. 마침내 자기 차례가 되자 백의 청년도 양손을 치켜들고 검색에 고분고분 응했다. 그러다 궁금해 못 견디겠다는 듯이 한마디 불쑥 던졌다.

"어디 금덩이라도 도둑맞았습니까?"

중국말이 유창했다. 대략 검색을 끝내려던 조장이 흠칫 놀라며 눈을 치뜬다.

"수상하군. 돈을 도둑맞은 걸 어떻게….”

뒷말은 대충 얼버무렸다. 백의 청년이 친근한 미소와 함께 느긋하게 답했다.

"역시…. 수상할 것 없소, 추측해 본 것뿐이니까."

"추측?"

"아까 마차를 세웠을 때 형께서 먼저 도둑을 운운하지 않았소? 거기다 지금 보아하니 영사관 순사가 중국 군인을 통제하고 있구면. 그래서 어떤 간 큰 도둑이 천보산(天寶山)의 금덩이라도 훔쳐냈나 싶어서 한번 해본 소리요."

순사의 통제를 받는다는 일침에 조장은 얼굴을 확 붉혔다. 당장 고함이라도 터뜨릴 듯 입매를 실룩거린다. 그런 조장은 상대의 여유에 압도되어 평소와 달리 속으로 앞뒤를 살폈다. 자존심 상하는 거야 이루 말할 수 없지만, 사건의 성격상 영사관 경찰이 합동 수사대를 주도하는 것은 사실이었다. 한데 그보다도 백의 청년이 의심을 자청한 저의 파악이 쉽지 않은 데다 그에 따른 해명도 반박할

건더기가 마땅찮았다. 조장을 맡은 만큼 그도 그다지 아둔한 편은
아니었다.

애초 도둑 얘기는 마부를 상대하면서 조장 자신이 무심코 뱉은
말이었다. 그렇다면 좀도둑이나 잡으려고 두 나라 군경이 법석을
떤다는 것은 아무래도 무리였다. 백의 청년의 말대로 금덩이라도
된다면 또 모를까. 게다가 청년은 다른 곳도 아닌 천보산 금덩이
를 들먹였다. 천보산은 용정에서 백여 리 떨어졌는데 높은 지대에
는 광산이 있었다. 일하는 광부만도 천여 명을 헤아리는 큰 광산인
데, 지금 일본과 중국인이 공동으로 운영한다는 것을 모르는 사람
이 없었다. 입에 풀칠조차 어렵다 보니 말하느니 어디 산판(山坂)이
요, 어느 광산인 때문이었다. 그런데 지금 공교롭게도 삼거리 초
소는 천보산 광산처럼 일본과 중국 군경이 한 덩어리로 뭉쳤다. 전
례 없는 일이었다. 따라서 천보산이 어떻고 하는 백의 청년의 추측
은 하등 꼬투리 잡을 게 없었다. 아니, 오히려 합동 수사에 의문을
품고 그런 질문을 던져 오는 순발력에 감탄할 일이었다. 결국, 조
장은 얼떨결에 돈을 도둑맞았다는 정보만 흘린 셈이 되고 말았다.

"어디서 오는 길인가?"

뻐드렁니가 눈에 거슬리는 조선 순사가 외투 청년에게 물었다.
검색에 이어 본격적인 검문이 시작된 것이다. 조선 청년이라면 자
격지심이 이는지 순사는 눈매부터가 곱지 않았다. 한데 외투 청년
은 순사를 멀뚱멀뚱 쳐다만 볼 뿐 한마디 대꾸조차 없었다.

"젊은 놈이 벌써 귀가 처먹었나. 어디서 출발했는지 묻고 있잖
아?"

무시당한다고 여겼는지 순사가 목소리에 날을 세웠다.

"나는 웬 순사가 우리말을 저리도 잘하나 싶더니만 웬걸, 같은 조선 사람이네. 어이, 와룡(臥龍) 선생. 여기 순사 나리 우리 동포야, 동포."

놀린다. 애당초 위축된 모습은 찾아볼 수 없었다. 와룡으로 불린 백의 청년이 곧바로 화답했다.

"이곳 만주 벌판까지 따라와서 우리 동포를 챙기느라 고생이 많소. 날씨까지 엄청 추운데, 원!"

맞장구 정도가 아니라 한술 더 떴다. 그런 백의 청년은 뻐드렁니 수박 먹기 좋겠다는 말은 차마 꺼내지 못했다.

"개수작하지 마라!"

얼굴이 붉으락푸르락해진 순사가 악에 받쳐 냅다 소리를 질렀다.

"개수작? 개수작이라….'

순사가 뱉은 말을 와룡 청년이 음미하듯 천천히 뇌었다. 특히 개란 말에 유난히 억양을 높였다. 순사는 발을 동동 굴리며 거의 습관적으로 권총에 손이 간다. 개란 말을 앞세워 자신을 일제 앞잡이로 비아냥댄다는 사실을 단박에 눈치챘던 것이다.

일제 영사관에 소속된 조선 순사는 한마디로 빛 좋은 개살구였다. 관리를 비롯한 일본인은 말할 나위도 없고, 조선 사람까지 두려움은 고사하고 소 닭 보듯이 무시하거나 아예 경멸하고 들었다. 그나마 조선 순사가 위안거리를 찾는다면 개방지 내의 친일파나 상인들의 속 보이는 알랑거림과 쥐꼬리만 한 위세였다. 더욱이 요즘은 정복 차림으로 개방지 밖을 나돈다는 것은 무리가 따랐다. 나가본들 공공연히 앞잡이니 주구(走狗)니 하여 놀림감을 당하기에 십상이었고, 심지어는 봉변에다 목숨까지 장담 못 할 정도로 분위기가 험악했다. 주구란 잘 달리는 개란 뜻으로 사냥개, 즉 일제 앞잡이를 빗댄 말이었다.

호송대 사건으로 영사관은 지금 악에 받친 상태였다. 최우선 과제는 당연히 범인을 체포하는 일이었다. 그러나 이번 기회를 최대한으로 활용해 덤으로 독립운동과 관련된 일은 단단히 본때를 보인다는 게 내부 방침이었다. 그로 인해 조선 순사는 그동안 구겨진 위신을 다소나마 회복할 기회를 맞았다. 아직 사건에 밝지 못한 조선 사람이지만 직감으로 심상찮은 분위기를 느꼈는지 전처럼 뻣뻣하게 굴지는 않았다. 평소 걸핏하면 개방지를 운운하며 눈을 흘겨대던 중국 측도 고분고분한 편이었다. 한데 이런 살벌한 분위기를 아는지 모르는지 눈앞의 청년들은 처음부터 순사에게 시쁜 태도로 검문에 응했다. 게다가 이제는 개란 말까지 들어 조선 순사인 자신을 빈정거리지 않는가. 그 때문에 꼭뒤까지 화가 치민 조선 순사가 결국 권총까지 빼 들었다.

"왜 그래. 무슨 수상한 낌새라도 있나?"

동료가 권총을 빼 들고 악다구니를 치자 일본 순사가 팔짱을 풀며 참견했다. 순사치고는 어딘지 나약해 보이면서 약은 인상이었다. 코에 얹힌 동그란 안경 때문에 그런 느낌은 한결 더했다.

"궁금한 게 있으면 나한테 직접 물어보시오. 조선 순사와 더불어 번거롭게 왈가왈부하기는 싫소."

뻐드렁니 순사가 미처 입을 떼기도 전에 와룡 청년이 먼저 선수를 쳤다. 한데 이번에는 일본말이었다. 어설프고 복잡한 통역 과정 없이 일본 순사를 직접 상대하겠다는 와룡 청년의 당당한 태도였다. 와룡 청년의 능란한 외국어 구사와 호연지기는 이미 주위 사람들을 압도한 듯했다. 주장이 참견하고 나서자 조선 순사는 한쪽으로 물러나 꼬리를 내릴 수밖에 없었다. 괜히 개란 말을 입에 담았다가 되로 주고 말로 받은 꼬락서니였다. 와룡 청년의 기상에 눌렸는지 일본 순사도 은근히 움츠러드는 기색이었다. 그래도 대일본 제국 순사로서의 책무는 중한지 헛기침 두어 번으로 애써 기를 살렸다.

"마차는 어디서 탔는가?"

"그보다 먼저 궁금한 게 있다. 영사관 경찰이 무슨 권한으로 조선 사람을 검문하는가?"

역시 호락호락한 상대가 아니었다.

"우리 영사관의 당연한 임무다. 다시 한 번 묻겠다. 어디서 마차를 탔는가?"

"임무라…. 영사관이 그런 임무까지 위임받았다는 건 금시초문인걸. 여긴 엄연히 개방지 밖이다."

답이 먼저라는 식의 팽팽한 응전이었다. 그런 와룡 청년은 순사를 외면하며 짐짓 한눈을 팔았다. 그러다 언뜻 조장 군인과 눈길이 마주치자 이번에는 전혀 딴판으로 친근한 미소를 날린다. 순사와 군인을 대하는 태도를 달리하는 것은 은연중 그들을 이간시키는 게 목적이었다. 와룡 청년의 대찬 반문에 결국 순사가 먼저 말려들었다.

"뭐, 개방지 밖이라고? 조선인은 대일본 제국의 신민이다. 장소를 불문하고 우리 영사관의 보호를 받을 권리가 있는 동시에 또한 각종 의무도 따른다. 따라서 개방지 밖이라 하여 우리 영사관 검문이 부당하다는 것은 이미 합방 전의 고리타분한 얘기다."

일본 순사는 교육 따위를 통해 새긴 풍월이 있는지 제법 야무지게 응수했다. 그런 논쟁쯤은 하품 나온다는 식의 자신만만한 태도였다. 안경을 슬쩍 치키며 지적인 무게까지 잡으려 들었다. 이제 관중이 되어 빙 둘러선 승객과 군인들은 정확한 말귀는 못 알아먹지만 아주 흥미롭다는 표정이었다. 개중에는 나름의 해석을 붙여 옆 사람에게 귓엣말로 소곤대는 사람까지 있었다. 군인의 배려로 추위에 떨던 홍일점 여자는 마차로 돌아가고 없었다. 저편의 외딴 주막에서도 서너 사람이 이쪽을 쳐다보고 있었다. 술이 과했는지 비틀걸음의 한 사내는 공중을 향해 삿대질해댔다. 흰옷 차림이었다.

혀에 참기름이라도 바른 듯 매끈매끈한 순사의 말에 와룡 청년이 냉소를 띠며 반박했다.

"대꾸할 가치조차 없고, 참으로 통분하고 또 통분할 일이지만 어차피 나온 얘기니 한마디 하겠다. 간도 땅과 함께 거기 사는 조선 사람을 송두리째 청나라에 넘겨준 게 누군가? 간도협약은 바로 당신네 일본의 작품이다. 개방지 외의 조선 사람은 청국 법률에 복종해야만 된다고 당신네가 멋대로 정한 것 아닌가?"

냉정하던 와룡 청년도 얼마쯤 흥분기를 보였다.

"어허! 지금 보니 세월 가는 줄 모르는 헛똑똑이구먼. 그래서 내가 방금 말하지 않던가? 검문이 부당하고 어쩌고 하는 것은 합방 전의 고리타분한 얘기라고 말이야. 앞으로도 허튼소리나 지껄이고 다닐지 몰라 자세히 일러줄 테니 귀를 씻고 잘 들어 두게."

헛기침과 함께 서두를 잡은 순사는 다시 안경을 치켰다.

"무엇보다 간도협약은 합방 전에 체결되었다는 사실을 유념하게. 협약 이듬해에 곧바로 합방되면서 대한제국이란 국가는 없어졌고, 대신에 조선 사람은 모두 대일본 제국의 자랑스러운 신민이 된 게야. 쉽게 말해 협약 당시의 조선인이란 주체는 합방으로 인해 자연히 소멸하면서 신분이 급상승한 게야. 따라서 지금의 조선인은 개방지와 하등 상관없이 우리 영사관에 복종할 의무를 지게 된 것이지. 이만하면 내 말뜻을 알겠나?"

순사 표정이 꽤 유들유들했다. 세계적 강자인 일본 사람 대열에 조선인도 끼게 된 것을 무한한 영광으로 알라는 그런 투의 여유와 거만함이었다. 언뜻 콧방귀를 뀐 와룡 청년이 정색하고 나섰다.

"입만 뻥긋하면 그놈의 신민 얘길세 그려. 신분이 달라졌다고! 듣고 보니 신분이 알쏭달쏭해진 어느 농부의 사정이 떠오르는구먼. 내가 상세한 내막을 알고 있는데 어디 한번 들어볼 텐가?"

일본 순사는 내심 불안했지만 지금 와서 발을 빼기도 머쓱해 가타부타 말이 없었다. 한데 와룡 청년은 이때부터 존댓말로 말투가 바뀌었다. 이야기가 진지해질 필요가 있었던 것이다.

"내가 아는 그 조선 농부는 어릴 때 부친을 따라 간도로 이주해 온 뒤 줄곧 농사만 짓고 살았지요. 온통 황무지였던 땅을 피땀 흘려 옥토로 개간하면서 말입니다. 청국 관리나 토호(土豪)에게 핍박을 당하는 경우도 왕왕 있었지요. 그래도 조선 사람이 많이 모여 사는지라 서로 의지하다 보니 몸은 고달파도 그다지 외롭지는 않았답니다. 게다가 또 대국인 청이 아주 옛날에 봉금령이란 것을 선포하고 출입을 금해서 그렇지, 간도가 조선 땅이란 믿음도 갖고 있었지요. 그걸 똑똑히 증명하는 돌 비석이 백두산에 있다는 소문까지 익히 들었던 겁니다. 그리고 세월이 제법 흐른 뒤였지요. 어느 날 일본 관리라는 자가 일삼아 찾아와서 목청을 돋우더랍니다. 그 관리도 백두산의 돌 비석 얘기를 꺼내며 간도가 조선 땅인데 청에 세금을 바칠 아무런 이유가 없다는 식이었지요. 백번 옳은 말 아닙니까?"

자기 나라 관리 얘기가 나오자 다소 헤프던 순사 표정이 엄해졌다. 그리고는 얘기 중에 꼬투리라도 잡을 게 없나 싶어 안경 속의 눈이 방정맞게 자주 깜박거린다. 잠시 숨을 고른 와룡 청년이 문득 목소리를 키웠다.

"뒷날 그 일본 관리가 농부를 다시 찾아왔어요. 한데 사람이 갑자기 돌변해서 예전과는 다른 주장을 펴는 거예요. 이번에는 정반대로 간도는 청나라 영토인 만큼 청에 복종하는 것이 옳다는 식으로 말입니다. 결국은 간도협약 때문인데, 슬쩍 건네주는 떡 쪼가리에 혹해 싸움 구경꾼이 한쪽을 역성들고 나선 꼴이라고나 할까요? 얼마 뒤 농부는 인근의 간도 도회지로 분가한 동생 집을 찾게 되었지요. 그런데 아 글쎄, 동생은 또 일본 영사관 말이 법이라며 자꾸 우기는 거예요. 듣도 보도 못한 개방지를 운운하며 말입니다. 정리하자면 원래는 하나였던 것이 사람은 조선 사람, 땅은 청국 땅, 법은 또 일본 법으로 뭐가 뭔지도 모르게 뒤죽박죽이 된 겁니다."

와룽 청년이 한숨을 푹 내쉬었다. 기막힌 곡절 얘기는 계속되었다.

"그 뒤에도 농부는 한번 곡절이 생기니 동네북 신세가 됐다며 한탄하더군요. 다시 일본 관리가 찾아와서 으름장을 놓더랍니다. 말인즉슨 비록 중국에 살더라도 행여 조선 독립운동에 관여했다간 성치 못할 것이니 미리 알아서 처신하라는 식이었지요. 웬걸, 이제는 중국 관리까지 찾아와 억장 무너지는 소리를 하더랍니다. 중국인으로 귀화 입적(入籍)을 하라며 충고 아닌 충고를 한 거지요. 안 그러면 당신은 일본 앞잡이나 진배없으니 부득불 토지를 박탈하고 간도에서 몰아낼밖에…."

"그만, 그만! 씨부렁대는 말 꼬락서니로 보아 불령선인이 틀림없구먼. 당장 영사관으로 연행하겠다."

제 딴에는 논쟁으로 상대를 제압해 보려던 순사도 끝내는 폭발했다. 제법 눈까지 험악하게 부라린다.

"나는 오직 사실에 근거해 말했을 뿐인데 연행이라…. 겁날 건 없지만 중국 군인이 쉽사리 동의할까?"

와룽 청년은 여유만만했다. 얼마간 내비치던 흥분기도 사라졌다. 필경 훈련된 자제력임이 분명했다. 그때 저편에서 마차 검색을 끝낸 땅딸보 병사가 쫄레쫄레 걸어오고 있었다. 한데 그 모습이 아무래도 어설프기 짝이 없었다. 몸집보다 넉넉한 군복은 마치 포대기가 걷는 듯했고, 어깨에 멘 장총은 키보다 너무 길어서 개머리 판이 땅에 닿을 듯 아슬아슬했다. 군인이라고 칭하기에는 어딘가 민망스러운 모습이었다.

일본 순사는 마침내 물리력을 동원할 태세였다. 그러나 와룡 청년은 눈 하나 깜박 않고 주위 사람들을 일별했다. 모두 불안한 표정이었다. 동행인 외투 청년조차 사뭇 눈빛이 흔들렸다. 일본 순사가 턱짓하자 뻐드렁니가 기다렸다는 듯이 권총을 빼 들었다. 그와 함께 마차의 승객들은 커다란 허탈감을 느끼는 듯했다. 조선 청년이 보여준 한결같은 여유와 패기는 아랑곳없이 끝내는 볼썽사납게 연행되리라는 예감 때문이었다. 그러나 아직은 일렀다. 권총 위협쯤은 애써 무시한 채 와룡 청년은 조장 군인에게 다가갔다. 이어 품속에서 봉투 하나를 꺼내더니 의아한 표정의 조장에게 건넸다. 위엄 실린 말이 뒤따랐다.

"그 속에 신임장이 들어 있소. 당신네 나라의 상부에서 써 준 것이오."

목소리도 우렁찼지만, 표정 또한 단호했다. 마치 관속(官屬)이 늘어선 동헌(東軒) 마당에서 마패(馬牌)를 꺼내 드는 암행어사만큼이나 주위를 아연케 만드는 연출이었다. 조장은 봉투 속의 종이를 얼른 꺼내 보았다. 그것은 만주에서도 입김이 센 중국 군벌의 실력자가 써 준 신임장이었다. 신임 대상자는 이강혁(李剛赫)이라 적혔는데 바로 와룡 청년이었다. 신임장을 지닌 조선 청년이 중대한 범법 행위를 저지르지 않는 이상, 자신이 신분을 보장한다는 게 핵심 내용이었다. 일종의 신원 보증서인 셈이었다. 그러나 엄격히 말해 신임장은 사사로운 문서에 불과했다. 비록 참고는 될지언정 그 자체가 공적인 효력을 발휘하는 그런 강제적인 힘은 없었다.

그런데 이번에는 군경 간에 입씨름이 벌어졌다. 그깟 신임장이 대수냐며 일단 연행을 고집하는 일본 순사에다 무분별한 연행을 계속 묵과할 수 없다는 조장 군인 간의 의견 충돌이었다. 다툼은 조장의 분개에서 비롯됐다. 명색 자기 나라 고위층의 신임장인데, 영사관의 일개 순사 나부랭이가 마치 휴짓조각처럼 취급한 때문이었다. 다혈질인 조장은 마치 자신이 조롱이라도 당한 양 길길이 뛰었다. 물론 그 저변에는 민족적 감정이 없을 수 없었다.

조장이 팔까지 걷어붙이고 나선 데는 다소 즉흥적인 기분이 작용한 것도 사실이었다. 이강혁이란 청년이 순사를 대할 때와는 판이하게 자신에게는 은근히 친밀감을 드러내고는 했다. 거기다 군 실력자의 신임장을 지니고 의지해오는, 아주 총명해 뵈는 조선 청년의 믿음을 배반하고 싶지가 않았다. 분위기가 이상하게 흘러가자 일본 순사는 약은 만큼 뒤를 다졌다. 머릿속으로 생각을 굴렸다.

'첫인상이 왠지 껄끔껄끔하더니만 역시나 저 조선 놈은 예사내기가 아니다. 조리 정연한 말솜씨로 보나 중국과 우리말에 능숙한 거로 미뤄 먹물까지 뒤집어쓴 녀석이다. 설사 연행한다손 치더라도 쉽사리 당할 놈 같지가 않다. 무엇보다 이번 사건과 관련이 없고, 좀 시건방지고 젊긴 하지만 불령선인이란 증거도 없다. 게다가 중국의 군부와도 선이 닿는 놈이다. 그렇다면 굳이 내가 연행을 고집할 필요가 있을까? 나중에 골치 아픈 일이 생길지도 모르니

차라리 말릴 때 이쯤에서 손을 터는 게 상수지 싶다.'

결국은 신임장의 중국 입장을 고려한다는 선심성 핑계를 대고 일본 순사가 물러섰다.

"추운데 떨지 말고 빨리빨리 마차에 타라!"

조장 군인이 큰 인심이나 쓰듯 소리쳤다. 험상궂은 인상에 어울리지 않게 제법 미소까지 날렸다. 그는 지금 기분이 매우 우쭐했다. 제법 깐깐한 일본 순사의 고집을 꺾고 남에게 도움을 주었다는 자부심 때문이었다. 그때 용정 쪽에서 관동(關東) 말 세 필이 끄는 탕차(蕩車)가 속도를 뽐내며 짓쳐 오고 있었다. 이제 군경의 주의는 그쪽으로 쏠렸다. 그 틈을 타 이강혁이 조장 군인의 소매를 슬며시 끌었다.

"오늘 형 덕분에 신세가 많았소."

"뭐, 그깟 일로….'

조장은 제법 머리까지 긁적였다.

"그런데 하나 물어봅시다. 혹시 은행 돈이 탈 난 것 아니오?"

강혁이 중국말로 지나치듯 물었다. 곁에 있던 외투 청년이 무슨 뚱딴지같은 소린가 싶어 주의를 기울였다. 그도 중국말에 문외한은 아니었다. 조장 군인이 흠칫하며 눈을 치뜬다.

"그, 그걸 어떻게?"

"아까처럼 또 수상히 여기시는군. 추측 아니오, 추측!"

"추측?"

놀란 표정의 조장이 차츰 의심스러운 눈초리로 바뀌었다. 그러거나 말거나 강혁은 손을 흔들어 준 뒤 이내 마차의 포장 속으로 사라졌다. 조장은 머리를 갸우뚱갸우뚱한다.

'은행 돈이 탈 난 건 또 어떻게 알았을까? 아직은 비밀이라며 한 사코 숨기고 드는 순사들이 말을 꺼냈을 리는 만무한데….'

다시 마차를 세울까 하고 망설이던 조장은 이내 생각을 바꾸었다.

'수수께끼 같은 녀석이지만 범인일 리는 없다. 또 새삼 추궁한 다손 치더라도 영리한 녀석이라 분명히 이치에 맞는 반격이 준비되어 있을 것이다. 아까 도둑 운운할 때도 어디 빈틈이라고는 없지 않았던가.'

조장은 지금 기분이 꽤 유쾌했다. 그래서 괜히 어설프게 굴다가 모처럼 오른 기분을 망치고 싶은 생각은 없었다. 평소 거들먹대는 영사관의 일이라 수사에 그다지 열의가 생겨나는 것도 아니었다. 또 까딱하다가는 나름대로 똑똑하다고 자부하는 자신의 자존심에 생채기가 날 수도 있었다. 그보다는 자신으로 인해 다부지고 영리한 조선 젊은이가 곤경에서 헤어났다는 야릇한 우월감 내지는 만족감에 취하는 게 훨씬 낫다며 조장은 아퀴를 지었다. 좋은 게 좋다는 식으로 마음을 굳혔던 것이다.

'그런데 참말 궁금하군. 천보산 금덩이가 어떻게 은행 돈으로 둔갑했을까?'

조장은 다시 머리를 갸우뚱거렸다. 탕차로 향하면서도 무슨 숙제를 푸는 듯 골몰한 모습이었다. 양털 모자를 깊숙이 눌러 쓴 마부는 한시바삐 떠나는 게 상책이라는 듯 채찍을 길게 휘둘렀다. 마차는 다시 용정을 향해 내달렸다. 아까부터 서북쪽으로는 벌판이

툭 터져 있었다. 한데 도무지 그 끝을 짐작하기 어려울 정도로 벌판은 계속 펼쳐졌다. 추위는 여전했으나 포장 속의 승객은 조금씩 활기가 살아났다. 조선 사람 가운데 행색이 상인인 사람이 먼저 입을 열었다.

"십 년 묵은 체증이 싹 뚫렸다는 게 바로 이런 경우를 두고 하는 말이구먼. 왜놈 순사가 설설 기는 꼬락서니 하고는…. 어허, 속이 다 시원하다."

상인은 마차의 맨 나중 손님이었다. 삼거리 검문소를 얼마 남겨 두고 혼자 탔는데 사람이 좀 가벼워 보이는 게 흠이었다. 상인 곁에는 얼굴이 살짝 얽은 조선 사람이 앉아 있었다. 순박한 농부티가 물씬했다. 그는 대견한 듯 강혁을 쳐다보며 상인의 말을 받았다.

"그러고 보니 나라 탈 난 지 꼭 십 년이구먼. 오늘은 젊은이가 요령껏 대처한 덕에 무사히 넘겼지만, 아닌 게 아니라 앞날이 걱정입니다. 왜놈 순사는 힘없고 불쌍한 우리 조선 사람을 못 잡아먹어서 갈수록 기승을 떨어 대니, 이거야 원."

순한 얼굴에 분한 기색이 떠오른다.

"전부 나라 없는 죄 아니겠소. 살 집구석만 없어도 천대를 받는데 하물며 나라 명색이 망하고서야 어디 사람대접을 받겠소?"

상인은 강혁을 대화에 끌어들이고 싶은지 곁눈질하며 말했다. 그러나 강혁은 마차에 오른 뒤부터 줄곧 심각한 얼굴로 생각에 골몰해 있었다. 외투 청년이 상인의 마음을 읽었는지 싹싹하게 대화에 끼어들었다.

"나라가 없긴요? 버젓이 강 건너 앞대에 있는데. 또 망한 것도 아니고 잠시 빼앗긴 거야 되찾으면 될 일 아닙니까?"

내용은 반박에 가까웠으나 공손한 어조에 웃음 띤 얼굴이었다. 앞대란 간도의 조선 사람이 강 건너 조선 땅을 일컫는 말이었다. 무안을 당한 것도 아닌데 상인은 얼굴을 붉히며 우물쭈물했다. 아마도 대꾸할 말이 금방 떠오르지 않는 모양이었다. 그러자 사람 좋아 보이는 곰보가 또래를 두둔하듯 대신 나섰다.

"말이야 꾸미기 나름이지. 하긴 젊은이가 그렇게 해석을 내리니 또 그런 것도 같구먼, 허허허."

외투 청년은 암만 생각해도 초소에서의 일이 통쾌한 모양이었다. 한바탕 활극이라도 치른 양 손바닥을 비벼 가며 말했다.

"여기는 조선도 아닌데 왜놈 순사라고 해서 턱없이 겁먹을 필요는 없습니다. 또 우리 독립군의 힘이 전에 없이 막강해져 조선 땅으로 쳐들어간다는 소문까지 파다한데, 제까짓 순사 나부랭이가 오금이 안 저리고 배기겠습니까?"

그때 구석에 앉아 있던 늙수그레한 중국인이 문득 탄식 조로 중얼거렸다.

"우리 대국이 오늘날 이런 지경에 이를 줄이야…."

날씨가 추워서인지 곰보 농부가 다시 곰방대에 불을 붙였다. 중국인의 탄식이 그에게도 전염되었는지 발감개를 고쳐 매며 노래를 시작했다. 국치추념가(國恥追念歌)였다. 나라를 잃은 치욕을 한탄하며 조선 사람이 자주 부르는 노래였다.

경술년 추 팔월 이십구 일은 조국의 운명이 떠난 날이니

가슴을 치면서 통곡하여라 갈수록 종 설움 더욱 아프다
조상의 피로써 지킨 옛집은 백주에 남에게 빼앗기고서
처량히 사방에 표랑하노니 눈물을 뿌려서 조상하여라

듣기만 해도 조선 사람이면 너나없이 가슴에 비애가 차는 노래
였다. 더구나 조국을 떠나와서 만주 벌판의 매서운 겨울을 나는 사
람이랴. 처연한 표정으로 노랫말을 듣던 상인이 불쑥 끼어들었다.

"참으로 눈물 나는구면, 눈물이 나. 나도 가락쯤은 맞출 줄 아니
까 그다음은 내가 불러 보리다."

헛기침의 상인은 곰보보다 목소리가 한결 우렁찼다.

어디를 가든지 세상 사람은 우리를 가리켜 망국노라네
천고에 치욕이 예서 더할까 후손을 위하여 눈물 뿌려라
이제는 꿈에서 깨어날 때니 아픔과 슬픔을 항상 머금고
복수의 총칼을 굳게 잡고서 치욕의 쇠문을 깨뜨리어다

마차는 속력이 붙었다. 모롱이를 도는지 한쪽으로 내리쏠리기
도 하고, 바퀴가 퉁겨 올라 딱딱한 널판때기 바닥에 엉덩판을 짓찧
게도 했다.

"용정은 더 가야 할 텐데?"

어느 순간부터 서행하던 마차가 결국은 멈추자 상인이 불안한
공기에 언뜻 부채질했다. 몸을 으슬으슬 떨어 대던 중국 여자는 또
무슨 일인가 싶어 바싹 오그라들었다. 그러나 이번에는 순전히 마

부의 배려였다. 도중에 엉뚱한 일로 고생을 치렀으니 잠시 주막에 들러 몸도 녹이고, 볼가심으로 뜨끈한 국이나마 한 숟갈 떠먹고 가자는 취지였다.

"그러면 용정까지 곧장 갈 걸 그랬나? 내가 미안하지 않소."

강혁이 주막에 들지 않고 곧장 걷겠다고 하자 마부가 난처한 표정을 지었다.

"아닙니다. 그러잖아도 조금만 더 가면 내릴 작정이었어요. 근방에 가본 지가 오래된 친척 집이 있거든요."

강혁이 간신히 마부를 돌려세우는데, 저쪽에서는 곰보가 인정스럽게 외투 청년의 소매를 끌고 있었다. 딴에는 눈치 빠른 상인이 정리에 나섰다.

"보아하니 우리 젊은이들이 꽤 바쁜 모양인데 어쩔 수 없지. 행여 어디를 가든지 몸조심하게."

마부를 따라 중국인들은 먼저 주막으로 들고 강혁 일행도 저만큼 멀어져 갔다. 곰보와 둘만 남게 되자 그러잖아도 입이 근질근질하던 상인이 드디어 일장 연설을 쏟아 냈다. 악의는 없지만, 허풍이 센 사람이었다.

"저 청년들은 틀림없이 우리 독립군이오. 인정을 베풀려는 마음은 알겠는데 그렇다고 붙잡는 게 반드시 능사는 아닙니다. 큰일 하는 청년들이니 오죽이나 생각이 깊겠소. 내가 마차를 타면서 척 보니까, 아하, 보통 젊은이들이 아니구나 싶더라니까. 격려해주고 싶은 마음이야 굴뚝같았소만, 중국 사람들 때문에 혹시나 해서 참느라고 내 딴에는 혼이 났소. 아니나 다를까 흰옷 입은 젊은이가 왜놈 순사를 다루는 데 참 가관이더구먼."

"나도 청년들이 예사롭게 보이지는 않았소. 같은 핏줄이라도 괜히 정이 더 쏠리더구먼. 둘 다 인물이 훤한 게 오죽 잘생겼어야지. 둘 중에 누구든지 성취(成娶) 전이면 사윗감으로 딱 좋은데 아직 내 딸이 나이 어린 게 한스러웠소, 허허허."

곰보는 주막에 눈길을 주었다. 자신의 얘기가 중간에 끊기자 상인은 곰보의 말에 건성으로 고개만 끄덕였다. 기회가 오자 대뜸 뒷말을 이어갔다.

"말귀를 못 알아먹어 아까 검문소 일이 궁금한 게 많지요? 적을 알아야 싸움도 이긴다고, 나는 장래 혹 쓸모가 있을까 싶어 아니꼬워도 왜놈 말을 조금 배웠지요. 그게 어찌 된 영문인지 간단히 설명하리다. 흰옷 입은 조선 청년이 왜놈 순사한테 '만약 우리를 곱게 보내 주지 않으면 동지 독립군이 몰려온다. 그때는 순사들이고 나발이고 모조리 박살이 날 테니 알아서 처신해라!' 하고 말했던 거요. 왜놈 순사가 가만 들어보니 괜한 엄포라는 생각이 없지 않았던 모양이라. 왜 나중에 성을 발칵 내고 안 그럽디까? 그때는 나도 아차 싶은 게, 막둥이 심부름 보낸 것만큼이나 불안하더라 이 말이오. 하늘 높은 줄 모르고 날뛰는 놈들이니 우선은 법보다 주먹이 가까운 게 현실 아니오?"

주먹을 쥐어 보이는 상인은 머리 회전도 빨랐다.

"제깟 놈들이 성을 내거나 말거나 청년은 마치 태산같이 얼굴색 하나 변하지 않고 '그럼 증거를 보여줄까?'라고 말하더구먼. 결국은 중국 군인한테로 가서 그 진서(眞書)로 쓴 글을…. 지금 생각해 보니 내가 그 글을 봤어야 뒷일까지 환한데. 나도 진서, 그러니까 한문만큼은 웬만한 훈장 못지않을 정도로….”

곰보는 긴가민가하면서도 상인의 허풍을 참을성 있게 들어주었다. 그러다 상인이 훈장까지 들먹이자 문득 몸을 돌렸다.

“주막의 중국 사람들이 내처 기다릴 텐데…. 내린 김에 얼른 들어가서 속이라도 좀 데우고 갑시다. 얘기는 나중에 해도 늦지 않으니까.”

곰보는 주막을 향해 휘적휘적 걸어갔다. 상인은 얼른 뒤따르면서도 입심만큼은 여전했다.

“나라가 망한 게 아니고 잠시 빼앗겼을 따름이다! 참말로 얼마나 훌륭한 얘긴지 몰라. 그 말을 듣는 순간에는 그만 목이 콱 메어 더 토론도 못 하고…. 한데 목을 축일 돈은 지녔소? 나도 용정 땅만 밟으면 돈 걱정은 안 하는 사람인데.”

곰보는 뒤를 돌아보며 안심하라는 투로 고개를 끄덕였다. 그때 마침 주모가 그들을 부르려고 문 근처로 나왔다. 마부가 시킨 모양이었다. 추위 때문에 양팔을 겨드랑이에 바짝 끼고 머리를 내두르는 주모는 조선 여자였다. 상인은 목울대가 움직이는 것이 보일 정도로 침을 꿀꺼덕 삼키며 앞으로 나섰다.

“여보, 주모. 우리 술부터 얼른 내오시오. 날이 워낙 추워서 어한(禦寒)부터 좀 해야겠소. 아, 얼른얼른….”

3. 제갈공명과 와룡동

  이강혁과 외투 청년이 출발한 곳은 서간도의 통화(通化)였다. 통
화에서 가까운 유하현(柳河縣)에는 신흥무관학교(新興武官學校)가 있
었다. 열혈 지사들이 독립군 간부 양성을 목적으로 설립한 학교였
다. 강혁은 이 무관 학교가 배출한 기린아(麒麟兒)였다. 가르치는 선
생치고 혀를 내두르지 않는 사람이 없을 정도였다. 특히 병서의 이
해와 응용에 밝아 별명은 제갈량이 되었고, 자연 제갈량의 자(字)인
공명(孔明)과 와룡 선생으로도 불리었다. 초소에서 외투 청년이 와
룡 선생이라 부른 것도 그 때문이었다.
  신흥 무관 학교는 살림살이가 무척 어려웠으나 나라의 동량을
배출하기 위해 최선을 다했다. 학생에 대한 일절 무상 교육부터가
그러했다. 거기다 극히 소수이긴 하지만 우수한 졸업생은 중국의
군사 학교에 유학까지 보낼 정도로 열심이었다. 일제를 상대로 효
과적인 독립 전쟁을 수행하자면 군사 교육은 당면 과제이며 또한
신흥의 존재 의의도 되었기 때문이다. 주위의 기대를 한몸에 받는
강혁이 예외일 수는 없었다. 2년 전, 신흥을 졸업한 강혁은 유학길
에 올라 보정군관학교(保定軍官學校)의 보병과에 입학했다.
  청나라 황제로부터 명을 받은 원세개가 최초로 근대적인 군대

를 창설한 것이 북양(北洋) 6진(鎭)이었다. 그런 북양의 신군을 이끌고 보정에 웅크린 원세개는 육군 속성 학당까지 설립했는데 바로 보정 군관 학교의 전신이었다. 하북성(河北省)의 중서부에 있는 보정은 수도인 북경과 인접한 도시였다. 외세에 휘둘린 청은 성(省)마다 강무당(講武堂)을 건립하기로 계획했는데, 청나라 말기에 세워진 3대 강무당이 특히 우뚝했다. 천진(天津)의 북양, 봉천(奉天=심양)의 동부, 그리고 곤명(昆明)의 운남(雲南) 육군 강무당이었다. 북양 강무당은 보정 군관 학교로 이어졌고, 봉천의 동부는 동북왕(東北王) 장작림(張作霖)에 의해 기미년 3월에 동북 강무당으로 거듭났다. 그리고 저 멀리 베트남과 접경한 운남 육군 강무당은 명성을 더하면서 강무 학교가 되었다.

외투 청년은 임일규(林一奎)로 강혁과는 신흥 무관 학교의 동기였다. 이제 막 해가 바뀌어 일규는 스물세 살이 되었고 강혁은 일규보다 한 살 아래였다. 둘은 신흥 학교 때부터 절친한 친구 사이였다. 강혁이 유학 중일 때 일규는 지사가 설립한 통화의 한 학교에서 인재 양성에 힘을 쏟고 있었다.

겨울이 깊어 갈 때였다. 유학을 마친 강혁은 신흥 무관 학교가 있는 서간도로 다시 돌아왔다. 학교에서는 그런 강혁에게 먼저 북간도의 집부터 다녀오도록 배려했고, 전부터 용정 구경에 목을 매던 일규도 때마침 긴 겨울 방학이라 동행을 자청했다. 마차도 여러 번 갈아타는 추운 겨울의 머나먼 여정이었다. 친구가 다정하면 천릿길도 멀지 않다고, 드디어 단짝 친구 둘은 간도의 서울이라는 용정을 바로 코앞에 두게 되었다. 벌판에서 한차례 거센 바람이 불어

닥쳤다. 끝 모를 벌판에서 몰려오는 바람은 마치 사람을 공중으로 띄울 듯이 기세를 부렸다. 일규가 말했다.

"아까 초소 얘긴데 들어볼래? 어쨌든 상대는 왜놈 순사인데 네가 너무 풀 세게 나가는 것 아닌가 싶어 속으로는 은근히 조바심이 일더라. 설령 연행을 당한다손 치더라도 크게 겁날 것은 없지만, 어쨌든 여행 망치고 또 신흥 출신으로서 창피한 일 아니냐?"

조금은 멋쩍은 웃음의 일규가 속마음을 털어놓았다. 친한 친구와의 여행이 꽤 즐거운지 평소와 달리 말과 웃음이 헤픈 편이었다. 한층 맹렬해진 북간도 날씨쯤은 개의치 않고 큰 키만큼이나 걸음도 시원시원했다. 버들잎처럼 수려한 눈썹과 곧고 단정한 코는 전형적인 귀공자를 연상시켰다. 친구로부터 별다른 반응이 없자 일규가 목소리를 조금 키웠다.

"물론 실속 없는 연행을 괜히 자청할까 싶어 의구심은 가졌지. 한데 과연 우리 와룡 선생의 재주는…."

"어허, 참! 이제 와룡이니 공명이니 하는 말은 그만 좀 해라. 우리가 학교 졸업한 것이 벌써 언제냐?"

마차에서 내린 뒤에도 줄곧 생각에 사로잡힌 강혁이 무심코 친구의 말허리를 자르며 타박을 주었다. 표정은 여전히 심각했다. 초승달 모양의 눈썹과 깊고 맑은 눈빛은 언뜻 이지적인 선비를 연상시켰다. 뜻밖의 핀잔에 일규는 잠시 어색한 표정을 보였다. 그러다 친구의 어깨를 붙들었다. 웃음기 가신 목소리는 건조했다.

"이제 제갈량이란 별명은 그만 들었으면 좋겠다는 말이지? 그게 네 진심이라면 나는 친구로서 크게 실망했다. 왜 선생과 학우들이 일치하여 너를 '조선의 제갈량'이라며 기꺼워했을까?"

친구의 심상찮은 태도에 강혁이 주춤했다. 일규의 목소리가 차츰 커졌다.

"나라는 빼앗기고 백성들은 이곳 간도로 쫓겨 오는 참담한 현실 속에서, 그래도 너 같은 비상한 인재가 장차 나라의 독립에 큰 힘을 보탤 거라는 믿음 때문이었다. 그런 막중한 사명감을 품고 유학의 장도(壯途)에 오른 줄 알았더니, 지금 와서 겨우 별명 따위에 꼬투리나 잡고….

목이 메어 말을 맺지 못했다. 사실 일규의 시작은 이것이 아니었다. 갑작스러운 타박에 화를 가장한 뒤 강혁의 진심을 캐 보자는 게 원래 의도였다. 진심이란 곧 열정의 확인이었다. 그러니까 신흥 시절의 강혁은 독립에 대한 열정이 차돌만큼이나 단단했다. 그런 열정을 지금껏 온전히 간직하고 있는지 어떤지 일규는 그게 궁금했던 것이다. 여행을 함께 하면서 느낀 바로는 여전히 믿음이 갔지만, 확신까지 이르기에는 뭔가 미진한 느낌이었다. 그랬는데 말을 하다 보니 그만 일규 스스로 암담한 현실에 감정이 복받치고 말았다.

"마음 상했다면 미안하다. 별다른 뜻은 없었는데…. 난들 왜 기막힌 현실을 모르겠나? 다만 내가 하고 싶은 말은 아무리 별명이라지만 제갈량은 너무 거창하단 얘기야. 불감당인 걸 어떡하나? 그래서 해본 소린데…."

어떤 생각에 골몰하다가 괜히 친구를 울적하게 만든 강혁은 진심으로 사과했다. 일규는 금방 감정을 추슬렀다.

"별명은 단지 별명일 따름인데 그 정도로 부담을 가질 필요가 있을까? 왜 중국 속담에도 있잖아? 신발 장수 셋이면 제갈량보다 낫다고. 제갈량이 특출한 인물인 건 사실이지만 결코 신(神)은 아니었거든."

비록 고개는 가볍게 끄덕여도 강혁은 동의하기 어렵다는 표정이었다. 골똘하던 생각에서는 잠시 벗어난 듯했다.

"그야 물론이지. 하지만 뒤집어 말하면 제갈량이 지혜에 관한 한 상징적인 인물이니까 그런 속담까지 생겨난 것 아니겠어. 물론 너도 잘 알겠지만 한번 들어볼래? 제갈량을 얻기 전까지의 유비는 패전만 일삼다가 끝내는 남 밑에서 더부살이나 하는 한 집단의 우두머리에 불과했어. 한데 제갈량은 그런 유비를 받들어 삼국 정립의 열쇠를 쥐고 주도적으로 국면을 펼쳐 나갔단 말이지. 설령 다소의 과장이 섞였다손 치더라도 그런 제갈량의 무(武)는 참으로 경이 그 자체거든. 그래서 사후에 충무후(忠武侯)라는 시호(諡號)가 내려졌고, 후세 사람은 또 제갈무후(諸葛武侯)로 받들고 있잖아? 아무튼 제갈량은 나로서는 접근조차 불경스러운 신비 그 자체란 말이야. 한데 그런 인물에다 감히 비유하니 암만 별명이라지만 내가 어떻게 감당할 수 있겠어. 안 그래?"

신흥 출신의 두 청년은 연의 삼국지에 대해서 해박했다. 재미가 쏠쏠해서 여러 차례 읽기도 했거니와 무관 학교 생도로서는 기본적인 소양에 속했던 때문이다.

"강혁이 넌 천생 제갈공명은 공명이다. 그의 무공과 지혜에 그토록 매료된 것만 보더라도 말이다. 한데 제갈량의 시호가 충무라니까 대뜸 우리의 충무공 이순신 장군이 떠오르는구먼."

그 사실은 새롭다는 듯 일규가 감탄 섞어 말했다.

"연상되는 건 당연하지. 두 분 모두 나라에 대한 끝없는 충성과 뛰어난 무공으로 일세를 뒤덮은 영웅들 아니신가."

강혁의 단정적인 말에 고개를 끄덕이던 일규가 살을 보탰다.

"틀림없는 사실이지. 한데 나는 제갈량의 빼어난 지혜도 지혜지만 그런 재주와 능력을 한층 돋보이게 한, 더욱 인간적인 모습에 매료되고는 해. 예를 들면 자신의 화공(火攻) 계책이 맞아떨어져 적의 대군을 태워 죽이는 장면에서 기뻐하기보다는 오히려 눈물을 흘렸단 말이지. 그러면서 탄식하기를, 나라에는 공(功)이 될지 모르나 그 일로 인해 자기의 수명은 반드시 줄어들 거라고 했거든. 강혁이 너도 잘 아는 얘기잖아? 비록 나라를 위해 필요악인 싸움에 최선은 다하지만 진한 인간애까지 실종되지는 않았다 이거야. 연꽃잎은 흙탕물에 더러워지지 않는다고나 할까, 제갈량의 위대함은 그래서 한층 더 빛나는 것 같아."

얘기에 빠져든 일규는 자신의 견해까지 보탰다.

"이것은 하나의 가정일 따름인데 말이지. 만약에 제갈량에게 그런 인간적인 면은 없고 단지 냉혹한 전략가에 불과했다면 나는 제갈량을 아마도 살인 내지는 싸움 전문가 정도로 치부하고 말았을 거야. 물론 역사적 평가도 지금과는 판이하겠지."

강혁은 새삼 일규의 눈을 들여다보며 크게 고개를 끄덕였다. 방금 친구가 말한 그런 부분에서 평소 자신은 어딘가 부족함을 느꼈고, 그래서 일규는 더없이 소중한 친구였다.

"그럼 제갈량의 재산은 어떻고?"

말이 난 김에 강혁은 일규의 순수한 열기에 한 가닥 신명을 더했다. 그것은 친구의 인생관이나 철학을 훤히 꿰뚫고 있기에 가능한 일이었다. 아니나 다를까 일규는 친구의 헤아림에서 크게 벗어나지 않았다.

"그렇지, 그렇지! 제갈량이 남긴 재산이라고는 겨우 뽕나무 몇백 주(株)와 밭 몇 고랑이 전부였어. 그러한 욕심 없음이 나에게 한없이 감동을 준단 말이지. 더군다나 그는 한 나라의 승상으로서 권세를 오로지 할 수 있는 자리에 오랫동안 머문 인물이 아닌가? 한 인간의 인격을 판단하는 척도로 재물 이상은 없다는 게 내 지론인데, 제갈량은 그것과도 정확히 일치한단 말이지."

고개를 크게 끄덕인 강혁은 그쯤에서 제갈량 얘기를 마무리 지었다.

"이것도 가정에 불과한데 말이야. 제갈량이 생전에 큰 꿈을 이루었다고 한번 가정해 보자. 그랬더라면 유비를 따르기 전에 한 말처럼 그는 아마도 벼슬자리에서 물러나 유유자적하며 산수나 즐겼을 거야. 그걸 생각하면 천하 통일의 꿈을 못 이루고 오장원(五丈原)에서 한 줌 흙으로 돌아간 게 참으로 애석해. 물론 지극히 제갈량 개인에게 초점을 맞춘 얘기야. 그건 그렇고 드디어 우리 용정이 모습을 드러내는구먼."

원래 용정은 용두레촌으로 불렸다. 살길을 찾아 북간도를 헤매던 초기의 조선 유민(流民)들이 우물터를 발견하고 용두레를 설치한 것이 지명의 유래였다. 그런 황무지의 용두레촌이 어엿한 도시 용정으로 탈바꿈하기까지는 조선 사람의 피와 땀이 곳곳에 밴 결과였다.

험한 날씨는 끝내 눈발을 세우려는지 사방이 점점 끄무레해졌다. 일규는 산천경개를 고스란히 머릿속에 옮길 듯이 모든 사물을 유심히 살폈다. 말로만 듣던 그 유명한 용정을 지척에 두게 되니 감개무량한 모양이었다. 그런 일규는 왠지 마음이 개운치가 않았다. 미처 숙제를 풀지 못한 채 다른 길로 접어든 듯한 느낌을 지울 수가 없었다. 그러다 문득 생각이 잡히자 절로 실소를 금치 못했다. 강혁이 초소에서 보여준 언행에는 의문점이 많았다. 그래서 일규는 와룡 선생한테 답을 얻으려고 생각했다. 한데 강혁이 괜히 별명을 트집 잡고 나서는 바람에, 얘기는 그만 엉뚱하게도 제갈량 쪽으로 흘러가고 말았다는 데 생각이 미쳤다.

"아까 왜놈 순사하고는 무슨 일로 티격태격했나?"

중국말과 달리 일규는 일본말에 서툴렀다. 그 물음에 다시금 울분이 솟구치는지 강혁의 얼굴이 금방 상기되었다.

"억장 무너지는 소리를 자꾸만 지껄이는데 가만있을 수가 있어야지. 거기다 잘난 척 뻐기기에 약도 좀 올렸어. 옛날에도 우리 이주민이 청국의 토호나 관헌들에게 종종 핍박을 당한 건 사실이야. 한데 지금은 아예 중국과 일본이 서로 간도의 조선 사람을 지배하겠다며 생난리를 치잖아? 얼토당토않은 간도협약에다 나라까지 빼앗기고 나니 이젠 완전히 무슨 동네북 취급을 하려 들거든."

사실이었다. 원래는 하나였던 것이 백성과 땅, 그리고 법까지 제각각으로 놀아나게 된 것이 간도 조선인의 현주소였다. 한데 강혁이 터트린 울분은 그렇게 단순한 것이 아니었다.

"아까는 순사를 상대하느라고 일제만 탓했는데 사실 중국의 행태에도 문제가 많아. 일제가 조선인 보호를 구실로 세력 확대를 꾀하면 거기에 당당히 맞서 싸워야지, 왜 힘없는 우리 동포들만 핍박하는 거야. 무조건 중국으로 귀화 입적하라며 난리 아닌가? 말을 듣지 않으면 일본 앞잡이로 간주할 뿐만 아니라 토지를 몰수한 뒤 내쫓겠다며 으름장이나 놓고 말이야. 그러니까 왜놈들은 한술 더 떠서 조선인은 일제의 신민인 만큼 귀화 입적을 불문하고 영사 재판권을 행사하겠다며 우겨댄단 말이지. 한데 국적 운운도 한낱 핑곗거리에 불과해. 실상은 양쪽 모두 우리를 무국적에다 망국노 취급하면서 서로 통치하겠다며 난리잖아?"

그쯤에서 조선 청년은 길게 한숨을 토했다. 일규는 한마디 대꾸조차 없이 고개만 끄덕였다. 그러나 궁금증은 한둘이 아니었다.

"초소에서 신임장인지 뭔지 하는 것 말이다. 군관 학교에서 발급한 거냐? 아니면 혹 위조라도….."

"천만에! 둘 다 틀렸어."

"그럼?"

"간단히 얘기하마. 보정에서 학교 다닐 때 우연히 중국 여학생에게 도움을 준 일이 있었어. 그래서 사례라며 건네는 돈을 거절했더니 여학생의 부친인 장군께서 생각 끝에 그 신임장을 써 주시더군. 중국 땅에 살고 있고 또 조선 독립운동에 나선만큼, 혹 급할 때 중국 관리나 군인에게 보여주면 도움이 될지도 모른다면서 말이야. 그러면 진품 아닌가?"

북경에 인접한 천진과 보정은 중국을 좌지우지하는 북양군벌의 근거지였다. 자연 고위급 군인도 많을 수밖에 없었다.

　"여학생이라…. 갑자기 사람을 감상적으로 만드네. 혹 그 뭐냐, 국경을 초월한 뜨거운 사랑?"

　"넘겨짚지 마라. 말이 여학생이지 아직 코흘리개 아가씨다."

　오랜만에 강혁도 일규를 따라 활짝 웃었다. 한데 이성과의 사랑 얘기가 나오자 강혁의 머릿속에는 단박에 한 여자의 얼굴이 선명하게 떠올랐다. 아니, 좀 더 정확히 말하면 지난여름 이후 그녀의 얼굴이 머리에서 떠난 적은 단 하루도 없었다. 다만 바쁜 일상으로 인해 한 곁으로 잠시 물러나는 정도가 고작이었다. 그러다 다시 그녀의 얼굴이 머릿속을 차지하고 들면 거의 자동으로 지난여름의 명장면들이 화려하게 수를 놓고는 했다. 차마 꿈엔들 잊을 수 없는 그 여인은 강혁의 집에서 건넛마을에 사는 처녀였다. 언뜻 친구의 입가로 달콤한 미소가 스치는 것도 모르고 일규는 수수께끼 풀기에만 열심이었다.

　"과연 우리 와룡 선생은 뭐가 달라도 다르구먼. 요긴하게 써먹은 신임장은 또 그렇다 치고 정작 궁금한 것은 따로 있어. 초소를 떠나오기 직전에 네가 군인한테 은행 돈이 어쩌고 하는 말을 얼핏 들었는데, 그건 대체 무슨 뚱딴지같은 소리냐? 나는 무슨 말인지 도통 짐작조차 못 하겠는걸."

　일규가 머리를 설레설레 흔들었다. 중국말에 귀는 뚫린 데다 강혁의 일거수일투족을 곁에서 계속 지켜보았는데도 자기로서는 도저히 풀기 어려운 말을 들었던 때문이다. 그러자 다시금 심각해진 강혁이 짙은 한숨부터 내쉬었다.

"그러잖아도 아까부터 그 일 때문에 마음이 심란하다. 내가 잘했는지 잘못했는지…. 그럼 얘기도 할 겸 저기서 모닥불이나 좀 피우다 갈까?"

마침 무너진 토담집이 저만큼 보였다. 길가에 덩그러니 남겨진, 잘하면 비바람이나 어떻게 피할 정도의 폐가였다. 둘은 나무를 장만한 뒤 토담집에 자리를 잡았다. 일규가 짐짓 심드렁한 목소리로 말했다.

"보아하니 표정이 꽤 심각하구먼. 돈과 여자 얘기는 짧을수록 좋은데…."

그 말에 불쏘시개를 만들던 강혁이 일규를 가만히 쳐다보았다. 애써 헛기침을 하는 게 아마도 따로 할 말이 생긴 눈치였다.

"지금 내가 하려는 말이 돈과 직결되어 있어. 그래서 얘긴데 우리 조선 사람은 전통적으로 재물을 너무 천하게 취급하려 들거든. 물론 유교의 영향을 크게 받은 건 사실이야. 그래서 돈을 벌려고 노력하거나 이재(理財)에 밝은 사람을 멸시까지 하는데 아주 많이 잘못된 관습이야."

"알았다, 알았어. 내가 그만 졌으니까 본론으로 들어가자."

강혁이 돈의 중요성을 일깨우려 들자 일규는 손부터 휘휘 내저었다. 친한 친구 사이지만 둘은 예전부터 돈 얘기만 나오면 의견이 갈리고는 했다. 지극히 개인적이며 가치 판단의 문제였다. 한데 강혁은 굳이 돈의 가치를 역설하고 들었다. 지금 하려는 얘기의 핵심이 돈과 깊이 관련된 때문에 더욱 그랬다.

"우리가 효과적으로 독립운동을 펼치려면 무엇보다도 돈, 그러니까 군자금은 꼭 필요해. 독립운동에 목숨을 바치자고 외치면서 정작 자금 문제만 나오면 고개를 돌리는데 커다란 모순이야. 전쟁을 가능케 하는 선결 요건이 군인과 무기인데 만약 돈이 없으면 무슨 일이 되겠어. 특히 현대전은 무기의 우열에서 싸움이 판가름 나는 세상 아닌가?"

"나는 소중한 정신적 가치조차 종종 돈에 휘둘리는 세상인심을 경계했지, 돈의 효용성까지 부정하지는 않아. 특히 군자금이라면 더 이를 필요가 있을까?"

일규의 묵직한 반박이었다. 그제야 강혁은 자기주장에 너무 빠져든 것을 느꼈다.

"각설하고 내가 명동 학교 출신인 것은 알고 있지?"

이윽고 강혁은 학교 얘기부터 시작했다. 강혁의 모교인 명동 학교는 명성을 사방에 뜨르르 울리는 명문 중의 명문 학교였다.

용정은 선구자의 땅이었다. 근대적 교육기관인 서전서숙(瑞甸書塾)의 설립이 그랬고, 작년의 3·13 만세 운동이 또한 그러했다. 해외에서는 모두 최초에 해당했던 것이다. 을사늑약으로 국운이 기울 무렵, 용정에 세워진 서전서숙은 북간도 교육에 커다란 영향을 끼쳤다. 근대 교육의 요람으로 향학열을 자극한 것은 둘째였다. 더욱 중요한 것은 확고한 민족 교육의 씨를 뿌렸다는 점에서 그 의미를 찾을 수 있었다. 뒤이어 우후죽순처럼 세워진 수많은 학교가 거의 다 민족 교육을 핵심적 바탕으로 삼았기 때문이다. 그중에서도 명동촌에 세워진 명동 학교의 존재는 가히 으뜸이었다.

이주 초기에 회령은 북간도로 들어서는 주요 길목 중의 하나였다. 그리하여 회령의 두만강을 건넌 유민들이 떨어지지 않는 발길로 오랑캐령을 넘자 널따란 들판이 나타났다. 회령에서 80여 리 떨어진 곳이었다. 거기서 발길을 멈춘 유민들은 언덕에다 집을 짓고 정착을 시작했다. 심정적으로 고향 땅에서 너무 멀리 떠나는 게 내키지 않은 탓도 있었다. 그러나 보다 주된 이유는 따로 있었다. 큰 강을 낀 넓은 습지와 진펄의 미개간지에 그만 마음이 쏠렸기 때문이다. 그곳에다 논을 풀면 되겠다는 수전(水田) 민족 특유의 본능이었다. 그리하여 정착민이 점차 불어나자 신학문을 가르치는 학교까지 생겨났다. 명동서숙(明東書塾)이었다. 함경도의 유학자인 김약연(金躍淵)이 설립자였다. 그때부터 마을은 이름까지 명동촌으로 불리게 되었다. 열혈 지사인 김약연이 서숙을 학교로 개칭하고 더하여 교회까지 세우자 마을은 한결 새롭게 변해 갔다. 그런 명동촌은 민족정기까지 유별나서 사방에 명성을 드날렸다. 서전서숙의 뒤를 이어 민족 교육의 본산이 된 명동 학교는 입학을 원하는 젊은 이로 넘쳐났다. 간도와 조선은 말할 것도 없고 저 멀리 연해주에서도 찾아올 정도였다. 그런 명동 학교에서 교육을 받은 학생들이 어찌 용정 만세 운동을 허투루 지나쳤겠는가. 운동의 핵심적 역할을 담당한 것도, 선두에서 군중을 이끈 청년들도 모두 명동 학교 출신이었다. 워낙 특출한 학교인지라 평소 모교에 대한 강혁의 자부심은 대단했다. 그렇지만 지금은 한가하게 자랑이나 하려고 학교 얘기를 꺼낸 것은 아니었다.

"명동 학교를 다닐 때 특히 와룡동(臥龍洞) 학생들과 친하게 지냈어. 마음 맞는 친구가 몇 명 있었거든."

"와룡동! 와룡동이란 지명도 있었나?"

무슨 큰 발견이라도 한 듯 일규가 갑자기 얘기를 토막 치고 들었다.

"남의 말은 귀양 보내려고 작정했나? 이제 얘기가 본격적으로 시작되려는데 김을 빼고 그러네."

"그게 아니라니까. 와룡동이 어디 있는데? 그 와룡이란 곳이."

일규가 거듭 물었다. 결국, 강혁은 본격적인 얘기를 잠시 미룰 수밖에 없었다.

"그렇게 궁금하면 내가 자세히 얘기하마. 하긴 용정을 다녀간 사람이 명동촌과 더불어 와룡동을 모른대서야 말이 안 되지."

강혁은 토담집에서 비교적 전망이 좋은 곳으로 일규를 끌었다.

"네가 이곳이 초행이지만 귀동냥으로 대략은 들었을 거야. 저기 보이는 용정은 간도의 서울이라 불릴 만큼 우리 조선 사람의 생활 중심지가 되었고, 그 용정에서 동북으로 30여 리 떨어진 곳에 연길이 있어. 거긴 중국 관청이 모여 있는 만큼 또 중국 동네라고 할 수 있지. 네가 궁금히 여기는 와룡동은 연길의 서쪽 외곽에 있는데 조선 사람만 백여 가구가 모여 살아. 더 중요한 것은 마을에 창동학원(昌東學院)이 있는데 그 때문에 왜놈 영사관이 골치를 많이 앓지. 명동촌과 마찬가지로 학교는 괜히 생겨나고 또 졸업생들은 우두커니 팔짱만 끼고 앉았겠어? 그래서 용정 영사관은 학교 마을인 명동촌과 와룡동을 못 잡아먹어서 안달인 거야. 이만하면 답이 된 셈인가?"

일규가 와룡동이란 지명에 집착을 보이자 강혁은 이왕 근처의 지리까지 곁들여서 상세히 설명했다. 그제야 일규는 천천히 자신의 심중을 밝혔다. 강혁이 이미 짐작한 바였다.

"허허, 와룡동이라! 척척 맞아떨어지는구나. 강혁이 너도 잘 알다시피 제갈량이 와룡 선생으로도 불리는 것은 바로 지명에서 유래 되었거든. 제갈량이 세상을 나서기 전, 그러니까 유비의 저 유명한 삼고초려(三顧草廬) 이전의 얘기가 되겠구먼. 당시 제갈량이 살던 마을 근처에는 와룡강(臥龍岡)이란 언덕이 있었고 그로 인해 와룡 선생이 되었단 말이지. 그런데 왜 또 새삼스럽게 제갈량 얘기를 꺼내고 그러느냐? 네 별명이 제갈량인데 근처에는 그 옛날처럼 또 와룡이란 지명까지 있잖아. 이게 단지 우연의 일치일까? 와룡, 와룡! 누워 있는 용이라…. 난세에 영웅이 난다는데."

위선이라고는 찾아볼 수 없었다. 아무리 상대에게 매료되었다고는 하지만 참으로 친구에 대한 끝없는 신뢰였다. 강혁은 그런 일규를 멍하니 쳐다보다가 어이없다는 듯 피식 웃음을 흘렸다.

"척척 잘도 끌어다 붙이는군."

"남은 중요한 얘기를 하는데 그렇게 실실 웃으면 어떡해! 내가 풍수지리나 미신 따위에 혹하는 사람은 아니지만 여긴 분명 뭔가가 있어. 친구라서 괜스레 띄우는 게 아니라 강혁이 네가 지닌 재주와 능력은 정말 대단해. 아직 나이가 적다고? 천만에. 제갈량도 유비의 군사(軍師)가 되어 천하를 경영하기 시작한 게 우리와 똑같은 20대였어. 그렇지 않은가, 와룡 선생?"

상대가 너무 진지하게 나오자 강혁도 마냥 헤픈 웃음만 풀풀 날릴 수는 없었다. 적당히 들어주는 척하다가 기회가 오자 얼른 화제를 바꾸었다.

"알았네, 알았어. 이제 웬만큼 하고 내 말도 좀 들어봐. 네 궁금증을 떠나서 우리 독립군의 장래와 관련된 중요한 얘기란 말이야."

강혁이 정색을 하고 나서자 일규도 그쯤에서 제갈량 얘기를 접었다. 사실 평소의 강혁으로 미뤄 저급한 돈 얘기는 아닐 거라고 미리 짐작은 하고 있었다. 다만 와룡이라는 지명을 듣는 순간 어떤 영감과 함께 그만 자신도 모르게 흥분하고 말았던 것이다. 모닥불을 돌보며 친구가 경청 자세를 취하자 강혁이 차분한 목소리로 얘기를 이어갔다.

"명동 학교 동기 중에 한상호(韓相浩)라는 친구가 있었어. 방금 말한 그 와룡동 출신으로 성격은 차분한 편인데 학생 때부터 신념 하나만큼은 투철했지. 지난여름에 내가 그 친구를 만났는데…."

기미년의 지난여름이었다. 중국의 군관 학교에서 수학 중인 강혁이 북간도의 집에 다니러 왔다. 오랜만의 귀향이지만 강혁은 가능하면 주위 사람을 찾지 않았다. 일정이 짧은 탓도 있었지만, 그보다는 지인들에게 괜한 폐를 끼치지 않으려는 배려 차원이 강했다.

파고다 공원에서 시작된 거족적인 3·1 만세 운동의 불길은 곧장 간도로 옮겨붙었다. 3월 13일의 대규모 용정 군중대회가 그 신호탄이었다. 이후 만주 땅은 곳곳에서 독립 만세로 들썩였다. 그러나 역시 평화적 시위인지라 한계를 지닐 수밖에 없었다. 그러다 만세 운동 열기도 초여름에 접어들면서 차츰 자취를 감추는 듯했다. 하지만 그것은 피상적 현상일 뿐 내적으로는 전략이 바뀌는 중이었다. 독립운동을 위한 여러 방법론 중에서도 전쟁론이 점차 대세를 형성하고 있었던 것이다. 그러자 일제 영사관도 상황 변화를 감지하고 예민하게 대처했다. 특히 같은 조선 사람을 매수한 뒤 은밀한 정탐꾼인 밀정(密偵)을 만들어 곳곳에다 심어 놓았다.

강혁이 북간도를 찾은 것이 이 무렵이었다. 자신은 단순한 귀향에 불과했지만 어쨌든 외지에서 갑자기 나타난 젊은이였다. 또 강혁의 집에서 멀지 않은 명동촌과 와룡동은 영사관 표현을 빌리자면 '불령선인의 소굴'로 찍힌 마을이었다. 나이로 보나 지역으로 보나 밀정이 어딘가에서 눈에 쌍심지를 켤 만한 귀향이었다. 그래서 강혁은 애매한 불똥이 주위로 튀는 걸 예방하는 차원에서 아예 만남 자체를 자제했던 것이다.

"중국의 도시 물 먹는다고 이제 친구까지 괄시할 참인가! 오랜만에 왔으면 먼저 연락을 해야지. 섭섭하잖아?"

환한 웃음과 함께 강혁의 마당에 들어선 사람은 와룡동의 한상호였다. 뒤에는 청년 하나가 더 따랐는데 강혁에게는 낯선 얼굴이었다. 밀정 때문에 조심할 뿐이지, 어디 친한 친구의 방문이 예사 반가운 일인가. 마루의 강혁은 어미 본 아기요, 물 본 기러기처럼 한달음에 내달았다.

"어허 참, 우리 한 선생 아닌가! 의젓해진 모습이 딱 훈장이네."

한상호는 모교인 와룡동 소학교에서 한때 교편을 잡았다. 그래서 오랜만에 친구를 본 강혁은 아직도 선생인 줄 알고 훈장을 운운했다.

"언제 왔나?"

"그러고 보니 얼렁뚱땅하다 사흘이 지나갔네. 한데 내가 온 줄은 어떻게 알았나?"

"다 아는 수가 있지. 그건 그렇고 아저씨는?"

"바깥에 나가시고 집에는 나 혼자만 있다."

명동 학교에 다닐 때부터 한상호는 이미 강혁의 식구들과 안면을 트고 지냈다. 하긴 식구래야 강혁을 포함해 모두 셋으로 단출한 편이었다. 강혁의 먼 외삼촌과 또 한 사람은 여동생인 순복(順福)이었다. 한상호는 오랜 친구의 손을 놓을 줄 몰랐다.

"하도 발길이 뜸하기에 겨울쯤에나 올 줄 알았지. 훈련이 고된가? 얼굴이 좀 상한 것 같은데….'

"그렇지 않아. 한데 저분은?"

강혁이 저편에 있는 친구의 동행인에게 눈길을 던졌다. 그제야 한상호는 과장되게 손바닥으로 자기 이마를 쳤다.

"내 정신하고는! 강혁이 네가 너무 반가워서 그만….'

동행인은 와룡동 토박이인 최봉설(崔鳳卨)이었다. 와룡동의 창동학원에다 다시 왕청현 나자구(羅子溝)에 있는 동림무관학교(東林武官學校) 출신의 정예였다. 다부진 체격에다 힘차게 뻗은 눈썹에서 그대로 성격이 엿보였다. 아니나 다를까 최봉설은 첫 대면부터 시원시원했다. 결혼도 일찍 하고 강혁보다 연상이었으나 대뜸 친구라며 말을 트고 나왔던 것이다.

"양반 상놈을 분별하는 것도 다 소용없는 짓이고 또 나이 한둘 많다고 대접받으려 들면 그건 사내가 아니지. 이역 땅에서 만난 사람끼리 나이를 어떻게 정확히 알겠어. 또래에다 마음 통하면 친구 삼는 게 제일이지. 안 그래, 강혁아?"

강혁이 마루를 권했지만, 한상호는 시원한 냇가를 고집했다. 모두가 고만고만한 살림인데 괜히 폐를 끼칠 수 없다는 마음 씀씀이였다. 그런 한상호는 다른 한편으로 무슨 의논 거리라도 지닌 눈치였다.

이윽고 친구 셋은 마을 앞의 냇가로 향했다. 이제는 무성해진 신록이 눈을 시원하게 씻어 주는 여름이었다. 앞장선 한상호는 자기도 모르는 사이에 노래를 흥얼거렸다. 학창 시절의 개울은 빼놓을 수 없는 추억의 장소였다. 나름대로 바쁘고 긴장된 나날을 보내다 모처럼 친구와 더불어 그 옛날 개울을 찾게 되니 한상호의 마음이 먼저 동심으로 돌아가 나붓나붓한 모양이었다. 작은 모퉁이를 돌자 저만큼 냇물의 아이들이 눈에 들어왔다. 윗대의 할아버지 혹은 아버지가 간도로 건너온 조선의 아이들이었다. 멱을 감았는지 옷은 큰 바위 위에 널브러져 있고 지금은 물고기를 잡느라 정신이 하나도 없어 보였다. 이글이글한 태양에 알몸을 고스란히 드러낸 아이들은 각자 그물과 나무 막대기, 그리고 잡은 고기를 담은 종다래끼를 들고 자기들만의 전쟁을 치르는 중이었다. 절로 사람의 마음을 어린 시절로 몰고 가는 정겨운 장면이었다. 찬찬히 주위를 일별하던 한상호가 강혁을 향했다.

"변한 게 하나도 없네. 예전처럼 고기도 많이 잡히나?"

"집만 여기 있을 뿐이지, 난들 자주 와 볼 수가 있나?"

"하긴 그렇군. 그 많던 친구가 지금은 모두 어디로 흩어져 갔는지…. 산천은 의구(依舊)하되 인걸(人傑)은 간데없더라. 얘기가 그렇게 되는 건가?"

강혁 일행은 마치 천렵(川獵) 놀이를 작정한 아이들 같았다. 동심으로 돌아간 사람은 비단 한상호뿐만이 아니었다. 이마에 땀이 송골송골 맺힌 강혁은 큰 고기를 찾느라 돌멩이를 살며시 뒤집으며 긴장 가득했고, 저편 아이들과 함께한 최봉설은 대장질하느라 나름대로 바빴다. 얼마 뒤 청년들은 나무 그늘을 찾았다. 냇가에 한 그루 우뚝한 느티나무 아래였다. 힘들게 잡은 물고기는 아이들 몫이었다. 천렵 놀이는 추억과 함께한 잠깐의 유희에 불과했다.

"내가 선생을 그만둔 지 제법 됐는데 강혁이 넌 아직 모르는 모양이지? 후진 양성의 필요성과 보람에 대해서는 잘 알지만 그건 내가 아니래도 할 사람이 많거든."

뭔가 할 말을 지닌 듯하던 한상호가 이윽고 자신의 신변 잡담부터 시작했다. 굳이 한상호가 학교를 떠난 것은 좀 더 적극적으로 독립운동에 매진하려는 뜻에서였다. 예전부터 활동이 맹렬하던 최봉설과는 곧 실과 바늘이 되었다. 해외에서는 최대 규모인 용정 만세 운동에서도 두 사람의 활약은 볼만했다. 그러나 한민족의 일치단결에도 불구하고 끝내 만세 운동은 미완성으로 끝났다. 용정 만세 운동을 주도했던 청년들에게 좌절이란 단어는 한낱 사치에 불과했다. 오히려 이제부터 독립운동은 무장 투쟁을 뜻한다며 한층더 의기를 불태웠다. 그리하여 비밀 단체인 철혈광복단(鐵血光復團)

을 중심으로 다시금 똘똘 뭉쳤다. 최봉설과 한상호, 두 청년은 철혈광복단의 핵심 단원이었다.

"한데 막상 무장 투쟁에 나서려니 독립군의 형편이 너무 열악한 거야. 맨손으로 범을 잡을 수도 없는 노릇이고, 무장 투쟁을 거론하면 뭐니 뭐니 해도 무기가 생명인데 어디 무기다운 무기가 있어야 말이지. 지금이 말 탄 여포(呂布)가 무예를 뽐내던 삼국지 시대라 창칼을 벼리어 쓸 수도 없고, 목총을 다듬어 훈련은 어떻게 한다지만 그게 어디 무기냐?"

한상호는 큰 눈을 치떴다가 말을 이었다.

"강혁이 너도 알다시피 지금 간도는 독립 열기로 후끈 달아 있어. 독립군을 자원하는 청년이 줄지어 밀려들고 그에 따라 부대도 곳곳에서 생겨났거든. 독립운동에 어떤 전기가 마련된 것은 물론이고 이제 나름대로 어떤 흐름을 탔다고 해도 과언이 아니야. 모두 만세 운동의 여파지. 지금의 열악한 형편으로는 그들 독립군의 의식주 해결도 난제이긴 해. 그렇지만 우선 총이 있어야 훈련을 하든지 싸우든지 할 것 아니냔 말이야. 총이!"

오른손의 집게손가락을 구부려 방아쇠 당기는 시늉을 하며 한상호가 길게 한탄했다. 서글서글한 큰 눈은 어떤 절박감에 사로잡혀 있었다. 이번에는 최봉설 차례였다. 강혁을 가운데 두고 둘은 미리 약속이나 한 듯 번차례로 지난 얘기를 엮어 가는 중이었다. 그것은 철혈광복단의 희망이자 좌절의 역사였다. 한데 이번에는 얘기가 조금 이상하게 흘러갔다.

"총이 왜 없어! 다만 우리 수중에 없을 따름이지."

한상호를 깨우쳐주려는 듯 최봉설이 불쑥 반박하고 나섰다.

"둘러치나 메어치나 그 말이 바로 그 말 아닌가!"

이제 강혁은 뒷전이고 와룡동 청년끼리 설전을 벌였다. 최봉설이 말했다.

"그건 아니지. 세상에는 진시황(秦始皇)의 불로초처럼 비록 재력이 넘쳐나도 구하기 힘든 물건이 의외로 많거든. 그런데 지금 연해주에서는 총이 지천으로 밀매되고 있어. 그것도 헐값에 말이야. 이게 어찌 보면 하늘이 조선 독립을 위해 장(場)을 펼쳐준 것인지도 몰라. 그래서 내가 하고 싶은 말은 총이 없다고 한탄할 게 아니라 총을 살 돈이 없음을 원망하자는 뜻이야. 하긴 얘기를 하고 보니 그 말이 또 그 말이군, 허허허."

나름의 의견을 개진하던 최봉설도 끝내는 쓴웃음을 짓고 말았다.

연해주의 블라디보스토크 등지에 무기가 많은 것은 사실이었다. 한데 그 내면에는 기이하게도 저 멀리 유럽의 체코 군단이 존재했다. 최봉설의 표현처럼 조선 독립을 위해서 마치 하늘이 무슨 조화라도 부린 듯한 역사의 전개였다.

중앙 유럽에 있는 체코는 오스트리아·헝가리 제국의 합스부르크 왕가에 오랫동안 지배를 당했다. 유럽이 연합국과 동맹국으로 나눠 세계 대전에 빠져들자 러시아에 있던 체코 사람들도 부대를 편성하였다. 이들은 조국의 독립을 위해 동맹국과 맞서 싸웠다. 독일 중심의 동맹국에는 체코를 지배한 오스트리아·헝가리 제국도 포함된 때문이었다.

세계 대전의 유럽이 포연으로 자욱한 1917년의 일이었다. 체코의 독립운동 지도자가 러시아와의 협상에서 결실을 거두자 중대 규모에 불과했던 러시아의 체코 부대가 단숨에 군단급으로 급성장했다. 오스트리아·헝가리 제국의 군인으로 참전했다가 러시아의 포로가 된 체코인들을 석방 교섭으로 끌어들였는데, 탈영병과 망명자까지 대거 합류한 까닭이었다.

이 무렵 러시아에서는 볼셰비키 혁명의 성공으로 소비에트 사회주의 정권이 수립되었고, 레닌은 숨을 고르기 위해 연합국을 탈퇴하고 독일과 단독 강화 조약을 맺었다. 그러자 연합국과 체코 임시 정부가 러시아에 있는 체코 군단의 송환을 요청하였다. 하지만 러시아 혁명 정부는 체코 군단의 전력 재투입을 우려하지 않을 수 없었다. 결국은 전선의 혼란 등을 이유로 가까운 서쪽을 두고 동쪽으로 귀환할 것을 요구했다.

그것은 참으로 어처구니없는 결정이었다. 서쪽으로 가는 열차를 타면 체코 도착은 시간문제였다. 한데 동쪽 길은 멀어도 너무 멀었다. 먼저 9천 킬로미터가 넘는 시베리아 철도를 횡단해야만 열차 종착점인 블라디보스토크에 도착할 수 있었다. 거기서 다시 배를 타고 일본과 미국을 거쳐 유럽으로 가는 것이 바로 동쪽 길이었다. 그것은 지구를 거의 한 바퀴나 도는 힘든 여정이었다. 조국을 떠나면 비로소 가슴 저리게 다가오는 것이 또 조국이었다. 하물며 싸움터를 누비는 군인임에랴. 그래서 그리운 조국의 품으로 돌아가기 위해 5만여 명의 체코 병사는 군용 열차로 동진(東進)을 시작했다. 머나먼 여정의 출발이었다.

한데 유럽과 아시아의 경계를 이루는 우랄산맥 근처의 기차역에서 그만 뜻밖의 사고가 터졌다. 러시아와 독일의 강화 조약에 따라 송환되는 동맹군 포로와 동진 중인 체코 군단 간에 그만 충돌이 일어났던 것이다. 이를 빌미로 무장 해제를 시도해 오는 혁명 정권의 볼셰비키 군대까지 물리친 체코 군단은 내친김에 대규모 열차를 편성한 뒤 끝내는 바이칼 지역의 최대 도시인 이르쿠츠크까지 점령해 버렸다. 1918년 5월의 일이었다. 이에 연합국은 체코 군단을 구원하겠다며 러시아에 군대를 파견하였다. 한데 실제에서는 소비에트 정권을 침몰시키는 것이 궁극적 목적이었다. 단독 강화 조약으로 전선을 이탈한 레닌 정권이 못마땅한 데다, 과격한 사회주의의 파급을 우려한 까닭이었다.

블라디보스토크에 일본과 영국군이 상륙하고 뒤이어 미군까지 들이닥치자 군수 물자는 그대로 산을 이루었다. 제국주의에 제대로 맛을 들인 일본은 2개 사단에 7만여 명의 군인을 출병시켰고, 미국은 체코 군단의 무기 보충을 위해 신품 모신나강 소총을 5만 정이나 제작해 보낼 정도였다. 그런 연합군은 체코 군단과 함께 반혁명 세력인 백위군(白衛軍)과 연결하여 러시아 내전에 깊숙이 개입했고, 레닌 정권은 혁명 군대인 적위군(赤衛軍)으로 이에 맞섰다. 이름하여 간섭 전쟁이었다. 러시아 백위군과 함께 연합군의 거점이 된 블라디보스토크에는 널린 게 무기였다. 전세는 차츰 혁명군으로 기울고 있었다. 무기를 팔아 치우는 백위군이 늘어났고, 조국 땅으로 돌아가는 체코군도 무기를 헐값에 처분했다. 그 바람에 신이 난 쪽은 무기 상인들이었다.

따라서 최봉설이 궤변 비슷한 말로 한상호를 반박한 것은 결코 말장난 수준이 아니었다. 독립군을 무장시킬 수 있는 절호의 기회를 그놈의 원수 같은 돈이 없어서 하릴없이 놓치는 게 아닌가 하는 조바심의 다른 표현일 따름이었다. 최봉설은 또 나름의 노림수까지 지니고 있었다. 한상호가 입이 닳도록 칭찬하는, 제갈량이란 별명의 강혁을 격동시켜 은근히 그 재주를 한번 떠보려는 것이었다.

최봉설의 반박으로 잠시 샛길로 빠졌던 얘기는 다시 제자리를 찾았다. 연해주의 상황이 그런 만큼 무장 투쟁의 선봉장을 자임한 철혈광복단의 임무는 명백해졌다. 총 한 자루라도 더 사들여 독립군 손에 쥐여 주는 것이었다. 갑자기 돈이 절실해졌다. 의논 끝에 단원들이 직접 발로 뛰어 군자금을 모금했다. 그런데 그게 영 뜻 같지가 않았다. 비록 조선 사람의 가구 수는 많지만, 생활 기반이 너무도 열악한 때문이었다. 일찍 이주한 농민도 잘해야 겨우 앞가림 정도요, 아니면 중국인 지주의 소작농에서 벗어나지 못한 경우가 태반이었다. 그러니 근래 강을 건너온 사람은 더 말할 나위가 없었다. 조선총독부의 토지조사령 시행으로 농토를 빼앗기고 고향에서 쫓겨나다시피 한 유랑민이 아니면 독립운동을 위한 정치적 망명이 대부분이었다. 맨손의 농민이요, 맨주먹의 지사들인 만큼 적수공권(赤手空拳)이란 표현이 빈틈없는 백의의 행렬이었다. 형편이 그렇다 보니 보태 쓰라고 내놓는 돈이나 물품은 너무도 미미할밖에 없었다. 하지만 그것은 중국 관헌과 지주의 횡포를 견뎌내고, 마적 떼의 습격에 전전긍긍한 눈물 나는 보탬이었다. 단원들은 감사하는 마음이 절로 우러났다. 한데 그보다 비애를 느끼는 경우가 더 많았다. 연명조차 어려운 딱한 형편과 자주 부딪기 때문이었다. 단원들은 일껏 거둬들인 물품을 다시 나눠주고 싶을 때가 한두 번이 아니었다.

난관은 또 있었다.

"농촌은 그래도 순박한 마음 씀씀이가 있어 요기나 하고 가라며 붙들기라도 한다지만, 돈푼이나 도는 도회지는 어떤지 알아? 어쩌다 목돈을 내놓는 경우는 그야말로 운수대통한 날이요, 엄살은 떨어도 푼돈이나마 보태주면 아주 고마운 사람이야. 다음에 보자며 점잖게 거절해도 어쩔 수 없잖아? 그런데 장사 꼬락서니를 보고 말을 꺼내라며 마치 거지 대하듯 역정을 내거나 요즘 군자금을 핑계로 손 벌리고 다니는 사람이 많다던데 하면서 은근히 좁쌀눈으로 쳐다볼 때는 속에서 그만 울화통이 터지는 거야. 우리가 무슨 사기꾼도 아니고, 안 그래? 한데 정작 심각한 문제는 따로 있어. 근처의 영사관 순사한테 무조건 신고부터 하고 보는 거야. 귀찮다 이거지. 물론 왜놈한테 잘 보이려는 꿍꿍이속도 있을 테고 말이야. 그러면 순사 놈들은 만사 제쳐놓고 득달같이 달려오고… 다른 일도 아니고 나라 독립하자는 건데… 도움은 못 줄망정… 그동안 희생자도 많아."

띄엄띄엄하던 한상호의 목소리는 끝내 잠겨 들고 말았다. 최봉설이 뒤를 이었다.

"오늘도 모금을 위해 둘이서 나다녔는데 허탕만 친 셈이야. 일단 꼬르륵대는 뱃구레나 속이자며 내 처가가 있는 명동촌을 들렀어. 한데 거기서 강혁이 네가 왔다는 소식을 듣고 상호가 좋아서 펄쩍 뛰더구먼. 그래서 만사 제쳐 두고 너를 보러 온 거야."

분위기가 가라앉았기 때문인지 최봉설이 그쯤에서 얘기를 끝냈다. 여름 햇빛의 시냇물은 곳곳에서 은빛으로 반짝였다. 그때 한 초로의 노인이 개울 건너 언덕길을 내려왔다. 냇물의 징검다리는 걸음나비에 맞춰 돌이 알맞게 놓여 있었다. 징검돌을 하나하나 밟으며 조심스레 냇물을 건너던 노인이 중간쯤에서 문득 걸음을 멈추었다. 허리를 구부려 물속을 유심히 들여다보는가 싶더니 이내 못마땅한 표정을 지었다. 새로 놓은 징검돌이 부실하여 도무지 마음이 불편했던 것이다. 혼잣말하면서 연신 혀를 끌끌 찼다.

"한번 손대면 야무지게 일을 안 하고서는, 쯧쯧! 비가 흠씬 쏟아져 봐라. 또 떠내려가고 없지."

이윽고 징검다리를 건너온 노인은 냇물에 손을 담갔다. 야윈 몸피에 꼬장꼬장한 얼굴이었다. 이제 귀해진 상투 머리라 더 고집스레 보이는지도 몰랐다. 흰옷 차림의 허리춤에는 작은 곰방대가 비스듬히 꽂혀 있었다. 노인이 개울을 건너오자 이편에서 거동을 유심히 살피던 강혁이 한달음에 달려가 허리를 반 넘게 접었다. 한여름의 달궈진 해를 손바닥으로 가린 노인은 고개를 끄덕이며 강혁과 말을 나누었다. 이따금 손가락으로 징검다리 쪽을 가리키기도 했다. 그러다 느티나무의 청년들에게 눈길을 주는가 싶더니 이내 마을을 향해 휘적휘적 걸어갔다. 다시 느티나무로 돌아온 강혁은 땀을 훔치며 친구에게 말했다.

"우리 마을의 훈장 어른이신데 나한테도 스승 되시는 분이야."

강혁이 사는 마을은 용계촌(龍溪村)이었다. 그 옛날 작명자는 함경도 종성의 용계 사람이었다. 아마도 친근해 부르기도 쉽거니와 향수를 조금이나마 달랠 마음으로 고향의 지명을 빌린 것이 분명했다. 그런 용계촌은 명동촌에서 서북 방향에 있었다. 용정과 연길을 통하는 한길에서 그다지 멀지 않은 곳인데, 지금은 20여 가구가 모여서 오순도순 살았다. 방금 노인이 내려온 언덕 위에도 사람이 살고 있었다. 용계촌에 속한 작은 마을인데, 윗용계로 불리다가 나중에는 줄여서 웃계가 되었다. 용계촌과 웃계에는 조선 사람들만 거주했다. 용계촌과 웃계 마을을 통하는 이곳 징검다리 근방은 감걸로 불렸다. 전해져 오는 감걸 지명의 유래는 대략 이러했다.

오래전, 남도(南道) 사내 하나가 용계촌으로 흘러들었다. 이곳 개울 풍경을 본 사내는 그대로 자기 고향을 빼닮았다며 몹시 기꺼워했다. 한 그루 우뚝 서 있는 느티나무만 고향의 감나무와 수종을 달리할 뿐, 징검다리와 건너편 언덕길까지 틀림없다는 것이다. 실제는 느티나무지만, 감나무가 있는 걸(川)이라 하여 사내는 감걸로 부르기 시작했다. 그리고는 틈만 나면 감걸을 찾았고 급기야 감걸 양반이란 별명까지 얻었다. 뒷날 그와 친했던 사람이 사족을 달았다. 감걸 양반은 고향의 건넛마을 처녀와 사랑했는데, 결국 허무하게 끝나서 허구한 날 감걸을 찾았다는 것이다. 그러나 그게 사실인지 아닌지 확인할 길은 없었다. 먼 남도 지방에서 간도까지 흘러들었듯이, 감걸이란 지명만 남긴 채 사내는 또 어딘가로 흘러가 버렸기 때문이다. 대부분이 뿌리 없는 부평초요, 스치는 한 줄기 바람이었다.

느티나무에 기대선 강혁은 냇물에다 시선을 던지고 있었다. 한데 홀로 깊은 생각에 사로잡힌 듯 머리를 끄덕이다가 다시 가로젓기도 했다. 얼마 뒤였다. 강혁은 문득 팔을 뻗어 크게 기지개를 켰다. 그리고는 냇가로 선득선득 걸어가더니 자갈 몇 개를 골라잡았다. 몸을 반쯤 구부리는가 싶더니 시냇물 위로 자갈을 힘껏 던진다. 수평으로 날아간 자갈은 물 위를 건너뛰며 몇 차례 물방울 친다.

"상호야!"

다시 느티나무로 돌아온 강혁의 목소리는 묵직했다. 일부러 꺾어 왔는지 손에는 꼬챙이가 하나가 들려 있었다.

"왜 그렇게 심각해? 나 이제 괜찮아."

최봉설과 얘기 중이던 한상호가 애써 미소를 지었다.

"네 얘기를 듣고 가만히 생각해 봤는데 어떻게 가능할지 모르겠다만 한번 들어볼래? 옛날 말에 지략이 뛰어난 장수는 적의 것을 빼앗아 먹기에 힘쓴다고 했어. 물론 그 당시는 군량을 두고 한 말이겠지."

심심풀이 얘기가 아니라는 것을 퍼뜩 감지한 한상호는 짐짓 자세를 고쳐 잡았다. 그러면서 최봉설에게 은근히 눈짓을 보내는 것은 자신이 그토록 자랑한 친구가 과연 어떠한지 잘 지켜보라는 무언의 신호였다. 사실 한상호가 강혁을 찾은 것은 무엇보다 오랜만의 만남이 귀해서였다. 더불어 철혈광복단의 미래와 관련하여 어떤 유익한 조언을 기대한 것도 사실이었다. 애써 군자금 모금의 어려움을 토로한 것도 거기에 연유했다. 강혁의 얘기는 직설적이었다.

"그래서 옛날 장수처럼 우리도 왜놈들한테 뺏으면 어떨까? 물론 대단히 위험스러운 일이긴 해. 빼앗기도 쉽지 않을 테고 말이야."

"영사관 경찰의 무기고를 습격하자는 얘기냐? 경비가 삼엄할 텐데."

한상호는 대뜸 총과 연관시켰다. 여태 무기에 목을 맸던 터라 무리는 아니었다. 강혁은 천천히 고개를 가로저었다.

"총이 아니고 군자금 얘기다. 돈이 우리 독립군에게 충분조건이 될 수야 없겠지. 하지만 요긴하게 필요한 것만은 확실해. 그것도 시기를 놓쳤다가는 나라의 막중대사를 그르칠 정도로 긴급하게 말이야. 그래서 궁리를 짜내 봤는데 왜놈들 뭉칫돈을 뺏으면 어떨까?"

"왜놈들 뭉칫돈!"

그러잖아도 왕방울 같은 한상호의 눈이 더욱 휘둥그레진다.

"그래. 동냥도 가을 한철이라는데, 좋은 기회가 왔을 때 무기를 대량으로 사려면 우선 한 밑천이 급선무 아니겠어?"

한상호는 퍼뜩 짚이는 게 있는지 다시 답을 냈다.

"옳거니! 용정의 왜놈 은행을 털자는 얘기네. 그렇지?"

사실 중국의 강혁과 달리 와룡동 청년들은 은행의 실상에 대해서 그다지 밝은 편이 못되었다. 기껏해야 은행에는 돈이 많다는 정도였다. 간도에 크게 공을 들이는 일제가 용정에 은행을 설립한 것도 2년이 넘었다. 한상호가 은행을 운운하자 강혁의 눈이 한층 빛났다.

"반은 맞고 반은 틀렸다. 은행이니까 당연히 돈이 많겠지. 하지만 그로 인해 경비는 한층 삼엄할 테고 또 영사관 경찰까지 지척에 있잖아? 그런 왜놈의 소굴을 들이친다는 것은 너무 무모하고 위험한 짓이야."

"그러면 뭉칫돈이 어디 있어? 그것도 왜놈 뭉칫돈이."

답을 알 듯 알 듯한 한상호는 안달이 났다. 마른기침의 최봉설은 침을 꿀꺼덕 삼켰다. 목소리까지 낮춘 강혁은 한층 비밀스러운 얼굴이 되었다.

"상호 네 말처럼 은행 돈은 맞는데 그렇다고 은행을 습격하자는 것은 아니야. 내 말을 한번 잘 들어보렴. 간도에 공을 들이는 왜놈들은 계속해서 더 많은 돈이 필요할 거야. 한데 유통되는 돈이 한정된 만큼 아무리 은행인들 자꾸만 돈이 어디서 생겨나겠어? 하늘에서 떨어지는 것도 아니고 또 간도에서 돈을 찍어낼 수도 없는 노릇이고 보면 어디서든 가져와야 할 것 아니냐? 내가 알기로 그런 돈에 문제가 생겼다는 말은 아직 못 들어봤거든. 그래서 놈들이 방심한 틈을 한번 노려보면 어떨까 싶어서 하는 얘기야. 거기다 간도로 유입되는 왜놈 돈은 대부분이 독립운동 탄압 경비인 만큼 그 효과는 훨씬 크겠지. 옛날 장수들이 적의 군량을 노리는 것과 흡사하게 말이야."

"그래, 맞다! 전에 장인어른께서도 언뜻 말씀하셨어. 왜놈들이 회령에서 비밀스러운 짐을 싣고 심심찮게 명동촌을 지나친다는 거

야. 무장한 순사도 몇 명쯤 따른다고 하셨어. 혹시 그 속에 은행
돈을 실어 나르는 것은 아닐까?"

강혁의 말이 끝나기가 무섭게 최봉설이 대뜸 흥분기를 보였다.
최봉설의 장인은 명동교회 일을 보면서 독립운동에도 비밀리에 관
여하는 지사였다. 별로 생각하는 법도 없이 한상호가 문제점을 들
고 나왔다.

"설사 그렇다고 치자. 어느 날, 어느 짐에 돈다발을 숨겨 오는지
어떻게 알겠어? 무작정 감으로 덮칠 수는 없는 노릇이잖아. 또 멀
건 대낮에 도로상에서 빼앗는다는 게 말처럼 쉬울까? 방금 언급했
다시피 무장한 순사 놈들도 따른다는데…."

갑자기 철혈광복단의 단원끼리 설왕설래했다. 흥분을 감추지
못하는 것은 어떤 가능성을 엿보았기 때문이다. 잠깐의 설전을 끝
낸 와룡동 청년들은 다시 강혁에게 집중했다. 설마하니 제갈량이
마땅한 계책도 없이 허투루 말을 꺼냈을까 싶어 눈은 기대로 반짝
였다. 물론 강혁도 미리 가닥은 가지런히 잡고 시작했다. 그러나
역시 예사 제안이 아닌지라 절로 말투는 신중해졌다.

"용정과 회령의 은행 이름이 다 같이 조선은행이고 또 여러 정
황을 고려해볼 때 회령에서 돈이 공급되는 것은 거의 확실해. 하
지만 막상 돈을 뺏으려 들자면 방금 상호가 거론한 문제뿐이겠어?
무형적인 일까지 고려하면 수두룩하지. 따라서 이런 거사를 도모
할 요량이면, 반드시 여러 문제점을 하나씩 검토하면서 먼저 가능
성부터 타진해보는 게 일의 순서야. 한 예로 방금 지적한 습격 장
소 문제를 놓고 대충 한번 따져 볼까? 회령에서 용정은 백 리가 훨

씬 넘는 거리야. 따라서 아무리 종종걸음을 쳐도 해 안에는 도착이 어렵다고 봐야 해. 그렇다고 어둡기 전에 용정에 닿으려고 회령에서 새벽부터 설칠까?"

강혁은 단원들과 눈길을 맞추며 천천히 고개를 가로저었다.

"아마 아닐걸. 두만강을 낀 데다 그쪽이 훨씬 한적한 만큼 위험 부담이 더 크다고 여길 거야. 모르긴 해도 험한 오랑캐령을 넘어 명동촌 정도만 들어서도 놈들이 크게 안심하지 않을까? 따라서 습격이 쉬운 지점은 어둠도 빌리고 또 경계도 허술해진다는 측면에서 볼 때 아마도 용정 쪽에 가까울수록 유리하지 않을까 싶어. 한번 생각해 봐. 명동촌에서는 어떻게 해가 있을 때 통과하더라도, 거기서 용정까지 또 수월찮은 거리인 만큼 갈수록 어두워지지 않겠어? 또 지금의 여름보다는 겨울이 해도 짧아질 뿐만 아니라 아무래도 통행인 숫자도 줄어들겠지."

논리를 앞세워 이야기를 풀어 가는 이공명(李孔明)에게 땅바닥은 종이, 꼬챙이는 붓을 대신했다. 얘기는 계속되었다.

"가능성 타진에 있어서 반드시 거쳐야 할 관문이 바로 관찰이야. 방금 돈을 운반하는 날짜 문제를 지적했는데, 그것도 그래. 회령이나 용정의 동정에 주의를 기울여 탐지해 본다든가 아니면 호송 순사의 숫자나 그 엄중함으로 식별을 해보는 것도 한 가지 방법이겠지. 여하튼 잘만 찾아보면 길은 있게 마련이거든. 요는 예리한 관찰을 토대로 해서 전체적 진실에 접근하라는 얘기야. 직접 보는 것, 아니 그냥 본다고만 하면 의미가 너무 약하군. 그러니까 직접적인 관찰이 열 번 듣는 것보다 훨씬 진실하다는 얘기야. 한데 실상 나 자신부터 관찰한 바가 전혀 없으면서 헛된 말을 너무 지껄이는 것 아닌가?"

얘기가 대략 마무리 단계로 접어들자 강혁이 문득 멋쩍은 표정을 지었다. 붓을 재게 놀려 땅바닥의 그림도 지워버린다. 혼자 잘난 척, 너무 많은 말을 주워섬겼다는 데 생각이 미쳤다. 그러자 최봉설이 어림없다는 듯 손까지 내저으며 탄복했다.

"옛날 장량(張良)을 가리켜 '장막 안에서 천 리 밖의 싸움에 승리할 꾀를 낸다.'라고 하더니 과연 빈말이 아니었군. 오늘 우리 강혁을 만나 보니 그 말이 실감 나는구먼."

동림 무관 학교 출신인 만큼 최봉설도 병법이나 고사 따위에 문외한은 아니었다. 방금 인용한 구절은 한고조(漢高祖) 유방이 장량의 지략을 칭찬한 유명한 말이었다. 장량은 강적인 초패왕(楚覇王) 항우를 꺾고 주군인 유방에게 천하를 안겨준 일급 모사(謀士)였다.

최봉설이 인용한 표현은 매우 적절했다. 독립군 무장을 위해 실현성 있는 계책을 짜낸다는 게 어디 보통 일이겠는가. 그것도 장막이나 진배없는 느티나무 밑이었다. 그에 따른 논리 전개 또한 흠잡을 데 없었다. 최봉설이 굳이 한고조의 입을 빌린 데는 다른 이유도 있었다. 중국에서는 역대 최고의 전략가로 두 사람을 꼽았다. 유비의 제갈량과 함께 유방의 장량, 즉 장자방(張子房)이 그들이었다. 강혁의 별명이 제갈량인 것은 최봉설도 익히 아는 사실이었다. 그래서 다른 한 전략가인 장량까지 끌어들여 강혁의 재주에 찬사를 더했던 것이다.

시냇물 중간쯤에 머리를 내민 돌부리가 제법 넓적했다. 거기에 물새 한 마리가 사뿐 날아왔다. 머리는 연신 두릿두릿, 꽁지는 바쁘게 꼼짓꼼짓, 가늘디가는 다리로 폴짝폴짝 뛰면서 돌부리를 맴돈다. 그러다 어느 순간 물새는 날씬한 동작으로 머리를 시냇물에 처박았다. 그러나 판단에 문제가 있었던지 주둥이가 허전했다. 그런 물새는 좀 더 유속이 빠른 돌부리로 이동했다. 이번에는 주둥이에 제법 큼지막한 물고기를 물었다. 하지만 돌부리를 오르기도 전에 그만 물고기를 다시 빠뜨리고 말았다. 깃의 물기를 털어 대던 물새는 개울 건너편으로 포르르 날아갔다.

뭉칫돈 얘기에 정신이 팔린 사이 어느덧 해가 뉘엿해졌다. 아쉬운 작별에 앞서 노파심의 강혁이 거듭 당부했다.

"자고로 일을 꾸미려 들면 대개의 사람이 유리한 점만 취하려 드는데 절대 금물이야. 선입견에 얽매이지 말고 좀 더 객관적으로 분석한 뒤, 긍정적인 면과 부정적인 측면을 아울러 고려해서 정확한 판단을 내리는 일이 매우 중요해. 군자금을 마련하려다 희생도 많이 치렀다고 했지? 어쩌다 내가 어설픈 제안을 내놓기는 했다만 섣불리 달려들 일은 절대 아니야. 다시 헛된 희생만 늘고, 까딱하다가는 우리 동포들을 핍박할 수 있는 빌미를 제공하기에 십상이거든. 그러잖아도 노상 겪는 일이긴 하다만."

강혁의 말에 최봉설이 지나가는 투로 한마디 보탰다.

"가죽을 상하지 않고 범 잡는다는 게 어디 쉬운 일인가?"

고개를 끄덕이는 듯 마는 듯하던 강혁은 다시 앞날을 걱정했다.

"다행히 성공리에 돈을 수중에 넣더라도 방심은 절대 금물이야. 목돈을 뺏긴 만큼 왜놈들도 눈에 불을 켜고 돈의 행방을 집요하게 추적할 거란 말이지. 그러다 보면 저들도 돌대가리가 아닌 이상 연해주 방면으로 눈을 돌리지 않겠어?"

단원들이 동시에 고개를 끄덕였다. 그래도 강혁은 뭔가 미진했다.

"오늘 내가 한 말은 그야말로 하나의 예시에 불과해. 선입견으로 머릿속에 간직할 필요가 없다는 얘기야. 어떤 일의 결정이나 세부적인 추진은 당연히 너희 철혈광복단이 하기 나름이지. 그렇지만 내가 꼭 부탁하고 싶은 것은 매사를 살피고 또 살폈으면 좋겠어."

강혁의 지난여름 얘기는 끝이 났다. 그 사이 모닥불은 찬 재가 되었고 토담집 바깥은 눈이 내리고 있었다. 송이 눈이었다. 봄날 하얀 꽃잎이 날리는 듯 제법 분분했으나 눈보라는 아니었다. 일규는 그제야 모든 의문이 일시에 풀리는 듯했다. 중일 양국의 합동 검문검색, 뜬금없는 은행 돈 이야기, 검문 이후 내내 심각하던 강혁의 마음마저 읽을 수 있었다. 그러나 아직 확실히 밝혀진 실체는 없었다. 다만 강혁의 지난 얘기와 군경 편성 등으로 미뤄 볼 때 어떤 식으로든 사건은 이미 터졌고, 현재까지는 진행형이 아닌가 하는 추측 정도가 고작이었다. 일규는 강혁의 친구들, 아니 철혈광복단의 건투를 마음속으로 빌었다. 그리하여 거사가 뜻대로 이루어져 독립운동에 하나의 커다란 전기가 마련되었으면 하는 바람이었다. 지난 얘기를 끝낸 강혁은 잠시 침묵했다. 그러다 문득 현재의 심경을 밝혔다.

"물론 그사이 상황도 변했지만 지금 와서 곰곰이 생각하니 당시 내가 너무 즉흥적이었던 것 같아. 왜놈 돈을 뺏으면 어쨌든 우리 동포들이 의심과 핍박의 대상이 될 거란 생각을 못 한 것은 아닌데…. 친구들이 무사히 마무리까지 잘 해낼지 그것도 걱정이다. 목돈을 뺏긴 만큼 무기 때문에라도 놈들의 눈초리가 연해주로 쏠리지 않겠나? 그쪽은 여전히 왜놈 군대가 설쳐댄다던데. 하여튼 빼앗아도 걱정이다. 내가 조금만 더 일찍 왔더라면…."

더욱더 나은 복안을 지닌 듯 강혁은 못내 아쉬운 표정이었다. 감탄사 외에는 그저 고개만 끄덕이던 일규가 그제야 말문을 열었다.

"네가 철혈광복단에 엄청난 언질을 준 셈이군. 이제 나도 너만큼 걱정스럽고 간절한 심정이다. 희망을 품고 한번 기다려 보자. 그런데 구운 게도 발을 떼고 먹으라 했는데, 네 배짱이 두둑해도 너무 두둑했던 것 아닌가. 검문하는 군인한테 그렇게 노골적으로 묻다가 행여 범인으로 몰리면 어쩌려고 그랬어?"

"적어도 그런 일은 없을 거라는 판단이 미리 섰기 때문이야. 왜냐하면, 내가 상대했던 중국 군인의 심리를 나름대로 읽고 있었거든. 처음에는 천보산을 들먹여 말로써 기를 죽이고, 다음부터는 친근하게 대한 것이 효과가 컸지. 또 궁극적으로는 자기 나라를 괴롭히고 자신들마저 업신여기는 영사관 일인 데다, 내가 저희 장군의 신임장까지 지녔는데 악착스러운 마음이 생기겠어? 거기다 자기도취에 빠진 것 같아 조금 무리를 해도 괜찮겠다는 생각이 들더군. 그때는 사람이 대부분 관대해지는 법이거든. 여우 굴도 문이

둘이라는데, 물론 최악의 상황도 미리 대비하고 있었지."

일규가 더는 꼬치꼬치 캐묻지 않고 고개만 끄덕였다. 그러다 의기소침한 목소리로 중얼거리듯 말했다.

"선생 그만두고 독립운동한다는, 그 상호라는 친구가 참말 부럽다. 나도 마냥 코흘리개들 치다꺼리만 할 때가 아닌데…."

철혈광복단의 최봉설과 한상호는 역시 호송대 사건이 발생한 날 아침의 선발대였다. 그리고 윤 선생은 윤준희(尹俊熙)로 비밀 단체인 철혈광복단의 핵심 중 핵심이었다. 회령이 고향인데 간도에서 교편생활을 한 적도 있었다. 거사 4인조 중에 나머지 한 사람인 임 동지는 임국정(林國楨)이었다. 함흥이 고향인 그는 최봉설과 더불어 나자구의 동림 무관 학교 출신이었다. 우람한 덩치에 비해 사람을 잘 사귀고 또 매사에 적극적이어서 철혈광복단에서도 활동이 왕성했다. 나이는 역시 거사를 책임진 윤준희가 스물아홉 살로 최연장자였다. 다음은 임, 최, 한의 순으로 대략 두세 살씩 층이 졌다. 두 살 차이인 최봉설과 한상호는 친구로 지냈다.

1월 4일 밤이었다. 사전에 치밀한 준비를 끝낸 철혈광복단은 드디어 현금 탈취에 성공했다. 열정적인 임국정이 추격대를 유인하는 임무를 맡았고, 나머지 세 사람은 돈 배낭을 메고 산에서 내려왔다. 현금 탈취에 성공한 것은 이제 절반쯤의 성공이었다. 큰 그림의 막중대사를 완수하려면 아직 갈 길이 멀고도 험난했다. 더군다나 이제부터는 미리 준비하고 점검할 수도 없었다. 그때그때 임기응변으로 헤쳐나가야만 했고, 실수는 곧바로 생사와 직결되었다. 돈 배낭을 짊어진 단원들은 일각이 급했다. 임국정의 말발굽 유인으로 당장 직선적인 추격에서는 벗어날 수도 있었다. 그러나 언제 추격대가 덜미를 덮칠지 알 수 없는 노릇이었다. 일단은 사건 현장에서 멀찌감치 달아나고 볼 일이었다. 게다가 임국정과 만나기로 한 포수 산막에 닿으려면 아직도 먼 길이었다. 족히 백여 리는 되었다.

시간이 촉박한 단원들은 자연과도 사투를 벌여야만 했다. 이제 돈이 큰 짐이 되었다. 띠지 다발은 150개였으나, 지폐의 양이나 무게가 묵직하기 때문이었다. 고액권인 10원짜리가 5천 장이요, 5원 지폐는 무려 2만 장이나 되었다. 셋으로 나누어도 배낭 하나의 무게가 40킬로를 넘겼다. 아닌 말로 눈 속을 뒹굴다 돈에 깔려 죽을 수도 있는 노릇이었다. 설령 돈에 깔려 죽는 한이 있더라도 배낭은 이제 단원들에게 그대로 목숨이었다.

소한 무렵의 만주는 그대로 얼음 속이나 다름없었다. 종일 강추위와 싸운 일행은 다시 한밤중에 돈 배낭과 씨름하며 눈 덮인 산속을 뒹굴었다. 도시인 용정을 우회하자니 쑥대와 갈대가 널브러진 벌판을 뚫어야만 했다. 강은 다행히 얼음을 지쳐서 건널 수 있었다. 용정의 해란강과 연길의 포이합통하(布爾哈通河)였다. 이제 단원들의 몸은 그야말로 천근이요, 만근이었지만 누구도 불평 한마디 없었다. 오히려 혼자 떠난 임국정을 걱정하는 형편이었다.

각고의 노력 끝에 단원들이 일차적으로 도착한 곳은 와룡동에 있는 최봉설의 집이었다. 밤을 꼬박 지새우며 헤쳐 온 눈길이 장장 80여 리나 되었다. 이른 새벽의 와룡동은 사위가 고요했다. 윤준희와 최봉설, 그리고 한상호는 따뜻한 음식과 이부자리가 너무도 간절했지만, 초인적인 정신력으로 이를 물리쳤다. 친숙한 마을이지만 이제 와룡동은 자신들이 어물거릴 곳이 못 되었다.

사건 다음 날인 1월 5일이었다. 연길 교외에 있는 와룡동에서는 이따금 개들이 짖어 댔다. 아직은 날이 밝지 않아 사방이 어슴푸레했다. 그때 문득 농부 행색의 사나이들이 조심스럽게 마을을 벗어났다. 역시 이들은 이른 새벽에 중국 마적단 차림으로 와룡동에 숨어든 단원들이었다. 최종 목적지는 왕청현 의란구(依蘭溝)의 북쪽 산골짜기에 있는 외딴 가옥이었다. 철혈광복단의 단원인 김 포수의 산막이었다. 임국정과 만나기로 약속한 장소였다. 와룡동에서는 40여 리 떨어진 곳이었다.

이제 돈 배낭은 소달구지에 숨겼다. 소달구지를 모는 앳된 청년은 최봉설의 둘째 동생이었다. 윤준희는 한적한 곳에서 소달구지를 돌려보냈다. 다시 돈 배낭을 어깨에 멨다. 눈앞이 어찔어찔하고 발걸음도 휘청휘청한다. 사투의 막바지를 오직 악으로 버티었다. 쓰러지다시피 산막에 도착했으나 기대했던 임국정은 만날 수 없었다. 혼자 떠난 동지를 걱정하느라 단원들은 제대로 쉬지도 못했다. 한데 뒤늦게 나타난 임국정은 뜻밖에도 동행인이 있었다. 단원들도 안면을 익힌 인물이기는 했다. 블라디보스토크의 대한국민의회 군무부장인 김하석(金河錫)이었다. 30대 중반인 김하석은 북간도에 학교 설립과 교육을 위해 힘을 쏟은 지사였다. 동림 무관학교에서 근무한 적도 있었다. 당시는 임국정과 최봉설이 김하석의 제자였다. 새 인물이 등장하자 단원들은 긴장했다. 딴은 임국정의 주장처럼 연해주 사정에 밝고, 여러 큰일을 처리해줄 사람이 필요한 것은 사실이었다. 그러나 모든 일은 신중에 신중을 기해야만 했다. 특히 한상호의 표정이 어두웠다. 강혁의 충고를 되새김질하는지도 몰랐다. 이제 단원들은 예정대로 무기를 사기 위해 연해주로 떠날 차례였다. 한데 목적지를 두고 의견이 둘로 갈렸다. 결국은 김하석의 주장을 따라 블라디보스토크로 결정되었다.

사건 사흘째인 6일이었다. 군무부장 김하석의 합류로 5명이 된 일행은 이른 아침에 외딴 산막을 나섰다. 오직 블라디보스토크만 바라보는 고달픈 행보가 시작되었다. 정말 고달팠다. 갈수록 더 매워지는 날씨와 끝도 없는 발품은 어떻게 이를 악물고 참을 수가 있었다. 문제는 사람이었다. 중국과 일제 군경은 말할 나위도 없고 거액을 지닌 만큼 행인들의 눈초리도 부담스러웠다. 그래서 대체로 큰길을 외면했지만 으슥한 길이라고 안심할 처지는 못 되었다. 소털보다 많다는 게 만주와 시베리아의 마적 떼인 데, 그들과 덜렁 맞닥뜨리기라도 하는 날에는 그야말로 낭패 중의 낭패였다. 만약 그런 일이 발생하면 뭉칫돈을 지닌 만큼 목숨은 더 위험할 수도 있었다. 원대한 계획과 그동안의 고생을 생각하면 목숨 따위에 연연해 돈만 허무하게 빼앗길 그들도 아니기는 했다.

4. 조선총독부

태조 이성계(李成桂)는 고려의 뒤를 이어 1392년에 조선을 개국하였다. 이어 태종의 강력한 왕권 확립 정책, 세종대왕에 의한 찬란한 민족문화의 형성, 세조와 성종의 눈부신 치적 등으로 조선은 초기에 나라의 기틀이 잡히면서 중앙 집권적 정치 체제가 형성되었다. 그러나 후대로 갈수록 제도의 결함이 드러나고 사화(士禍)와 당쟁 등으로 지배 계급이 분열하더니 급기야는 개국한 지 2백 년이 되는 1592년에 왜군의 침입을 받아 임진왜란이 터졌다. 이후 7년에 걸친 왜란과 뒤이어 여진족이 침입한 호란으로 국토는 황폐해지고 백성들은 커다란 어려움에 부닥치게 되었다. 그러자 봉건 사회의 지배 사상인 유교 제일주의에서 벗어나 실제 사회에 이로운 학문, 즉 실학이 대두되었으나 꽃을 피우지 못했고, 전해온 천주교는 극심한 박해를 받았다. 또한, 외척에 의한 세도 정치는 삼정(三政)의 문란을 초래하여 전국 각지에서 일어난 민란의 직접적인 원인이 되었다.

세계의 근대화 물결 속에 고종의 생부(生父)로서 정권을 잡은 흥선 대원군은 내정 개혁에 힘을 쏟아 일정한 성과도 거두었으나 급변하는 세계정세를 외면하고 통상 수교 거부 정책을 고집하다가

서양 군함의 공격을 받기도 했다. 그러다 끝내는 명성황후를 축으로 한 민씨(閔氏) 일족에게 정권을 빼앗기고 말았다. 이때 이웃 일본은 명치유신을 단행하여 신흥 강국으로 부상하였다. 군함 운양호 사건을 구실로 불평등 조약인 강화도 조약을 체결하고, 사절 교환과 개항 등으로 조선에 진출하게 되어 마침내 침략의 발판을 마련하였다.

조선의 문호가 개방되자 외국 세력이 거침없이 침투하였고 민씨 일파의 실정에 대한 불만과 항일 등으로 병사들이 일으킨 임오군란, 개화파가 일본군의 힘을 빌려 개혁을 시도한 갑신정변을 거쳐 끝내는 양반 관료들의 학정(虐政)에 반발한 동학 농민 전쟁이 일어나 전국으로 번져 갔다. 동학란 때문에 조정에서 원군을 요청한 청나라 군대가 들어오자, 조선을 두고 청과 대립하던 일본도 즉각 인천에 군대를 상륙시켰다. 그 여파로 불붙은 청일 전쟁에서 승리한 일본은 조선에 대한 입김이 한층 강화되었다.

일본이 친일파를 견제하고 친러책을 강화하는 조선의 국모 명성황후를 시해하는 사건을 일으키고 단발령까지 내리자, 드디어 전국 방방곡곡에서 의병 전쟁이 일어났다. 이것이 일본 제국에 대한 한민족의 기나긴 독립 전쟁의 출발점이 되었다. 1897년에 고종은 국호를 대한제국, 왕을 황제로 하여 즉위식을 여는 등 독립국으로서 새 출발 의지를 보였으나 한 번 기울기 시작한 나라의 정세는 이미 돌이킬 수가 없었다.

20세기로 접어들면서 더욱 군사력을 증강한 일제는 한국에 대한 독점적 지배를 노렸으나 남하 정책으로 남만주와 한국 지배를 엿보던 러시아가 물러서지 않자 결국은 1904년에 러일 전쟁을 일으켰다. 전쟁 시작과 함께 일제는 한국에서 군사 행동을 마음대로 하고 엄청난 내정 간섭까지 일삼았다. 그러다 이듬해 포츠머스 강화 조약으로 전쟁이 마무리되자 일제의 한국 보호권 주장을 더는 간섭하는 열강이 없어졌다. 1905년 11월 17일, 일제는 한국의 외교권 박탈과 통감부 설치 등을 주 내용으로 하는 을사늑약을 체결하여 식민지화를 위한 준비를 마쳤다. 초대 통감으로는 한국 침략의 원흉인 이토 히로부미(伊藤博文)가 부임했다.

조약이 강제 체결되었다는 소식이 퍼지자 목숨을 끊는 순국열사가 줄을 이었고, 각처에서 일어난 의병은 해를 거듭할수록 확대되어 국민 전쟁으로 발전하였다. 고종의 특사로 만국평화회의에 참석한 이준(李儁) 열사는 헤이그에서 순국하였고, 특사 사건을 빌미로 일제는 고종 황제를 강제로 퇴위시켰다. 계속해서 한일 신협약으로 한국 군대를 해산시키고 사법 및 경찰권까지 손에 넣은 일제는 지배권을 한층 강화하였다.

의사 안중근(安重根)이 만주 하얼빈역에서 침략자 이토를 처단하였으나 끝내는 일한 병합 조약이 강제 체결되면서 나라의 주권은 일제의 손아귀로 완전히 넘어가고 말았다. 1910년 8월 22일의 일이었다. 태조로부터 순종에 이르기까지 27대 왕, 519년을 존속한 조선 왕조가 막을 내리는 순간이었다. 그로부터 일주일 뒤인 융희(隆熙) 4년 8월 29일에 조약이 반포되며 대한제국은 조선으로 개칭되었다. 국치의 날이었다.

한국을 강점한 일제는 통감부를 폐지하는 대신 더욱 강력한 통치 기관으로 조선총독부를 설치하였다. 초대 조선 총독이 된 데라우치(寺內正毅)는 일제 통치에 대한 항쟁을 잠재우기 위해 민족주의자들을 끝없이 괴롭혔고, 헌병과 경찰을 앞세워 철저한 무단 통치를 시행하였다. 데라우치가 조선 지배에 대한 공으로 본국의 내각 총리대신으로 영전한 뒤, 2대 조선 총독으로 부임한 하세가와(長谷川好道) 역시 전임자와 똑같이 헌병에 의한 무단 통치를 그대로 지속하였다.

세계의 열강들이 연합국과 동맹국으로 나눠 유럽을 주 무대로 싸운 세계 대전은 민족자결주의 선언을 가져와 전 세계 약소민족에 커다란 영향을 끼쳤다. 나라를 빼앗기고 10년 가까이 암흑기를 보내던 한민족은 고종 황제의 국장을 계기로 전국적이며 지속적인 독립 만세 운동을 벌였고, 그 영향으로 상해에서는 대한민국 임시 정부가 수립되었다. 만세 운동으로 한민족의 전면적 저항에 부딪힌 일제는 더 이상의 무단 통치는 불가능함을 깨달았다. 그리하여 기미년 8월에 조선총독부의 관제 개정과 함께 3대 조선 총독으로 해군 대장 출신의 사이토 마코토(齊藤實)를 임명하였다. 일제의 식민 통치 연장을 위해 새로 부임한 총독은 난국을 수습하고 민심을 안정시키는 것이 최우선 과제였다.

조선 왕조의 심장인 서울도 어김없이 1920년의 새해를 맞았다. 대한제국을 강점하여 국호를 조선으로 되돌려 놓은 일제는 수도인 한성부도 경성부로 이름을 바꾸었다. 나아가 의젓하던 위상까지 여지없이 뭉개버렸다. 경성부를 경기도 관할 아래 두어 도읍이라는 개념을 없애고 일개 군처럼 격하시켰던 것이다. 그리하여 한성 사람들은 졸지에 경기도 경성부의 백성이 되고 말았다. 그런 경성이 일제 식민지 지배의 아성으로 전락한 지는 이미 오래되었다.

서울을 빙 둘러싼 한양 도성은 주산(主山)인 북악산(北岳山)을 중심으로 낙산(駱山), 남산(南山), 인왕산(仁王山)의 능선을 따라 축조되었다. 서울 성곽의 남쪽 중심인 남산은 도성의 백성들이 일상에서 늘 쳐다보는 안산(案山)이었다. 궁궐을 비롯한 도성의 건물 대부분이 남쪽을 향했기 때문이다. 태조 이성계는 한양을 도읍으로 정하면서 그런 남산에다 국사당(國祠堂)을 짓고 봉수대(烽燧臺)를 설치하였다. 남산의 산신인 목멱대왕(木覓大王)에 국가의 안녕을 기원하는 것이 국사당이고, 봉수대는 도성 방어는 물론 외적의 침입과 관련하여 전국의 봉화를 최종적으로 전달받는 중요한 시설물이었다. 한데 그런 남산 기슭에 일본 공사관이 들어서고, 산 아래 진고개 일대가 일본인 거류 지역이 되면서 남산은 급격히 일제 식민 권력의 중심지로 바뀌어 갔다. 한국주차군사령부, 통감부, 통감관저, 헌병대사령부 따위가 모두 이곳 남산을 점령해 버렸던 것이다.

남산의 변화는 한 시대가 저물고 세상이 바뀌었음을 여실히 보여주었다. 꼭대기에 있는 태조의 국사당은 비바람에 방치되어 몰골이 초췌하지만, 산 중턱을 깔고 앉은 웅장한 건물은 점점 몸집을 불리며 장안을 발치 아래로 굽어보고 있었다. 왜성대의 조선총독부였다. 르네상스 양식의 2층 목조 건물인 총독부 청사는 웅장한 겉모습부터 위압적이었다.

1920년 1월 3일이었다. 조선총독부 동녘에 세워진 국기 계양대 끝에는 마침 불어대는 북풍에 일장기가 파라파락 요란히 나부꼈다. 그런 총독부 광장에 한 사내가 서 있었다. 눈보다도 더 새하얀 해군 예복 차림새였다. 환갑을 갓 넘겼지만, 나이에 비해 동안인 그는 3대 조선 총독 사이토였다. 총독은 다리를 옆으로 적당히 벌리고 양손은 뒷짐을 진 오연한 자세로 서울 장안을 굽어보고 있었다. 거기에는 영락한 왕조의 잔영이 스산하게 널려 있었다. 정궁인 경복궁을 비롯하여 창덕궁, 덕수궁 등의 조선 궁궐이 그것이었다. 일제가 여러 전각을 헐어 버리고 동물원과 식물원을 설치한 창경궁은 이미 궁궐도 아니었다. 하긴 이제는 이름조차 창경원으로 바뀌어 궁궐은 한낱 놀이동산이 되었고, 그런 창경궁에서 종묘로 이어지는 산줄기도 절단되어 있었다. 서궐로 불리던 경희궁은 경복궁을 중건할 때 자재로 헐고, 남은 전각마저 일제가 매각해 버려 형체조차 없었다.

좌우로 고개를 돌리며 조선 궁궐을 일별하는 총독의 입가로 한 가닥 미소가 번진다. 저들 궁궐의 영화는 한낱 꿈으로 스러지고, 지금 조선 판도의 군주는 자신이라는 생각이 의식을 지배했다. 총독으로 조선 땅에 군림한 지 4개월이 되었지만, 처음으로 새해를 맞으니 한층 감회가 새로울 수밖에 없었다. 그때 문득 총독부의 중앙 현관에 사내 하나가 나타났다. 그는 곧장 총독을 향해 뜀박질해 오더니 등에다 대고 굽실거렸다.

"각하, 이제 입장하시면 되겠습니다."

고개를 깊숙이 파묻은 사내는 정수리 부분이 영 허전했다. 나이는 불과 30대 후반이었으나 머지않아 대머리가 될 상이었다. 마루야마 츠루키치(丸山鶴吉)로 총독부 경무국의 사무관이었다. 왜소한 사내였다. 한데 가늘게 쭉 찢어진 눈에서 음험한 기운이 비치는 것이 보통내기는 아닌 듯했다.

"마루야마 군이 어쩐 일인가?"

오연한 자세를 풀지 않고 고개만 천천히 돌리는 총독은 어느새 득의만면한 표정이었다.

"각하, 오늘은 특별한 날인 만큼 제가 특별히 모시러 왔습니다."

불에 익힌 밀 껍질이라도 까듯 마루야마는 손바닥을 맞잡고 연신 비벼 댔다. 마루야마가 언급한 특별한 날은 매년 1월 3일에 관청에서 거행하는 원시제와 새해 시무식을 가리켰다. 천황제와 관련된 원시제 경축일 행사는 끝났고 이제 새해 시무식이 거행될 예정이었다. 총독부 직원은 모두 행사장에 집합한 상태였다. 총독만 참석하면 식은 곧바로 거행될 수 있었다. 한데 자신이 조선 판도의 우두머리라는 사실을 새삼 각인시키려는지 사이토 총독은 일부러 식장 입장에 늑장을 부리는 중이었다. 원래 이러한 상황 보고는 총독 비서가 담당할 몫이었다. 한데 중뿔나게도 마루야마가 보고를 자청하고 나섰다. 역시 마루야마다운 행동이었다. 평소에도 그는 남의 눈쯤은 애써 무시하고 틈만 나면 총독의 충견(忠犬)이 되려고 어지간히 꼬리를 쳐대고는 했다. 한데 그게 또 먹혀들었는지 총독도 이즈음에는 마루야마를 자신의 확실한 심복으로 여기는 듯했다.

"마루야마 군, 저기를 한번 보게나. 자네 말처럼 오늘같이 특별한 날에 쳐다보니 감회가 한결 새롭구먼. 한데 공사 진척이 너무

느린 것 아닌가?"

사이토의 눈길은 남산에서 저 멀리 마주한 북악산 아래를 맴돌
았다. 북궐인 경복궁 쪽이었다. 괜히 황송한 표정만 짓던 마루야
마는 총독의 눈길을 따라잡았다. 그다지 초점을 맞추지 않아도 한
장소가 눈에 선뜻 잡혔다. 거기에는 주변 경관과는 한참 동떨어진
웅대한 서양식 건물이 들어서고 있었다. 신축 중인 조선총독부 건
물이었다. 마루야마도 몇 차례 방문한 적이 있어 현장 상황에는 제
법 훤했다. 일제는 식민지 조선 통치를 위해 총독부 청사를 새로
짓기로 하고 지진제를 지냈다. 초대 조선 총독인 데라우치가 본국
의 수상으로 영전해 가기 직전인 1916년 봄의 일이었다. 한데 다른
것은 두고라도 우선 신축 장소가 너무도 엉뚱했다.

경복궁 근정전(勤政殿)은 왕이 신하들의 조하(朝賀)를 받거나 정령
(政令) 등을 반포하는 정전(政殿)이었다. 때로는 외국 사신을 맞이할
때도 있었다. 또 경복궁의 정문인 광화문(光化門)은 조선 왕실의 권
위와 위엄을 상징했다. 한데 다른 많은 터를 두고 일제는 하필이면
그러한 근정전과 광화문 사이에다 보란 듯이 청사 터를 잡았다. 원
래 신하가 구중궁궐인 근정전에 이르려면 광화문을 들어서서 다시
홍례문(興禮門)을 지나야 했다. 이어 궁궐의 개울인 금천(禁川) 영제
교(永齊橋)에서 액을 물리치고 마음을 씻은 뒤, 비로소 근정전의 근
정문을 들어설 수 있었다. 한데 일제는 홍례문과 회랑을 헐고 영제
교를 해체한 뒤 거기다 새 청사를 웅장하게 지었다. 의도는 뻔했
다. 총독부가 왕실을 대신해 조선을 다스린다는 상징성과 함께 왕
실의 권위를 여지없이 땅에 떨어뜨리려는 속셈이었다.

건물은 골조 공사에 이어 앞면 겉벽에 화강석 붙이는 작업이 진행 중이었다. 그리하여 궁궐의 여러 건물을 아무렇게나 헐어 버려 이미 균형미가 떨어진 데다, 다시 아름다움과는 거리가 먼 방대한 양옥 건물까지 들어서서 경복궁은 부조화를 연출하다 못해 기괴함마저 드러낸 상태였다. 자연과 절묘한 조화를 이룬 장엄한 궁궐의 모습은 이제 찾아볼 수가 없었다. 그뿐인가. 경복궁 건물은 정남향에서 약간 서편을 바라보고 있었다. 풍수지리 등을 고려해 중심축을 잡았기 때문이다. 그러나 웅장한 새 청사는 일직선인 기존 궁궐의 중심축을 벗어나 동쪽으로 약간 삐딱하니 지어졌다. 굳이 태평통(太平通) 도로의 정남향을 고집했던 것이다. 그래서 광화문과 근정전의 중심축에서 벗어난 양식 건물은 기괴함을 한층 부추기는 불균형을 연출했다. 거기다 경복궁의 공사 현장에는 자재 운반을 빌미로 전철의 지선까지 깔린 상태였다.

총독이 공사 진척을 운운하자 속마음을 간파한 마루야마가 제법 아양을 떨었다.

"각하, 우리의 속국인 조선 땅에서 대일본 제국의 위상을 상징하는 것은 아무래도 총독부 건물이 아니겠습니까? 그렇다면 진작에 큰 공사를 시작했어야 옳았습니다. 완공을 보려면 아직도 몇 년을 더 기다려야만 되기에 드리는 말씀입니다."

마루야마의 말 속에는 여러 의미가 담겨 있었다. 지금의 왜성대 총독부는 근무 공간이 너무 협소했다. 증축을 거듭해도 비대해지는 몸집을 감당할 수가 없어 일부 부서는 외부로 옮겨간 상태였다. 또 예산 문제로 새 청사의 공사를 총독부가 직영하는 만큼 번거로

움도 많이 따랐다. 말 해석에 어둡지 않은 사이토가 고개를 주억거렸다.

"음, 그랬으면 여러모로 장점이 많았겠지. 한데 시작은 또 그렇다 쳐도 공사 속도가 너무 느린 게 탈이야. 5개년 계획이면 남은 기간이라고 해봤자 고작 일 년 반인데, 그때까지 완공이라…. 모든 면에서 무리야, 무리! 그렇지만 한편으로 생각하면 동양 최대의 서양식 건물을 짓는 만큼 조바심이 일더라도 인내심을 가져야 해. 완공만 되면 총독부의 위상은 그야말로 명실상부할 것이 아닌가. 시각적인 효과는 아무래도 무시할 수가 없거든."

자신의 조바심을 스스로 억누른 총독은 이윽고 발길을 식장으로 향했다. 그러다 문득 생각이 인 듯 심복을 향해 친근한 목소리로 물었다.

"마루야마 군은 타국에서 새해를 맞은 건 이번이 처음이지?"

"예, 그렇습니다. 각하!"

총독이 자신의 사적인 일까지 관심을 보이자 마루야마는 그대로 감격이 넘쳐났다.

"새해 첫날은 어떻게 보냈나?"

"아침에 신사(神社)부터 다녀왔습니다. 총독 각하의 조선 통치에 제가 미력이나마 보탬이 되도록 도와달라고 빌었습니다."

충견으로서는 최고의 명답이었다.

"허허, 말만 들어도 고맙네. 지금보다 앞으로 자네에게 의지할 일이 많을 테니 잘 좀 도와주게! 그리고 보니 올해부터 짓기로 한 조선 신궁도 하루빨리 공사를 서둘러야겠는걸. 총독부 청사를 새로 짓는 데다 또 조선을 대표할 신궁이라… 이제 조선도 우리의 속국으로 점차 반석 위에 놓이는구면. 마루야마 군, 저기 해를 상징하는 우리 국기를 한번 보게나. 세계에 떠오르는 대일본 제국의 현재 위상을 한눈에 보여주는 것 같지 않나? 오늘도 바람이 꽤 많구면."

일본의 전통 종교는 신도(神道)였다. 신도는 자연 숭배에서 시작되어 조상 숭배를 기본으로 했다. 그런 민간 신앙의 신도가 발전하여 신에는 영웅이나 기타 존경하는 인물까지 포함되었다. 자연 신도에는 많은 신이 등장했다. 한데 명치유신 이후의 일제는 그러한 신도를 국가화하고, 신도의 공간인 신사 일부는 나라에서 보호하는 정책을 취했다. 그리하여 새로이 지배권을 획득하게 되면 일제는 거의 예외 없이 그 지역에 신사를 세워 정신적인 지배까지 꾀하였다. 강점 10년 세월의 조선 땅 역시 예외는 아니어서 부산과 원산, 인천 등지에 신사가 세워졌다. 또 이곳 왜성대에도 남산 대신궁으로 창건되었다가 경성 신사로 개칭된 신사가 이미 버젓이 존재했다. 한데도 신사 정책의 일제는 격이 가장 높고 웅장한 조선 신궁을 따로 남산에 짓겠다며 내각 고시하고 그 준비에 박차를 가하는 중이었다. 그러한 조선 신궁에 들어앉을 제신(祭神)은 이미 정해져 있었다. 일본 신화에 등장하는 태양신으로 천황의 조상인 아마테라스 오미카미(天照大神)와 조선을 강탈한 명치 천황이었다.

일본이 태양을 숭배하는 것은 유별났다. 일본이란 국호 자체가 '해가 떠오르는 나라'라는 뜻이었으며, 아침의 태양 모습인 일장기는 그대로 제국 일본의 상징이었다. 이세신궁(伊勢神宮)의 내 궁을 차지하며 일본 최고의 신으로 숭배받는 것도 역시 태양신이었다.

새해 시무식은 개회식 선언에 이어 일장기 게양으로 시작되었다. 이어 천황의 시대가 영원하기를 염원하는 일본 국가가 합창 되었다. 다음 식순은 황거요배(皇居遙拜)였다. 천황이 있는 곳을 향해 모두 허리를 반으로 접어 최경례를 표하는 의식이었다. 천황에 대한 충성을 표시하는 공적 의례는 이로써 대략 끝이 났다. 지금은 총독의 훈시 시간으로 모두 사이토의 말을 경청했다.

"그동안 수차례 언급했듯이, 조선 통치의 방침은 일시동인(一視同仁)의 대의를 받들어 민중의 복리를 증진하고 동양의 평화를 확보하는 데 있습니다. 제 전임 총독들께서도 그러한 방침에 충실을 기하려고 나름대로 온 힘을 기울인 것으로 알고 있습니다. 그러나 저는 조선 통치를 거론하면서 지난 10년간 통치의 바탕이 된 무단 정치는 실패했다고 감히 단언하는 바입니다. 비록 합방 초기의 어수선함과 다소간의 저항을 참작하더라도 말입니다. 그 결과 오로지 무력에 의존한 다스림의 성적표를 우리는 이미 받았습니다. 지난해 조선 땅을 발칵 뒤집어 놓은 만세 소동이 바로 그 성적표 아닐까요?"

일시동인은 당송팔대가의 한 사람인 한유(韓愈)의 글로, 모든 사람을 평등하게 보아 똑같이 사랑한다는 뜻이 담긴 말이었다. 한데 일왕(日王), 이른바 천황이 일시동인에 따라 일본인과 조선인을 같은 신민으로서 추호의 차이를 두지 않겠다며 조서에 인용한 적이 있었다. 그러자 천황에 의해 임명되는 조선 총독들도 걸핏하면 '일시동인의 황은(皇恩)에 욕(浴)하게 된 조선'이라는 말을 마치 귀한 성경 구절처럼 입에 달고 다녔다. 총독의 훈시는 차츰 열기를 더했다.

"만세 소동은 한마디로 양국의 합방 정신과 정면으로 배치되는 위협적 존재였습니다. 사안이 매우 심각하고 엄중한 일대 위기였어요. 조선의 치안은 그대로 무법천지나 다름없었고, 세계의 여러 나라는 우리 일본의 조선 통치에 대해 커다란 우려와 함께 비난을 보낸 것 또한 사실입니다. 따라서 만세 소동을 굳이 정의하자면 우리 일본의 조선 통치에 대해 여러 조선인이 근본적인 개혁을 요구한 것입니다."

사이토 총독은 3·1 만세 운동의 의미를 아예 비틀고 축소해 버렸다. 만세 운동의 큰 뜻은 오직 하나였다. 바로 나라의 독립이었다. 그래서 손만 치켜들면 구호는 저절로 '대한 독립 만세'였다. 사이토는 만세 운동 뒷수습을 위해 부임한 총독이니만큼 그러한 사실을 훤히 꿰고 있었다. 그런데도 만세 운동을 '일본의 조선 통치에 대해 조선인은 단지 개혁을 요구한 것'이라며 의뭉을 떨었던 것이다. 훈시는 계속되었다.

"그러한 조선 소요에 대해 천황 폐하께서는 불초 소생에게 수습 임무의 대명을 내리셨고, 아울러 총독부 관제도 개정하기에 이르렀던 것입니다. 폐하의 지엄한 대명을 받들어 본인은 평소 신념이었던 문화 정치를 이 땅에 펼치게 되었고, 다행히 온통 불온한 기운이 팽배하던 조선은 점차 안정을 되찾아 오늘에 이르렀습니다. 왜 다들 알고 있는 사실을, 특히나 시무식 자리에서 다시 들추어내고 그럴까요? 크게 두 가지 이유 때문입니다. 첫째는 혼란한 조선을 수습하기 위해 그야말로 헌신적으로 노력한 정무총감 이하 여러분의 노고에 대해, 오늘 이 자리를 빌려 다시 한 번 치하와 함께 감사의 뜻을 표하기 위함입니다. 둘째는 저의 정치이념이 무엇입니까? 바로 문화 정치입니다. 근래 하도 듣는 말이라 어지간히 싫증이 나지요? 그러나 새해에도 역시 우리 총독부의 화두(話頭)는 문화 정치가 될 수밖에 없으며, 왜 그래야만 되는지 다시 한 번 설명할 필요가 있기 때문입니다."

총독은 연단에 놓인 물로 목을 축이며 목소리를 가다듬었다.

"제가 조선 총독으로 부임한 지도 어언 4개월이 흘렀습니다. 한데 그 시간을 가만히 돌이켜 보니 엄청난 소요 사태의 뒷수습과 민심 안정, 그리고 조선에 대한 현황 파악으로 너무 정신없이 흘려보냈던 것 같아요. 이제는 새해입니다. 새해 업무를 시작하려는 오늘, 우리는 반드시 새로운 각오로 새 출발을 다짐해야만 합니다. 왜냐하면, 올해는 다른 해와 또 다르기 때문입니다. 두고 보십시오. 단언컨대 올해 1920년은 조선 통치의 커다란 분수령이 될 중요한 한 해가 될 것입니다."

사이토는 고개를 천천히 좌우로 돌리며 좌중을 일별했다. 나름의 노림을 지녔는지 이번에는 목소리를 조금 낮추었다.

"그러면 새해에도 총독부의 화두는 문화 정치가 될 수밖에 없는 이유를 설명하겠습니다. 일본과 조선은 지리상 이웃일 뿐만 아니라 인종과 풍속 등에서 닮은 점이 매우 많습니다. 그러나 역사가 달랐던 만큼 언어와 문화, 그리고 종교와 교육 등에서 차이점이 많은 것 또한 사실입니다. 현실이니까요. 따라서 제가 말하는 문화 정치란 조선의 이러한 차이 내지는 부족한 부분을 이왕이면 문화적인 방법으로 점차 동화시켜 나가자는 것입니다. 그러다 보면 언젠가는 단일한 제도, 궁극적으로는 일본 사람과 조선인의 구분조차 없는 완전한 일체가 이루어져 다 같이 황은에 욕하는 날이 반드시 도래할 것입니다. 그게 총칼로만 가능할까요? 더욱이 몇 년 만에 이루어 낼 수 있는 일입니까? 문화 정치는 무력에 의존하지도 않지만 성급하게 열매를 거두려는 정치는 더더욱 아닙니다. 이것은 참으로 중요한 얘깁니다. 반드시 기억하십시오."

이윽고 훈시는 정점을 향해 치달았다.

"여러분! 그러자면 먼저 조선을 이해하고, 동등한 제국 신민인 조선인을 사랑해야만 합니다. 그러한 마음가짐은 조선인 관리도 마찬가지입니다. 지배자라는 의식을 갖고 군림하려 들지 마십시오. 명령 한마디에 일이 척척 진행된다며 으스대지 말기를 바랍니다. 그보다는 오히려 마음을 열고 조선인 속으로 들어가 그들의 눈으로 느끼고 또 느낀 바를 베풀도록 끊임없이 노력하십시오. 여러분이 그렇게 하는데도 경찰력 부족으로 골머리를 싸맬까요? 일본 내지에서 경찰을 충원해 계속 배로 실어 나르는 악순환이 지속되겠습니까? 따라서 여러분은 조선총독부, 나아가 대일본 제국을 위해 무엇을 해야 할까를 고민하기 전에 조선인을 사랑하는 법부터 배우도록 하십시오. 그게 바로 애국의 지름길입니다."

제3대 조선 총독 사이토 마코토! 이 노회(老獪)한 정치가가 한반도의 지배자로 군림하게 된 것은 순전히 만세 운동 덕택이었다.

을사늑약으로 대한제국에 통감부가 설치되자 초대 통감 이토를 위시한 3명의 통감은 착착 식민지화의 길을 닦아 나갔다. 그러다 끝내 '한국 황제 폐하는 한국 전부에 관한 일절의 통치권을 완전하고도 영구히 일본 황제 폐하에게 양여함'이라는 문구가 제1조로 시작되는 일한 병합 조약이 강제 조인되기에 이르렀다. 그에 따라 기존의 통감부는 한국의 전면적 통치를 위해 조직이 확대된 조선총독부로 거듭 태어났다.

초대 조선 총독은 강점을 진두지휘한 데라우치 통감 몫이었다. 그는 현역 육군 대장으로 일본 내각의 육군대신이기도 했다. 그래서 데라우치 대장 치하의 조선은 한마디로 헌병을 통한 완전한 군정 성격의 공포 정치 시대였다. 뒤를 이어 2대 조선 총독으로 부임한 자는 하세가와 육군 대장이었다. 하지만 그 역시 전임자를 그대로 답습하여 한반도의 암흑은 10년간 지속되었다.

십 년 세도 없고 열흘 붉은 꽃 없다는데, 멀쩡한 남의 나라를 집어삼킨 지 10년인데 어찌 뒤탈이 없겠는가. 일제가 총칼로 조선을 억누르다가 결국 한민족의 거센 저항에 직면케 되었으니 바로 3·1 만세 운동이었다. 총독부는 뜻밖의 사태에 크게 당황했다. 하지만 그것은 현상에 지나지 않았다. 곧 만병통치약으로 신봉하는 총칼을 앞세워 야만적인 무력 진압에 나섰다. 흔히 내우(內憂)가 있으면 외환(外患)이 따르고 또 아픈 다리에 종기 난다고, 이번에는 국제적 비난이 일제를 벼랑 끝으로 내몰았다. 선교사들의 활약을 바탕으로 만세 운동 탄압 상황을 대서특필해대는 외국 신문이 그 선봉이었다.

마침내 일제는 엄청난 충격에 휩싸이고 말았다. 대국들과의 전쟁도 불사하고 어렵사리 획득한 식민지 조선을, 어쩌면 허망하게 잃을 수도 있다는 위기감 때문이었다. 이때 일본은 하라 다카시(原敬)를 수상으로 하는 최초의 정당 내각이 구성되어 있었다. 그것은 명치유신 뒤 반세기에 걸쳐 일본을 좌지우지하던 군벌 정치가 일단 제동이 걸렸음을 뜻했다. 전임인 데라우치 내각이 워낙 실정을 거듭한 탓에 국민적 저항으로 그를 몰아낸 결과가 바로 정당 내각의 구성이었다.

나름대로 배짱이 두둑하고 투지도 만만찮은 평민 출신의 하라 수상은 세계 대전 이후 격변하는 국제 사회에 능동적으로 대처하려는 현실 정치가였다. 일본 정치인 중에서도 조선 사정에 밝은 수상은 만세 운동에도 직접 팔을 걷어붙이고 나섰다. 총칼로만 접근하려는 군부와 달리 혼란한 조선을 수습하기 위해서는 식민지 동화 정책의 일대 변화와 함께 인사의 중요성을 역설했다. 마침 총독부의 수뇌인 총독과 정무총감의 교체에 대해서는 대체로 공감대가 형성된 분위기였다. 이때 총독 적임자로 급부상한 인물이 사이토였다. 사이토는 나름의 비상한 수완과 든든한 군벌을 배경으로 일본 해군의 총아(寵兒)로 고속 입신하더니, 급기야 5대에 걸친 내각에서 연이어 9년간 해군대신을 역임한 입지전적인 인물이었다. 그러나 절정의 세도는 충격적으로 끝났다.

몇 해 전의 일이었다. 해군의 막강 실세인 사이토는 뇌물 사건에 연루되어 구설에 오르내렸다. 그러다 해군대신과 현역 대장 자리를 하루아침에 모두 날리고 말았다. 이른바 시멘스 사건이었다.

오뉴월 짚불도 쬐다 물러나면 섭섭하다는데 하물며 사이토의 경우야 말해 무엇하겠는가. 단 한 번의 낙마로 허송세월이 계속 이어지자 천하의 사이토도 몸이 달았다. 멀리 농사를 지으러 떠날 거라며 의뭉을 떠는 한편, 예전부터 인맥으로 연결된 하라 수상의 귀를 빌리며 정치적 재기를 모색했다. 하라 수상으로서도 긴박한 조선 문제를 풀기 위해서는 유능한 해결사가 절실했다. 비록 바탕은 군인이지만 온건한 기질로 인해 문인에 가까운 데다, 책략이 비상한 사이토는 그 해결사로 적임이었다. 거기다 육군을 비롯하여 이해관계가 첨예한 여러 세력에서도 사이토가 총독이 되는 것을 어느 정도 수긍했다. 수상이 입김 센 원로들까지 설득하자 마침내 대정 천황은 남작(男爵) 사이토를 제3대 조선 총독으로 임명했다. 뿐만이 아니었다. 총독의 임명 규정과 원활한 임무 수행을 위해 천황은 예비역인 사이토를 특별히 현역 해군 대장으로 복귀까지 시켜 주었다. 전시(戰時)도 아닌데 예비역을 현역으로 복귀시키는 것은 거의 전례 없는 일이었다. 따라서 사이토의 경우는 매우 예외적인 인사 조처로 특별 대우에 해당했다. 결과적으로 조선 땅의 만세 운동이 그의 화려한 정계 복귀에 일등공신 역할을 한 셈이었다.

내적으로 조선 총독이 결론 나자 하라 수상이 이번에는 정무총감 인선을 서둘렀다. 총독부의 이인자로서 업무를 총괄하고 감독할 정무총감도 총독 못지않게 중요한 직책이었다. 그러나 수상은 사이토를 총독으로 추천할 때부터 이미 정무총감 적임자는 염두에 둔 사람이 있었다. 바로 자신의 심복이자 자타가 공인하는 행정의 달인인 미즈노였다. 한데 뚱한 얼굴의 심복은 정무총감 자리가 별반 내키지 않는다는 투로 나왔다. 동상이몽이었다.

미즈노는 전임 데라우치 내각에서 내무대신을 역임한 정계의 중진이었다. 그래서 수상이 조선 문제로 면담을 요청해오자 비록 문관 출신의 미즈노였지만 은근히 총독 감투를 기대했다. 김칫국부터 마신 꼴이었으나 알고 보면 노상 엉뚱한 꿈도 아니었다.

데라우치를 실각시킨 전국적 소요 사태를 기점으로 일본 정계는 서구식 민주주의가 서서히 틀을 갖추는 중이었다. 거기다 만세 운동으로 뒤숭숭한 조선을 달래려면 무엇보다 문관 총독의 부임이 절실하다는 게 대체적 여론이었다. 그런데 미즈노의 기대와 달리 수상의 제안은 무관 총독을 보필하는 정무총감 자리였다. 미즈노로서는 그야말로 맥이 빠질 수밖에 없는 노릇이었다. 그렇다고 자기 욕심을 까발리기도 뭣해 여러 사정을 핑계로 거절하는 태도를 보였다.

미즈노의 심중을 간파한 수상은 속으로 울화통이 터졌다. 긴 세월 동안 일본 정계를 주무르던 막강 군벌을 상대로, 우여곡절 끝에 최초로 정당 내각을 출범시킨 하라 수상이었다. 따라서 장차 안전한 항해가 보장되려면 문민들이 계속 정계의 요직에 진출하여 영향력 확대를 꾀하는 것이 관건이었다. 미즈노도 익히 아는 사실이었다. 한데 명색 심복이란 자가 조선의 두목 자리를 안 준다며 삐딱하게 나오니 수상도 화가 치밀밖에 없었다. 그래도 관록의 하라 수상은 미즈노를 살살 구슬렸다.

"조선이 비록 우리의 속국이긴 하지만 결코 작은 나라가 아닐세. 또 자네도 알다시피 조선에는 총독 자문 기관으로 중추원(中樞

院)이 있고, 그 의장은 정무총감이 당연직으로 맡게 되어있네. 한데 우리 내각으로 치자면 조선 수상을 비롯하여 대신급의 인물이 그 중추원에 수두룩이 포진해 있어. 물론 합방 이전의 감투이긴 해도 말일세. 그자들이 우리 일본에 협조적인 것과는 별개 문제로 여전히 자존심은 강한 편이네. 나름대로 콧대들이 높아요. 따라서 중추원 의장인 정무총감은 그런 자들 위에서 어르고 또 때로는 달래야 하는 자린데, 우리가 암만 그렇지만 대신급 인물 정도는 보내야 안 되겠어? 하긴 그것도 어찌 보면 형식적인 얘기고 또 그쯤 충족시킬 인물이야 많지."

심복은 여전히 시들한 눈치였다. 수상이 한 방 더 날렸다.

"내가 좀 더 솔직해질까? 군벌의 힘은 여전히 막강하고 또 내부적으로 새 총독은 이미 해군의 사이토 남작으로 결론이 난 상태일세. 그래서 정무총감 자리는 더욱더 자네가 맡았으면 하네. 조선은 지금 만세 소동 후유증으로 모든 일이 실타래처럼 엉켜버린 상태야. 이럴 때 흔치 않은 경험도 쌓고, 또 자네의 비상한 수완도 마음껏 발휘해서 단번에 명성을 더 얻으란 말일세. 설마 자네가 조선의 정무총감이 마지막 감투라고 여기지는 않겠지. 이래도 아직 내 뜻을 모르겠나?"

마침내 미즈노는 못 이기는 척, 나름대로 꿍꿍이셈을 지닌 채 조선행을 수락했다. 이리하여 사이토와 미즈노는 기미년 8월에 조선 총독과 정무총감으로 각각 임명되었다. 하라 수상이 그들을 가리켜 환상적인 조합이라며 자찬했다던가.

조선 부임에 앞서 정무총감 미즈노는 사이토를 방문했다. 비록 수상이 자신의 인사권 행사를 내락한 상태지만, 이제 상관이 된 사이토의 심중까지 알 수는 없었던 것이다. 겸사겸사 새 총독의 의중을 한번 짚어 볼 요량이었다.

"각하, 조선 통치의 중임을 각하와 제가 맡게 되었으니 총독부의 간부진도 새 진용으로 짜는 게 좋지 않겠습니까? 각하의 의견은 어떠신지요?"

이말 저말 변죽만 울리던 미즈노가 이윽고 인사 문제를 들고 나왔다. 심상한 척 굴었지만, 속으로는 긴장한 상태였다. 관직 생활로 잔뼈가 굵은 미즈노는 인사 문제에 대단히 민감했다. 주위에 자기 사람이 얼마나 포진해 있느냐에 따라 그것이 직위 이상의 영향력으로 작용한다는 사실을 몸소 체득했기 때문이다. 그래서 총독부 간부진에 하나라도 더 자기 사람을 데려가려고 애쓰는 중이었다. 사정은 또 있었다. 미즈노는 처음 내무성에 발을 담근 뒤 내무대신까지 역임한, 말하자면 내무성의 터줏대감이었다. 자연 자신에게 아부하는 무리가 생겨날 수밖에 없었고, 정상을 향해 좀 더 솟구치려면 그들을 수시로 챙겨 둘 필요가 있었다. 그 밖에도 군인 세상이 지속하여 감히 사이토 앞에서 드러내 놓고 내색은 못 했지만, 미즈노는 내심 무관을 깔보는 편이었다. 미즈노가 인사 문제를 꺼내 들자 새 총독은 별로 생각하는 법도 없이 답했다.

"내 생각에도 이왕이면 간부진을 대폭 물갈이해서 새 출발 의지를 다지는 게 좋을 성싶소. 말이 났으니 하는 얘긴데 인사 문제는 전적으로 우리 정무총감에게 일임할 테니 잘 부탁해요. 나는 군인 출신이라 어디 아는 사람이 있어야지. 정무총감 주변에는 인재가 차고 넘칠 것 아니오, 허허허."

미즈노는 잠시 어리둥절했다. 아무리 수상이 인사 문제를 귀띔했더라도 첫 대면부터 다소의 신경전은 불가피할 것 같아 단단히 마음을 다잡았는데, 상대는 마치 자신의 심중을 꿰뚫기라도 한 듯 의외로 싹싹하게 나왔기 때문이다. 미즈노는 속으로 얼씨구나 하고 쾌재를 불렀으나 아무래도 미심쩍어 한 번 더 넌지시 떠보았다. 물론 이참에 인사 문제를 아퀴 짓자는 생각도 없지 않았다.

"잘 알겠습니다. 하면 각하의 비서관 정도는 추천을 해주시지요?"

"물론 해군에도 인물이 없지는 않지. 그렇지만 이왕 인사를 맡긴 이상 자네에게 전부 일임하겠네."

사이토는 단수가 높은 사람이었다. 지금 미즈노를 상대로 펼치는 능청이 좋은 예였다. 자기 주변에도 내가 냅네 하는 자가 수두룩했고 인사 청탁까지 줄을 이었지만, 사이토는 자신의 비서관조차 추천하지 않았다. 그것은 상대가 은근히 원하는 권한을 줌으로써 이인자에게서도 자연스럽게 충성심을 끌어내고, 더불어 자신은 소소한 일에 관여치 않는 큰 그릇임을 과시하려는 이중 포석이었다. 먼 장래까지 수를 읽는, 과연 사이토다운 심모에다 원려였다. 그러면서 자연스럽게 말은 하대하는 것이었다. 사이토의 나이는 이제 예순두 살이고 정무총감은 정확히 열 살 아래였다. 총독과 작별한 미즈노는 오히려 마음 한구석이 더 심란했다. 자신이 겨냥한 이상으로 보따리를 챙긴 만큼 쾌재를 불러야 마땅했으나 왠지 그랬다. 스스로 작아지는 느낌 또한 떨쳐 내기 어려웠다.

도쿄역에 인산인해를 이룬 전송 인파를 뒤로하고 신궁 참배까지 끝낸 새 총독 일행은 마침내 조선 땅으로 향했다. 그러나 그들을 태운 관부연락선(關釜連絡船)은 현해탄(玄海灘)을 건너며 자연과 힘겨운 싸움을 치러야만 했다. 마치 길 아닌 길은 가지 말라는 듯, 폭풍우는 거칠기 짝이 없었고 집채 같은 파도는 간단없이 몰려와 뱃전을 두드려 댔다. 힘겨운 항해도 항해려니와 일행의 마음을 무겁게 짓누르는 일은 또 있었다. 새 간부진으로 뽑힌 자가 영문 모를 중병에 걸려 저승길을 오락가락한 때문이었다. 그런데 괴이하게도 병자는 다른 간부도 아닌, 조선의 치안을 다잡겠다고 별러 온 노구치(野口) 경무국장 내정자였다.

해군 출신의 사이토는 주변을 드리우는 암운을 애써 무시했다. 아니, 도리어 오랜만에 고향이라도 찾은 듯 들떠서 자주 갑판을 들락거리고는 했다. 능란한 말재주로 분위기를 바꾸는 것도 잊지 않았다. 저기 무한한 가능성이 엿보이는 조선 땅에서 각자 자신의 역량을 한껏 펼쳐 보이라며 새 간부진을 부추겼다. 들뜬 사람은 총독만이 아니었다. 갑판에는 생각이 제각각인 군상이 감회에 젖어 있었다. 자기 심복을 여럿 거느린 미즈노는 갈매기의 날갯짓처럼 야심이 너울너울 부풀어 올랐다. 심복 중에는 좁쌀눈을 더욱 좁혀 가며 어금니를 꾹꾹 씹어대는 마루야마도 끼어 있었다. 그는 정무총감 대신 우두머리인 새 총독을 자주 곁눈질했다. 기미년의 무더위도 누그러져 가는 8월 말의 일이었다.

1920년의 새해 시무식은 끝이 났다. 직원은 각자 자기 부서로 돌아가고 총독과 정무총감, 그리고 장관에 해당하는 국장들은 다시 총독실로 자리를 옮겼다. 총독실은 청사의 2층 중앙에 있었다. 한 나라의 지배자 집무실로는 부족함이 없도록 으리으리했다. 큼지막한 책상 뒤편에는 일본 황실의 상징인 국화문장(菊花紋章)과 함께 대정과 명치 천황의 사진이 걸려 있고, 한쪽 벽에 펼쳐진 것은 저 멀리 만주와 연해주까지 잇닿은 한반도 지도였다. 사이토가 총독으로 부임한 뒤 새로 부착된 액자는 아직도 반들반들한 윤기가 흘렀다. 우에서 좌로 큼지막하게 휘갈겨 쓴 액자 속의 한문 글씨는 내선일체(內鮮一體) 네 자였다. 여기서 내는 내지(內地), 즉 일본인이 저희 본토를 지칭하는 용어였고 선은 조선이니 내선일체란 말은 곧 일본과 조선이 하나라는 뜻이었다. 일선일체(日鮮一體)도 마찬가지였다. 한데 내지가 저희 본토를 지칭하는 만큼 조선은 외지, 그러니까 조선은 변방이나 울타리로 어차피 식민지일 수밖에 없다는 말이었다.

푹신한 소파 상석에 무너지듯 몸을 던진 사이토 총독은 편히 앉으라는 뜻으로 간부들을 향해 손바닥을 아래로 까딱였다. 하얀 해군 대장 예복은 오늘따라 더 산뜻해 보였고, 가슴에 번드르르한 훈장은 서로 자기 공을 다투며 주인의 위세에 힘을 보탰다.

"지난해는 여러모로, 특히 조선과 관련해서는 말 그대로 다사다난한 한 해였어. 여러분도 잘 알겠지만 내가 부임할 무렵만 해도 조선 천지가 어땠소? 수십 년 만에 불어 닥친 큰 태풍에다 또 북부 지방은 한해(寒害)까지 입어 굶주림에 허덕이는 자가 부지기수였지. 그뿐이면 다행이게. 콜레라까지 퍼져 사람이 떼로 죽어나는데도 한쪽에서는 그놈의 만세를 못 잊어 소동을 피우니 참 꼬락서니가 말도 아니었지. 조선으로 보면 참 불운한 한 해다 싶더니만 이젠 완전히 역사의 장이 돼 버렸군. 그건 그렇고, 새해인 만큼 새기분으로 출발하자는 의미에서 모이자고 했소. 그럼 먼저 차를 한잔할까?"

총독부 간부진은 예전부터 근무해 온 재래종(在來種)과 미즈노가 몰고 온 신래종(新來種)으로 패가 갈려 은연중 알력이 심했다. 6개의 국장 자리는 각기 3명씩 차고앉아 수적으로 균형을 이루었다. 하지만 아무래도 힘의 저울추는 정무총감이 뒤에 버티고 있는 신래종 쪽으로 많이 기운 편이었다. 그러나 오늘은 새해 덕담을 한답시고 분위기가 제법 화기애애했다. 혼란한 조선이 이만큼 수습되기까지는 누구의 공이 크니 하는 식으로 한 사람을 추어주면 상대는 또 품앗이로 말을 꺼낸 국장을 띄워주며 기고만장이었다. 별 신통찮은 우스갯소리에도 연방 헛웃음이 와자하니 총독실을 채웠다.

"총독 각하, 새해고 하니 오늘 어전 회의에 술 한 잔 정도는 곁들여도 무방하지 않겠습니까?"

재래종의 대표격인 오츠카(大塚) 내무국장이 제법 미소까지 풀풀 날리며 사이토를 향했다. 아부 근성이 짙은 발언이었다. 어전 회의란 임금 앞에서 중신들이 나랏일을 의논하는 것을 가리켰다. 일본으로 치자면 천황 앞에서 열리는 회의였다. 일본의 천황은 시대에 따라 그 위상을 달리해 왔지만, 명치유신 이후에는 신성불가침의 절대적 존재였다. 일본 자체가 곧 신의 나라였다. 그래서 무슨일만 벌어졌다 하면 '천황 폐하 만세'를 습관적으로 외쳐 댔다. 따

라서 내무국장이 총독부의 한낱 간부 모임을 감히 어전 회의에 빗
댄 것은 저들로서는 대단히 불경스러운 발언이었다. 한데 사이토
까지 덩달아 알면서 모른 척 내숭을 떨었다.

"어전 회의라니?"

"아직 모르고 계셨습니까? 총독부 직원은 우리 국장 회의를 가
리켜 종종 어전 회의로 표현한답니다. 하나의 비유적 표현인데 군
이 나무랄 일은 아니지 않습니까?"

"글쎄…."

겉으로는 심상한 척 굴었지만, 사이토의 속마음까지 그렇겠는
가. 기실 그 자신도 조선 총독은 일본의 일개 지방관 정도를 훨씬
넘어서 어엿한 한 판도의 군주로 치부하는 편이었다. 더더구나 문
화 정치로 포장된 자신의 고단수 지배 술책이 조선 땅에 서서히 먹
혀들기 시작하자, 요즘 들어 한층 더 어깨에 힘이 들어간 총독이었
다. 부임 당시 최대 난제였던 난국 수습은 거의 해결된 것이나 다
름없고, 지금은 신정치에 대한 대대적 선전으로 민심 안정에 주력
중이었다. 그러한 정치적 성공 조짐과 새해 분위기, 거기다 자신을
왕으로 추대하는 부하의 부추김을 안주 삼아 부속실에서 가져온
위스키로 술기운까지 보태지자 사이토의 자부심은 한껏 솟구쳤다.

사실 시무식 자리는 어느 정도 형식적이고, 특히 조선 관리까지
섞인 탓에 속마음까지 탁 터놓고 얘기할 수가 없었다. 그래서 내심
껄끔껄끔했는데 이런 기분, 이런 자리를 입담 없이 넘어갈 사이토
가 아니었다. 위엄을 더한 헛기침으로 좌중을 누른 뒤 무겁게 입을
열었다.

"우리끼리니까 얘기를 하지. 같은 무인으로서 내가 이런 말을 하면 누워 침 뱉는 격이지만 한편으로는 비판 내지는 반성도 따라야만 발전을 기대하지 않겠소. 그래서 하는 얘긴데 한마디로 우리 대일본 제국의 장성들이 너무 무식하고 단순해. 생각들이 짧아요. 내가 말하는 장성이 반드시 육군만 지칭하는 건 아니니까 행여 오해는 하지 마시오."

사이토가 굳이 육군의 장군만을 지칭하는 게 아니라며 발뺌을 하자 좌중에는 일시에 작은 웃음이 터져 올랐다. 일본 육군과 해군 간의 대립이 그만큼 심각하다는 것을 모두 잘 알기 때문이었다. 총독도 마지못해 설핏한 웃음기를 보이다가 말을 잇대었다.

"물론 전쟁과 같은 특수한 상황이나 군인 집단 내에서는 그게 어쩌다 장점으로 통할 수도 있겠지. 문제는 그들이 정치가로 나섰을 때야. 철학이 빈곤한 데다 나름의 이념과 미래에 대한 명확한 설계도 없이 그때그때 임기응변으로 헤쳐나가는 게지. 그게 언제나 통할 수 있겠어? 그러다 장애물이 나타나면 그때는 또 군인 기질이 나타나기에 십상인 게야. 힘을 신봉하는 그 나쁜 습성 말이오. 가장 확실하고 쉬운 길 같아도 사실적으로는 그게 아니거든. 매양 총칼로 다스리면 효과도 금방 나타나고 자신의 의도대로 일이 척척 진행되어 일종의 쾌감까지 느끼겠지. 그럴 때는 감각까지 무디어져 자꾸만 낭떠러지로 향한다는 사실조차 몰라요. 무력의 위력에 주눅 들어 속으로만 곪다가 그게 터지면 다음 처방전은 뭐냐 말이야? 전임 총독들이 조선 통치에 나름의 힘을 기울인 건 나도 인정해요. 하지만 저 만세 소동 하나로 모두 도로아미타불이 된 것도 사실 아니오? 다행히 여러분이 합심하여 노력한 덕에 수습은 되었지만 말입니다."

목소리에 가래 기가 섞인 총독은 앞에 놓인 위스키를 입에다 홀짝 털어 넣었다. 사이토의 신랄한 비판은 언뜻 일제 장성들을 싸잡는 듯했다. 그러나 실상 화살 끝은 초대 조선 총독인 데라우치를 향하고 있었다. 노리는 바는 뻔했다. 무식한 무단 정치로 상징되는 데라우치와는 달리 자신은 좀 더 지능적인 방식으로 효과적인 식민 통치를 이뤄내겠다는 의지의 표현이었다. 이른바 신정치며 문화 정치였다. 사이토의 잘난 능변은 예의 그 조선 통치론으로 이어졌다.

"어느 시대, 어떤 나라 할 것 없이 이민족 통치는 참으로 난제 중의 난제야. 한데 단순한 억압만으로 조선을 동화시키겠다는 발상 자체가 문제였어. 합방 초기에는 부득불 무단 정치를 편다고 하더라도, 그다음은 유화책으로 놀란 조선인의 가슴을 어루만져 줬어야 했어요. 한데도 줄곧 그 모양이었으니 결국은 지난 10년간 조선인의 적개심만 키워준 꼴이 아니냔 말이야. 채찍이 있으면 당근도 곁들여야 함은 상식 아닌가? 자꾸 말을 하다 보니 이미 고인이 된 데라우치 백작(伯爵)을 헐뜯는 것 같아 조금은 미안하구먼."

할 말은 이미 다 해 놓고 슬며시 눙치고 들었다. 총독은 그쯤에서 화제를 돌렸다.

"여러분이 문관이라서 하는 말이 아니라 그런저런 이유로 나는 무관보다는 합리적인 문관을 더 선호하는 편이오. 마찬가지로 나는 나 자신조차 무(武)보다는 문(文)에 가깝다고 생각해요. 대장 사이토보다는 총독 사이토가 훨씬 어울린다 이 말이오. 그런 내가 조선 통치를 통해 추구하는 최고의 선(善)이 뭐냐? 알고 보면 뭐 그렇게 거창한 것도 아니에요. 조선을 장차 일본으로 완전히 동화시키는 데 필요한 '주춧돌 하나'를 놓는다, 난 그렇게 생각해요. 정치적으로 아주 소박한 꿈이 아닙니까?"

동의라도 구하듯 사이토는 좌중을 일별했다. 그렇다고 아직 능변이 끝난 것은 아니었다.

"따라서 조선의 동화 정책은 내 재임 시부터 새롭게 시작된다고 보면 별 무리가 없을게요. 내가 추구하는 동화는 물리력에 의존하지 않는 화학적 동화이며, 두루뭉술하여 알쏭달쏭한 시의 운문(韻文)이 아니라 명확한 산문(散文)의 동화입니다. 좀 더 쉽게 말할까요? 나의 동화 정책을 한마디로 요약하면 '대일본 제국의 우수한 문화를 바탕으로 하여 좀 더 문화적인 방식으로 조선인의 완전한 정신적 지배를 이뤄낸다.' 그렇게 보면 정확할 거요. 그게 천황 폐하께서 부임 전에 내게 특별히 지시한 일시동인 정책의 구현이 아닌가, 난 그렇게 여기는 바입니다."

얼굴이 벌그스름한 총독은 자신의 말에 스스로 감동한 듯 눈을 지그시 감은 채 여운을 즐겼다. 눈치를 보느라 술을 못 비운 축은 그 틈을 놓칠세라 손길이 분주했다. 총독의 얘기에 귀를 모으던 정무총감 미즈노는 새삼 데라우치 생각에 젖어 들었다. 그렇게 억척을 떨어 대던 문제의 데라우치도 결국은 두어 달 전에 병으로 죽고 말았다. 인생무상이었다. 거기다 데라우치 내각에서 내무대신을 맡았던 관계로 미즈노는 고인과 정치적 연까지 닿아 있었다. 그런데 방금 사이토가 데라우치를 언급한 데다, 미즈노 자신의 위치가 총독부의 이인자이다 보니 자연 생각은 역대 조선 총독에 대한 인물평으로 흘러갔다.

'혹자는 저 사이토 총독을 곧잘 데라우치에 비유한다. 아마도 같은 무인으로서 그 이력이 비슷하기 때문일 것이다. 각기 육군과 해군에서 핵심 군벌의 위세를 등에 업고 출세 가도를 달린 점이나 조선 총독의 역임까지 닮은 구석이 많은 것은 사실이다. 또한, 데라우치가 그랬듯이 사이토 역시 조선 총독을 정치적 발판으로 삼아 은근히 다음은 수상 자리를 엿보고 있을 것이다. 하지만 그러한 시각은 단지 피상적 현상에 홀렸을 뿐 실제에 있어서 둘 사이에는 엄청난 괴리가 있다. 데라우치는 자기 방식만 우기는, 단순한 고집쟁이 군인에 불과했다. 한마디로 정치가로서는 부족한 게 너무 많은 인물이었다. 그에 비하면 사이토는 다방면으로 능수능란하다. 역대 조선 총독 가운데 돈벌레인 하세가와 따위는 들먹일 필요조차 없고, 데라우치보다도 몇 단계 위의 인물이 저 사이토 총독이다. 3명 모두 현역 대장 신분으로 조선 총독에 부임했지만 우선 식견부터 비교 자체가 안 된다. 따라서 나는 단언할 수 있다. 조선은 사이토로 인해 반드시 커다란 내상을 입을 것이다. 데라우치나 하세가와는 상처가 드러나 보이는 외상을 입히는 데 불과했다. 그러나 저 사람은 훨씬 치료가 심각한, 정신적이고 문화적인 상처를 입힐 그런 총독이다.'

자신의 견해와 포부를 넉넉히 밝힌 총독은 여송연 연기를 맛나게 피워 올린다. 술기운은 두고라도 자기도취에서 깨나려면 아직 시간이 모자랐다. 그래도 입만 열면 요순(堯舜) 임금처럼 말했다.

"세계는 지금 우리의 신정치에 이목을 집중하고 있어요. 성공에 회의적인 시각도 의외로 많다 이겁니다. 그래서 나는 문화 정치 실현을 위해 장차 조선 사람조차 깜짝 놀라도록 모든 제도를 하나하나 바꿔 나갈 생각입니다. 언론의 자유를 위해 신문 발행을 허가하는 것은 이미 방침이 섰고, 또 장래 기회가 되면 지방자치제도를 시행하여 조선인의 정치 참여 욕구도 해결해 줄 작정입니다. 나아가서는 내지인과 조선인의 혼인을 적극적으로 권장하여 명실상부한 동화, 저기 쓰인 글귀처럼 빈틈없는 내선일체를 구현할 생각이오. 소위 조선의 상놈까지도 본인만 똑똑하면 얼마든지 출세할 수 있는 길을 터주어 자기네 임금과 양반이 다스릴 때보다 훨씬 낫다는 말이 절로 나오게 할 겁니다. 일부 기득권층은 입을 삐죽이겠지만 환호하는 상민의 숫자는 그보다 몇 곱절 아니에요? 그리하여 마침내는 조선인 스스로가 합방해준 우리 일본에 감사해 하고, 그 때도 조선 독립 운운하는 얼빠진 자는 자기 동족으로부터 손가락질을 당하는 그런 조선 땅을 만들 것이오. 일종의 최면을 거는 셈이지요. 모두가 깨닫지 못하는 집단적인 최면 상태 말입니다."

무슨 생각이 스쳤는지 총독은 잠시 얼굴을 찡그린 뒤 말을 이었다.

"아마도 지금 내가 하는 말을 골수 무골(武骨)이나 무단 통치의 향수에서 아직 깨어나지 못한 관리가 들으면 픽 웃겠지? 무슨 잠 꼬대냐며. 그러나 정치는 무엇보다 이상의 실현이며 목표가 뚜렷해야만 됩니다. 거기다 나는 이러한 여러 일을 내 재임 시에 끝내려고 무리하지도 않을 겁니다. 다만 방향 내지는 큰 물줄기만큼은 바로잡아 놓겠다 이거지요. 총독으로 조선 땅을 밟을 때 나는 나름의 포부가 있었어요. 나의 문화 정치가 내 생전에 꽃을 피워 훌륭한 평점을 받으면 물론 좋겠지요. 그 정도는 아니래도 훗날 사가(史家)들이 이민족인 조선을 일본에 동화시킨 역사를 언급할 때 이 사이토의 이름을 빼놓을 수 없다면 그것으로 충분하다고 말입니다. 굳이 거기서 좀 더 욕심을 부린다면 대부분이 실패로 끝나는 세계열강의 식민지 정책에 나의 문화적 통치가 성공의 한 전범(典範)으로 자리매김했으면 하는 거요. 경무국장, 내가 너무 욕심이 과한 건가? 허허허."

이제 밑천도 어지간히 드러났는지 총독은 경무국장 아카이케 아쓰시(赤池濃)를 쳐다보며 눈웃음 지었다. 오랜 세월 헛웃음으로 주름 잡힌 사이토의 눈꼬리에는 만족한 기색이 흘렀다.

"정말 고견이십니다. 새삼 정치에 대해서 눈을 뜬 느낌입니다."

사또 말씀이야 다 옳다는 듯 경무국장이 고개를 수그렸다. 그러나 내심 가소롭다는 생각도 없지 않았다. 치안 총수로서 만세 운동 뒷수습을 감당한 경험으로 미뤄 볼 때 조선인이 절대 녹록지 않았던 때문이다.

신래종의 핵심인 아카이케 경무국장은 원래 내무국장에 내정되었다. 한데 무슨 조화인지 경시청(警視廳) 부장 출신의 노구치가 총독부 경무국장으로 내정되더니만 뜬금없이 시름시름 앓았다. 그러다 벼르던 조선 땅에는 끝내 발을 붙여 보지도 못하고 저승사자와 동행하였다. 만세 운동 여파로 여전히 조선이 뒤숭숭한데, 경찰 조직을 이끄는 경무국장 자리를 오래 공석으로 비워 둘 수는 없었다. 그러자 야심가인 아카이케가 경무국장을 자원했다. 조선의 치안 총수 자리를 꿰찬 아카이케는 눈매가 서글서글한 호남형이었다. 거기다 나이까지 40대 초반인지라 밤의 꽃인 요정의 게이샤들에게 인기를 독차지하며 인생의 절정기를 구가 중인, 말하자면 총독부를 대표하는 일등 청춘이었다. 조선 땅을 밟기 전에는 현의 지사로 있다가 역시 미즈노에게 발탁된 경우였다.

국장들의 사탕발림에 연신 고개를 주억거리던 총독이 한층 호기를 부렸다.

"왜 우리 일본에 좋은 격언이 있지 않소. 위관(尉官)은 손과 발로, 영관(領官)은 머리로, 장관(將官)은 배짱과 덕이라고 말이야. 그 격언처럼 여러분은 두둑한 배짱만 지니고 나를 따르시오. 고의적인 잘못이 아닌 이상, 이 사이토가 전적으로 책임을 질 테니까. 무슨 말인지 알겠소? 허허허."

정무총감 미즈노도 국장들처럼 총독에게 고개 숙여 감사했다. 한데 자신의 처지가 새삼 어정쩡한 느낌이었다. 다시 생각 속으로 빠져들었다.

'저 사이토는 참으로 무서운 인물이다. 일본 해군의 총아란 말이 무색할 정도로 갈수록 그 깊이를 측량키 어렵다. 난마처럼 뒤엉킨 조선을 불과 몇 개월 만에 수습해 내는 솜씨라니…. 그리고 어디까지가 가식인지는 몰라도 항상 친근한 태도로 주위 사람을 배려하여 자기 사람, 하다못해 적을 만들지 않는 대인관계까지 월등한 인물이다. 나는 정무총감 직을 제의받았을 때 총독이 군인 출신인 관계로 수락을 더 망설였다. 앞뒤 막힌 무인 총독 밑에서 일하다가 난국의 조선 문제는 해결도 못 하고 정치적으로 상처만 입는 게 아닌가 하고 우려된 때문이었다. 그러나 그것은 한낱 기우에 불과했다. 지금은 오히려 총독이 너무 출중한 게 문제라면 문제다.'

그때 좌중에 문득 웃음꽃이 피어나 미즈노는 상념에서 깨어났다. 그러나 잠시였다.

'그동안 총독부의 실권은 내가 쥐고 있다고 여겼다. 그러나 큰 착각이다. 여기 여러 국장만 해도 반은 내가 데려왔다. 총독은 겨우 자기 몸 하나 달랑 왔을 뿐이다. 한데 지금은 어떤가? 만약 내가 총독과 각을 세우기라도 한다면 이들 중 과연 내 뒤에 설 사람이 있기나 할까? 아니, 다른 사람은 두고라도 나 자신부터 자청해서 총독에게 잘 보이고 싶은 마음이 문득문득 생긴다. 그건 안 될 말이다. 노련한 총독 수중에 이대로 계속 놀아나다가는 훗날 사이토는 있어도 미즈노란 이름은 허무하게 될 것이다. 지금 우리 일본은 물론이고 이곳 조선도 새로운 정치가 대세다. 그래서 나는 조선에 부임한 뒤 신정치와 문화 정치 실현을 위해 힘을 쏟았다. 한데 과실은 저 사이토가 따먹는 격이 아닌가? 앞으로는 내 목소리를 더 키워야만 한다. 큰 정객이 되려면 대세를 휘어잡는 권위도 필요한 법이다.'

"정무총감."

총독이 불렀으나 미즈노는 여전히 생각에 빠져 있었다.

"허허, 법학 박사. 무얼 그리 골똘히 생각하시나?"

목소리를 키운 총독은 의식적으로 호칭을 달리했다.

미즈노는 관료로 명성을 쌓는 한편, 박사 학위를 딸 정도로 노력도 하고 출세 지향적이었다. 그 때문인지 박사 소리 듣기를 즐겨했고 자부심 또한 남달랐다.

"새해라서 마음을 다잡고 있었습니다."

"시무식 뒤끝이고 하니 정무총감도 할 얘기가 있지 싶은데⋯."

"예, 조선 통치 방향에 관해서는 총독 각하께서 총론적으로 언급을 하셨습니다. 저는 거기에 한 가지만 덧붙일까 합니다. 방금 각하께서 말씀하신 신문 발행에 관한 것입니다."

작정한 듯 미즈노가 발언에 나섰다. 한번 입을 열자 초롱초롱한 목소리로 말을 꿰어 갔다.

"먼저 예를 하나 들겠습니다. 우리가 아궁이에 불을 지피면서 연기가 배출될 굴뚝이 없으면 어떻게 될까요? 언젠가 그 가마는 파열되고 맙니다. 한계가 있으니까요. 그래서 제가 말씀드리고 싶은 것은 지금 허가 날짜만 견주고 있는 조선어 신문 발행을, 이왕이면 하루라도 빨리 허용해줄 필요가 있다고 봅니다. 그러면 조선의 불온한 공기가 그 굴뚝으로 분출되어 긴장 완화에 커다란 도움이 될 것입니다."

일제가 대한제국의 국권을 침탈할 때, 선두에서 반일의 필봉(筆鋒)을 휘두른 신문이 《대한매일신보》였다. 서슬이 퍼런 일제의 언론 검열을 피할 수 있었던 것은 발행인이 영국인인 덕분이었다. 병합 조약 바로 이튿날이었다. 통감부의 신문지법으로 언론을 짓누르던 일제는 눈엣가시인 《대한매일신보》부터 손을 보았다. '대한'이라는 글자를 빼버리고 그냥 《매일신보》로 만든 뒤 한낱 총독부의 기관지로 전락시켰던 것이다. 그리하여 일제를 충실히 대변한 《매일신보》가 강점 이후 10년간 조선어 신문으로서는 유일했다. 조선 지식인들이 머리를 내두르는 이유 중의 하나였다. 그래서 총독부가 문화 정치의 하나로 조선어 신문 발행을 허용하겠다는 방침을 밝히자 수십 건의 허가 신청이 접수되었다. 총독부는 이들 중 3개의 민간지만 허가하기로 방침을 정했다. 그 연장 선상에서 정무총감은 신문 발행에 따른 장점을 역설하는 중이었다. 그런 미즈노는 총독에게 보고하는 듯한 자세에서 벗어나 국장들과 눈길을 맞추며 소신을 피력했다.

"신문 발행과 관련해서는 전번에도 제가 의견을 개진한 바 있지만, 오늘은 좀 더 구체적으로 말하겠어요. 신문 발행을 허가해 주면 조선 땅의 긴장 완화는 말할 것도 없고, 거기에 따르는 부수적인 효과 또한 적지 않습니다. 무엇보다 조선인을 억압한다며 악의적인 비난을 퍼붓는 외국에 대항해서, 우리는 식민지 조선에 언론의 자유까지 허용했다며 당당히 반격을 가할 수가 있어요. 뿐입니까? 조선인이 현재 무슨 생각을 하고 있는지 그 기분과 공기 파악을 위해서도 유용한 점이 많을 것입니다. 당연히 해악도 따르겠지요. 그러나 크게 치안을 해치지 않는 정도라면 그다음은 운용의 묘가 아닐까요? 사전 검열을 강화한다든지, 하여튼 방법은 많을 것입니다. 따라서 신문 발행 허가는 빠르면 빠를수록 좋다는 게 제 생각입니다."

경무국장 아카이케는 자주 흘금흘금 정무총감을 살폈다.

'남은 죽을 둥 살 둥 모르고 치안에 매달리는데 참말로 갈수록

가관이구나. 찧고 까부는 건 좋은데 행여 일이 꼬인 뒤 나한테만 덮어씌웠단 봐라.'

경무국장은 신래종의 핵심으로 미즈노 패거리였다. 그러나 지금은 커다란 눈만 뒤룩뒤룩 굴리며 앙앙불락이었다. 신문 발행은 필연적으로 치안 공백을 불러올 것이며, 그 뒤치다꺼리와 책임은 고스란히 자신의 몫이 될 수밖에 없었던 때문이다.

"좋아요, 좋아."

뭐가 그리 좋은지 손뼉까지 친 총독이 미즈노의 발언에 해석을 붙였다.

"아귀가 딱 맞는 말이오. 우리가 살아가면서 때로는 술로 기분을 풀 때가 있듯이 알량한 조선 식자들이 불만을 토해낼 장(場)을 만들어 주자, 이 뜻 아니오? 거기다가 마땅한 기삿거리가 없으니까 계속해서 조선 문제로 주절대는 외국의 언론까지 재갈을 물리겠다! 참으로 좋은 의견이야. 그렇다면 지금 이 자리에서 신문 발행을 허가토록 합시다. 지금 당장."

속마음은 어떤지 몰라도 총독과 정무총감은 마치 경쟁하듯 신정치를 합창했다. 물론 술기운 탓도 있었다. 잉어가 뛰니까 망둥이도 뛴다고, 일부 국장까지 덩달아 조선 땅의 선정(善政)을 입에 담을 때였다. 어느 순간 분위기와는 생판 동떨어진 말이 좌중에 불쑥 떨어졌다. 상황 파악이 영 젬병인 재무국장 고우치야마(河內)가 주인공이었다.

"그런데 말입니다. 우리 총독부 고관을 최우선으로 처단한다는 불령선인 과격파가 또 생겨났다면서요?"

고우치야마는 데라우치 총독 시절부터 요정에서 살다시피 했다. 주색 탐닉은 세월이 흘러도 변함이 없었다. 상황 판단이 이토록 흐릿해진 것도 알고 보면 술 때문이었다. 거기다 게이샤 꽁무니만 밝히다 보니 빈털터리였다. 한데 이번에 어떻게 관운이 트여 재무국장에 올랐다. 그런 고우치야마이다 보니 남들보다 죽음에 더 예민했다. '파괴를 정의로 여기고 암살을 수단으로 삼는다.'라는 의열단(義烈團) 결성 소식에 민감한 반응을 보였던 것이다.

의열단은 기미년 11월, 그러니까 두어 달 전에 만주 길림성의 파호문(把虎門) 밖에서 조직되었다. '정의로운 일(義)을 맹렬히(烈) 실천하는 단체(團)'라는 뜻이었다. 스물셋의 김원봉(金元鳳) 단장을 비롯하여 단원 13명 중 9명이 신흥 무관 학교 출신이었다.

의열단은 조선총독부, 동양척식주식회사, 경찰서 따위의 적 기관은 파괴, 그리고 7악(七惡)은 암살 대상으로 삼았다. 7악, 즉 칠가살(七可殺)이라 칭한 것은 마땅히 죽여야 할 일곱 대상이었다. 총독부 고관, 군 수뇌, 대만 총독, 매국노, 친일파 거두, 밀정, 반민족적 토호열신(土豪劣神)이 그들이었다. 대만 총독이 암살 대상에 든 것은 대만 역시 일제의 식민지가 되어 일본인 총독의 지배를 받기 때문이었다. 동병상련의 입장에서 중국과 항일연대를 이루려는 뜻도 담겨 있었다. 토호열신은 악덕 지방 유지를 가리켰다. 그리하여 재무국장 고우치야마는 이제 의열단의 암살 대상 1호에 속했다. 총독부의 고관인 때문이다. 재무국장의 소심한 발언으로 제법 도도하던 좌중의 흥은 일시에 찬 재가 되어 버렸다. 사이토도 술기운이 달아나 버린 민얼굴로 입맛을 쩍쩍 다신다. 그래도 입담만큼은 여전히 살아 있었다.

 "저들 불령선인이 아무리 날뛰어도 결국은 계란으로 바위 치기 아닌가? 우리가 조선에 유화 정책을 편다고는 하지만 강경책을 곁들여야 함은 물론, 명확한 통치 방침은 이미 정해져 있어요. 이왕 모였으니 새 출발을 다지는 의미에서 그 방침을 다시 한 번 짚어 보고 자리를 끝내도록 합시다. 첫 번째 방침이 조선 독립은 절대 불가하다. 이 명제에 구태여 설명이 필요할까? 둘째, 조선 자치란 말이 간혹 비치는데 그 또한 허용할 수 없다. 한마디로 자치는 독립에서 파생된 말로 결국은 한통속이야. 자칫하다가는 조선 독립론으로 흘러갈 위험성이 다분하므로 절대 허용할 수 없다 이 말이오. 그리고 세 번째가 지방 자치를 인정해주는 것인데 이 정도는 얼마든지 융통성을 발휘할 수 있지."

 거기서 문득 말을 멈춘 총독이 아카이케를 향했다.

 "경무국장, 네 번째 방침에 대해서는 누구보다 잘 알 텐데?"

 "예, 재외 조선인에 대한 단속입니다."

 "그렇지, 그렇지. 이것은 참으로 시급하고도 중요한 문제에요. 저들의 상해 가정부(假政府)나 만주와 시베리아의 불령선인은 지금 우리 총독부의 위신을 땅에 떨어뜨리고 있어요. 따라서 문화 정치와는 별개로, 조선 땅 밖에서 독립 운운하는 자들은 최대한 강경책을 구사해서 따끔한 맛을 보여야만 해. 경무국장, 그렇지 않은가?"

 이윽고 국장들도 자기 부서로 돌아갔다. 이제 총독실에는 총독과 정무총감, 그리고 아카이케 경무국장만 남았다. 문화 정치니 신정치니 하며 시끌벅적해도 치안 문제보다 상위 개념은 없었던 때문이다.

"각하, 부르셨습니까?"

새 인물은 모리야 에이우(守屋榮夫)로 총독의 비서관이었다. 사이토는 무표정한 얼굴로 지시를 내렸다.

"음, 경무국의 마루야마 군을 불러 주게."

순간 경무국장 아카이케의 송충이 눈썹이 꿈틀했다. 부서 책임자인 자신이 엄연히 참석하였는데도 불구하고, 요즘 들어서 총독은 걸핏하면 마루야마를 회의에 동석시키고는 했다. 아무리 치안 제일주의로 경무국 업무가 중하다지만 아카이케로서는 참으로 자존심 상하는 일이 아닐 수 없었다. 총독은 거기서 한발 더 나아가 마루야마에게 무슨 내밀한 일까지 시키는 눈치였다. 총독의 비서관인 모리야를 힐끗 쳐다보는 미즈노의 눈길도 복잡했다. 자신의 심복을 특히 총독의 비서관으로 추천한 것은, 사이토를 근거리에서 보좌하며 자신의 눈과 귀가 되어 달라는 뜻이었다. 한데 이즈음의 모리야는 거의 총독 사람이나 다름없었다.

정무총감이 발탁한 아카이케와 모리야, 그리고 마루야마는 내무성 출신이었다. 좀 더 거슬러 올라가면 모두 동경 제국 대학의 법과를 졸업해 미즈노의 학교 후배도 되었다. 미즈노는 이른바 '은시계당'의 일원도 되었다. 제국 대학의 수석 졸업생에게는 천황이 기념으로 은시계를 수여하는 전통이 있었다. 여기서 붙여진 이름이 은 시계당이었다.

"각하, 부르셨습니까?"

연락을 받자마자 마루야마가 득달같이 달려왔다.

"어서 오게. 우선 차부터 한잔 들지."

총독은 제법 애정 어린 눈길로 마루야마를 맞았다. 주춤주춤 말석에 자리 잡은 총독의 충견은 허리를 쭉 곧추세웠다. 손끝으로 눈가를 꾹꾹 누르던 총독은 이윽고 치안 문제를 입에 담았다.

"오늘 문화 정치에 대해 언급이 많았지만, 요는 정책 방향이 그렇다는 얘기고 뭐니 뭐니 해도 치안이 최우선 아니겠소? 구태여 만세 소동에 휩쓸려 간 하세가와 총독을 들먹일 필요도 없이 치안이 무너지면 단번에 모든 게 끝장나니까 말이지. 막말로 매는 안길 만큼 안겼으니 이제 사탕으로 한번 구슬려 보자는 게 바로 문화 정치야. 그런데도 한사코 매를 자청하는 자는 전보다 한층 더 따끔한 맛을 보여야만 해. 그래야만 사탕의 단맛이 곱절로 진가를 발휘하는 법이거든. 철부지와 말 잘 듣는 아이를 똑같이 키울 수는 없지 않소?"

총독이 다시 입담을 과시하려 들자, 미즈노가 벽시계를 두고 일부러 손목시계를 들여다봤다. 언뜻 미간을 좁힌 총독이 말을 돌렸다.

"각설하고, 그동안 각 도의 경찰부장과 함께 치안 문제로 애들 많이 썼어요. 참말로 불과 4개월 전에 우리가 부임할 무렵만 해도 조선 사정이 어땠소? 치안은 곳곳에 구멍이 숭숭 뚫렸는데 경찰력은 태부족이지요, 조선인은 유언비어에 혹해 총독부 말이라면 콧방귀나 뀌고 앉았고…. 정무총감이 저기 경무국장이나 마루야마 군과 같은 일당백의 인재를 뽑아 왔기에 망정이지, 아니면 그 고비를 어떻게 넘겼겠어? 한데 난국은 거의 수습이 됐다지만 치안을 정상 궤도에 올려놓으려면 아직도 갈 길이 멀단 말이지."

총독실의 네 사람은 곧 치안 문제에 집중했다. 그러다 보니 논의는 자연 총독부의 심복지환인 독립군 문제로 넘어갈 수밖에 없었다. 총독의 마루야마 편애에 심사가 뒤틀린 경무국장이 단단히 벼르고 좌석을 주도했다.

"총독 각하, 조선의 치안 문제는 이제 시야를 넓힐 단계에 이르렀습니다. 만세 소동을 거치면서 저들 지사란 자와 과격한 청년들이 대부분 국외로 빠져나가 조선 국내의 치안 상황만 놓고 보면 일견 다행스러운 면이 없지 않았습니다. 그러나 엄밀히 따져 보면 단지 주력부대의 이동에 지나지 않는다고나 할까, 장차 그들이 일으킬 분란이 큰 두통거리입니다. 나아가 만세 소동 때는 그나마 무저항에 맨손이었지만 작금의 불령선인은 무장에 혈안이 된 상태입니다. 어쩌다 불령선인의 무력 침입설만 나돌아도 조선 북부 지방은 삽시간에 소문이 퍼져 민심이 흉흉해지는 게 현실입니다. 실제로 간도는 휴화산이나 다름없고 국경 지대 군경들의 인명 손상도 빠른 속도로 증가하는 추세입니다. 따라서 지금까지는 조선 국내의 치안에 급급했지만, 이제는 간도를 담당할 특별반이라도 따로 구성해서 불령선인에게 적극적으로 대처할 때라고 봅니다."

계집이 곯나면 보리 방아는 더 잘 찧는다고 했던가. 정색까지 한 경무국장은 제법 정연한 논리로 핵심을 짚었다. 총독은 눈을 감은 채 가끔 고개만 주억거렸다. 그러다 노련함이 지나쳐 교활함이 느껴지는 입가로 문득 한 가닥 뜻 모를 냉소가 흘렀다.

"특별반이라, 특별반!"

5. 그 이름 대한군정서라 했으니

"일규야, 이제 정자가 보인다."

숲속을 벗어나 산 정상이 모습을 드러내자 강혁이 들뜬 목소리로 말했다. 뒤를 따르던 일규가 앞으로 성큼 내달았다. 저편의 산 정상에 나무 정자가 보였다.

"저게 일송정(一松亭)이야?"

일규의 물음에 강혁이 빙그레 웃었다.

"잘 알면서 왜 그래! 일송정은 정자가 아니고 산 정상에 있는 큰 소나무를 일컫는 말이잖아."

두 청년은 용정에서 서남쪽으로 10여 리 떨어진 비암산(琵岩山)을 오르는 중이었다. 눈길을 헤치며 어렵게 산 정상으로 다가가자 세찬 바람은 사람을 공중에 못 띄우는 게 한이라는 듯 거칠기 짝이 없었다.

양국 군경의 검문에서 심상찮은 분위기를 감지한 강혁과 일규는 아까 걸어서 용정에 왔다. 역시 용정 시내의 공기는 수상쩍은 데가 있었다. 거리를 쏘다니는 영사관 순사의 눈은 날카롭게 번뜩였고 행인들도 어딘가 불안감이 깃든 표정이었다. 특별하다면 특별한 지역인 데다 또 등잔 밑이라 등한히 여기는지, 아직은 영사관이 용정에 어떤 가시적인 조처를 내린 것 같지는 않았다.

용정의 주인은 조선 사람이었다. 그 옛날 무인지경의 땅을 개척할 때부터 그랬다. 비록 시가지 서쪽에 중국인이 터를 잡기는 했지만, 인구만 해도 다섯 배 이상 차이가 나는 만큼 용정의 주인은 변함이 없었다. 용정의 조선 사람들은 아직 세세한 내막까지는 몰랐지만, 왠지 공기가 심상찮다는 느낌은 받은 듯했다. 그것은 청과 일제의 이중 지배에 시달려 온 조선 사람 특유의 어떤 직감 같은 것이었다. 물론 외곽을 드나드는 행인이 불안한 바깥소식을 물어다 준 영향도 있었다. 강혁은 그런 용정의 분위기를 살피다가 일규의 주장을 따라 일단 비암산에 올랐다.

"저 소나무가 바로 일송정이야. 멀리서 쳐다보면 그 모습이 마치 돌기둥에 청기와를 얹은 정자처럼 보이거든."

강혁이 가리킨 것은 산 정상의 절벽에 뿌리를 박고 아름드리 자란 한 그루의 푸른 소나무였다. 용정이 첫걸음인 일규는 감동을 주체하기 어려웠다.

"저 아래에서 우뚝하니 보이던 나무가 저것이야? 참 늠름하게도 자랐다."

"나도 여긴 오랜만이야. 학교 다닐 때 소풍 온 뒤로는 오늘 처음이니까 벌써 언제 적 얘기냐?"

강혁도 감회가 새로운 모양이었다.

"누가 붙인 이름인지는 몰라도 작명치고는 그럴듯하구먼. 일송정이라, 일송정!"

둘은 말을 나누면서도 걸음은 선뜩선뜩 나무 정자를 향했다.

"말 그대로 일망무제(一望無際)로구나. 답답하던 가슴이 일시에 확 트이는구먼."

이윽고 산 정상의 나무 정자에 오르자 일규는 마냥 감탄사만 쏟아 냈다. 한겨울이라 그런지 주위에 다른 사람은 없었다. 사실 용정의 비암산은 그다지 높지가 않았다. 한쪽의 낮은 구릉을 빼고는 주위가 온통 넓디넓은 분지라 눈 아래 펼쳐지는 풍경은 저 멀리까지 아득하였다. 동으로는 툭 터인 서전(瑞甸) 벌과 용정이 한눈에 안겨 오고 서쪽은 드넓은 평강(平崗) 벌인데, 허옇게 얼어붙은 채 끝없이 흘러가는 해란강이 벌판의 젖줄이었다.

"그동안 용정은 말만 들어도 가슴이 울렁거리고는 했어. 한데 오늘 비암산까지 올라와서 용정을 내려다볼 줄이야…."

친구가 용정을 동경해온 사실을 잘 아는지라 강혁은 이왕에 주위 지리를 설명했다.

"저기 북쪽으로 모자처럼 둥그렇게 솟은 산이 모아산(帽兒山)인데, 중국 관청이 모여 있는 연길은 그 뒤편에 있어. 용정에서 족히 30리는 돼. 그리고 우리 집은 저기 용정 시내로 흐르는 육도하를 거슬러 올라가야만 돼."

강혁은 일일이 손가락질하며 용정 인근을 주워섬겼다. 그러다 얘기는 다시 일송정으로 돌아왔다.

"용정의 조선 사람은 저 일송정을 영물로 취급해. 큰 키로 동포들의 수십 년 용정 역사를 단 하루도 빼놓지 않고 지켜보았으니 그야말로 산증인 아닌가? 마찬가지로 용정 사람도 일송정을 매일 쳐다보게 되니까 서로 정도 들었을 거야. 거기다 용정의 조선 사람은 일송정을 쳐다보면서 아마 심정적으로 동병상련 비슷한 감정을 느끼지 않았나 싶어. 저기 일송정도 험한 절벽에 의지한 채 힘든 세월을 버텨내고 있거든. 마치 조선 사람이 겪는 고초처럼 말이야. 그래서 저 널따란 들판의 농부들이 어쩌다 기우제라도 올릴라치면 영물인 일송정을 찾게 돼. 중요한 사실은 하나 더 있어. 독립운동을 하는 청년들이 종종 여기 모여서 의기를 돋우고는 했거든. 하여튼 저 일송정은 용정의 조선 사람에게 당산나무나 진배없어."

그때 문득 일규 얼굴에 웃음기가 비쳤다.

"갑자기 왜 웃어?"

"전망 좋은 여기서 우리 청년들이 회합한다니까 가슴이 뭉클해지잖아. 한데 사실을 말하자면 네가 자꾸만 일송정, 일송정 하니까 우리 신흥의 일송 선생님이 연상되는 거 있지. 그래서 나도 모르게 웃었어."

일규가 언급한 일송 선생은 김동삼(金東三)을 두고 하는 말이었다. 만주에서 신흥 무관 학교와는 떼려야 뗄 수 없는 관계인 김동삼의 호(號)가 바로 일송(一松)이었다. 일규의 말이 채 끝나기도 전에 강혁도 빙그레 웃었다.

"사실은 나도 아까부터 일송 선생님을 생각했어. 그러면 너는 선생님의 자(字)는 알고 있나?"

강혁은 고향이 경북 안동으로 김동삼과는 동향이었다. 자연 두 사람은 서로에 대해 많은 사실을 알았다.

"선생님의 호는 알아도 자까지는 모르겠는걸. 한데 그건 왜 물어?"

"그럼 내 말을 잘 들어보렴. 만주로 오신 선생님은 이름부터 시작해 자와 호까지 몽땅 바꾸셨어. 고친 뒤의 자는 살필 성(省)에다 갈 지(之) 자를 써서 '성지'야. 그러면 선생님의 이름 뒤에다 차례로 자와 호를 붙여서 한번 읽어 보렴. 뭔가 느낌이 올 텐데?"

"동삼, 성지, 일송이라…. 아니지, 아니지! 동삼성지일송(東三省之一松)이군. 뜻이 꽤 심오한 것 같은데?"

"동삼성지일송을 풀이하자면, 동삼성에 우뚝 선 한 그루의 소나무라는 뜻이야. 어때? 우리 선생님의 헌걸찬 기개나 굳센 의지 같은 게 확 느껴지지 않아? 저기 일송정이 용정의 조선 사람에게 당산나무라면 우리 일송 선생님은 동삼성 조선 사람의 당산나무라 해도 과언이 아닐걸."

독립운동가는 여러 이유로 자신의 신분을 감추기 위해 이름을 종종 바꾸었다. 김동삼도 마찬가지였다. 그래서 어떤 사람은 여러 이름으로 통했다.

동삼성은 만리장성의 관문인 산해관(山海關)의 동쪽, 즉 중국 동북 지방의 3성으로 곧 만주를 가리켰다. 봉천성과 길림성, 그리고 흑룡강성(黑龍江省)이 바로 동삼성이었다.

용정에 대한 일규의 갈증이 어지간히 풀리자 두 사람은 비암산 중턱의 양지바른 곳으로 자리를 옮겼다. 저 아래 용문교(龍門橋)의 얼어붙은 해란강에는 아이들이 얼음을 지치고 있었다.

"우리 두만강 물이 저리로 흘러온단 말이지?"

일규의 눈길은 하얀 띠처럼 꾸불꾸불 이어간 육도하의 빙판길을 쫓았다.

"용정은 첫걸음이라고 하더니만 아는 것도 많네. 육도하가 두만강에서 흘러드는 것은 맞아. 한데 나도 명동촌의 오랑캐령 너머는 가본 지 오래됐어."

답하는 강혁의 목소리에는 어떤 비애 같은 것이 묻어났다. 일규도 덩달아 침울해졌다. 둘 다 마음이 조국 땅으로 날아간 듯했다. 일규가 먼저 침묵을 깼다.

"가만 보면 말이야. 세월은 거북이걸음을 가장만 했을 따름이지 실제는 토끼의 뜀박질 같아. 지나고 보면 세월이 너무 빠르단 얘기야. 내가 알기로 네 만주 생활도 하마나 십 년쯤 되는 것 같은데, 고향 생각 안 나?"

"안 날 턱이 있나! 어릴 때 추억뿐이지만 방금 일처럼 생생해. 해가 갈수록 더 또렷해지는걸. 마음도 심란하고 날씨까지 우중충한데 앞대 얘긴 그만하자."

언덕에 앉아 손바닥으로 턱을 괸 강혁은 다시 생각 속으로 빠져들었다. 아무래도 다음 행보(行步)가 마땅찮던 것이다. 원래는 일규와 함께 오늘 중으로 집에 도착할 예정이었다. 그러나 상황이 돌변한 만큼 여정 수정은 불가피했다. 사냥감을 찾아 미친 듯이 날뛰며 후각까지 예민해진 사냥개 무리 속으로, 몰랐으면 모르되 알고도 제 발로 걸어 들어갈 수는 없는 노릇이었다. 그렇다고 외곽에서 영사관 동정을 살피며 얼마간 뭉개자니 이번에는 경비가 문제였다. 지출을 최소한으로 줄이고 또 줄였지만, 이제는 주머니 사정이 빠듯했다. 강혁이 이 궁리 저 궁리로 머리가 지끈거리는데 문득 일규가 깊숙이 한숨을 토했다.

"여기가 그 유명한 용정이다 싶으니 더 서글퍼지는군. 세월은 덧없이 흘러가지. 이러다 무관 학교서 배운 공부, 참말 써먹지도 못하고 녹슬면 어떡하지?"

"녹슬다니! 학생들을 잘 가르치고 있잖아."

대꾸하는 강혁의 목소리가 어딘지 무뚝뚝했다. 내심 친구의 무신경이 거슬린 탓이었다. 물론 얼떨결에 길을 나선 일규가 여러 문제로 머리가 복잡해진 자신과 입장이 같을 수는 없었다. 그러나 발등의 불을 두고 조금은 엉뚱한 일을 걱정하는 친구의 여유가 부러우면서도, 한편으로는 답답한 느낌을 지울 수가 없었던 것이다. 한데 일규의 반문도 만만치 않았다.

"딴전 피우지 마라. 내가 언제 그런 공부를 말했나! 독립군 얘긴 줄 뻔히 알잖아?"

"인재 양성보다 더 큰 독립운동이 어디 있어. 그게 얼마만큼 중요하고 절실한 과제인지 잘 알 텐데?"

강혁도 별반 지고 싶은 마음이 없었다. 그래도 마음 한편으로는 뭔가 찜찜한 느낌도 일었다.

"알고말고. 아니까 지난 2년간 내 딴에는 최선을 다했지."

다시 한숨을 푹 내쉰 일규는 곧바로 말을 잇대었다.

"하지만 마음 한구석은 늘 텅 비어 있었어. 거기다 만세 운동까지 터지니까 독립군 병이 더 도지는 거 있지."

원래 독립군 간부를 양성하는 것이 목적인 만큼, 신흥 무관 학교 입학은 가까운 장래에 독립군 간부가 된다는 뜻이었다. 실제로 많은 졸업생이 여러 독립군 부대에서 활동 중이었다. 나머지 졸업생은 다시 다방면으로 진출했다. 효과적인 독립운동을 펼치기 위해서는 독립군 단체 외에도 젊은 인재를 필요로 하는 곳이 많았던 때문이다. 특히 각처에 산재한 여러 학교에서는 민족 교육을 담당할 훌륭한 교사에 목말라했다.

신흥 생도 시절부터 일규는 오로지 독립군 투신만을 꿈꾸었다. 그래서 공부도 열심히 했다. 독립군은 일규가 단신으로 집을 뛰쳐나올 때 작정한 단 하나의 목표였다. 압록강을 건너면서 목표는 신흥 무관 학교로 좀 더 구체화 되었다. 독립군에 투신하더라도 이왕이면 무명 소졸보다는 뛰어난 용사로 활약하고 싶었던 것이다. 그러나 원하던 바와 달리 졸업 후 교사가 되었다. 그것은 의무 사항에 속했다. 신흥은 일체의 무상 교육 대신에 졸업생은 2년간 학교의 명에 따라 복무토록 규정하고 있었다. 아마도 신흥 학교에서는 일규의 재능과 적성 등을 고려하여 독립군보다는 교사가 더 적재적소의 배치라고 판단한 것 같았다. 당시 일규는 크게 낙담했지만, 일단은 뒷날을 기약할밖에 도리가 없었다.

이제 2년간의 의무 복무 기간도 끝이 났다. 미뤘던 꿈을 실현할 기회가 온 것이다. 하지만 무턱대고 아무 독립군 부대나 들고 싶지는 않았다. 거기다 지금 근무 중인 통화의 학교에서는 유능하고 성실한 일규를 놓치지 않으려고 애를 썼다. 그때 마침 독립군으로 장래가 촉망되는 단짝 친구가 유학 생활을 마치고 돌아왔다. 물론 둘의 처지가 같을 수는 없었다. 신흥 학교에서 아끼고 공을 들인 만큼 강혁은 모교와 연관된 일에 배치될 가능성이 컸다. 그래도 만세운동으로 정세가 급변한지라 상황은 어느 정도 유동적이었다.

어쨌든 일규는 변화를 모색 중이었고 그것이 북간도 여행의 커다란 이유도 되었다. 그런데 고대했던 용정에 닿으니 불현듯 고국에 대한 향수가 짙어지면서 독립군의 꿈을 아직 실현하지 못한 자신에 대해 어떤 서글픔 같은 감정이 일었다. 강혁은 예전부터 일규의 그런저런 사정을 훤히 꿰고 있었다. 한데 일부러 엇박자를 놓은 듯해 새삼 미안한 마음이 일었다. 뭔가 위로의 말이 필요했다.

"일규야, 지피지기면 백전백승이란 말 잘 알지?"

"아마 손자병법에서 제일 유명한 구절일걸."

일규는 갑자기 무슨 말인가 싶어 의아한 눈빛이었다. 강혁이 차근차근 설명했다.

"그 지피(知彼)가 중하다지만 지기(知己), 그러니까 자신을 안다는 것이 상대를 아는 것 못지않게 중요한 것 같아. 자신을 안다는 것은 곧 자기를 바로 본다는 말과 기맥이 통하는 데 사실 그게 쉽지가 않거든. 그래서 얘긴데 우리가 어떤 뚜렷한 목표를 정했다고 치자. 그 목표에 대한 신념이 투철하고 결과 또한 한 길로 통한다면, 굳이 어떤 일에 자신을 특정 지을 필요가 있을까? 외적이며 지엽적인 요소에 너무 집착하는 것도…."

그때였다. 문득 허탈한 목소리가 강혁의 말을 불쑥 분지르고 들었다.

"간단히 말해서 너는 독립군보다 선생이 더 잘 어울린다. 그리고 후진 양성이 그대로 큰 독립운동인데 뭣 하러 굳이 독립군 타령이냐. 이 뜻 아닌가?"

"뭐, 꼭 그런 건 아니지만…."

평소와 달리 강혁은 말을 입속에서 우물거렸다. 금방 눈물이라도 쏟을 듯, 낙담과 실의투성이의 눈동자와 눈길이 딱 마주친 때문이었다. 강혁은 2년 전에도 꼭 그런 눈을 본 적이 있었다. 일규가 의무 복무로 교사직을 통고받았을 때였다. 그제야 강혁은 속으로 뒤늦은 후회와 함께 자신의 경솔함을 탓했다.

'나는 친구가 오래전부터 가꿔온 소망이 무엇인지 누구보다도 잘 안다. 그런데도 단지 재능과 적성이 아니라는 이유로 간단히 무질러 버리고, 거기다 말까지 빙빙 돌려가며 설득하려 들었다. 내 소견이란 것이 어찌 이다지도 얇더란 말인가?'

결국은 눈발을 세우려는지 다시 사방이 끄무레해진다. 저편 용정에서는 저녁밥 짓는 연기가 우중충한 공중에 안개처럼 드리워졌다. 외투 깃을 바짝 세운 일규는 멍하니 모아산에 눈길을 던지고 있었다.

"일규야!"

강혁의 목소리는 다정함이 묻어났다.

"응."

"암만 생각해도 우리 집에 가는 것은 당분간 피하는 게 좋을 성싶다. 동정을 보아하니 사건은 불과 요 며칠 사이에 터진 게 분명해. 따라서 영사관에서는 눈이 뒤집혀 온통 쑤석댈 거란 말이야. 특히 명동촌과 와룡동 일대는 무조건 도마 위에 오른다고 봐야 해. 주위 사람을 생각해서라도 무서울 거야 없지만 더러우니까 일단 피하는 게 상수 아니겠어?"

말뜻을 모르는 바는 아니지만, 일규는 어딘가 서운한 눈치였다.

"그럼 이대로 다시 서간도로 돌아가자는 얘기냐? 아직 날짜가 넉넉한데."

"그건 안 될 말이지. 애써 용정까지 왔는데 왜놈들로 인해 허탕이 되면 억울하잖아. 이렇게 하면 어떨까? 일단 용정에 다시 들어가서 해괴한 유언비어를 퍼뜨리는 거야. 예를 들면 두도구 인근에 살인 사건이 일어났는데, 돈 자루 때문에 다툰 것 같더라는 식으로 말이지. 두도구와 연해주는 방향이 전혀 엉뚱하잖아? 거기다 여자까지 적당히 끼워서 구색을 갖추면 그런 소문은 날개를 달게 마련이거든. 물론 영사관을 잠시나마 혼란에 빠뜨리자는 얘기지."

"요는 철혈광복단에 시간을 벌어 주자. 이 뜻 아니냐?"

강혁은 수긍의 뜻으로 고개를 끄덕인 뒤 덧붙였다.

"돈을 탈 없이 뺏었으면 왜놈이 주목하는 연해주는 당분간 피하는 게 좋은데 말이야. 한데 사람의 마음은 원래 조급해서 어디 뜻대로 되어야지. 어쨌든 지금의 우리로서는 친구를 달리 도울 길이 없잖아? 그런 식으로 유언비어를 퍼뜨린 다음에는…."

강혁은 거기서 문득 말을 멈추고 슬몃슬몃 웃기만 했다. 일규가 채근했다.

"그다음은?"

"일단 왕청현의 서대파(西大坡)로 갔다가 집은 나중에 형편 봐서 들르면 어떨까? 애써 용정까지 왔는데 여기서 작파(作破)하고 집에도 못 가본대서야 당최 억울해서 어디 살겠나?"

"왕청현 서대파라…. 서대파! 지금 북로군정서(北路軍政署) 얘기하는 거지. 그렇지?"

198

의기소침하던 일규의 얼굴이 일순간에 환해졌다. 촉박한 물음에 강혁은 고개를 끄덕이는 듯 마는 듯하다가 다른 말을 꺼냈다.

"우리 신흥 동기인 윤동철(尹東哲)이 알지?"

"윤동철? 그 기생오라비에 허풍쟁이."

일규가 대뜸 답을 내자 강혁은 실소를 터뜨렸다. 두 사람의 성격이 정반대인 데다 생도 시절에 자주 티격태격하던 모습이 떠올랐던 것이다.

"동철이가 그 북로군정서에서 맹활약 중이래. 네 말대로 그 허풍선이가 얼마나 허풍을 떨어 댔는지 그쪽에서 나한테 연락이 왔어. 북간도에 오게 되면 북로군정서에도 들렀으면 좋겠다고 말이야. 그게 아니래도 서일(徐一) 선생님을 뵈러 한 번쯤은 가 봤어야 했어. 예전에 서일 선생님이 우리 명동 학교를 방문하신 적이 있는데 그때 약속을 했거든. 이다음에 어디 계시든 꼭 찾아뵙겠다고 말이야. 마침 이곳 형편이 여의치 않으니 거기를 먼저 다녀와서 상황을 살펴보면 어떨까?"

"정말 멋진 생각이다. 나도 독립운동의 명망가이신 서일 선생님과 김좌진(金佐鎭) 장군을 꼭 만나 뵙고 싶던 참이었어. 찬성, 무조건 대찬성이다."

일규는 오른팔을 치켜 가며 숫제 고함이었다. 그것은 이제 막 놀이를 시작하려는 꼬마들의 신명 난 모습을 보는 듯했다. 그제야 강혁은 친구의 마음을 상하게 한 부담감에서 얼마간 벗어났다. 한 편으로는 단지 독립군 부대를 방문하는 일인데, 그게 저렇게도 좋을까 싶어 의아스럽기도 했다.

새하얀 고양이의 털만큼이나 포근한 함박눈이 절정이었다. 겨울치고는 바람기도 없는 편이었다. 공중을 빼곡히 채운 눈은 줄을 죽죽 그으며 땅 위로 내려앉았다. 그것은 천지를 관통하는 웅장함이었다. 하늘에는 날짐승이 자취를 감추었고 땅 위의 설명한 나뭇가지에는 눈꽃이 피어났다. 조금 전까지만 해도 해란강 빙판에서 얼음을 지치던 아이들은 집에 돌아가고 없었다. 저물녘인 데다 눈까지 내렸기 때문이다. 강변 저만큼의 느릅나무 숲은 하얗게, 더 하얗게 치장을 열심히 했다. 저 멀리 모아산은 그새 때깔 고운 옷으로 새로운 모습을 보였다. 희디흰 눈은 얼마 만에 풍경을 완전히 바꾸어 놓았다. 세상은 원래 맑고 깨끗한 낙원이었다.

여러 가지 여건과 상황 등으로 조선 사람에게 경제적 피난처이자 정치적 집결지가 된 간도 땅에서는 자연 여러 단체가 조직되었다. 이들 단체는 통합과 분열을 거듭하며 스러지기도 하고 또 새롭게 태어나기도 했다. 그러다 마침내 대표적인 자치 단체가 자리를 잡았다. 서간도는 한족회(韓族會), 북간도는 대한국민회(大韓國民會)였다. 벌판을 헤매는 양 떼 같은 조선 사람을 하나로 뭉쳐서 자치적 기반을 조성하는 한편, 중국의 협조를 얻어 권익을 보호하는 게 목적이었다. 연길현을 중심으로 한 대한국민회는 중앙 총부와 5개의 지방 총회를 둔 명실상부한 북간도 한인 단체의 구심체였다. 그에 반해 반일 무장 단체는 대소를 합치면 그 수가 무려 50개에 이를 때도 있었다. 간도가 독립운동 기지로 우뚝 성장했을 뿐만 아니라, 만세 운동 여파로 무장 투쟁 열기가 한층 고조된 때문이었다. 그 가운데서도 특히 3개 단체는 여러 면에서 빼어났다.

첫째가 서간도의 서로군정서(西路軍政署)였다. 대한제국이 끝내 일제에 의해 결딴나자 서간도의 봉천성 유하현은 장래를 위해 선정된 독립운동의 성지였다. 열혈 지사들이 이곳에 모여 신흥 무관 학교를 꾸려나가며 미래를 도모하는 중에 3·1 만세 운동이 일어났다. 만세 운동의 여파는 무엇보다도 군(軍) 정부의 필요성을 대두시켰다. 보다 효율적으로 독립 전쟁을 수행하기 위함이었다. 그리하여 군 정부가 유하현에 조직될 때 상해에서는 따로 임시 정부가 수립되었다. 이에 군 정부는 상해 임시 정부에 참여키로 하고 명칭까지 서로군정서로 개편하였다. 그만큼 반일 무장 단체로서는 무력의 강약을 떠나 상징적인 존재가 바로 서로군정서였다.

나머지 둘은 북간도에 있었다. 그중 하나가 홍범도(洪範圖)의 대한독립군이었다. 부대 명칭보다는 그냥 홍범도 부대하면 사람들이 더 쉽게 알아들었다. 그것은 독립 단체들의 명칭이 자주 바뀌기도 했지만, 머슴에다 포수 출신인 홍범도가 그동안 대일 항전에서 워낙 혁혁한 전과를 올렸기 때문이다. 국내의 의병 싸움에서 의병장으로 크게 이름을 떨치더니 기미년 여름부터는 다시 간도에서 국내 진입 전으로 옛 명성을 되찾고 있었다. 긴 세월에 걸쳐 워낙 두들겨 맞은 일제는 홍범도라 하면 두려움을 감추지 못했고, 조선 사람은 비장군(飛將軍), 혹은 나르는 홍범도라며 성원을 보냈다. 이즈음에도 심심찮게 얼어붙은 강을 건너가 일제의 국경 수비대나 경찰 주재소를 습격하여 간담을 서늘하게 만드는 것이 바로 홍범도 부대였다.

남은 한 단체가 요즘 한창 기세를 올리는 대한군정서(大韓軍政署)

였다. 북간도의 많은 지사 가운데서도 무장 투쟁을 주창하는 대표적인 인물이 서일이었다. 일찍부터 독립 단체를 이끌던 서일은 독립군의 큰 별인 김좌진 등과 함께 서너 달 전에 역시 군 정부를 조직하였다. 단순한 독립운동 단체로서의 성격을 벗어나 보다 강력한 항일전 수행이 목적이었다. 그러자 지난번의 서로군정서와 마찬가지로 하나의 민족에 두 정부는 곤란하다는 여론이 일었다. 결국, 서일 등의 군 정부는 임시 정부 지지를 결정하고 명칭도 대한군정서로 바꾸었다. 임정에서는 이러한 대한군정서를, 서간도의 서로군정서와 대별(大別)하여 북로군정서라 불렀다.

독립 단체는 여러 형편상 민정(民政)을 담당하는 자치 단체와 더불어, 독립 전쟁 수행을 위한 무장 단체 간의 상호 협조와 보완이 필요했다. 서간도의 한족회와 서로군정서는 원래 한 뿌리나 다름없었다. 반면 북간도의 대한국민회는 자체적인 무장 단체와 함께 주로 홍범도 부대와 긴밀한 관계를 유지했다. 다만 대한군정서, 즉 북로군정서는 군 정부를 조직할 때부터 두 임무를 동시에 수행했다. 한데 간도의 여러 무장 단체가 의기는 드높았지만 사실 군사력으로 따진다면 그다지 내세울 형편이 못되었다.

우선 병력이 소규모였다. 많은 부대라고 해 봤자 기백 명, 적게는 몇십 명에 불과한 예도 없지 않았다. 낮에는 부대에서 활동하고 밤이 되면 집으로 돌아가는, 이른바 올빼미 장정까지 합친 숫자였다. 전투 능력도 수준 미달이었다. 계층과 나이가 일정치 않은 데다 아직은 체계적인 훈련을 제대로 받아보지 못했기 때문이다. 그나마 정예병을 꼽으라면 무관 학교 출신과 함께 국경을 넘나들며 실전을 쌓은 소수의 독립군에 불과했다. 거기다 무장 투쟁을 외치지만 정작 무기는 양이나 질적으로 아주 형편없었다. 그래서 독립군의 열악한 의식주 문제는 거론할 단계조차 못되었다.

여러 무장 단체를 효과적으로 통솔할 구심점이 없는 것도 커다란 단점이었다. 비록 상해에 임정이 존재했으나 여러 이유로 큰 영향력을 발휘하기는 어려운 실정이었다. 차라리 지역 기반이나 지사 간의 친분에 따라 연합 내지는 교류가 더 활발한 편이었다. 그렇다고 불빛조차 없는 생판 어둠만은 아니었다. 뚜렷한 변화에 고무되는 경우도 종종 있었다.

무엇보다 무장 단체의 기초가 되는 청년들이 수시로 부대를 찾아들었다. 또 동포가 낸 군자금으로 연해주에서 신식 무기라도 사들여 오면 신이 난 독립군들은 산이 무너질 듯 환호성을 질러댔다. 그러나 역시 으뜸은 높은 사기에 있었다. 그럴밖에 없는 것이 무장 단체는 뚜렷한 목표를 지니고 자발적으로 생겨난 데다 독립군의 구성 또한 자기 발로 부대를 찾아온 지원병이 주축인 때문이었다.

강혁과 일규는 입질에 오르기 좋은 유언비어를 용정에 떨군 뒤 곧장 북쪽으로 길을 다잡았다. 목적지는 북로군정서가 있는 왕청현 서대파였다. 험악한 영사관 눈길이 주요 길목을 잡도리했지만, 신흥 출신의 두 청년에게는 한낱 꼬마들의 병정놀이보다도 더 유치해 보였다 왕청현의 중심인 백초구에 도착한 것은 다음 날 저녁 무렵이었다. 간도협약에 따라 개방지가 된 백초구에도 일제 영사관이 있었으나 걸림돌이 될 수는 없었다. 북으로만 치달아서 추위가 한결 매섭긴 했으나 날씨는 쾌청했다. 장백산맥 기슭에 있는 왕청현은 동으로 두만강과 50여 리 격한 밀림 지대였다. 북만주의 오지인지라 마적 떼가 들끓었고, 지역민은 대부분 조선 이주민이었다. 그 때문인지 낯선 사람에 대한 경계심이 강한 편이었다. 한데 조선 이주민의 밀집과 함께 특히 밀림 지대란 점이 장점으로 작용해 왕청현에는 독립군 부대가 속속 생겨났고 차츰 무장 독립 투쟁의 성지로 발전하게 되었다.

일규는 물론 강혁도 이곳은 초행길인지라 도착 다음 날 아침부터 알음알음으로 먼저 총재인 서일을 수소문했다. 왕청현을 대표하는 지사는 아무래도 서일인 때문이었다. 서일이 보낸 초청장으로 북로군정서의 경비단과 선이 닿은 두 사람은 이윽고 춘명향(春明鄕) 덕원리(德源里)로 안내되었다. 북로군정서의 총재부가 위치한 곳이었다.

왕청현 벌판에서 가장 서쪽에 있는 덕원리는 유수하(柳樹河)가 가로질러 흐르는 작은 벌판에 있었다. 백여 가구는 됨직한 큰 마을이었다. 오른쪽에는 큰 산이 불쑥 솟았고 북쪽은 밋밋한 산이 병풍처럼 두르고 있었다. 동쪽으로 저 멀리 보이는 것은 마반산(磨磐山)이었다. 마치 커다란 맷돌을 엎어놓은 것처럼 산 정상이 평평하게 생겨서 붙여진 이름이었다.

덕원리 마을에 들어선 강혁은 우선 말의 수가 많은 것을 보고 놀랐다. 그냥 많은 정도가 아니라 말이 떼로 몰려다니고 있었다. 한데 더 놀랍고 반가운 것은 산골짜기에 학교가 있을 뿐만 아니라 그 교명이 명동 학교라는 사실이었다. 명동촌의 명동 학교와 한문까지 똑같았다. 왕청현의 명동 학교는 모양이 어슷비슷한 초가집

몇 채가 전부인데 그것도 기숙사 겸용이었다. 그중 작은 한 채는 교무실이면서 군정서의 총재부 역할도 했다. 강혁과 일규는 교무실로 안내되었다. 규모라 할 것도 없지만 그냥저냥 구색은 갖추고 있었다.

"얘기 많이 들었습니다. 그런데 지금 총재님께서는 출타 중이십니다. 업무 관계로 사령부에 가셨거든요."

강혁이 찾아온 용무를 밝히자 청년 하나가 반가운 얼굴로 나섰다.

"사령부라니요?"

이쪽을 향하는 몇몇 사람에게 묵례를 보내며 강혁이 반문했다.

"하긴 이곳 사정에 어두울 수밖에 없겠군요. 우선 몸부터 좀 녹이세요. 제가 간략히 설명하겠습니다."

이번에는 청년을 대신하여 함경도 사투리가 구수한 중년 간부가 나섰다. 김이 모락모락 피어오르는 차가 나그네에게 대령 되었다. 모두 미소 띤 얼굴로 따뜻한 배려를 위해 애쓰는 모습이었다.

함북 경원이 고향인 백포(白圃) 서일은 경술국치를 당하자 이듬해 이곳 왕청현으로 왔다. 조선 이주민이 중국 사람에게 천대받고 마적으로부터 시달리는 걸 본 서일은 무엇보다 뿌리내리기가 급선무라는 사실을 깨달았다. 이에 민족 신앙인 대종교(大倧敎)를 바탕으로 동포를 결집한 뒤 교육 등으로 지식을 보급하며 계몽에 앞장섰다. 자신이 목표한 무장 투쟁은 일단 뒤로 미룰 수밖에 없었다. 그리하여 먼저 명동 학교를 중심으로 민족 교육에 앞장서는 한편, 재기를 도모하는 의병을 규합하여 북간도 최초의 독립 무장 단체인 중광단(重光團)을 조직하였다. 단장 서일이 중광단의 내실을 다지는 중에 만세 운동이 일어났다. 여러 사정으로 미뤄 왔던 무장 투쟁에 드디어 전력을 쏟을 때가 왔던 것이다. 그래서 중광단의 면모를 일신하여 대한정의단(大韓正義團)을 조직하였다. 조국의 독립을 위해 몸과 마음을 바치는 정의로운 단체라는 뜻이었다.

이제 독립운동의 대세는 무장 투쟁이었다. 서일은 처음부터 무장 투쟁을 고집한 지사였다. 그런데 정의단에는 군사적으로 핵심적인 인물이 없었다. 군사적 인사라고 해봤자 예전의 무과 시험에 급제한 나중소(羅仲昭) 정도였다. 고심을 거듭하는 서일에게 무슨 암시처럼 한 인물이 훤히 떠올랐다. 바로 걸출한 무인에다 뛰어난 전략가인 백야(白冶) 김좌진이었다. 그뿐만 아니라 무장 투쟁 조직인 길림군정사(吉林軍政司)에 참여한 김좌진 주위에는 군사적 재능을 지닌 인물이 여럿 포진해 있었다. 말을 섞은 지 얼마 만에 서일과 김좌진은 의기투합했다. 이른바 물과 고기의 만남인 수어지교(水魚之交)에 비할 만했다. 김좌진으로서도 자신의 무장 투쟁 역량을 뒷받침해줄 뛰어난 지사와 함께 대중적 기반이 절실했다. 이리하여 빼어난 인물 두 사람을 주축으로 기미년 가을에 대한군정부(大韓軍政府)가 탄생하였다. 그러자 상해 임정은 명칭을 대한군정서로 변경할 것을 요구했고, 서간도의 서로군정서와 대별하여 북로군정서라는 호칭을 애용했다.

대한군정서, 즉 북로군정서는 크게 총재부와 사령부로 이원화되었다. 총재부는 군정서 내의 전반적인 일을 총괄하면서 사령부 활동을 후원하는 게 주된 임무였다. 그에 반해 사령부는 오직 군사 활동에만 전념했다.

"예전 중광단 시절부터 근거지로 삼은 이곳 덕원리에 총재부가 있고, 사령부는 여기서 80여 리 떨어진 산속에 따로 있지요. 굳이 깊은 삼림을 택한 이유는 군사적 장점도 장점이지만, 일제의 시비나 중국 측의 간섭으로부터 한층 자유롭기 때문입니다."

총재부의 간부는 차분한 목소리로 북로군정서의 오늘을 말해 주었다. 무장 투쟁에 대한 서일의 집념에 연신 고개를 끄덕이던 일규가 물었다.

"그러면 서대파는 사령부가 위치한 곳입니까?"

"그렇지요. 독립군 활약에 대한 기대 때문인지 동포들이 서대파란 지명은 곧잘 알더군요, 허허허."

"사령부 책임자 되시는 분은 역시⋯."

"물론 총사령관이신 김좌진 장군입니다."

마을에 들어설 때부터 대략 짐작했던 강혁이 확인 삼아 물었다.

"저도 궁금한 게 있습니다. 이곳에 유독 말이 많은데 이유가 무엇입니까?"

"총재님이 칭찬하시더니 역시 예리하군요. 말은 바로 기동력 아닙니까? 그래서 예전부터 총재님은 말에 큰 관심을 지녔고, 또 그 수를 꾸준히 늘려 지금은 무려 8백 필이 넘습니다. 여기 덕원리는 학교 마을이라 부르기도 하는데 학생들이 말 다루는 솜씨가 보통이 아니지요."

무장 투쟁에 대한 서일의 준비성을 여실히 보여주는 대목이었다. 덕원리의 명동 학교 출신은 여차하면 기병 독립군이 될 수도 있었다.

"총재님께서 맨 처음 간도에 조직한 단체를 중광단이라 하셨는데, 그 중광이 혹 정월 대보름을 뜻하는 건 아닌지…."

강혁의 질문이 미처 끝나기도 전에 간부가 기쁜 표정을 지었다.

"맞습니다, 맞아요. 역시 신흥 무관 학교에서 온 분이라 대종교에 대해서도 해박하군요. 우리 대종교에서는 교가 창시된 정월 대보름을 중광절(重光節)이라 하는데, 중광단의 중광은 거기서 따온 말입니다. 그래서 중광단이 모태가 된 관계로 대한군정서 사람은 대부분이 대종교 신도들이지요."

대종교는 원래 단군교로 창시자는 홍암(弘巖) 나철(羅喆)이었다. 대과급제(大科及第)한 나철은 잠시 나라의 녹을 먹기도 했다. 그러다 을사늑약이 체결되자 단신으로 일본에 건너가 항의 투쟁을 벌이는가 하면, 을사오적(乙巳五賊)의 암살을 계획할 정도로 열혈 지사였다. 국운이 기울고 민족이 방황하자 나철은 무엇보다 민족의식 고취가 급선무라고 생각했다. 그리하여 구국방략의 목적으로 1909년 정월 대보름에 단군교를 창시하였다. 한민족의 전통적인 선조 숭배 사상과 단군 조선의 신화에 기초하여 단군 숭배를 종교화시켰다. 다시 말해 민족의 시조(始祖)인 단군을 신앙적 차원에서 공경하고 민족 정신의 구심점으로 삼았던 것이다. 처음에는 단군교로 출발했으나 일제의 눈길이 날카로워지자 교명을 대종교로 바꾸었다. 단시일에 신도가 수만 명을 헤아렸다. 특히 독립운동가는 일종의 통과 의례처럼 대종교에 가입했다. 대종교가 단군을 모시는 민족 종교라는 의식과 함께 효과적인 독립운동을 전개하는 데도 적잖이 도움이 되었기 때문이다.

결국은 나라가 결딴나고 백의민족의 만주 이주가 급증하자 대종교도 총본사(總本司)를 화룡현의 청파호(靑坡湖)로 옮겨왔다. 민족의 성산인 백두산 아래였다. 그리고 총본사 산하에는 동서남북으로 각각 도본사(道本司)를 설립하였다. 동도 본사는 밀산(密山) 당벽진(當壁鎭)에 두었고, 서일이 꾸준히 공을 들인 왕청현에는 동도2본사를 세웠다. 서도는 상해, 남도는 서울, 그리고 북도 본사는 시베리아에 각각 두었다. 조직이 정비되고 각지에서 포교 활동이 왕성해지자 단군의 홍익인간 이념은 널리 퍼져 나갔다.

단군 성지인 구월산(九月山) 삼성사(三聖祠)에서 1대 교주인 나철이 일제의 학정을 통탄하는 유서를 남기고 순국하자 뒤를 이어 김교헌(金敎獻)이 2대 교주가 되었다. 약관도 되기 전에 역시 과거에 급제한 김교헌은 규장각(奎章閣)의 부제학(副提學)을 역임한 당대의 대학자였다. 평소 책을 통해 단군의 생존을 확신하는 이론가로서 저술에도 힘을 기울인 교주였다. 민족의 역사를 체계화한 신단민사(神檀民史)는 그대로 학생들의 국사 교과서요, 국조(國祖) 단군을 밝힌 신단실기(神檀實記)는 독립군의 성경책이나 다름없었다.

대종교와 관련하여 빼놓을 수 없는 인물이 서일이었다. 일찍부터 왕성한 포교 활동을 펼친 서일 역시 교리를 깊이 연구한 이론가였다. 지난 기미년에 교주 김교헌은 그런 서일에게 교통(敎統)까지 넘기려 했다. 그러나 서일이 받아들이지 않았다. 당분간은 독립군 양성과 함께 일제에 대한 무력 투쟁에 전념하기 위해서였다. 전력을 기울여 왕청현 일대에 독립 기지를 구축한 북로군정서의 총재가 다른 한편으로는 교주에 버금가는 대종교의 일대 종사(宗師)였던 것이다.

나무가 하늘을 찌르는 삼림 속을 세 사람이 걷고 있었다. 앞장서서 길을 인도하는 건장한 텁석부리는 군정서의 정보 통신원이고, 뒤따르는 사람은 강혁과 일규였다. 일행이 찾는 곳은 서대파의 군정서 사령부였다. 그곳은 한반도의 제일 북단인 온성에서도 저 멀리 위치했다. 총재부에서 사령부의 서대파는 먼 길이라 일행은 새벽같이 덕원리를 출발했다. 하천 빙판길과 연한 조선인 마을 몇몇을 거치자 삼림은 한층 장관을 이루었다. 삼림을 통과하는 80리 행보는 길 줄이기가 여간 힘든 게 아니었다. 세 청년은 작은 길을 더듬어 겨우 몸만 요리조리 빠져나갔다. 문득 거세게 북풍이 불어대자 나뭇가지에 실렸던 눈덩이가 일규의 머리로 쏟아졌다. 눈을 털기 위해 털모자를 벗어든 일규는 머리를 하늘로 치켰다. 투덜대던 불평은 이내 감탄사로 바뀌었다.

"그것참! 갈수록 울울창창하네. 도대체 하늘이 안 보이는걸."

곁에 있던 강혁 역시 하늘을 우러르며 맞장구를 쳤다.

"그러니까 대낮에도 범이 덤벼들고 도적이 들끓는다지 않는가."

"백두산에서 길을 잃으면 그대로 끝장이란 말이 실감 나는군. 참말로 장관이구나, 장관!"

병법 공부가 깊은 강혁이 뜻을 보탰다.

"이게 바로 나무만 보고 숲은 못 본다는 형국이구먼."

백두산을 주봉(主峰)으로 하는 장백산맥의 이 대삼림은 수해(樹海), 말 그대로 나무의 바다였다. 한낮인데도 음침한 가운데 보이느니 아름드리나무 기둥뿐이라, 고개를 뒤로 젖히면 얽히고설킨 가지 끝의 잎만 가물거렸다. 그 나뭇잎이 바로 하늘이었다. 시작조차 아득한 이 거대한 원시림은 동으로 저 멀리 시베리아까지 뻗쳐 있었다. 계속해서 걷다 보니 강혁과 일규도 차츰 삼림에 익숙해졌다. 간혹 골짜기로 빠져나오면 탁 트인 전망과 파란 하늘이 새삼 새로운 느낌을 주었다.

"수호지의 양산박(梁山泊)에 산채(山砦)를 열었나? 불령선인의 소굴 가기가 어째 만만찮은걸."

일규였다. 끝도 없이 이어지는 삼림에 지쳤는지 걸음을 잠시 멈추며 제법 농담까지 곁들였다. 군정서 사령부의 천연적 요새(要塞)에 감탄한 나머지 언뜻 양산박을 떠올렸던 것이다. 다리를 적당히 벌리고 팔짱을 낀 일규의 자세에서 딴에는 강혁을 상대로 검문소의 일본 순사를 흉내 내려는 것 같았다. 한데 그 옛날 북송 시대 죄인들의 도피처인 양산박은 또 그렇다 쳐도, 불령선인이란 농담은 아무래도 지나친 듯했다.

"뭐라고요!"

저만큼 앞서서 몸을 빠져나가던 텁석부리가 잽싸게 돌아선다. 아마도 불령선인이란 말을 언뜻 들은 것 같았다. 두 손으로 꽉 움켜쥔 텁석부리의 권총이 일규를 향했다. 팽팽한 얼굴의 무성한 수염은 올올이 곤두선 듯했다. 의혹이 담긴 눈은 심하게 흔들린다. 여차하면 방아쇠를 당길 눈치였다. 강혁이 얼른 사태를 짐작했다.

"아, 아닙니다. 이 친구가 농담을 좋아해서…."

갑작스러운 사태에 강혁은 적이 당황했다. 얼른 손부터 치켜들었다. 미처 상황 파악을 못 한 일규를 다그쳐 함께 손을 들게 했다. 괜한 의심을 더 자초할 필요는 없었던 것이다. 일단 방아쇠가 당겨지고 나면 그때는 돌이킬 수 없는 불상사밖에 없었다. 이런 상황에서는 조리 있는 말솜씨나 어설픈 변명보다는 먼저 상대의 의심부터 가라앉히는 게 급선무였다. 손을 치켜든 상태로 강혁은 서일 총재를 들먹이고 군정서의 신흥 출신들을 주워섬겼다. 그제야 원인 제공자인 일규가 극구 해명에 나섰다.

"제가 정말로 왜놈 끄나풀이라고 칩시다. 거리도 지척인데 조심성이라고는 하나 없이 의심받기 좋은 말을 내뱉겠어요? 세상에서 제가 제일 증오하는 놈이 바로 밀정입니다. 이건 하늘과 조상을 두고 맹세할 수 있어요. 정말입니다."

여러 해명을 나름대로 분석한 텁석부리는 그제야 의심을 거둬들였다.

"제가 과민했던 것 같습니다. 하지만 그놈의 밀정은 한시라도 주의를 기울이지 않을 수가 있어야지요. 그런 종자들 때문에 괜히….."

권총을 갈무리한 텁석부리가 강혁에게 사과했다.

"아닙니다. 오히려 든든한 느낌인걸요. 같은 동족이 하는 짓거리라서 눈치채기도 쉽지 않을 테고…. 어쨌든 조심이 제일 아니겠습니까?"

"해도 많이 입었습니다. 꼭 미운 짓만 골라서 하거든요. 지금이니까 말씀드리지만 사실 조금 전에 마음속으로는 크게 후회했습니다. 못 들은 척 가만히 있다가 사령부에 도착해서 결판내면 안전은 물론 배후까지 캘 수 있으니 일거양득 아닙니까? 말하자면 괜히 풀숲의 뱀을 건드린 심정이었지요."

"나는 턱없이 불령선인이란 말을 입에 담았다가 십년감수했네."

땀도 없는 이마를 소매로 훔치며 일규는 한숨을 크게 내쉰다. 입안의 침이 오염이라도 된 듯 아예 멀찍이 뱉어 버린다. 그런 일규를 본 강혁은 목에까지 웃음이 차올랐으나 애써 묵직하게 말했다.

"점잖은 훈장께서 설화를 단단히 치렀군. 그러니까 농담이라도 왜놈이 쓰는 말을 허투루 하래?"

풀기 죽은 친구가 안쓰러웠던지 강혁이 말을 잇대었다.

"하긴 듣기 껄끄러운 말은 죄다 제 놈들 입맛대로 바꿔 버렸으니 문제지. 대한제국은 조선이 되고 수부(首府) 한성은 경성으로 둔갑했으니까 말이야. 싸움에 이기려면 적을 알아야 한다고, 이왕 얘기가 시작된 김에 왜놈들이 사용하는 말을 한번 맞춰 볼래? 독립 만세 운동을 왜놈들은 뭐라고 지껄이는지 알아?"

"만세 소동."

방금 사태의 원인 제공자인 일규가 얼른 답했다. 강혁은 지피지기를 내세워 행여 텁석부리의 의심을 말끔히 씻으려는 눈치였다.

"상해의 우리 임시 정부는?"

"가정부(假政府)."

"그럼 한민족은?"

"대일본 제국의 신민."

"이건 잘한다고 칭찬할 수도 없는 노릇이고…. 그럼 하나만 더

213

물어볼까. 대한제국의 고종과 순종 황제는?"

"이태왕(李太王). 그리고 순종 황제는 아마 이왕(李王)이라 부를 걸."

"그냥 왕이라 칭해도 분한데 굳이 성까지 붙여서 격하를 시켜야 만 속이 시원할까?"

결국은 문제를 낸 강혁이나 일규 모두 씁쓰레한 얼굴이었다.

그때 문득 느낀 바가 있는지 이번에는 텁석부리가 문제를 냈다.

"그러고 보니 저도 생각나는 게 있군요. 우리 의병을 왜놈들이 뭐라고 지껄이는지 잘 아시지요?"

"폭도라고 칭했을 겁니다."

일규가 재빨리 답하자 텁석부리는 다시금 고슴도치 수염을 올 올이 곤두세웠다.

"헛소리를 지껄여도 정도가 있지. 폭도가 뭡니까, 폭도가! 지금 우리 군정서에도 의병에 나섰던 분이 여럿 계시는데 얘기를 들어 보면 절로 감탄이 쏟아집니다. 한데 그분들이 폭도라니요? 내 참, 기가 막혀서 말이 안 나오네."

한번 입을 열자 다혈질의 텁석부리는 차츰 열기를 더했다. 그가 독립군에 투신한 이유도 자연스레 밝혀졌다.

"제 선친께서도 의병으로 나섰다가 그놈의 폭도로 몰려 오랫동 안 옥고를 치렀지요. 큰 칼을 목에다 차고는 별의별 고문을 다 당 했는데 몸인들 온전하겠습니까? 시름시름 앓다가 풀려난 다음 해 에 그만 세상을 버렸습니다. 그래서 제 동생은 유복자가 되고 말았 지요."

의병 얘기가 나오자 일규는 자신도 모르게 깊숙한 한숨을 토했다. 주먹을 불끈 쥔 텁석부리는 눈에 불꽃이 일었다.

"따라서 왜놈은 내 나라를 뺏은 데다, 또 사사로이는 제 선친의 원수도 되는 셈이지요. 함께 하늘을 일 수 없다는 불구대천(不俱戴天)의 원수란 바로 이런 경우를 두고 하는 말 아닙니까? 그래서 깊이 생각해 보니 제가 이다음에 저승을 가더라도 선친을 똑바로 뵐 수 있는 길은 오직 하나, 바로 독립군이 답이더군요. 내 나라도 찾고 더불어 선친의 원수도 갚는 그 길 말입니다."

텁석부리의 독무대는 계속되었다. 여태껏 입을 봉하고 온 게 신기할 정도였다. 특히 선친이 활약했다는 의병 얘기는 과장이 없지 않아 홍길동을 방불케 했다. 그런데 어찌 된 셈인지 일규의 얼굴빛은 눈에 띄게 침울해졌다. 의병 얘기라면 평소 신이야 넋이야 하던 사람이라 참으로 이상한 노릇이었다.

마침내 일행은 기나긴 서대파 골짜기로 들어섰다. 초입의 산세는 그다지 높지 않았으나 들어갈수록 경사가 급해졌다. 넓이가 5리 내외쯤 되는 긴 골짜기는 제법 큰 냇물을 따라 계속 이어졌다. 중간마다 벌채한 곳에 마을이 옹기종기 펼쳐졌다. 길은 여전히 사람이 겨우 지나다닐 정도로 좁았다. 자유로운 훈련과 적의 침입으로부터 안전함까지 보장된, 여러 구비 조건이 잘 갖춰진 군사적 요새지였다. 북로군정서의 사령부가 위치한 곳은 서대파에서도 낮은 지대였다. 대부분이 초가인데 새로 지은 통나무집도 몇 채 있었다.

주위에는 벌목한 아름드리나무가 곳곳에 넘어져 있었다. 하늘

높은 줄 모르고 기세를 뽐내다가 톱과 도끼질에 맥없이 나가떨어진 모습이었다. 거추장스러운 수족도 말끔히 잘리고 없었다. 기둥 감으로는 실해 보였다. 독립군으로 여겨지는 장정들은 쓰러뜨린 나무와 씨름 중이었다. 탐스럽게 널름대는 화톳불까지 구색을 갖춰 겨울의 여느 산판을 보는 듯했다.

사령부는 처음 독립군 편성을 위해 자원자와 함께 관할 구역 내에서 징병제까지 시행했다. 먼저 5백 명의 독립군 부대 창설이 목표였다. 그들에게 오전에는 제식과 전투 훈련, 오후에는 총검술과 사격술 따위를 연마시켰다. 처음에는 모든 것이 빈약한 데다 어설프기 짝이 없었다.

"어허, 명동 학교의 강혁 군 아닌가! 근래 들어 더 보고 싶더니만 마침 잘 왔네."

반가움을 날리며 우뚝 들어선 사람은 서일 총재였다. 소식을 듣자마자 몸소 대기실로 찾아왔던 것이다. 사실 둘은 오늘이 기껏해야 두 번째 만남이었다. 오래전, 왕청현의 서일은 강혁의 모교인 명동 학교를 방문한 적이 있었다. 독립운동 관계로 김약연 교장을 만나러 온 것이었다. 당시 교장의 자랑으로 학생인 강혁을 만나 본 서일은 크게 기꺼워했다. 마침내 강혁한테는 뒷날 재회를 다짐받았고, 별도로 김약연 교장에게는 뒷바라지를 당부한 것이 첫 만남이었다.

서일 총재를 대하자마자 강혁은 꼭듯이 인사를 올렸다.

"잘 계셨습니까, 선생님? 진작 찾아뵈어야 했는데 이렇게 늦었습니다. 용서하십시오."

"무슨 말을 그렇게 하나? 내 자네 소식은 시나브로 듣고 있었네. 아주 훌륭한 동량으로 성장했으니 참으로 대견한 일이야. 전부 단군 시조님의 보살핌이 아니겠나. 하면 이 청년은?"

"제 친구로 신흥 학교 동기입니다. 통화에서 동포 학생들을 가르치는데 마침 방학이라서 저와 동행하게 되었습니다."

"임일규입니다."

강산도 변한다는 십 년 성상을 오로지 조국과 민족을 위해 매진한 참 지사에게 일규도 깊숙이 고개를 숙였다.

"어서 오시게. 아주 귀한 상인데 장한 일에 뛰어들었구먼."

서일은 일규의 손을 쓸며 역시 크게 반겼다. 약간 야윈 몸집에 머리는 스님처럼 빡빡 밀고 목에는 대종교를 상징하는 단주(檀珠)를 늘어뜨린 모습이 청정했다. 이제 막 40줄에 접어든 얼굴은 오랜 수행과 독립운동으로 평온과 위엄이 감돌았다. 이윽고 서일의 뒤를 따른 강혁과 일규는 또 한 사람의 거목과 마주했다. 북로군정서의 총사령관인 김좌진이었다.

"만나서 대단히 반갑소. 나 김좌진이라 하오."

장군이란 호칭을 떠나 그대로 영웅호걸의 기상이 뚜렷했다. 우선 키와 몸집이 장대한 풍채였다. 귀밑부터 텁수룩한 구레나룻에다 콧수염을 단정히 깎은 둥글넓적한 얼굴은 정열이 넘쳐흘렀다. 거기다 낡은 군복은 도리어 썩 잘 어울렸다. 훈장 따위는 물론이고 치장이라고는 하나 없는 옷차림이었다. 다만 왼쪽 어깨에서 오른쪽 옆구리로, 가는 가죽 띠만 비스듬히 둘렀을 따름이었다. 그러한 가죽 띠는 권총을 매단 허리의 혁대를 단단히 붙들고 있었다.

수수하면서도 야무진 차림이 과연 독립 전쟁의 일선에 나선 야전 사령관다웠다. 그리고 무엇보다 깊은 통찰력을 지닌 듯한 눈빛이 살아 있었다.

백야 김좌진은 유복한 명문가에서 태어났지만 네 살의 어린 나이에 부친을 여의고 편모슬하에서 성장했다. 그는 어릴 때부터 재주와 담력이 출중했다. 학문도 뛰어난 편이었다. 그러나 공부보다는 아이와 하인들을 모아 전쟁놀이를 일삼는 소년 장사였고, 검술이나 말타기가 아니면 병서 읽기를 즐겨 하였다. 무인 기질을 타고난 셈이었다. 놀이에서 늘 대장 자리를 꿰찬 만큼 또래에 대한 김좌진의 배려는 유별났다. 새 옷을 동무들의 누더기와 바꿔 입는 것은 다반사였다. 거기다 어른들의 꾸중에도 아랑곳없이 어린 거지를 보면 밥을 먹이거나 옷을 입혀 보내고는 했다. 그런 김좌진은 마침내 다른 사람은 꿈도 못 꿀 혁명적인 일을 해치웠다. 열여섯 살 무렵의 일이었다.

어느 날, 나이는 어려도 집안의 기둥인 김좌진은 대대로 내려오던 가복(家僕)을 한자리에 불러 잔치를 베풀었다. 30명 남짓 되었다. 한데 얼마 뒤 어린 주인이 가복들 앞에서 노비 문서부터 불태우는 게 아닌가. 당시는 노비가 곧바로 재산인 시절이었다. 그러나 노비 처지에서는 해방이 크게 달가울 것도 없었다. 주인집에서 쫓겨나면 당장 입에 거미줄을 쳐야만 했던 것이다. 한데 어린 김좌진은 이미 그러한 사실까지 훤히 읽고 있었다. 그때부터 존댓말을 사용하며 전답까지 골고루 나누어 주었기 때문이다. 이리하여 김좌진 집안의 가복들은 하루아침에 경제적 능력을 갖춘 자유민이 되었다. 봉건적 사상이 뿌리 깊던 시대에 이 놀라운 소문은 삽시간에 번졌고, 결국 온 고을에서 칭찬이 자자하였다. 타고난 장사에다 풍운아 기질까지 갖춘 김좌진은 이윽고 한성으로 상경하여 무관 학교를 다녔다. 문무를 겸비한 장군의 토대가 한층 닦인 셈이었다. 어엿한 청년이 되어 다시 향리로 돌아온 후에는 후진 양성에 매진했다. 이때는 겨우 남아 있던 집마저 학교 교실로 제공할 정도였다.

나라의 부끄러움인 경술국치는 그대로 대한 남아인 김좌진의 부끄러움도 되었다. 그때 나이 스물두 살로, 따져 보면 지금의 강혁 또래였다. 김좌진은 오로지 국권 회복을 위한 일로매진 외에는 다른 길이 없었다. 고심 끝에 독립운동 기지를 서간도에 설립하기로 마음을 먹었다. 그러나 이제 수중에 돈이 없었다. 부득이 강압적 군자금 조달을 위해 먼 친척 집을 찾아갔는데, 상대가 신고하는 바람에 그만 일제 경찰에 붙들리고 말았다. 결국, 김좌진은 '강도미수'라는 엉뚱한 죄목으로 서대문 감옥에서 2년간 옥고를 치렀고, 고향으로 돌아오자 다시 보호감호 10개월이 기다리고 있었다. 힘이 장사인 김좌진은 시련을 겪은 뒤 매사에 침착하고 치밀한 청년으로 변해 갔다. 또 장래를 위해 눈에 불을 켜고 일제의 군사학을 파고들었다.

헌병의 철권통치가 시퍼렇게 날뛰던 1915년에 전국적인 비밀결사 단체가 조직되었는데 바로 '대한광복회'였다. 김좌진은 국내에서 항일 무장 투쟁과 의열 활동을 지향하는 광복회에서 활동했다. 총사령은 의형제를 맺은 고헌(固軒) 박상진(朴尙鎭)이었다. 광복회의 의열 활동으로 인해 친일파들은 자신에게 저승사자가 닥칠까 봐 노상 좌불안석이었다.

1917년이었다. 광복회의 부사령이 된 김좌진은 의형(義兄)의 명을 받고 마침내 만주로 오게 되었다. 부사령의 막중한 임무는 목단강(牧丹江) 지역에 사관 학교를 설립하는 것이었다. 그러나 얼마 뒤 조직망 발각으로 광복회가 와해함에 따라 임무도 불발로 끝났다. 김좌진의 만주 망명은 어쩌면 숙명인지도 몰랐다.

만주의 김좌진은 처음 신흥 무관 학교를 찾아가 얼마간 머물렀다. 거기에는 동향 사람으로 20년 연상인 이세영(李世永) 교장이 근무했다. 이세영의 영향으로 대종교에 입교하고 여러 인물과 교류하며 만주 독립운동의 형세를 자세히 살폈다. 이때 맺어진 인맥은 장차 군사가로 나아갈 수 있는 든든한 토대가 되었다.

3·1 만세 운동이 일어나기 한 달쯤 전에 그 전주곡으로 대한 독립이 선포되었다. 대한 독립 선언서, 일명 무오독립선언서(戊午獨立宣言書)였다. 이때 김좌진은 민족 지도자의 한사람으로 선언서에 서명할 만큼 존재감이 뚜렷해져 있었다.

동경 유학생들의 2·8 독립 선언에 앞서 2월 1일에 최초로 대한의 독립이 선언되었다. 음력으로 무오년에 선언된 이 무오 독립 선언서는 만주와 노령을 중심으로 당시 해외에 나가 있던 독립지사 39인이 조국의 독립을 선언한 글이었다. 단군 연호를 사용한 선언서는 서명자의 절반 이상이 대종교 사람이었다.

선언서의 핵심은 이랬다. 먼저 우리 대한은 완전한 자주 독립국임과 민주의 자립국임을 선포하고, 우리 대한은 타민족의 대한이 아닌 우리 민족의 대한이며, 우리 한토(韓土)는 완전한 한인의 한토이니, 우리 독립은 민족을 스스로 보호하는 정당한 권리를 행사하는 것이지 결코 사원(私怨)의 감정으로 보복하는 것이 아님을 명명백백하게 밝혔다. 선언서는 이어 일본의 병합 수단은 사기와 강박(强迫)과 무력 폭행 등에 의한 것이므로 무효이니, 섬은 섬으로 돌아가고 반도는 반도로 돌아가고 대륙은 대륙으로 회복할 것을 요구했다. 2천만 동포에게는 국민 된 본령(本領)이 독립인 것을 명심하여 '육탄혈전(肉彈血戰)을 함으로써 독립을 완성할 것'을 요구하였다. 다시 말해 맨몸으로라도 결사적으로 항쟁하여 독립할 것을 천명했으니 바로 독립 전쟁을 선포한 것이나 다름없었다.

통나무 장작으로 난방 중인 총사령관실은 따뜻했다. 하지만 명색 총사령관실인데 대기실에 비해 크게 더 치장한 것도 없었다. 굳이 따지자면 투박하고 기다란 나무 의자 대신 깔끔한 일인용 의자 정도의 차이랄까.

"임 선생은 말씨로 보아하니 고향이 전라도 같은데?"

청년들과의 자리가 조금 익숙해지자 서일이 일규를 향했다.

"예, 광주입니다."

"빛고을! 좋은 고장에서 태어났구먼. 그리고 보니 나만 북도(北道)이고 세 사람은 각기 삼남(三南) 지방이 고향 아니오? 백야 총사령관은 충남 홍성이고, 강혁 군은 경상도 어딘 줄 아는데?"

"안동입니다."

"맞아, 맞아! 석주(石洲) 어른하고 동향이었지. 소식은 자주 듣네만 근래 들어 그쪽은 별일 없는가?"

북로군정서 총재가 서로군정서의 근황을 물었다.

"일제의 압박으로 중국 측 간섭이 심하지만, 그럭저럭 잘 헤쳐 나가고 있습니다."

"하여튼 어딜 가든지 그놈의 왜놈들 등쌀에 어디 살 수가 있어야지. 석주 어른을 비롯하여 지사분들은 모두 무고하시고?"

"특별한 일은 없었습니다."

석주는 이상룡(李相龍)의 호였다. 북로군정서는 서일과 김좌진이 양 축이지만, 일찍이 독립운동 기지로 선정된 유하현에는 쟁쟁한 지사들이 넘쳐났다. 그 가운데서도 이상룡은 큰 대들보였다. 환갑을 넘긴 나이지만 갈수록 맹렬했다. 서간도의 대표적 자치 단체인 한족회를 조직하였고, 지금은 서로군정서의 독판(督辦)으로 독립군 양성에 힘을 쏟는 중이었다.

"여보시오, 총사령관! 석주 어른 얘기가 나오니 불현듯 예전 생각이 떠오릅니다. 그 합방이란 걸 당하고 이듬해인가, 몇몇 뜻이 통하는 사람이 모였지요. 우리는 곧바로 민족의 발상지인 백두산에 올라 예식을 거행했어요. 독립 쟁취와 민족의 앞날을 위해 온 힘을 기울일 테니 단군 시조님께서도 부디 도와 달라고 말입니다. 당시 석주 어른도 참례(參禮)하셨고 모두 가슴 가득히 희망을 품고 하산했지요. 한데 그로부터 10여 년의 세월이 흐른 지금도 이 모양이니 참으로 현실이 답답합니다."

평소와 달리 한숨까지 내쉬는 서일은 다소 허탈한 표정이었다. 그러자 총사령관인 김좌진이 무슨 말씀이냐는 듯 곧바로 의기를 돋웠다.

"총재 각하, 낙담하실 것 없습니다. 나라를 빼앗기고 갈팡질팡하다가 몇 년을 허송했지만, 지금은 상황이 전혀 다르지 않습니까? 그동안 나라 잃은 설움을 톡톡히 겪은 백성들은 방방곡곡에서 너나없이 만세를 외칠 만큼 깨어났습니다. 그리고 무엇보다도 싱싱한 못자리나 진배없는 청소년들이 있지 않습니까? 여러 지사가 온갖 어려움을 무릅쓰고 가르친 아이들은 어느덧 장성해 어엿한 청년이 되었고, 이 시각에도 배우며 쑥쑥 자라나고 있습니다. 아시다시피 우리 군정서에도 하루가 멀다며 젊은이들이 계속 몰려드는 실정입니다. 이대로 간다면 장래는 아주 밝고 우리의 소원인 독립 쟁취도 먼 훗날의 얘기는 아닌 듯싶습니다."

"허허, 백야 총사령관! 내가 잠시 망각을 했던 모양이오. 아무렴, 청소년이란 막대한 재산이 있는데 걱정할 필요가 없지, 없고말고! 장한 청년들을 앞에 두고 내가 꼴사납게 추태를 보였구먼."

감상에 젖어 들던 자신이 부끄럽다는 듯 서일은 이내 훌훌 털어버렸다. 새삼 강혁과 일규가 대견한지 이윽히 바라보다 밝은 목소리로 말했다.

"방금 총사령관 말처럼 청년을 대하면 불쑥불쑥 자신감이 솟구쳐 올라요. 특히 신흥 무관 학교 출신을 만나면 고마운 마음과 함께 한편으로는 얼마나 다행스러운 일인지 안도감이 들거든. 고맙다는 말은 자네들처럼 그 신흥 학교를 찾아준 학생이 우선 고맙고, 다음으로는 그러한 청년들을 잘 가르쳐서 나라의 동량을 배출한 학교의 여러 관계자가 고맙다는 것일세. 지금 우리 군정서에도 젊은 핵심은 대부분 신흥 출신이거든. 그래서 만일 신흥이 존재하지 않았더라면 어땠을까 싶어 새삼 안도감이 든다는 말일세. 참, 그러고 보니 총사령관! 신흥 학교에 간 사람들은 하마나 돌아올 때가 지나지 않았소?"

"좀 늦지 싶습니다. 이왕 가는 김에 천천히 머물면서 눈여겨 살펴보고, 또 교재부터 시작해 필요하다 싶은 물건은 빠뜨리지 말고 챙겨 오라 일렀습니다."

독립군이 계속 불어나자 북로군정서는 그들을 지휘할 간부 양성이 시급한 과제로 떠올랐다. 이에 고심을 거듭한 수뇌부는 결국 자체적인 사관연성소(士官練成所)를 설립하기로 의견을 모았다. 설립 장소로 선정된 곳은 십리평(十里坪)이었다. 이곳 사령부에서도 울창한 삼림 속으로 20여 리 더 들어간 오지였다. 여러 가지 여건을 고려한 결정이었다. 장소가 정해지자 곧바로 작업을 위해 독립군을 대거 투입했다. 처음에는 아예 길조차 없었다. 나무를 베어 넘기고 다시 나무뿌리를 파헤치며 개척했다. 베어진 나무는 병영 등을 건설하는 데 요긴하게 쓰였다. 과연 간도 개척을 이뤄낸 조선 농민의 후예인지라 건설 현장은 하루가 다르게 새로워졌다. 사관연성소의 개소 날짜를 2월 초순으로 잡아 이제 시간도 촉박한 편이었다.

우선 장소는 그럭저럭 마련이 되어 갔다. 한데 부수적으로 따라야 할 것들이 적지 않았다. 이럴 때 그나마 다행스러운 일이 서간도에 서로군정서가 존재한다는 사실이었다. 평소에도 협조적이긴 하지만 특히 이번의 사관연성소 설립과 관련해서는 서간도의 도움이 절실했다. 그동안 꾸준히 독립군 간부를 양성해 온 신흥 무관 학교가 거기 있었던 때문이다. 그리하여 김좌진은 서로군정서에 사람을 파견해 다방면으로 도움을 청한 상태였다. 총사령관은 사관연성소를 이끌어 갈 젊은 인재에도 목말라 했다. 강혁에 대한 명성은 김좌진도 들어서 익히 알고 있었다. 그 때문인지 강혁을 쳐다보는 눈길에 어떤 애착심 같은 것이 엿보였다.

"총사령관님, 윤동철이도 그 작업 현장에 있습니까?"

김좌진의 예사롭지 않은 시선에 은근히 부담감을 느끼던 강혁이 궁금한 표정을 지었다. 서일이 너털웃음을 지으며 대신 나섰다.

"그러고 보니 자네들과는 신흥 학교 동기구먼. 윤동철 군은 우리 군정서의 보배일세. 사람이 실없는 듯 굴면서 쓸모가 많거든. 아마 지금쯤 열심히 발품 팔며 돌아다닐 걸세. 군자금 관계로 말이지."

"말썽 피우는 일은 없습니까?"

여태 귀만 기울이던 일규가 불쑥 끼어들었다. 신흥 생도 시절에 모범생이었던 자신과 달리 윤동철은 심심찮게 말썽을 피웠다. 한데 그런 말썽꾼은 지도적인 지사로부터 보배 소리를 듣는 데 반해, 자신은 아직 독립군으로 입신조차 못 했다는 사실이 도무지 억울하면서 마음 상했던 것이다. 일규의 관심을 동기간의 호의 정도로 여겼는지 총재는 고개부터 가로저었다.

"윤동철 군은 지금 한 지역의 모연대(募捐隊)를 책임지고 있는데 실적이 아주 우수해. 아무리 같은 동포이고 명분이 좋아도 그렇지, 생면부지의 사람들한테 재물을 거둔다는 게 어디 쉬운 일인가?"

"혹시 압니까? 훤한 인물에다 말솜씨까지 청산유수라서 아줌마들이 꼴딱 넘어갈지도 모르지요."

구레나룻을 손으로 쓸며 김좌진이 농담을 곁들이자 좌중은 한바탕 웃음보가 터졌다. 이윽고 서일 총재가 몸을 일으키며 김좌진을 향했다.

"총사령관, 오늘은 이미 늦었고 수일 내로 사관연성소에 함께 가보도록 합시다. 내일 일이 있어서 나는 그만 돌아가야겠소."

해가 설핏해질 때였다. 그런데 서일은 하룻길인 덕원리를 향해 사령부를 나섰다. 중간에 어디서 묵지 않으면 밤길을 내처 걸어야만 했다. 총재가 이번에는 방문객을 향했다.

"자네들은 여기서 며칠 머물러도 상관없겠지?"

"아직 집을 못 들러서 이삼일 정도 예정하고 왔습니다."

"그렇게나 빨리? 이거야 어디 섭섭해서 어쩌나. 그러면 돌아갈 때 웬만하면 나한테 들렀다 가도록 하게. 총사령관, 강혁 군은 특출한 인재에다 또 근래는 중국의 군사 학교에 유학까지 다녀왔어요. 우리가 준비 중인 사관연성소에도 여러모로 도움이 될 테니까 가르쳐 가며 이것저것 한번 물어보시오."

"예, 잘 알고 있습니다. 오죽하면 조선의 제갈량이란 소리를 듣겠습니까?"

"강혁이가 그런 소리를 듣는단 말이오!"

"아직 모르고 계셨습니까? 서로군정서의 미래라며 기대를 한몸에 받는답니다. 사실 강혁 교관 같은 인재는 우리 사관연성소에 꼭 필요한데 말입니다."

총사령관은 애착과 기대 섞인 눈빛으로 강혁을 이윽히 바라보았다. 굳이 교관이란 호칭을 사용한 것도 어떤 의도성을 지닌 듯했다. 마침내 강혁이 얼굴을 붉히며 변명에 급급했다.

"아닙니다. 순전히 윤동철의 허풍입니다."

"만세 운동으로 감옥에서 고초를 겪고 계시는 규암(圭巖) 선생께서 자네 소식을 듣게 되면 그나마 위안이 되고 반 분은 풀릴 걸세."

서일은 김약연 교장까지 떠올리며 대견한 표정을 지었고 일규는 마냥 싱글벙글했다. 총재를 배웅한 김좌진은 이윽고 건설 현장을 한 바퀴 둘러보았다. 열심히 작업 중인 독립군은 일일이 격려했고, 어쩌다 휴식 중인 사람을 먼저 보게 되면 슬그머니 발길을 돌렸다. 행여 상대가 무안해 할까 봐 배려하는 마음 씀씀이였다. 산중은 쉬 어둠이 밀려왔고 멀리서 무리 승냥이가 떼를 지어 울기 시작했다. 대삼림의 밤을 재촉하는 소리였다.

6. 합동 수사대

"외삼촌, 이제 그만 진지 잡수세요."

작은방 문을 연 처녀는 강혁의 동생인 순복이었다. 방 안은 아침인데도 해가 들지 않아서 어스레했다.

"음, 그래."

방에서 새끼를 꼬던 정동만(鄭東晚)은 건성으로 답했다.

컹, 커엉, 컹…

동네 어귀쯤에서 개가 또 짖어 댄다. 이번에는 목청이 훨씬 가팔랐다. 마치 위협적인 송곳니를 보듯 뾰족뾰족 자지러지는 소리였다. 응원을 자청한 다른 곳의 개들도 소리를 돋웠다. 근방에서 두어 차례 실없이 짖어 보는 개는 그래도 아직 여유가 있는 편이었다. 정 씨는 일손을 쉽사리 놓을 기미가 없었다. 다시 손바닥에 침을 뱉고는 짚을 한 움큼 쥐었다. 그 짚을 어림짐작으로 반반씩 나누더니 꼬던 새끼 끝에 물린다. 이내 손바닥에서 사락사락하는 마찰음이 들린다. 비벼 올린 짚이 새끼로 변하자 정 씨는 손을 엉덩판 뒤로 가져가서 새끼줄을 죽 잡아당겼다. 그러자 새끼줄 끝은 다시 꼬아 올리기 좋을 만큼 키가 낮춰졌다. 이어서 똑같은 일이 반복되었다. 어찌 보면 손바닥이 신명을 내는 듯도 하지만 실은 오랜 세월 반복으로 인한 단순한 숙달이었다.

"이제 그 정도만 하시고 빨리 진지 잡수세요!"

안 되겠다 싶던지 방으로 들어선 순복이 정 씨의 팔을 끌며 재촉했다. 코맹맹이 소리와 다그치는 행동이 어린애 응석에 가까웠다. 일상화되다시피 한 아침 실랑이였다. 이왕 시작한 김에 일을 조금이라도 더 축내려는 정 씨와 그런 외삼촌의 늦은 아침에 대한 순복의 마음 씀씀이가 원인이었다.

커엉, 컹, 컹…

이제는 온 마을의 개들이 얼김에 덩달아서 짖어 댄다.

"아침부터 개들이 왜 저리 난리를 피울까? 그만 나가자. 나는 대충 좀 치우고….'

순복의 응석에는 결국 정 씨도 손을 들었다. 물그릇의 물을 한 입 머금었다가 짚에다 훅하고 뿜는다. 짚에다 물기를 주어 나중 작업이 수월하도록 미리 단속하는 것이었다. 큰 구렁이가 똬리를 틀고 앉은 모양의 꼰 새끼줄도 잘 사리어 놓았다. 짚 검부러기로 방안은 어수선했다.

순복은 먼저 마루로 나왔다. 방을 치운다며 주섬주섬하는 정 씨를 같이 거들 수도 없었다. 어쩌다 순복이 궂은일이나 힘에 부치는 것을 손댈라치면 펄쩍 뛸 정도로 정 씨는 거의 모든 일을 자신이 도맡다시피 했다. 그게 아니래도 두 사람이 복닥거리기엔 뭣한, 콧구멍만 한 방이기도 했다. 마루 끝에 나앉은 순복은 세운 무릎에 팔을 돌려 깍지를 꼈다. 반듯한 이마에 토실토실한 볼이 복성스러우면서 귀여운 얼굴이었다. 단정하고 붉은 입술은 어떤 고집 같은 것도 느껴졌다. 왕 고드름이 매달린 처마 끝에는 아침 연기가 흩어지지 않고 나지막이 몰려다녔다.

"겨울에 짚이 이리 귀해서야 어디…."

방을 치우는 정 씨는 혼잣말로 중얼중얼했다.

'오빠가 왜 이리 늦을까? 무슨 해로운 일이나 생긴 건 아닌지 몰라.'

멍한 시선을 앞산에 던져 놓은 순복은 다시금 수심에 잠겼다. 방금 명랑한 기운이 감돌던 눈망울은 어느새 흐려진 상태였다. 순복의 근심은 순전히 강혁의 늦은 귀향이 원인이었다. 지난 연말부터 순복의 일과는 오직 기다림의 연속이었다. 그래서 짧은 겨울 해는 더 짧게만 느껴졌고 귀 밝은 새벽에 닭 홰치는 소리는 또 그렇게도 늑장인 나날이었다.

사실 신흥 학교를 입학한 강혁이 서간도로 떠난 뒤부터 순복의 나날은 기다림의 연속이었다. 그 기다림은 어찌 보면 일상화된 걱정의 연장 선상으로 막연한 것이었다. 한데 이번에는 경우가 달랐다. 지난여름에 집을 다니러 온 강혁은 구체적으로 약속했다. 유학을 끝내고 다시 만주로 돌아오면 집부터 찾겠다는 내용이었다. 날짜는 대략 연말쯤으로 예상했다. 그래서 순복은 설마 해를 넘길까 여겼는데 벌써 새해도 여러 날 까먹었다.

손가락을 하나씩 찬찬히 접어 보려는 때였다. 사립문께에서 인기척이 나는가 싶더니 언뜻 군복 차림이 눈에 얼렁거렸다. 순복은 오빠라는 순간적인 생각에 마루에서 발딱 일어섰다. 어찌 보면 너무 성급한 것 같지만 그렇다고 무리한 판단도 아니었다. 추운 한겨울에 군복 차림으로 산골의 집을 찾아올 사람은 강혁이 아니면 없다고 봐야 했다. 또 지금은 시간상으로도 남의 집 방문은 실례로 여겨지는 아침나절이었다. 거기다 다른 잡다한 이유는 모두 접어두고라도 기다림에 지친 여심(女心)의 뒤끝이 아닌가. 순복은 순간적인 소견에도 왜 하필이면 위험하게 군복을 입고 다닐까 하는 의아심은 가졌다.

'그렇다면 혹시 독립? 지난해 독립 만세로 그토록 떠들썩하더니만 결국은….'

순복은 혀끝까지 굴러온 오빠라는 말을 도로 삼켰다. 고개를 두리번대며 마당으로 들어선 사람은 뜻밖에도 중국 군인이었다. 뒤따라 선득선득 모습을 드러낸 사람은 영사관 순사였다.

"지금 즉시 집 안에 있는 사람은 하나도 빠짐없이 마당으로 나오시오!"

아침 냉기를 몰고 온 조선 순사가 카랑카랑한 목소리를 내질렀다. 이른바 중일 합동 수사대의 일원이었다. 그래도 순사가 마루의 순복에게는 제법 누긋하게 굴었다.

"어이, 거기 처녀! 언제까지 놀란 토끼처럼 눈만 똥그랗게 뜨고 있을 거야?"

"복아, 누가 왔나?"

바깥의 인기척에 정 씨가 바삐 고개를 내밀었다. 그런 정 씨가 떠올린 사람도 역시 강혁이었다. 50줄을 바라보는 정 씨는 한눈에도 진중한 사람으로 보였다. 이윽고 정 씨와 순복은 엉거주춤한 자세로 마당에 섰다.

"식구가 어째 달랑 둘뿐이란 말이오?"

순사가 고개를 삐딱하니 외로 꼬며 시비조로 나왔다.

"둘이 모두요."

메마른 표정의 정 씨가 역시 메마른 목소리로 짧게 답했다.

"무슨 놈의 식구가…. 하긴 조사해보면 알겠지. 지금부터 내가 하는 말을 명심해서 잘 들으시오! 내용까지는 알 필요 없고 여하튼 중대한 사건이 발생해서 조사를 나왔소. 중국 군인까지 대동한 채 호된 추위를 무릅쓰고 아침같이 달려올 때는 그만큼 사건이 심각하다는 얘기요. 따라서 수사에 적극적으로 협조하면 별 탈이 없겠지만, 만에 하나 거짓말로 얼렁뚱땅 속이려다 들키는 날에는 재미가 아주 적을 거외다."

기부터 꺾을 요량인지 눈동자를 사납게 굴리는 순사는 서두가 장황했다.

"요즘 가만 보면 일부 조선인들이 우리 영사관을 아주 무시하는 것 같습디다. 어쩌다 이 지경이 되었는지는 모르지만, 한편으로 지난 만세 소동을 생각하면 이해 못 할 것도 없지요. 그래서 말인데 집에 있으면서 혹 안 나온 사람이 있으면 지금 빨리 나오라고 하시오! 아직은 죄 될 게 없으니까."

국에 덴 놈은 찬물도 불고 마신다고, 뒤통수를 맞은 경험이 있는지 순사가 제법 말로써 구슬리려 들었다. 어르고 달래는 솜씨로 보나 서른은 됨직한 나이로 미뤄 꽤 닳아빠진 조선 순사였다.

용계촌은 악머구리 끓듯 소란스러웠다. 마을 들머리까지는 나름대로 은밀히 움직이던 수사대가 마침내 공개적이고 위협적인 수사를 개시한 때문이었다. 골목길을 후닥닥 뛰어다니는 발걸음 소리, 범보다 더 무섭다는 순사를 향해 감히 꾸짖듯 짖어 대는 하룻강아지들, 신경을 쭈뼛쭈뼛 긁어대는 날카로운 호각소리에 덩달아 놀란 아이들이 울음소리를 한층 키워 마을은 온통 뒤숭숭했다. 그것은 마치 양들이 평화롭게 노니는 풀밭에 느닷없이 이리 떼가 덮친 격이었다. 제 딴에는 제법 어르고 달래는데도 별반 대꾸가 없자 순사는 좋도록 해석했다.

"숨은 사람이 없다면 좋소. 지금부터 발각되면 이유 여하를 불문하고 연행할 테니 그리 아시오. 그럼 수색에 앞서 먼저 몇 가지 물어보겠소. 마찬가지로 거짓말은 연행감이니 행여 속일 생각은 마시오. 집에 수상한 물건은 어떤 것들이 있소? 예를 들면 총이라든가…."

정 씨는 더 들을 필요도 없다는 듯 순사의 말허리를 자르고 들었다.

"집에 총 따위가 있을 턱이 있나!"

"태도를 보아하니 지금의 특별 수사를 우습게 여기는군. 그러다 큰코다칠 텐데. 그럼 돈 자루는 어디다 숨겼어?"

마치 정곡을 찌르듯 순간적으로 넘겨짚기를 한 뒤 순사는 피의자가 된 두 사람의 표정 변화를 유심히 눈살폈다. 눈썹이 수양버들처럼 너울너울한 것이 꽤 음란해 보이는 순사 명색이었다.

"방금 돈 자루라고 했나? 나 원, 두 입 풀칠도 빠듯한 살림이오."

너무 가당찮은 말이라 정 씨는 픽 하고 쓴웃음까지 지었다.

"얼씨구, 내 말이 우습지도 않단 말이지! 보자 보자 하니까 이 사람이 자기 처지도 모르고 나잇값을 하려고 드는구먼."

다시금 눈알을 굴리던 순사가 중국 군인을 향해 왼 고개를 쳤다. 집뒤짐을 시작하라는 신호였다.

그냥저냥 형태만 갖춘 볼품없는 집은 구조도 단순했다. 명색 울이랍시고 수숫대를 빙 두른 중에 사립문은 잡목으로 엉성하게 엮어 놓았다. 닫을 일도 거의 없고 또 닫는다고 제 역할을 하는 것도 아닌, 그저 형식적인 문에 불과했다. 집은 우산 지붕 형태의 초가가 두 채였다. 사립문 곁의 남향한 초가가 그나마 큰 채에 해당했다. 큰 채는 방이 두 칸인데 사립문에 가까운 작은방을 정 씨가 거처했다. 오늘 아침에도 새끼를 꼬았듯이 춥고 긴 겨울철에는 농사와 관련하여 작업실 겸용의 방이었다. 방문 앞에는 마루가 놓여 있었다. 그조차 이름이 좋아 마루지, 주막 구석에 놓인 평상과 어금버금할 쪽마루로 겨우 봉당(封堂)을 면한 정도였다.

안방은 다른 집과 마찬가지로 방의 절반이 정주간(鼎廚間)이었다. 다시 말해 안방과 부엌을 구분하는 칸막이가 없는 통인 데다 부뚜막 높이도 안방과 같았다. 따라서 부뚜막이 반 간 방만큼 넓으므로 그 위에서 모든 부엌살림을 할 수가 있었다. 구조가 이렇게 된 것은 매서운 겨울을 나기 위한 하나의 방편으로, 부엌에서 생겨나는 조그만 열기조차 허실 하지 않으려는 지혜에서 비롯됐다. 이름하여 함경도식 부엌 구조였다. 그러한 안방은 순복이 거처했다. 부엌문 입구에는 진흙으로 만든 화로가 놓여 있었다. 추운 겨울에는 불을 땔 때마다 그 화로에 장작불을 담아다 부었다. 그러면 부엌에

훈기가 돌아 바깥 추위를 다소나마 물리칠 수 있었다. 부엌간 뒤로는 소 외양간이 붙어 있었다. 역시 소도 얼마간 추위를 면할 수 있었기 때문이다. 그러나 지금의 외양간은 비어 있었다.

사립문을 마주 보고 선 초가가 작은 채였다. 큰 채와 작은 채 사이의 작은 공간에는 단지와 항아리가 몇 개 놓여 있었다. 굳이 그곳까지 이름을 붙이자면 장독대에 해당했다. 작은 채도 두 칸이었다. 장독대 곁은 나무와 짚 등속이 쌓여 있는 헛간이고 그 곁의 허름한 공간은 측간(厠間)이었다. 측간 저 앞에는 손바닥만 한 남새밭이 구색을 갖추었다. 전체적으로 보자면 어린애 소꿉질과 어슷비슷한 살림살이였다.

수색 지시를 받은 중국 군인은 굼뜨게 움직였다. 무엇보다 조선 순사의 부림을 받게 된 것이 밸이 꼴리는 모양이었다. 표정까지 시답잖은 것은 수색 대상이 너무도 보잘것없는 탓이었다. 그렇지만 하릴없이 큰 채부터 수색을 시작했다. 중국 군인은 먼저 집 뒤꼍부터 살폈다. 이어 작은방 문을 열더니만 이내 고개를 설레설레 흔들며 마루로 나왔다. 새끼를 꼬던 방이라 어질더분한 가운데 뒤지고 자시고 할 세간 나부랭이가 없었던 때문이다. 군인은 다시 안방으로 건너갔지만, 거기도 형편은 별반 다르지 않았다. 방구석에 놓인 농짝을 열어 이리저리 뒤척여 보고 시렁 위의 이부자리를 방바닥에 팽개친 뒤로는 끝이었다. 작은 채 수색은 더 말할 필요도 없었다. 총을 삐딱하니 어깨에 걸친 군인은 느릿느릿 측간으로 걸어가 안을 살폈다. 이어 헛간을 뒤척이다 끝내는 순사에게 시위라도 하듯 죄 없는 물지게를 발로 걷어찼다.

"아들은 어디 갔소?"

순사가 다시 정 씨에게 시비를 걸었다. 그런데 어눌한 목소리가 다분히 형식적이었다. 수사상 특별히 주의를 끌 만한 점이 없자, 음탕한 순사는 순복의 풋풋한 처녀 냄새와 몸매를 감상하느라 마음이 콩밭에 기웃기웃했던 것이다.

"아들이라니!"

무슨 얼토당토않은 말을 꺼내느냐는 듯 정 씨가 언뜻 목소리를 키웠다.

"아들이 그러니까 보자… 아들이 아들이지."

입과 눈이 제각각인 순사는 정 씨의 반문에 순간적으로 멍청해졌다. 그러다 정신이 수습되자 되레 발끈하고 나섰다.

"당신 자식들이 지금 있는 곳이 어디냐 이 말이야. 예를 들면 광산이나 산판에 돈 벌러 갔다거나 그도 아니면 조선 땅에 눌러앉았다든지…. 혹시 독립군이라서 숨기고 드는 것 아닌가?"

다시 넘겨짚기 식으로 나왔다. 그러거나 말거나 정 씨는 한층 메마른 목소리로 중얼거렸다.

"내 복에 아들은 무슨 놈의 아들이 있어."

"음, 그러니까 딸뿐이라 이 말이군."

짙은 외로움 같은 게 묻어나는 정 씨의 말투에서 딴에는 진실을 느꼈는지 순사는 제법 고개까지 끄덕였다. 정 씨와 순복의 관계는 또 부녀간으로 지레짐작한 듯했다. 한데 정 씨는 자주 사립문으로 눈길을 주었다. 비록 태연함을 가장했지만 실상 가슴은 새까맣게 타들고 있었다. 지금이라도 강혁이 불쑥 들이닥칠 것만 같은 불안감이 엄습한 때문이었다. 그것은 생각만으로도 등골이 서늘해지는 각본이었다. 그래서 정 씨는 순사의 야비한 짓거리를 알면서도 일부러 모른 척했다.

순사는 괜한 말로 시비를 걸며 정 씨의 눈치를 슬쩍슬쩍 살폈다. 그러다 기회다 싶으면 툭 불거진 눈을 가늘게 좁혀 가며 순복의 몸을 아래위로 훑었다. 정 씨가 그 짓거리를 탓해 봐야 애당초 글러 먹은 종자라 순순히 받아들일 리 만무했다. 또 설건드렸다가는 도리어 봉변 내지는 지금의 굴욕적인 시간만 질질 끌기에 십상이었다. 더군다나 정 씨는 행여나 강혁이 나타날까 봐 가슴이 답답하고 정신까지 산란한 상태가 아닌가.

중병이 든 나라가 마침내 결딴날 무렵이었다. 어린 강혁 남매만 달랑 데리고 정동만은 만주 땅을 밟았다. 거기에는 기구한 사연이 많았다. 어쨌든 춥고 낯선 땅에서 정 씨는 홀아비살림이면서도 열과 성을 다해 남매를 거뒀다. 참으로 고달픈 나날이었다. 세월이 흘러 강혁이 어엿한 청년으로 성장한 지금, 정 씨는 보호자의 임무를 훌륭히 마친 셈이었다. 그러나 어린 것을 키운 어른의 심정이 다 그러하듯이 물가에 둔 어린애처럼 노상 남매에 애가 쓰였다. 특히나 강혁은 예비 독립군으로 몇 년째 객지에서 생활 중이었다. 지금까지는 그래도 주가 공부라서 정 씨도 다소 안심되는 면이 없지 않았다. 한데 이제 공부까지 다 마쳤으니 본격적으로 독립 일선에 뛰어든다고 봐야 했다. 갈수록 태산이라고 만세 운동 뒤부터는 간도 정세까지 급격히 험악해졌다. 독립군이 기세를 올리니 일제가 덩달아 사납게 굴었고, 영사관 간섭에 시달리다 못한 중국 측 관헌도 점차 독립운동에 엄격하다는 소문이었다.

순복이 강혁의 귀향 얘기를 꺼낼 때면, 정 씨는 "글쎄다."라고 답하며 심상한 척 넘겼다. 그러나 실상은 애를 바작바작 태우며 밤잠까지 놓치기 일쑤였다. 그런데 난데없이 영사관 순사도 모자라 중국 군인까지 가세해 사나운 기세로 들이닥쳤다. 그것도 아침부터 득달같이 몰려왔다. 무슨 일이 터져도 된통 터진 것만은 확실했다. 그렇다면 강혁의 출현도 출현이지만, 하필이면 귀향 무렵인 이때인가 싶어 정 씨는 가슴이 오그라드는 불안감을 떨칠 수 없었다. 강혁 남매가 정 씨한테는 이미 자식이나 진배없는 소중한 존재였다.

호륵, 호륵, 호르르륵.

끝을 길게 끄는 호각소리였다. 또 다른 긴장감을 불러일으키는 뾰족한 소리였다.

"두 사람은 날 따라오시오."

호각 신호에 순사가 갑자기 서두르는 기색을 보였다.

"가긴 어딜 간단 말이오!"

순사를 똑바로 바라보며 정 씨가 완강히 거부하는 몸짓을 보였다.

"연행당할까 봐 겁이 나는 모양인데 안심하시오. 호각소리는 마을 사람을 한곳에 집결시킨다는 신호요. 예쁜 처녀를 함부로 괴롭혀서야 사내대장부라고 할 수 없지. 안 그래?"

위엄을 갖추려 들면서도 못내 아쉬운 듯 순사는 순복을 흘끔거리며 입맛을 다셨다.

"수색인가 뭔가를 하면서 온 집안을 쑤석댔고 그래도 수상한 점이 없으면 그만이지 또 무슨⋯."

"그건 예비 조사와 함께 가택 수색에 불과해. 마을 사람을 전부 집결시킨 뒤 본격적인 수사를 벌여야만 한단 말이야. 예를 들면 당신은 아들이 없다고 했지? 그게 참말인지 오리발인지 어떻게 알아. 그래서 사람이 전부 모인 데서 확인도 하고 또 서약도 받고⋯. 하여튼 가보면 알 것 아니오?"

"설령 그렇더라도 사내만 모으면 되지, 뭣 하러 여자까지⋯."

"어허, 방침이란 말이야, 방침."

마침내 순사는 언 땅을 발뒤꿈치로 구르며 고함을 쳤다.

"저 괜찮아요. 갔다 오면 그만이지."

순복이 언뜻 고개를 들며 야무지게 말했다. 외삼촌이 당하는 게 안타깝기도 하려니와 어차피 피할 수 없는 일이라고 판단했던 것이다.

"그럼, 그럼! 얼굴만 예쁜 줄 알았더니 똑똑한 처녀구먼. 그러고 보니 빠뜨린 게 있네. 혹시 이 근래에 누가 집을 다녀갔거나 수상한 사람을 본 적이 있소?"

"그럴 일이 어디 있어야지."

정 씨는 일부러 머리까지 크게 내저으며 부인했지만, 눈은 미미하게 흔들렸다.

순복을 앞에다 세우고 정 씨는 사립문을 나섰다. 아닌 게 아니라 순사의 마지막 질문은 정 씨의 불안감을 한층 부채질했다.

'도대체 무슨 일이 터진 걸까? 이것은 지난번 만세 운동 때보다도 분위기가 더 살벌하지 않는가? 강혁이가 여태 못 돌아오는 게 혹 이번 일과 연관해서 무슨 해를 당한 건 아닐까? 이럴 때는 멀리 떨어져 있는 게 상책이다. 차라리 아직 서간도에 머물고 있으면 좋으련만 어디 알 수가 있어야지.'

정 씨는 속으로 애가 닳았지만, 한편으로는 너무 움츠러들지 말자며 자신을 북돋웠다. 순복을 보더라도 자신은 당당해질 필요가 있었다. 또 설령 어려움이 닥치더라도 강혁이 자기 한 몸조차 보호 못 할 정도로 미욱하지 않다는 믿음도 작용했다.

저만큼 마을 공터에는 흰옷 무리가 웅기중기 서 있는데 연방 숫자가 불어나는 중이었다. 공터 한 곁에는 수사대가 타고 온 말이 매어져 있고 근처에는 모닥불 연기가 피어올랐다. 한 곳은 중국 군인이 울멍줄멍 둘렀으며 불땀 좋은 모닥불에는 영사관 순사가 한 패거리 모여서 시시덕거렸다. 저편 골목에서 장정 둘이 장작을 한 아름씩 안고 오는데 그 뒤를 순사가 우쭐우쭐 따르고 있었다. 나지막이 내리깔린 회색빛의 우중충한 구름장은 용계촌을 무겁게 짓눌렀고 그쯤에는 굴뚝에서 아침 연기가 피어오르는 집은 하나도 없었다.

현금 호송대 사건이 터진 날 밤중이었다. 영사관 경찰은 사라진 두 필의 마바리를 뒤쫓았다. 눈 속의 말발굽 자국은 화룡현으로 계속 나아갔다. 연해주와는 반대인 백두산 방향이었다. 그러나 경찰의 집요한 추적은 결국 허탕을 치고 말았다. 어떻게 말은 모두 붙들 수가 있었다. 그러나 사람은 물론 중요한 짐까지 모두 사라진 뒤였다.

　날이 밝자 영사관 경찰은 대대적인 수색을 펼쳤다. 그 결과 산속에서 범인들의 도주로를 찾아낼 수 있었다. 당장 뒤를 휘몰아 간 수색대는 평강 벌의 한 마을까지 내달았다. 해란강 인근의 농촌 마을이었다. 한데 전날 밤에 범인들이 마을을 거쳤다는 사실 하나만으로 끝이었다. 역시 발자국 추적의 한계였다. 경찰이 발을 동동 구르며 마을 사람을 족쳤으나 허탕은 허탕이었다.

　그와는 별도로 각 방면의 길목에서 실시 중인 검문검색과 마을 수색을 통한 마구잡이식의 연행은 끊이지 않았다. 특히 연해주로 통하는 요긴한 길목은 거의 봉쇄된 거나 마찬가지였다. 영사관 경찰부는 끌려온 조선 사람들로 복닥거렸다. 긴박한 가운데 시간은 자꾸만 흘렀다. 그러나 수사는 평강 벌의 마을에서 줄이 끊긴 뒤 더 이상의 진전은 없었다. 냄새만 언뜻 맡은 꼴인 영사관 경찰은 그래서 더 설쳐댔고 또 감질이 났다.

　사실 수사의 진척이나 시간상으로 보아 범인은 이미 멀찍이 줄 달음질을 놓았다고 보는 게 옳았다. 그러나 영사관은 대대적인 수사를 중단할 생각은 털끝만치도 없었다. 물론 범인의 행적과 정체를 밝혀 체포는 물론 돈의 행방을 끝까지 추적하려는 게 첫째 이유였다. 거기에 더해 이번 기회에 어쨌든 조선인을 혼뜨검 낼 필요도 있었다. 그래야만 분풀이를 겸해 체통도 서고 비슷한 사건의 재발을 방지할 수 있었던 때문이다. 커다란 이유는 또 있었다. 바로 독립운동에 대한 공개적 탄압이었다. 그래서 영사관은 범인이 이미 수사망을 벗어났을지도 모른다는, 그런 추측 따위는 아예 입에 담지도 않았다.

　사건 발생 사흘째인 1월 6일이었다. 마침내 명동촌에도 수사대가 투입되었다. 이제 영사관도 사생결단식으로 나왔다. 일러 불령선인의 소굴인 만큼 어떤 실마리에 대한 기대감도 지녔다. 반일의 온상지로 명동촌과 짝한다는 와룡동은 일단 뒤로 미뤄졌다. 수사대의 인원도 부족했지만, 와룡동은 회령과 용정을 통하는 길에서 멀찍이 벗어났기 때문이다. 명동촌 수색을 앞두고 경찰 앞에 선 스즈키 총영사는 애가 후끈 달았다.

　"현재 제군이 얼마나 분투 중이며 또한 고생하고 있는지 본인도 잘 아는 바이다. 그렇지만 우리는 지금 비상사태인 동시에 커다란 도전에 직면한 상태다. 상대는 대일본 제국의 신민이기를 포기한 불령선인들이다. 저들은 이제 우리 경찰을 깔보는 수준을 넘어 단번에 희생자를 수 명씩이나 낼 만큼 과격해졌다. 따라서 본때를 확실히 보여줄 필요가 있다. 무슨 일이든지 처음이 중요하다. 당연히 범인 체포가 최우선적인 과제지만 그 언저리도 뼈저리게 후회하도록 만들어야 한다. 그래야만 추후 재발 방지는 물론 저희끼리도 의견이 틀어지거나 신고하는 풍토가 조성될 것이다. 사실은 이것이 더 중차대한 일인지도 모른다. 따라서 그물코를 최대한 좁혀야만 한다. 어떤 얼빠진 중국 관리는 불령선인을 가리켜 정치범 운운하는데 천만의 말씀이다. 말 그대로 불량배고 마적보다도 더 못된 놈이 바로 독립군이니 뭐니 하는 저들 불령선인이다. 얼토당토 않은 조선 독립을 위한답시고 뭉친 뒤 선량한 조선인의 주머니나 우려내는 순 도둑놈들이다. 이제는 그것도 모자라 아예 사람까지 죽이고 돈을 강탈해가는 그런 새끼들이 정치범이라면….”

거기서 총영사는 문득 말을 멈추고 헛기침을 두어 번 했다. 상스러운 욕이 마구 튀어나와 걸레가 되려는 입을 단속한 것이었다.

“각설하고 제군의 노고를 위로하고 사기를 북돋우는 의미에서 발표할 게 있다. 당연히 조선총독부와도 이미 합의된 사항이다.”

다시 좌우로 눈을 굴리며 뜸을 들이던 총영사가 선언하듯 말했다.

“귀중한 인명을 살상하고 돈을 강탈해간 범인을 체포하면 더 말할 것도 없고, 결정적 단서를 포착한 경찰에게도 일 계급 특진과 함께 포상금을 지급할 계획이다. 포상 금액은 그 공로에 따라 최대한 일만 원까지 가능하다. 특히 이번 일만큼은 조선 순사에게도 하등 차별 없이 적용됨을 밝혀 두는 바이다.”

사기 앙양책 발표에 이어 경찰의 값진 희생을 헛되이 만들지 말자며 스에마쯔 경찰부장이 쉰 목소리로 핏대를 세웠다. 결국은 명동촌 수사에서 모든 게 밝혀진다며 현시달은 마치 새로운 단서라도 발견한 양 설쳐댔다. 그러나 영사관 수뇌의 기대와 달리 수사대는 명동촌에서도 이렇다 할 성과를 얻지 못했다. 한데 혐의자는 어찌 그리도 많은지 마치 굴비처럼 엮어서 돌아왔다.

사실 영사관 경찰은 허세를 부리는 만큼 추위도 탔다. 하루가 다르게 조선인의 독립 열기는 고조되고 그에 따라 독립군 세력이 위협적인 존재로 성장한 때문이었다. 보따리를 싸는 조선 순사가 속출했다. 만세 운동을 거치면서 뒤늦게나마 자신의 잘못을 뉘우치는 순사도 없지 않았지만, 대부분이 미리 겁을 집어먹고 줄행랑을 놓는 경우였다.

크게 속병을 앓던 차에 이번 사건이 불거지자 영사관은 독립운동에 찬물을 끼얹으려고 발버둥을 쳤다. 또 중국 관청이 넌더리를 낼 만큼 달달 볶아댔다. 억지를 쓴 결과 영사관 경찰은 그동안 상대적으로 영향력이 미약했던 개방지 밖에서도 수사대라는 이름을 빌려 마음대로 설쳐댈 수 있었다. 또 사건 본부라도 차린 양 조선 총독부 경무국은 일일이 지침을 하달했다.

오지의 독립군과 선이 닿는 사람은 대부분 파악된 상태였다. 그들은 별다른 혐의가 없어도 조사 대상이었다. 수사대를 통한 마을 수색은 계속됐고 용정에서 명동촌에 이르는 길은 이 잡듯이 샅샅이 훑었다. 그러나 정작 본질적인 사건 수사는 답보 상태가 계속되었다. 합동 수사대라는 허울 좋은 간판까지 앞세운지라 영사관의 경찰력 행사는 거침이 없었다. 주권 침해 운운하는 중국 관청의 반발도 무시되기 일쑤였다. 거기에는 물론 국력에 따른 위세 차이도 있었지만, 그 밖에도 복합적인 요인이 많았다. 특히 중국 군벌 간의 암투는 소위 군웅할거 시대를 전개해 중앙 정부의 명령이 지방까지 미칠 수가 없었다. 그리하여 만주 땅에도 사실상의 지배자는 따로 있었다. 바로 동북왕으로 불리는 장작림이었다.

중국의 마지막 왕조가 된 청나라는 만주 여진족이 지배 계급이었다. 그런 청나라는 말기에 이르러 열강의 침략과 함께 국내적으로는 한족(漢族) 중심의 혁명 세력에게 계속 도전을 받았다. 그러다 결국 1911년의 신해혁명(辛亥革命) 성공은 여진족의 청나라는 물론 수천 년에 걸친 군주 전제 정치의 종말까지 가져왔다. 민주 공화 정치를 기초로 하는 중화민국이 탄생했다. 이때 남방의 혁명아 손문(孫文)은 평화 협상에 따라 북방의 실권자인 원세개에게 대총통 (大總統) 자리를 양보했다.

젊은 시절, 청나라의 관리로 조선에 부임하여 조정까지 좌지우 지했던 북양군의 원세개였다. 마침내 대총통이란 이름으로 중국의 대권까지 손아귀에 넣었지만 한번 맛 들인 권력욕은 그칠 줄을 몰 랐다. 그는 더욱 큰 야심을 꿈꾸었으니 그것은 제정의 부활, 즉 황 제가 되어 보위에 오르는 것이었다. 역사의 수레바퀴를 거꾸로 돌 리려는 엉뚱한 욕심이었으나 원세개는 자신의 대야망을 실현하기 위해 열쇠를 쥐고 있는 열강에 추파까지 던질 정도로 집착을 보였 다.

이 무렵 유럽에서는 세계 대전이 발발했다. 그러자 기다리기라 도 한 듯 동양 귀퉁이의 작은 섬나라 일본이 독일에 선전포고하고 나섰다. 비록 영일동맹(英日同盟)을 구실로 삼기는 해도 속셈은 따로 있었다. 동아시아 지역에서 일본의 지위를 높이고 국제적인 발언 권도 강화하려는 뜻이었다. 곧바로 일제는 독일에 대한 중국의 조 차지인 청도(靑島)를 점령하고 산동반도(山東半島)를 공략하여 손아귀 에 넣었다. 그뿐만이 아니었다. 내친 김의 일제는 산동 일대에 대 한 독일 권익의 일체 승계를 포함하여 각종 이권이 담긴 '21개 조 항'을 대총통 원세개에게 내밀어 체결을 강요하였다. 그 속에는 "중앙 정부의 정치와 군사 등에 관한 고문에 일본인을 등용한다." 라는 내용도 포함되어 있었다. 일찍이 조선 땅에도 펼쳐졌던 고문 정치의 재등장이었다.

일제의 전략은 신속하고 또 치밀하게 진행되었다. 무엇보다도 세계 대전에 휘둘린 열강이 동양을 돌보고 자시고 할 겨를이 없는 틈새를 노렸다. 또 원세개를 향해서는 군사력을 동원한 위협과 함께 그가 꿈꾸는 황제 자리를 미끼로 하는 양면 전략을 구사했다. 그리하여 결국은 일제의 소위 21개 조항을 원세개가 고스란히 받아들였다. 세계 대전 발발 이듬해인 1915년의 일이었다.

매국적인 조약으로 대륙이 들썩이자 원세개는 민중의 분노를 배일(排日)로 돌리고 자신은 부하들을 앞세워 황제의 길을 닦아 나갔다. 이듬해에는 드디어 벼르고 벼르던 황제의 자리에 올라 오랜 야망이 실현되는 듯했다. 그러나 곧바로 민중의 거센 저항에 직면해 불과 몇 달 만에 지존(至尊) 제도를 스스로 거둬들일 수밖에 없었고, 얼마 뒤에는 울분과 수치를 못 이겨 급사하고 말았다. 비록 권력의 화신은 땅속에 들었지만, 원세개가 중국에 남긴 그림자와 후유증은 컸다. 먼저 일제를 위시한 열강과의 종속 외교는 그대로 지속할 수밖에 없었다. 또 원세개의 북양군은 결국 3대 계파로 분열하였다. 안휘(安徽)와 직예(直隷), 그리고 나머지 하나는 봉천 군벌이었다. 이리하여 북경 정부는 군벌 간의 이전투구로 혼란 상태에 빠져들었다.

중국은 세계 대전에 연합국으로 참전했다. 그런데도 파리 강화 회의에서 산동반도에 대한 일제의 이권이 고스란히 인정되자 마침내 대륙도 폭발하였다. 민족자결주의와 조선의 만세 운동에 크게 고무된 중국 민중은 반일과 반군벌을 기치로 하여 뜨겁게 달아올랐다. 바로 기미년의 5·4 운동이었다.

이런 역사적인 격변기에 동삼성의 실권자로 떠오른 인물이 바로 장작림이었다. 마적 출신의 장작림은 러일 전쟁 때 일본군의 별동대로 암약한 적도 있었다. 그러다 청에 귀순하여 봉천 장군을 내쫓고 독군(督軍)이 되더니 이어 동삼성순열사(東三省巡閱使)로 길림성과 흑룡강성까지 세력을 넓혔다. 기미년 7월에 길림성 독군에는 사돈지간인 포귀경(鮑貴卿)을 앉히고, 흑룡강성의 독군은 심복인 손열신(孫烈臣)에게 맡겼다. 독군과 순열사는 중화민국 초기의 관직명이었다. 독군은 원래 각 성(省)의 군사 장관인데, 군벌 시대가 전개되어 대부분 성장까지 겸임하는 경우가 많았다. 장작림 역시 봉천 독군에다 성장까지 겸임했다. 순열사는 지방 진무(鎭撫)의 대관(大官)으로서 군인에게 내린 큰 벼슬이었다. 결국, 봉천 군벌의 장작림은 만주의 실질적인 지배자로서 북경 정부의 명령이 힘을 발하지 못하는 자신만의 왕국을 건설한 셈이었다. 그러나 이미 만주 땅 깊숙이 마수를 뻗친 일제로부터는 자유로울 수 없었다. 장작림은 자신의 권력 기반 강화를 위해 일제를 이용할 때도 있었고, 더러는 만주 세력권을 두고 갈등을 빚기도 했다. 이것이 중국 관청과 일제 영사관의 알력으로 나타날 때도 있었다. 그리하여 만주에서 중국을 지칭할 때, 중국 측이라고 표현하는 것은 대개 장작림 세력을 일컫는 말이었다.

한편 웃계 마을 수사대에 편성된 강호술 순사는 용계촌에 본대(本隊)가 진입할 때 따로 감결로 향했다. 피로한 기색이 완연했고 눈에는 벌겋게 핏발까지 서 있었다. 지난 며칠 동안 수사랍시고 몸을 혹사한 데다 수면도 턱없이 부족한 때문이었다. 영사관이 벼르고 벼르던 명동촌을 덮쳤을 때는 마을 전체가 그대로 아수라장이었다. 수사대 인원만 백 명을 넘겨 대대적인 수사를 펼쳤지만 역시별반 건더기는 없었다.

웃계 마을 수사대는 감걸의 느티나무 앞을 지났다. 감걸의 풍경도 하얀색 일색이었다. 꽁꽁 얼어붙은 개울까지 눈은 편편이 쌓여 있었다. 금방 달려들 듯이 요란스럽던 용계촌의 개 짖는 소리도 이제 아스라이 들렸다.

"대체 언제까지 이 지랄을 떨어야만 하나?"

골이 난 일인 순사가 동료를 돌아보며 씨부렁거렸다.

"그래도 잘하면 포상금이 얼만데요. 매일 밤 게이샤를 끼고 놀아도 아마 십 년은 넉넉할걸요?"

젊은 순사는 아침부터 여자 타령이었다.

"젠장맞을! 조선 놈들 때문에 이 무슨 개고생이냐?"

성질 마른 순사는 홧김에 길가의 자갈을 냅다 걷어찼다. 그러나 추위에 꽁꽁 얼어붙은 자갈은 꿈쩍도 하지 않았다.

"아이고, 발이야."

깨금발을 뛰며 제 자리에서 빙빙 도는 순사는 개고생을 더 했다. 강 순사는 입아귀가 찢어지도록 입을 쩍쩍 벌리며 선하품을 해 댔다. 독해 뵈는 눈에는 눈물까지 찔끔거렸다. 그러다 황급히 몸을 돌려세우며 고개를 파묻었다. 개울 위쪽에서 칼날 같은 바람이 수사대를 덮쳤던 것이다. 저만큼 뒤쪽에서 터벌터벌, 마지못해 따라오는 중국 군인들도 잔뜩 부은 얼굴이었다.

강 순사는 듣기만 해도 속에서 천불이 날 정도로 싫어하는 단어가 있었다. 바로 조선 순사였다. 아니, 엄격히 말하면 순사 앞의 조선이란 구속 낱말이었다.

'순사면 다 같은 순사지, 왜 꼭 조선은 들먹거리고 지랄이야. 그것도 알게 모르게 일본 관리들의 입에 뱄다는 게 문제야. 그러니까 조선 놈들도 덩달아 뒷간에서 강아지 부르듯이 조선 순사, 조선 순사 하며 외대는 게 아닌가. 합방된 게 벌써 언제 적 얘긴데 아직도 조선 타령이야, 타령이길! 걸핏하면 대일본 제국의 자랑스러운 경찰이 어떻고 지껄이지만, 겉으로만 번드르르하면 뭘 해.'

강 순사의 생각이자 불만이었다.

강호술이 조선 순사라는 호칭에 유독 과민한 것은 순사질하면서 알게 모르게 쌓인 스트레스가 원인이었다. 조선 사람이 조선 순사라 부를 때는 꼭 자기를 비난하는 듯했고, 일본인의 경우는 아예 경멸하는 소리로 들렸다. 호송대 사건이 터진 날 밤에도 그랬다. 어렵사리 오리 순사를 찾은 뒤 상황실에 보고했는데, 총영사는 도리어 조선 순사라며 자신을 깔보고 경멸했다. 유난히 자존심 강하고 예민한 성격의 강호술에게 그것은 생채기며 참기 어려운 굴욕이었다. 오죽하면 조선 순사라는 말에 거부감을 느껴 고향을 떠나 이곳 간도로 자원해 왔겠는가. 여우를 피하려다 호랑이를 만난 격으로, 간도는 순사 차별이 더 심했지만 당장은 어쩔 수 없는 노릇이었다. 열등감에 사로잡힌 강호술이 다시 태어난다면 모를까, 어차피 일본인 순사가 되기는 글러 먹었다. 한데 그게 아니었다. 무슨 계시처럼 한 인물이 그려지며 차선책이 떠올랐다. 바로 상관인 현시달이었다. 좀 더 정확히 말하면 조선 사람인데도 불구하고, 현시달 경부가 경찰 간부로서 누리는 위상이었다.

그때부터 강 순사는 진급에 목을 매었다. 오직 진급만이 자신을 구원해줄 수 있는 유일한 탈출구로 여겼다. 나름의 활약으로 순사보 계급은 이미 옛적에 떼었다. 경부보! 강호술을 달뜨게 만드는 명칭으로 순사 위의 계급이었다. 적어도 경부보 정도는 돼야만 한다고 강호술은 작심했다. 그래야만 자신도 모르는 사이에 혐오하게 된 떼거리의 조선 순사와 구분 내지는 거리를 둘 수 있을 것이며, 비록 일본인이라 하더라도 경찰 간부인 자신을 함부로 깔보지는 못할 거라는 게 결론이었다. 20대 중반에 경찰 간부로 출세하는 것은 어쩌면 차후 문제였다.

나름의 절박감으로 인해 강호술은 진급을 목표로 최선을 다했다. 자신의 우상인 현시달이 간도의 독립운동과 관련하여 정보 계통에서 암약하듯이 강 순사의 업무도 대체로 그와 비슷했다. 독립운동가 중에서도 요시찰 인물, 특히 독립 전쟁을 신봉하는 골수 강경파를 체포하거나 적어도 소재를 파악하는 것이 주된 임무였다. 위험 부담이 큰 만큼 상부로부터 인정을 받았고 실적 또한 만만치 않았다. 그러나 아직 진급은 요원하다는 것을 본인이 더 잘 알고 있었다. 바로 조선 순사였기 때문이다.

최근에 새로 부임한 조선 총독이 문화 정치를 펼친다는 말은 강 순사도 익히 들어서 알고 있었다. 문화 정치가 어떤 것인지 정확히는 모르지만 어쨌든 일시동인이라는 문구만큼은 마음에 쏙 들었다.

'조선인을 일본 사람과 똑같이 여긴다니, 세상에!'

그런 강 순사는 이내 풀이 죽었다.

'어느 세월에! 내 순사질이 끝난 뒤에는 속절없이 사또 행차 뒤의 나팔 격이 아닌가.'

한데 스즈키 총영사는 자신의 심정을 헤아리기라도 한 듯 이번에도 일 계급 특진을 들고 나왔다. 더하여 거액의 포상금도 군침도는 유혹이었다. 영사관에서는 심심찮게 일 계급 특진을 미끼로 삼았다. 그러나 만만한 일이 결코 아니었다. 강 순사의 업무로 치자면 만주벌을 쩡쩡 울리는 거물급 지사라도 옭아 오면 또 모를까. 그런데 이번에는 사건이 사건인 만큼 특진 가능성이 한층 커졌다. 사건의 결정적 단서도 포함했을 뿐만 아니라 조선 순사도 하등 차별 없이 적용됨을 총영사가 거듭 강조했던 것이다. 그게 강호술을 크게 고무시켰다.

업무상 강 순사는 몇몇 피라미 밀정과 긴밀한 관계를 유지하고 또 관리하는 위치에 있었다. 더욱 중요하고 고급스러운 밀정은 당연히 상부 소관인 데다 자신은 그들의 신원조차 알 수 없었다. 강 순사의 피라미 밀정은 향간(鄕間), 그러니까 자기 지역을 근거로 은밀히 활동하는 첩자였다. 향간은 자기 지역의 인심과 지리 등에 정통할 뿐만 아니라 남에게 의심받지 않고 자연스럽게 활동할 수 있었다. 그래서 비록 하급 밀정이지만 그 활약상까지 무시할 수는 없었다.

밀정을 끼고 나름의 성과를 거두는 강 순사의 별명은 독거미였다. 물론 독립군 쪽에서 붙여준 별명이었다. 음침한 곳에 줄을 쳐

놓고 먹이가 걸려들기를 학수고대하는 게 바로 거미였다. 게다가 독까지 지닌 거미가 '간도 일본 영사관 경찰부 순사'인 강호술의 실체였다.

'조직망을 최대한 활용하자. 이런 좋은 기회는 다시금 없다.'

자신의 조직이 마치 천라지망(天羅地網)이라도 되는 양 강 순사는 강한 자신감을 보였다. 당연히 목표는 이번에도 일 계급 특진이었다. 그래서 수사대 일원으로 따르긴 해도 강 순사는 먼저 자신의 밀정부터 은밀히 접촉해 정보를 얻고는 했다.

용계촌 인근의 강 순사 끄나풀은 웃계 마을에 살고 있었다. 이윽고 언덕길을 올라 마을 입구에 이른 수사대는 조를 편성했다. 10여 가구의 작은 마을이라 하여 긴장감을 늦출 수는 없었다. 양국 군경이 요 며칠 손발을 맞춘 뒤라 그런대로 능숙하게 움직였다. 먼저 외곽조가 동네 포위에 나섰다. 수사 중에 도망자가 발생하면 체포 내지는 사살이 외곽조의 임무였다. 마을 사면이 거의 봉쇄되자 그제야 수사조가 마을로 진입했다. 건너 용계촌에서는 주민을 공터로 집합시킬 무렵이었다. 중국 군인 하나를 딸린 강 순사는 저만큼의 외딴 초가집으로 향했다. 언어 소통 때문에라도 조선 순사는 수사조의 주가 될 수밖에 없었다. 거기다 사건의 성격이나 위세로도 중국 군인은 거의 들러리로 전락한 형편이었다. 순사는 중국 군인을 졸병 취급하려 들었다.

"누, 누구세요!"

마침 부엌에서 나오다가 군경과 맞닥뜨린 아낙이 기겁했다.

"조사할 게 있으니 모두 바깥으로 나오시오!"

아낙은 외면한 채 강 순사가 방 쪽을 향해 냅다 소리를 질렀다. 집의 구조는 대개 고만고만한 것이 움막살이나 다를 바 없었다.

"아침부터 누가 왔나?"

작은방 문이 비시시 열렸다. 배를 방바닥에 깐 채 무심히 밖을 내다보던 사내의 눈에 차츰 초점이 모였다.

"어! 이게…."

사내는 입속말로 중얼거렸다. 이내 눈이 둥그레진다.

"강 순사가 어떻게…."

엉겁결에 자기도 모르게 튀어나온 말이었다. 사내의 다음 말을 입막음이라도 하려는 듯 강 순사가 소리를 질렀다.

"사건이 터져 지금 한 집도 빠짐없이 조사 중이니까 바깥으로 나오시오. 벅수같이 그렇게 멀뚱멀뚱 쳐다보지 말고, 얼른얼른!"

그제야 사내는 동저고리 바람으로 허둥거렸다. 부스스한 얼굴로 허리끈을 동쳐 매며 마당으로 주섬주섬 내려섰다. 나이는 사십쯤 됐을까, 허우대가 멀끔한 사내였다.

"형편 봐서 나한테 반항하시오, 요령껏."

사내 곁을 스치던 강 순사가 모깃소리로 속삭였다. 안방에는 처녀와 사내아이가 있었다. 곱상하고 예쁘장한 얼굴의 처녀는 한쪽 눈을 유리에 갖다 댄 채 바깥 동정을 살피고, 겁먹은 아이는 또 자기 누나의 표정만 살폈다. 어린애 손바닥만 한 유리 조각은 문고리 바로 옆에 부착되어 있었다.

사내는 김달용(金達龍)으로 영사관의 끄나풀이었다. 연전에 함경도에서 간도로 이주해 왔으나 한곳에 정착을 못 하고 여기저기 떠돌아다녔다. 그러다 웃계 마을로 흘러들어온 것이 이제 일 년을 조금 넘겼다. 아낙은 택호(宅號)가 북청댁(北靑宅)인데 아래로 남매를 두었다. 혼기가 찬 딸의 이름은 정란(貞蘭)이고 똘똘한 아이는 명훈(明薰)이었다.

"자, 여기 담배."

강 순사가 담배 한 개비를 꺼내 김달용에게 내밀었다.

"아이고, 이렇게 귀한 걸 다 주시고."

김달용은 황송한 표정으로 담배를 받았다. 귀한 궐련의 이름은 아사히(朝日)였다.

조금 전이었다. 김달용의 집에서 각본 없는 연극을 펼친 두 사람은 지금 외곽으로 빠져나온 상태였다. 수사가 진행될 때 정란과 명훈은 마루까지도 억지로 나왔다. 강 순사는 정란의 미모에 흠칫 놀랐다. 하지만 그것도 잠시, 겁에 질린 남매를 기어코 마당에다 내몰려고 거칠게 을러댔다. 과장된 언행은 자신의 밀정에게 반항의 빌미를 제공하려는 것이었다. 눈치를 챈 김달용은 과연 폭발을 가장했다.

"무슨 놈의 사건인지는 몰라도 저것들까지 왜 못살게 굴어! 총질이라도 할까 봐 겁을 먹었나, 집 놔두고 도망갈까 봐 그러나? 원하는 대로 방을 비웠으니까 이제는 뒤지든지 집구석에다 불을 확 싸지르든지 마음대로 하란 말이야. 왜 못해!"

김달용은 울컥하는 성질을 못 이기겠다는 듯 길길이 날뛰었다. 몸은 단단하나 체구가 왜소한 강 순사를 향해 마치 황소가 영각을 켜듯 입에 거품을 물었다. 식구들은 말리고 울고 온통 야단법석이었다. 무표정한 중국 군인은 강 순사의 눈치만 흘끔흘끔 살폈다. 호떡집에 웬 불이냐는 식이었다. 일부러 김달용에게 부대끼던 강 순사가 결국 권총을 빼 들었다.

"당신은 불량한 데다 수상한 점도 많아. 먼저 마을의 본부로 가서 조사부터 받아야겠다. 앞장서라!"

강 순사는 김달용의 등에다 권총을 들이댔다. 수상한 집이니 잘 감시하라며 군인은 김달용의 집에다 떨구어놓았다. 연극의 대단원에 해당했다. 뒤에서 권총을 겨눈 살벌한 모습으로 두 사람은 마을을 멀찍이 벗어났다. 외곽조의 후배 순사가 관심을 보였으나 강 순사는 간단히 내치고 한갓진 이곳에 자리를 잡았다.

김달용에게 담배를 권한 강 순사는 품에서 궐련 빨부리를 꺼냈다. 깨끗한데도 습관적으로 한번 훅 불고는 담배를 배배 돌리며 끼웠다.

'대가리에 피도 안 마른 놈이 어른 앞에서….'

김달용은 추운지 몸을 으슬으슬 떨어가며 강 순사에게 눈길을 주었다.

"자, 불."

빨부리를 왼쪽 입가에 비스듬히 문 강 순사가 성냥을 치익 그었다.

"어허 참, 황송하게."

김달용은 바람기도 없는데 과장된 몸짓을 보이며 성냥불을 손으로 가린다. 그리고는 분주하게 담배를 뻑뻑 빨아댄다. 담배에 불을 못 붙이고 성냥불을 꺼뜨리면 마치 대역죄인이라도 되는 듯

한 행동이었다. 그런 김달용을 바라보는 강 순사의 얼굴에 언뜻 냉소 같은 것이 스쳤다.

"추운데 바깥에서 떨게 만들고 또 식구들에게 걱정까지 끼쳐서 미안하오."

형식적인 인사말이었다.

"추운 거야 무슨 대수입니까? 오히려 제가 대들고 큰 실례를 범했지요."

끄나풀을 몇몇 거느린 만큼 강 순사는 정보 활동에 밝았다. 이윽고 담뱃값을 하려는지 제법 훈시조로 나왔다.

"아까 우리가 처음 만났을 때 엉겁결에 인사하려던 행동은 큰 실수였어. 앞으로 그런 점은 조심해야 할 거요. 김 형은 그래도 눈치가 빨라 그 뒤부터는 잘하던데, 뭘. 어떤 자들은 돌대가리라 그런지 영 먹통이거든. 정보원이 그래서야 어디 내가 마음 놓고 일을 맡길 수가 있어야지. 남의 눈을 속이자면 어설픈 행동으로 되겠소? 그건 그렇고."

다소 헤프던 강 순사의 표정이 심각하게 바뀌었다. 삼각형의 눈도 각이 졌다.

"그동안 무슨 특별한 일은 없었소?"

"뭐, 특별한 것까지는…. 그런 일이 발생했으면 제가 먼저 강 순사님을 찾았지요."

골똘히 생각하는 척하며 김달용은 느릿느릿 답했다. 무슨 일이 터진 것만은 분명한데 자신은 캄캄한지라 우선 더듬이부터 작동해 보는 것이었다.

"수상한 놈들은?"

"글쎄요? 내 눈에는….'

"반드시 불령선인 나부랭이의 동태만 꼬집는 게 아니란 말이오. 젊은 놈이 친척이라며 갑자기 나타났다든가, 아니면 장사치 패거리가 몰려다녔다든지 뭐 집히는 게 통 없단 말이오?"

결국, 강 순사는 답답하다는 듯 짜증을 냈다. 김달용은 문득 허위 정보라도 하나 조작할까 싶은 생각이 얼른 머리를 스쳤다. 그러나 이내 유혹을 떨쳐 버렸다. 아직 뭐가 뭔지도 모르는 상황에서 까딱하면 낭패당하기에 십상인 데다 또 자신의 거짓 정보로 인해 뒷감당이 더 성가셨던 기억이 새롭기 때문이었다.

"추위 때문인지 꼼짝해야 말이지. 왜 요전번에 보고했을 텐데? 무기를 소지한 젊은 놈 여남은 명이 떼 지어 명동촌 쪽으로 갔다고. 그 뒤로는 내가 알기로 글쎄…. 그런데 이 엄동에 웬 생고생이오? 중국 군인까지 거느리고는."

"아직은 기밀이니까 혼자만 알도록 하시오. 실은 조선 놈들이 우리 은행 돈을 훔쳐 달아났소. 그것도 몇 자루씩이나."

강 순사는 돈에 관한 일은 사실대로 밝혔다. 혹 유익한 정보라도 캘까 하는 기대감 때문이었다.

"돈을! 그것도 자루씩이나."

눈까지 크게 홉뜨며 관심을 보인 김달용은 곧바로 말을 잇대었다.

"마적 떼도 엄청나게 설치는데 조선 놈들 소행은 확실한가요?"

"그건 이미 명백히 밝혀졌소. 내 생각에는 이 인근 지리에 익숙한 놈들의 소행이 확실해. 범인들이 김 형 주위의 사람이란 말이오. 알겠소? 아직 멀리 내빼지는 못했어. 돈이 몇 자루인데. 그랬으면 벌써 어딘가에서 꼬투리가 잡혔을 거란 말이야."

빨부리를 후후 불어 가며 나름대로 추리를 하던 강 순사가 다시금 김달용과 눈길을 맞추었다.

"지난 일을 세심하게 더듬어 보고 또 지금부터라도 주의를 기울여 잘 살펴보시오. 예를 들어 고액권인 5원이나 10원 지폐를 사용하는 자가 있으면 무조건 나한테 알려주시오. 쓸 만한 정보를 물고 오면 내가 김 형의 일 년 술 값쯤이야 책임 못 질까? 만약 시일이 흘러 자수 권유나 포고문이 나붙은 뒤에는 아마 우리한테 국물도 없을 거요."

강 순사는 돈으로 김달용을 부추겼다. 자기 끄나풀인 김달용이 주색에다 노름까지 즐겨서 돈이 늘 궁하다는 사실을 잘 알기 때문이었다. 아니나 다를까 저 건너 용계촌을 물끄러미 쳐다보는 김달용의 눈에는 강한 욕망 같은 것이 일렁거렸다.

"훈장 영감태기는 요즘 뭘 하오?"

빨부리에 낀 담뱃진을 긁어내며 강 순사가 심드렁하게 물었다. 훈장은 용계촌의 강혁 스승을 가리켰다. 비록 호송대 사건에 온통 정신이 팔린 상태지만, 강 순사는 본연의 임무도 게을리할 수 없었다. 그러다 보면 전혀 엉뚱한 곳에서 사건의 실마리가 풀리는 예도 없지 않았다.

"집에 틀어박혀 뜸하네요. 그 나이에 논을 풀겠다고 얼마나 극성을 떨던지 안쓰러울 때도 있다니까. 물으니까 하는 말인데 그 양반이 특별히 수상한 짓거리를 하는 것 같지는 않아요. 이제는 나이가 나이인지라 그 양반도….”

“답답한 소리 한다. 오래된 생강이 맵고 나이 든 쥐가 영리하다는 말도 못 들어 봤나. 그 훈장이 어떤 작자인지 누차 얘기해 줘도 모르겠소? 겉으로는 아직도 상투 틀고 앉아 우리 임금이 어떻고 하니까 구닥다리처럼 보이지만 능구렁이요, 능구렁이. 만세 소동 조종한 것은 이미 옛적 얘기고, 지금도 돈과 곡식 따위를 몰래 거둬 산속의 불령선인한테 보내고 있어. 뿐인가. 지사란 자들과는 늘 기맥이 통하는 그런 영감태기란 말이오. 지난번 만세 소동 때 더 따끔한 맛을 보여야만 했는데…. 그런 능구렁이가 호락호락할 것 같소? 천만에. 김 씨 정체나 안 들켰으면 그나마 다행이지.”

범인의 그림자는 고사하고 피곤만 엄습하자 강 순사는 엉뚱한 곳에다 화풀이했다. 끄나풀에 대한 호칭도 형에서 씨로 바뀌었다. 영(營)에서 매 맞고 집에 와서 계집 치는 격이었다. 김달용은 깊숙한 한숨을 푸욱 내쉰다. 의미가 복잡한 한숨이었다. 그러거나 말거나 강 순사는 김달용을 모질게 다루기로 작정했다. 이랬든 저랬든 이왕 욕먹기는 마찬가지라는 생각이었다.

“혹 주위 사람한테 정보원이 들통 난 것 아니오?”

김달용은 용계촌에 눈길을 던진 채 묵묵부답이었다.

“가족들은?”

“알 턱이 있소!”

이윽고 김달용이 억지 시비를 걸지 말라는 투로 나왔다.

“수차 충고를 했는데 고정 정보원의 생명이 뭔 줄 알지요? 자신의 정체를 숨기는 것, 어쩌면 자기 자신조차 속이는 것이오. 무슨 말인지 알겠소? 발각된 줄도 모르고 턱 하니 믿고 있다가 도리어 상대로부터 역으로 이용당한 경우가 부지기수란 말이오. 그래서 오늘은 격려 대신 주의를 환기한 것뿐이니까 너무 고깝게만 여기지 마시오. 이제 그만 돌아갑시다. 너무 지체하다가는 의심받을지도 모르니까."

강 순사가 자리에서 벌떡 일어섰다. 뒤따라 몸을 일으키는 김달용은 삐뚜름한 강 순사의 뒤통수를 노려보며 속으로 욕지거리를 뱉었다.

'호래자식, 할 짓이 없어서 순사질인가!'

한편 철혈광복단의 단원 4명과 김하석은 연해주를 향해 쉼 없이 길을 줄였다. 사건 발생 닷새째인 1월 8일에는 드디어 러시아 국경에 다다랐다. 그동안의 이동은 주로 큰 강을 의지했다. 왕청현의 밀림 지대는 가야하의 석현(石峴)을 통과했고, 두만강의 양수천자(凉水泉子)를 거쳤으며, 훈춘강의 얼음을 지친 뒤에야 국경에 다다를 수 있었다. 이제 윤준희 등이 간도 군경의 추격권에서는 어지간히 벗어난 셈이었다. 다음은 노령 연해주였다. 그러나 노령 땅이라 하여 방심은 금물이었다. 간섭 전쟁으로 시베리아에 출병한 일본군이 스멀거리는 데다 마적은 여전히 두려운 존재였기 때문이다.

다음날인 1월 9일 저녁 무렵이었다. 연해주의 작은 포구 마을인 목허우(木許隅=포시에트)에 사나이들이 웅기중기 서 있었다. 역시 윤준희 일행으로 이제 블라디보스토크로 가는 밤 배를 기다리는 중이었다. 결국, 일차 목적지에는 무사히 도착했다. 의란구의 포수 산막을 출발하여 꼬박 3일 밤을 보냈으며 거리로 따지자면 반 천 릿길을 달려온 셈이었다. 참으로 멀고도 험난한 노정이었다. 출발지를 명동촌으로 잡으면 더 말할 나위도 없었다.

윤준희 일행이 방금 지나쳐 온 곳은 그 옛날 의병 운동의 중심지였다. 조선 이주민이 연해주에 최초로 정착한 지신허(地新墟) 마을이 있었고, 그 지신허에서 서쪽으로 40여 리 떨어진 곳은 연추(延秋=크라스키노) 마을이었다.

연추가 어떤 곳인가. 의병 부대가 국내 진공 작전을 펼쳤고, 안중근을 비롯한 12명의 지사가 동의단지회(同義斷指會)를 결성한 곳이 아닌가. 조국이 끝내 일제 식민지로 전락할 위기에 처하자 안중근은 1909년 초에 연추의 하리(下里=카리)에서 단지 동맹을 결성했다. 조국과 민족을 구하기로 맹세한 12명의 열혈 지사는 각자 왼손의 넷째 손가락인 약지(藥指)의 첫 관절을 끊어 그 피로써 태극기 앞면에 한문으로 '대한독립(大韓獨立)' 넉 자를 크게 썼다. 이어 일제히 '대한 독립 만세'를 삼창하여 하늘과 땅에 맹세하는 것도 잊지 않았다. 그런 안중근은 그해 가을에 목구항(穆口港=보로실로프)에서 블라디보스토크로 가는 배를 탔다. 그가 배에 오르면서 결국 침략의 원흉인 이토의 운명도 끝장이 났다. 그로 인해 한중일의 삼국은 물론 러시아의 근대사가 출렁이는 순간이기도 했다.

안중근 의거를 보면 하늘의 계시 내지는 안배를 무시할 수 없었다. 의거 전의 안중근은 연추 마을에 머무르고 있었다. 한데 어느 하루는 까닭 없이 마음이 울적해지며 초조감까지 일었다. 자신도 알 수 없는 일이었다. 결국은 가까운 동지들에게 바로 블라디보스토크로 갈 뜻을 비쳤다. 예정에 없던 일로 안중근이 갑자기 서두르자 동지들로서는 전혀 뜻밖이었다. 말려도 상대의 의지가 워낙 강했다. 결국은 안중근에게 연추로 되돌아올 날짜를 물었다. 한데 대답이 또 뜻밖이었다. 따로 생각해둔 바도 없는데 안중근은 자신도 모르게 다시는 돌아오지 못할 거라는 말을 불쑥 뱉었던 것이다. 이어 목구항으로 간 안중근은 일주일에 한두 번 블라디보스토크로 가는 기선을 가까스로 탈 수 있었다. 간발의 차이였다. 그리하여 블라디보스토크에 도착해 이토의 하얼빈행을 소문과 신문으로 접했다. 평소 이토 저격을 자주 꿈꿨던 만큼 그제야 자신의 무의식적인 서두름도 이해가 되었다. 마음속으로 크게 쾌재를 불렀다.

'소원하던 일을 이제야 이루게 됐군. 늙은 도둑이 마침내 내 손에서 끝장나는구나!'

그런 안중근은 동지 우덕순(禹德淳)과 함께 10월 21일에 블라디보스토크에서 출발하는 열차를 탔다. 이어 26일 하얼빈역에서 끝내 침략자 이토의 죄상을 마감시킬 수 있었다.

윤준희 일행이 탄 기선은 밤 9시에 목허우를 출항했다. 최종 목적지인 블라디보스토크에 도착한 것은 다음날인 10일 아침 5시경이었다. 쇄빙선(碎氷船)에 깨어진 얼음 조각이 희끗희끗 떠다니고 있었다. 러시아가 공을 들이는 블라디보스토크의 금각만(金角灣)은 어둠 속에서 찬란히 빛났다. 눈이 황홀할 지경이었다. 거사의 성공을 축하해주는 불빛인지도 몰랐다.

한데 윤준희 일행이 블라디보스토크에 도착한 10일이었다. 그 날 합동 수사대는 끝내 와룽동을 급습했다. 출동 인원은 일제 경찰 37명에다 중국 관헌은 53명으로 대규모였다. 마을을 완전히 포위한 수사대는 백여 민가를 샅샅이 수색했다. 평소 영사관의 눈 밖에 난 와룽동인지라 중국 측에서는 특히 본때를 보이는 정도로 여겼다. 촌각을 다투며 매우 급하게 몰아가던 수사는 시기를 놓친 듯했고, 와룽동이 사건 지점과는 동떨어져 있어 그러한 추측은 별 무리가 없었다. 한데 그게 아니었다. 전과 달리 영사관 경찰은 냄새를 맡은 사냥개처럼 한층 사납게 덤볐다.

역시 일제는 호송대 사건의 실마리를 풀었다. 사건이 터졌을 때는 갈피를 못 잡고 허둥거렸다. 그러다 조선 사람이 현금 수송이라는 극비 정보를 입수한 뒤 호송대를 빈틈없이 덮친 사실에 주목했다. 당장 조선 은행원들이 수사 선상에 올랐다. 어쩌면 일제의 마지막 발악일 수도 있었다. 한데 조선은행 회령 지점의 은행원 하나가 특히 수상했다. 전홍섭(全洪燮)이었다. 평소 반일 성향이 강할 뿐만 아니라 수상한 조선 청년들과 자주 접촉한다는 사실까지 밝혀졌다. 다음은 지옥 문턱을 오가는 일제 경찰의 고문이 전홍섭을 기다리고 있었다. 그리하여 끝내는 호송대 사건의 베일이 한 꺼풀씩 벗겨졌다. 영사관 경찰은 와룽동 수사에서도 수확을 얻었다. 범인들이 사건 다음 날 새벽에 최봉설의 집에 들른 사실을 밝혀냈던 것이다. 최봉설의 가족은 물론 마을 사람들의 수난은 불을 보듯 뻔했다.

7. 스승과 제자

"순복아!"

초저녁 선잠이 든 순복은 그 부름을 꿈이라 생각했다. 꿈속이지만 자기를 부르는 오빠의 목소리가 너무 정답고 생생하다는 느낌은 들었다. 꿈에서 그만 깨어날까 하는 생각도 가져 보지만 그 생각 자체가 또 꿈인 듯했다. 혼곤한 비몽사몽이었다. 오빠가 왜 찾을까? 순복이 다시 잠의 나락으로 떨어질 때였다.

"순복아!"

이번에는 음성이 좀 더 또렷이 들려왔다. 순복이 현실이라는 것을 막 인식할 때였다.

"누구냐!"

정 씨의 목소리는 누군지 몰라서 되묻는 말이 아니라 반가움의 극적 표현이었다. 작은방 문이 벌컥 열린다.

"외삼촌!"

"어허! 우리 강혁이 왔구나."

뒤질세라 안방에서도 다급한 목소리가 잇달아 들렸다.

"오빠, 오빠!"

방 안을 좀 더 밝히려고 정 씨가 등잔불의 심지를 키웠다. 이내 석유 등잔불은 그을음이 시커멓게 서려 올랐다.

"외삼촌, 불이 어지러운데요."

강혁이 심지를 다시 조정했다.

"너하고 손님을 잘 보려니까 어째 어둡구나. 순복이가 너를 얼마나 손꼽아 기다렸는지 말도 말아라."

불이 흔들리자 벽의 그림자도 덩달아 너울너울 춤을 추었다. 정씨는 화로 곁에서 곰방대를 털고 나서 다시 잎담배를 담았다. 밥을 짓고 새로 담아 온 화로는 불땀이 좋아서 주위가 훈훈했다. 반드시 화롯불 때문만은 아니었다.

"시장할 텐데 더 먹지? 친구 집인데 체면 따위는 아예 차릴 생각도 말게."

반쯤 접었던 허리를 펴며 정 씨가 인정스러운 얼굴로 일규의 밥그릇을 넘겨다본다. 곰방대를 물고 있는 모습이 한결 느긋했다. 물부리를 빨자 담배 연기가 폴신폴신 떠오른다.

"많이 먹었습니다. 어찌나 맛있던지…."

상체를 곧추세운 일규가 배에다 힘을 주고 슬슬 쓸었다. 정 씨와 강혁은 물론 순복까지 미소를 지었다. 밤중에 급히 차려지긴 했지만 사실 푸짐하고 정성이 담긴 밥상이었다. 무슨 특별한 날에나 얻어걸릴 새하얀 쌀밥은 꾹꾹 눌러 고봉으로 담았고, 정갈스러운 반찬은 눈으로 다 해치울 정도로 먹음직스러웠다. 더 말할 것도 없이 강혁의 귀향을 손꼽은 순복이 세심하게 마음을 써 둔 덕분이었다. 특히 산골에서 귀한 생선은 용정 장에서 미리 사다 둔 것이었다. 블라디보스토크에서 많이 잡히는 청어였다.

265

한데 순복은 갑자기 새침데기로 변했다. 얌전히 식사 시중을 들며 남자들이 하는 이야기에 귀만 내주었다. 동행한 손님만 아니면 밥을 먹는 강혁이 곁에 붙어 앉아서 "저기 있잖아요, 오빠."라며 벌써 여러 번 종알댔을 순복이었다. 설거지하는 순복은 아까 일이 떠오르자 다시 낯이 화끈거렸다.

강혁의 귀향이 꿈이 아니라 실제 상황임을 알아챈 순복은 오빠란 말만 되풀이하며 마당으로 내달았다. 그리고는 스스럼없이 강혁의 품을 파고들었다. 부끄럼 따위는 떠올릴 겨를도 없었다. 어둡기도 하거니와 며칠 전에 수사대가 떨구고 간 긴장과 불안이 강혁의 등장을 한층 극적으로 만들었던 때문이다. 한데 그런 순복에게 문득 놀리는 듯한 말이 들렸다.

"내가 이미 말했지? 동생이 말괄량이라고. 손님이 있어도 도대체 부끄러운 줄을 몰라요."

뭔가 말이 이상하다고 느낀 순복은 그제야 눈물로 얼룩진 얼굴을 들고 주위를 살폈다. 어느 정도 익숙해진 어둠 속에는 강혁 외에 또 한 사람이 우뚝하니 서 있었다. 함께 온 손님이었다.

설거지하다 말고 순복은 저 혼자 머리를 내둘렀다.

'몰라, 몰라, 난 몰라!'

"형제분은 몇인가?"

밥상을 물리자 화로를 방 가운데로 옮긴 정 씨가 일규에게 이것저것 물었다. 이번에는 일규가 답을 멈칫거렸다.

"저 외에는 모두 딸입니다."

"어허, 그럼 외동아들이구먼. 얼굴을 보아하니 형세를 한 집안

같은데?"

"예, 그저….."

다시 답을 우물거리는 일규의 얼굴에 순간적으로 그늘이 스쳤다.

"여하튼 잘 왔네. 불편한 점이 있더라도 친구 집이니까 내 집과 같이 편히 쉬다 가게나. 아마도 지금 자네들 나이 때는 친구가 제일일걸?"

정 씨는 슬며시 말머리를 돌렸다. 하도 곡절이 많은 시절인지라 의례적인 인사도 상대의 마음을 다치게 할 수 있었다. 잠시 침묵이 흘렀다. 정주간의 순복이 방으로 고개를 돌렸다. 귀여운 얼굴이었다.

"요전번에 여기는 영사관 순사가 안 왔던가요?"

측간에 다녀온 강혁이 새로운 화제를 꺼냈다. 북로군정서가 있는 왕청현에서 돌아오며 이미 용정 인근의 형편은 대략 파악이 된 상태였다.

"웬걸! 말도 말아라. 얼마나 행악을 부리던지, 마을 생기고 그런 흉측한 꼴을 당하기는 처음이라며 노인들도 말문을 닫더라. 아무 잘못도 없는 사람이 둘씩이나 영사관에 끌려가 고생 고생하다가 엊그제 풀려났다."

정 씨의 얼굴은 대번에 노기가 서렸다.

"외삼촌은 괜찮았습니까?"

"나는 뭐 별일 없었다. 네 문제가 흐지부지 넘어갔기에 망정이지 세세히 밝혀졌으면 무사했겠나? 끌려간 사람들은 일가 중에 독립군이 있고 그 때문에 고초를 많이 겪었다는 소문이더구먼. 그래도 마을 사람끼리는 의가 좋았는데 이번 이간질로 장차 후유증이나 없을는지 참으로 걱정스럽다. 마을 사람을 한곳에 모아 놓고는 순사가 따로 한 사람씩 불러내 쑥덕거렸으니 뒷말이 없겠나? 애초부터 이간질하려고 술수를 쓴 게지. 막무가내로 혐의자라 우기면서 포승줄로 엮어 간들 마을 사람들이 막을 수가 있나, 그렇다고 중국이 방패막이가 되나? 앞으로는 더 꼼짝 못 하는 게지. 내가 속속들이 알 수는 없지만, 이대로 가다가는 아마 멀지 않아 만주 땅도 왜놈 세상이 될걸?"

정 씨는 곰방대를 연달아 서너 번 빨고는 말을 잇대었다.

"훈장 어른께서도 큰 봉변을 당했다. 내일 인사하러 가서 잘 풀어 드려라. 왜놈도 왜놈이지만 조선 순사가 욕을 보여서 그 어른 성정에 상심이 더 컸을 거야. 눈꼴사나워서 이거야, 원."

혀를 끌끌 찬다. 찬 바람이 한바탕 몰아치자 문풍지가 바르르 떨린다.

"우리 집에 왔던 순사는 또 어땠어요? 저는 그 음충맞은 눈만 생각하면 지금도 소름이 좍좍 끼치는걸요."

부뚜막에서 솥 전을 닦던 순복이 한마디 거들었다. 부끄러움이 한 까풀씩 스러지는 모양이었다. 검정 솥은 부지런한 순복의 손에 반들반들 윤기가 흘렀다.

"너희도 함부로 나다니지 말아라. 아직 잠잠해진 것도 아니고. 세상이 될는지 말는지 너나없이 젊은이 가진 집은 하루가 바늘방석이니 어디 잠인들 편히 잘까."

정 씨는 다시 혀를 차려다가 언뜻 생각난 듯 덧붙였다.

"병 없고 빚 없으면 산다는데 돈이 아무리 중하기로서니 사람 목숨과 댈 수야 있나? 사람 있으니까 돈도 있는 게지. 안 그래도 위세 등등한 데다 근래는 또 독립군 문제로 눈에 불을 켠 영사관인데, 범의 콧등에 불침을 놓은 게지. 와룡동 청년들이 저질렀다는 소문도 돌더구먼. 그러잖아도 구박이 심한 마을인데, 그것참."

정 씨는 호송대 사건을 단순한 강도, 그러니까 사사로운 욕심으로 돈을 강탈했다고 여기는 모양이었다. 에둘러서 말하며 은근히 강혁에게 주의를 환기하는 눈치였다. 강혁과 일규는 애써 모른 척 듣기만 했다.

"혁이 너도 이제 공부를 마쳤으니 네 친구처럼 선생을 하면 어떠냐?"

정 씨가 다시 곰방대에 잎담배를 재며 묵직하게 말했다. 기실 정 씨와 순복으로서는 궁금하면서도 답은 어느 정도 정해진 물음이었다. 강혁은 별일 아니라는 듯 선선히 답했다.

"이번에 돌아가면 학교에서 결정하겠지요."

정 씨의 완곡한 반대를 무릅쓰고 결국 강혁은 신흥 무관 학교에 입학했다. 정 씨도 독립운동을 반대하거나 그 참뜻을 모르는 바는 아니었다. 오히려 젊은 사람이 그런 열정쯤은 지녀야 옳고 또 누군가는 나서야 한다고 생각하는 편이었다. 반면에 강혁이 독립군으로 나서는 것은 또 반대였다. 신흥 학교를 졸업했다고 전부 독립군이 되는 것은 아니었다. 그렇다면 강혁이 굳이 그 위험한 독립군으로 나서지 않고, 좀 더 온건한 방법으로 독립운동에 이바지할 수 있지 않으냐는 게 정 씨의 생각이었다. 마음 같아서는 동행한 일규처럼 선생 노릇을 하면 더 바랄 나위가 없었다. 어쩔 수 없는 인지상정이었다.

강혁의 장래 문제로 정 씨의 표정이 어두워졌다. 그게 마음에 걸리는지 일규가 짐짓 쾌활한 목소리로 말했다.

"강혁은 학교에서도 아끼고 또 본인이 잘하고 있으니 너무 걱정 않으셔도 됩니다."

"독립군으로 나서면 위험할 텐데?"

정 씨의 걱정에 일규가 차분한 목소리로 설명했다.

"꼭 그렇게만 볼 수도 없습니다. 지금 전쟁이 터진 것은 아니지 않습니까? 가끔 우리 독립군이 소규모로 강을 건너가 앞대의 일제 군경과 싸움을 벌입니다만, 그때도 이쪽에서는 만반의 준비를 하고 기습하는 경우니까 희생이 거의 없습니다. 그렇다고 남의 땅인 이곳 만주로 일본군이 막무가내로 쳐들어올 수도 없는 노릇 아닙니까? 또 영사관 경찰이라고 해 봤자 크게 위협적인 존재는 못 되거든요. 그래서 지금의 독립군은 차라리 장래를 위해 힘을 기르는 중이라고 보시는 게 옳습니다."

정 씨를 안심시키기 위해 한 말이지만 또한 대부분이 사실이었다. 그러나 정 씨의 걱정을 덜어지게 하기엔 여전히 부족했다.

"독립군이 조선으로 쳐들어간다는 소문도 계속 나돌고…."

"우리 독립군 단체가 많으니까 장담할 수야 없겠지요. 하지만 지금의 독립군 형편으로는 다소 무리한 얘기가 아닐까 싶습니다. 병력이나 무기 따위에서 아직은 태부족이니까요. 결사대가 투입될 거라는 풍문도 있습니다만 그것은 본인의 비장한 선택으로 특별한 경우라고 생각됩니다."

진지한 정 씨에게 이해가 쉽도록 일규가 또박또박 설명했다. 그쯤에서 듣고만 있던 강혁이 거들고 나섰다.

"친구 얘기가 틀림없으니 너무 걱정 않으셔도 됩니다. 설사 다소의 위험이 따르더라도 큰일을 남에게 미룰 수만도 없지 않습니까? 이 친구는 선생보다도 오히려 독립군을 입에 달고 다닙니다."

불손으로 화로의 삭은 재를 다독이는 정 씨는 입맛을 다시며 뭔가 미진한 기색이었다. 할 말이 많아도 이왕 강혁의 고집을 꺾기에는 너무 멀리 왔다는 느낌도 없지 않았다. 정주간에서 귀 기울이는 순복은 얼굴에 수심이 가득했다.

저편 감결에서 찬바람이 쏴 하고 몰아치자 문풍지가 애처롭게 바르르 떨린다. 어느 틈새로 바람이 들어오는지 등잔불은 이리저리 쏠리며 꺼질 듯이 불춤을 춘다.

"밤도 깊었고 먼 길에 피곤할 테니 오늘은 그만 자자. 잠깐만 기다려라, 작은방을 좀 치울 테니."

정 씨가 곰방대를 들고 일어서려는데 강혁이 팔을 붙들었다.

"외삼촌은 가만히 앉아 계십시오. 제가 치우면 되지요."

강혁을 따라 마루로 나온 일규가 크게 기지개를 켠다. 맑은 눈빛이 초롱초롱했다. 처마 저편의 하늘에는 별빛이 무수히 반짝였다. 일규가 탄성을 터트렸다.

"우와! 네 집에서 보니까 천생 고향의 밤하늘이네. 마음이 푸근해서 그런가?"

"우리 시인께서 마음이 둥실둥실 동하는 모양이지. 한 수 읊으려나?"

"아니, 느낌만으로도 충분히 행복하다네."

그때 방안에서 문득 정 씨의 푸근한 웃음소리가 들렸다.

"우리 순복이 저 토라진 얼굴 좀 봐라. 네 오라버니가 한 사나흘 머문다고 했으니 두었다가 실컷 얘기하렴, 허허허."

"어머! 외삼촌은 가만히 있는 사람을 보고 괜히…."

다음날이었다. 아침을 얼마 지난 뒤 강혁은 훈장에게 인사를 드리려 집을 나섰다. 50대 중반인 훈장은 박건호(朴建鎬)로 수부 한성의 토박이였다.

을미년인 1895년의 일이었다. 국모인 명성황후를 시해한 일제는 조선에 단발령까지 선포했다. 이 변고에 대학자인 의암(毅庵) 유인석(柳麟錫)은 유림의 행동 지침으로 처변삼사(處變三事)를 제시하고 전국에 통문을 발했다. 통문 내용은 이랬다.

첫째는 의병을 일으켜 왜적을 소탕하자는 거의소청(擧義掃淸)이고, 둘째는 국외로 망명해 대의를 지키자는 거지수구(去之守舊)이며, 셋째는 의리를 간직한 채 자결을 하자는 자정치명(自靖致命)이었다. 유림의 공론은 거의소청, 즉 의병을 일으켜 왜적을 소탕하자는 쪽으로 모였다. 처변삼사의 유인석도 붓 대신 칼을 잡고 분연히 떨쳐 일어섰다. 이 창의(倡義)에 삼천 명 이상이 호응했다.

훈장인 박건호도 이즈음 몸을 일으킨 을미의병 출신이었다. 국내서 의기를 불태우다가 점점 국운이 기울자 다른 의병들처럼 두만강을 건너왔다. 그런 박건호는 특히 이범윤의 측근으로 활약했다.

간도 영유권을 놓고 대한제국과 청나라가 첨예하게 대립할 때, 이범윤은 북변 간도 관리사를 지낸 인물이었다. 간도에 부임한 이범윤은 청의 핍박으로 조선 이주민이 커다란 고초를 겪고 있는 현실에 격분했다. 무엇보다 무력의 필요성을 절감했으나 그렇다고 나라의 힘을 빌리기도 어려웠다. 미약한 국력도 국력이지만 국제 분쟁이 우려된 때문이었다. 이에 고심을 거듭하던 이범윤은 무장 단체인 사포대(私砲隊)를 조직하여 이주민 보호에 나섰다. 일종의 자위대였던 셈이다. 청나라에서는 그런 이범윤이 그대로 눈엣가시였다. 대한제국에 소환을 강력히 요구하더니 끝내는 뜻을 이루었다. 이주민의 절대적 신임을 바탕으로 그들과 고락을 함께하던 관리사 이범윤도 하릴없이 간도를 떠날 수밖에 없었다. 1905년의 일로 을사늑약이 체결되기 직전이었다. 그러나 이범윤은 조정의 소환에 응하는 대신 부대를 이끌고 근거지를 연해주로 옮겼다. 거기서 열혈 지사이자 재산가인 최재형(崔在亨)의 도움으로 의병 부대를 편성한 뒤 이번에는 침략자 일제에 맞서 국내 진공 작전을 펼쳤다. 이때 안중근은 대한의군의 참모중장(參謀中將)으로 활약했다.

장년기를 의병에 투신한 박건호는 점차 나이가 들자 일선에서 물러나 이곳 용계촌에 정착했다. 그래도 식을 줄 모르는 열정은 독립운동에도 은밀히 통했지만, 용계촌을 중심으로 경제 문제와 교육에 관심을 기울였다. 자연 박건호는 마을의 대들보가 되었고, 양반 출신이 욕을 먹는 세상인심과는 반대로 훈장이라 불리며 두루 신망을 얻었다.

바늘 가는 데 실 가듯이 일규는 강혁과 동행했다. 숨은 지사에다 친구의 스승인지라 마땅히 인사를 드리는 게 예의라고 여긴 때문이었다. 거기다 강혁의 언질로 인해 일규는 개인적으로 훈장의 이력에도 관심이 쏠렸다. 두 청년은 이윽고 훈장 집에 들어섰다. 먼저 눈에 띄는 것은 마당의 달구지였다. 주인 손에 오래 길들어 손잡이가 반들반들했다. 훈장은 군불을 지펴 훈훈한 사랑방에 좌정해 있었다. 귀해진 상투 머리는 여전했다.

"성이 임 씨면 본관(本貫)은 어디를 쓰는고?"

일규가 친구와 함께 인사를 올리자 훈장은 입이 벙실 벌어진다.

"나주(羅州) 임가입니다."

"나주! 허허, 그러면 백호(白湖)와 같은 본관이구먼."

"예, 그렇습니다."

"백호라…. 아마도 조선 시대 최고의 시인일걸."

훈장은 눈을 지그시 감으며 잠시 생각에 잠겼다. 강혁은 그런 스승의 모습이 예전부터 보기 좋았다. 어떤 여유 같은 게 느껴진 까닭이었다.

"선생님, 일규도 시를 좋아하고 잘합니다. 한시도 마찬가지입니다."

근엄한 스승이 대번에 친구에게 관심을 보이자 강혁이 덩달아 신이 났다. 일규는 그런 강혁의 옆구리를 팔꿈치로 툭툭 친다.

"이왕 임백호 얘기가 나왔으니 그 어른에 대해서 한마디 해야겠네."

감았던 눈을 스르르 뜬 훈장은 이윽고 백호 얘기를 꺼냈다. 강혁의 친구 자랑은 그냥 한 귀로 듣고 다른 귀로 흘린 모양이었다.

백호 임제(林悌)는 조선 선조 때의 문인이었다. 일찍이 과거에 급제하여 벼슬길에 올랐으나 불과 얼마 만에 그 세계와는 담을 쌓았다. 밤낮없는 당파 싸움에 그만 질려버렸던 것이다. 그만큼 세상이 일컫는 부귀와 공명쯤은 눈 흘길 정도로 성격이 호방하였다. 이후 임제는 강호를 떠돌며 시와 술로 자신을 달래다 여생을 마쳤다. 한마디로 야인적인 기질이 다분한 법도(法度) 밖의 인물로 멋과 정한(情恨)의 시인이었다. 그래서 동시대의 율곡(栗谷) 이이(李珥)는 기남아(奇男兒)라 찬탄했고, 백사(白沙) 이항복(李恒福)은 진작부터 시단(詩團)의 맹주로 추천할 만큼 천재적인 문장가였다.

일규의 성과 관련하여 임제를 기리던 훈장이 갑자기 진지해졌다.

"지금부터 하는 말은 잘 새겨듣게. 그렇다면 백호는 벼슬을 그만둔 뒤부터는 그냥 유유자적하며 나라는 뒷전이었느냐? 한데 그게 아니었어. 그것을 확실히 보여주는 일화가 있거든. 백호는 불혹을 눈앞에 두고 아깝게 요절했는데 임종이 임박해서 남긴 말이 뭔 줄 아는가? 먼저 조선이 중국의 변방과 다름없는 현실을 크게 개탄했다네. 현실이 그러한데도 명색 지배 계급은 붕당(朋黨)에다 또 하루가 멀다며 싸움질이라 낯을 들 수 없다는 게야. 해서 자손들에게 유언하기를 자기가 죽으면 곡을 못 하게 했네, 곡을."

훈장은 곡이란 말을 힘주어 강조했다. 들고 있던 곰방대로 화로까지 두들겼다. 담뱃대가 길수록 더 양반 대접을 받는 관습이 남아 있었지만, 훈장은 상민의 곰방대를 사용할 뿐 장죽(長竹)은 거추장스럽다며 멀리했다. 또한, 그토록 탐하던 술은 예전에 딱 끊어 버렸다. 모든 것의 근본인 나라가 망했는데 어찌 술을 마시고 취할까 보냐는, 보수적인 유학자로서 나름의 자기 고집이었다. 그래서 훈장의 기호품은 이제 담배가 유일했다.

지금은 보기가 쉽지 않은 상투 머리도 훈장의 고집을 대변했다. 그렇다고 유학을 한 양반으로서 《효경(孝經)》의 가르침에 아직껏 연연하는 것은 아니었다. 즉 신체발부(身體髮膚)는 수지부모(受之父母)라 하여 부모에게서 물려받은 몸을 소중히 여기는 것이 효의 시작이라는 공자의 가르침에 얽매여 상투를 자르지 못하는 게 아니었다. 그보다도 훈장은 을미의병 출신이었다. 상투를 자르라고 해서 목숨 걸고 나선 의병이었다. 당시의 단발령은 마치 청천에 날벼락이나 다름없었다. 한데 이제 편리하다는 이유로 상투를 잘라버린다면 그것은 곧 자기부정이 아니겠는가. 아직도 훈장이 상투 머리를 한 이유였다. 임제에 대한 훈장의 추념은 이어졌다.

"뒷날의 벼슬아치들이 백호의 한탄을 조금만 새겨들었더라도 오늘날 우리 조선이 이 모양 이 꼴이겠는가? 왜란이다 호란이다 해서 나라가 쑥대밭이 되고 백성이 길거리에 나앉았으면 정신을 좀 차렸어야지. 자기 힘을 기를 생각은 않고 겨우 한다는 짓이 힘 좀 지닌 나라에 추파나 보내고 여전히 패를 갈라 싸움질에 여념이 없었으니…. 친일파는 다 뭐고 친러파는 또 뭔가, 허허, 참."

장탄식을 금치 못했다.

훈장의 사랑방은 구조가 단순했다. 책이 얹힌 선반과 문구 따위를 갖춘 조그만 책상 외에는 침구가 전부였다. 단출한 식구인데도 불구하고 훈장이 굳이 사랑방을 고집하는 것은 선비로서의 위세나 나이에 대한 체면과는 다소 거리가 있었다. 훈장의 사랑방은 마을 사람들을 위한 다양한 편의시설이면서 여러 객이 하루쯤 머무르는 장소로도 유용하게 쓰였다.

"이번에 엉뚱한 봉변까지 당하셨는데 뒤탈은 없으십니까?"

인사말을 하는 강혁은 언뜻 한 가닥 슬픔이 일었다. 예전부터 스승을 대표하는 것은 어떤 완고한 기운 같은 것이었다. 한데 오늘은 그러한 기운이 거의 느껴지지 않았다. 그래서인지 가는 세월에 오는 백발이라고, 훈장의 망건(網巾)은 헐거워지고 머리에는 하얀 서리가 더 내린 모습이었다.

"내가 탈이야 뭐 있겠느냐마는 애먼 마을 사람들이 고생했지. 일부러 골라서 보냈겠지만, 우리 집에 온 조선 순사 그놈은 참 독종이더구먼. 함께 온 왜놈 순사는 내가 본체만체했어. 나라를 통째로 삼킨 족속인데 겨우 순사 나부랭이 하나 붙잡고 옥신각신할 게 뭐 있나? 한데 잔고기가 가시 세다고, 조선 순사 그놈은 좀 나무랐더니…. 아비도 없는 놈일걸, 아마."

주의할 인물이라 하여 훈장 집의 수사대는 특별히 순사가 두 명이나 배정되었다. 일본과 조선 순사였다. 조선 사람이 순사 차림을 한 모습은, 완고한 훈장의 눈에는 애당초 쓸개 빠진 놈이었다. 거기다 일본 순사에게 필요 이상 굽실거리며 비굴하게 구는 꼬락서니를 보자 훈장은 그만 속이 뒤틀리고 천불이 났다. 그래서 조선 순사를 나리라 부르며 비꼬았다.

"잘 모르겠는데요, 순사 나리! 추운 날씨에 이 무슨 생고생입니까, 순사 나리!"

조선 순사가 천치 아닌 이상 자신을 조롱거리로 삼는다는 걸 어찌 모르겠는가. 민족을 배반한 본능적 부끄러움에 대한 반작용과 함께, 이때 일본 순사에게 신임을 보태자는 얄팍한 계산이 상승 작용을 일으켜 점차 소행이 개차반으로 변하였다. 이 양반이니 저 양반이니 하는 말은 점잖은 편에 속했다. 수상한 문서를 찾는답시고 사랑방을 난장판으로 만들었다. 그러다 끝내는 조선 순사가 자기 분김에 폭발했다.

"어이, 양반 나리. 으리으리한 고대광실에다 뒤주에서는 쌀이 썩어 문드러질 때 좀 잘하지 그랬소. 종놈이 좌우에서 나리 나리 하며 연신 머리로 방아를 찧어 댈 때는 오늘 같은 날이 올 줄 감히 상상이나 했겠나? 좋소이다. 그동안 불호령을 참느라고 입이 근질근질했을 텐데 오늘 한번 목청껏 내뱉어 보구려. 이 불상놈 순사가 진저리치지 않고 상대할 테니까."

비록 영사관에 미운털이 박혔다지만 아무런 혐의도 없는 훈장을 연행한다는 것은 다소 무리였다. 무엇보다 나이가 너무 많아 범인이나 혐의자로 몰기에는 중국 측에 변명이 궁색했다. 자칫하다가는 과잉 수사라며 역풍에 휘말릴 수도 있었던 까닭이다. 결국은 순사 총질에 주인을 따라 무뢰한을 꾸짖던 영리한 풍산개가 나뒹굴고 말았다.

강혁은 호송대 사건만 생각하면 마음이 착잡했다. 사건의 불씨가 된 자신의 제안이 너무 단견이 아니었나 하는 심적 갈등이었다.

다시 말해 한시적인 무기 밀매에 너무 혹해 정작 일을 터뜨린 후의 뒷감당에는 상대적으로 소홀했다는, 자신의 미숙과 불찰에 대한 후회였다. 물론 자신은 거사와 관련하여 세부적일 수 없었고 단지 언질 정도로만 그쳤다. 또 그 사건으로 인해 동포들이 겪는 고통에 대해서도 이해를 하려면 못할 것도 없었다. 큰일을 위해서는 어느 정도의 대가 지급은 불가피하다며 스스로 정당성을 부여할 수도 있었던 것이다. 그러나 어떤 과정을 거쳐 돈을 빼앗든, 그 자리에서 실패하지 않는 이상 조선 사람은 핍박의 대상이 될밖에 없었다. 강혁의 자괴감은 그러한 사실을 너무 간과했다는 데 있었다. 당연히 그것은 영사관의 보복적이며 과잉 수사에 따른 하나의 결과론이었다.

철혈광복단 친구들의 앞날도 큰 걱정거리였다. 끝내 수사대는 사건 핵심이 와룡동 청년들이라는 사실을 밝혀냈다. 당장 체포된 것은 아니지만 탄로가 난 이상 두고두고 쫓겨 다닐 형편이었다. 일이 잘못되어 붙잡히기라도 한다면 그야말로 죽은 목숨이었다. 그에 앞서 독립이 이루어진다면 그보다 더 좋을 수는 없었다. 따라서 아무리 대의에 입각한 거사라 할지라도 실마리를 제공한 당사자로서 범연할 수는 없는 노릇이었다.

그런데 강혁은 이번 사건으로 인해 절실히 느낀 점이 또 하나 있었다. 다름 아닌 엉뚱한 보복이었다. 독립군의 대명제는 오직 하나, 일제와 싸움을 벌여 나라를 독립시키는 것이었다. 그러자면 거의 모든 면에서 열세인 이쪽에서는 정규전과 비정규전을 가릴 처지가 못 되었다. 한데 그때마다 이번처럼 힘없는 백성이 마구 짓

밝힌다면 전력을 다한 독립 전쟁 수행은 큰 부담으로 작용할 수밖에 없었다. 비단 그것이 이번에 국한된 문제거나 기우가 아닌 것은 지난 일로 유추가 가능했다.

국치 일 년 전의 일이었다. 제국주의에 혈안이 되어 강대국과의 전쟁도 불사한 일제는 한반도를 집어삼키는 막바지 단계에서 의병의 항쟁에 골머리를 앓았다. 한 나라의 정규 군대까지 해산시킨 마당에 의병은 단지 귀찮은 존재에 불과했다. 그들의 시각에서는 폭도 이상도 이하도 아니었던 것이다. 그리하여 일제는 마침내 1909년 9월 1일부터 약 2개월에 걸쳐 전라도를 중심으로 야만적인 의병 초토작전(焦土作戰)을 펼쳤다. 소위 '남한 대토벌 작전'이었다. 문제는 작전의 전개에 있었다. 의병과의 단순한 싸움이 아니라 의병의 뿌리라 하여 일반 백성까지 토벌 대상으로 삼았다. 이리하여 일제는 살육, 방화, 폭행, 약탈 등 온갖 생지옥을 연출하였다. 전투력을 지닌 상대와 정당한 군사적 대결을 펼치는 게 아닌, 힘없는 나라의 힘없는 백성을 볼모로 삼는 악랄하고도 비열한 수법의 동원이었다. 엉뚱한 보복이 아닐 수 없었다.

"선생님, 한 가지 여쭤봐도 되겠습니까?"

얼마간 분위기에 친숙해지자 문득 일규가 조심스레 말을 꺼냈다.

"뭔가?"

"의병 얘기입니다."

"말해 보게."

훈장의 얼굴에 금방 화색이 돌았다. 훈장에게 있어 의병 얘기는 청량제나 다름없었다. 더더구나 늘그막에 조선 순사에게 당한 치욕을 곱씹던 중이라 그 청량제는 한층 상쾌한 모양이었다.

"조선 땅에 다시금 의병을 봉기시킬 만한 좋은 방도가 없겠습니까? 그렇게만 되면 만주와 연해주의 독립군과 연계하여 큰 힘을 발휘하지 않겠습니까?"

"글쎄다."

뜻밖의 질문에 훈장은 금방 말을 잇지 못했다. 지나간 날의 의병 얘기가 아니라 장래의 부활 문제를 들고 나왔기 때문이다.

일제에 대항한 의병은 크게 세 차례로 나눌 수 있었다. 을미·을사·정미의병이었다. 의병의 시초인 을미의병은 1895년에 유인석의 처변삼사에 대한 답으로 지방 유생이 일으켰다. 그리고 10년 뒤, 을사늑약에 반대해 일어난 의병 전쟁이 2차에 해당하는 을사의병이었다. 그런 의병쯤은 애써 무시하고 대한제국과의 병합을 착착 진행하던 일제는 헤이그 밀사 사건을 빌미로 고종 황제를 강제 퇴위시켰다. 그로부터 약 열흘 뒤에는 마침내 한 나라의 군대까지 해산시키기에 이르렀다. 의병 전쟁이 일어나지 않을 턱이 없으니 바로 1907년의 정미의병이었다. 대대적인 정미의병의 도화선은 한 간부 군인의 순국에서 비롯됐다.

일제는 을사늑약에 이어, 정미7조약으로 대한제국을 거의 손아귀에 틀어쥐었으나 아직도 정규군이 살아 있다는 게 병통이었다. 그래서 사전에 면밀한 공작을 꾸민 뒤 정미년 8월 1일에 전격적으로 한국군 해산을 선언하였다. 하수인은 뒷날 2대 조선 총독을 지낸 하세가와 일본군 사령관이었다. 그는 아침 일찍 한국군 간부를 자신의 관저로 집합시킨 뒤 이제 막 황제에 오른 순종의 해산 조칙(詔勅)을 낭독시켰다. 이어 오전 10시까지 무장을 해제한 병사를 훈련원 광장에 집합시키도록 명령했다. 한데 사건이 발생했다. 시위연대(侍衛聯隊) 제1대대장인 박승환(朴昇煥) 참령(參領=소령)이 군대 해산에 통분한 나머지 그만 권총으로 자결하고 말았다. 유서 내용은 이러했다.

군인으로서 나라를 지키지 못하고(軍不能守國)
신하로서 충성을 다하지 못했으니(臣不能盡忠)
만 번 죽어도 아까울 것이 없다(萬死無惜)

그런 박승환의 부하라면, 아니 적어도 대한제국의 군인이라면 어찌 이 소식을 듣고 가만히 있겠는가. 울분에 쌓인 관군 병사가 앞장서자 나라님을 하늘같이 여기는 백성들이 물불 가리지 않고 뛰어들었다. 서울이 온통 항일과 의분의 함성으로 시끌벅적해졌다. 일본군과의 시가전은 이틀간이나 치열하게 전개되었다. 그렇게 막이 오른 정미의병은 앞서 일어났던 의병 역량을 총집결한 국민 전쟁이었고, 나라와 함께 산화(散華)한 거대한 불꽃으로 가히 민족의 군대라 칭할 만했다. 그러다 남한 대토벌 작전을 고비로 이듬해 병합이 체결되자, 의병 전쟁은 퇴조 내지는 국외로 이동하는 전환을 맞았다.

훈장은 그러한 의병 전쟁의 산 역사였다. 따라서 일규의 질문 내용도 당시의 상황이나 하다못해 무용담 한 토막이라도 청할 줄 알았다. 한데 뜻밖에도 재차 의병을 봉기시킬 방도를 물어 오니, 훈장은 난감한 가운데 생각할 시간이 필요했다. 강혁은 속으로 슬며시 웃음이 나왔다. 적어도 의병에 관한 한 곁의 두 사람이 크게 의기가 상통할 거라는 데 생각이 미쳤던 때문이다.

훈장은 또 그렇다 쳐도 일규의 의병에 대한 미련이랄까 집념은 유별났다. 어쩌다 의병이 화제에 오르면 일규는 종종 지나치게 과장 내지는 미화하기 일쑤였고, 가까운 장래에 부활까지 확신했다. 그 정도로 의병에 대한 일규의 관점만큼은 객관적이지 못했다. 한번은 강혁이 의병과 무슨 특별한 사연이라도 있는지 물어보기까지 했다. 언뜻 정색은 했지만, 일규의 대답은 그다지 신통할 것도 없었다. 어린 시절의 의병에 대해 강한 추억 정도로 대충 얼버무렸던 것이다.

"내가 생각할 때 우리 의병의 역사적 임무는 끝이 났네."

박건호는 선생답게 일규의 질문에 대한 답을 앞뒤로 꼼꼼히 챙겨 본 뒤 자답하듯 단정을 내렸다. 일규가 곧바로 반문했다.

"예? 끝났다고요!"

"무슨 얘기냐 하면 자네가 말하는 의병은 대체로 대한제국의 시기, 그러니까 일제에 대항한 우리 의병을 가리키지 않나?"

"예, 그렇습니다."

"내 얘기는 그 의병의 임무가 끝났다는 게야. 그럼 먼저 의병에 대한 정의부터 내려 보세. 의병이 대체 뭔가? 위급한 나라를 구하기 위해 자발적으로 일어선 군사를 가리키는 말이 아닌가?"

"예, 틀림없습니다."

"그렇다면 우리나라는 바로 의병의 역사이고 의병의 나라일세. 나라가 위급할 때마다 정규병보다도 오히려 자발적으로 싸움에 참여한 백성들이 더 활약을 펼쳤거든. 저 임진왜란 때의 의병도 우리 의병 못지않게 활약이 대단했지. 그렇지만 왜란 때의 의병이 그대로 대한제국의 의병일 수는 없지 않은가?"

훈장이 주장하는 바는, 통칭하여 의병이라 부르기는 해도 사실은 시대별로 엄연히 구분되는 독립 개체란 뜻이었다. 훈장은 곧바로 말을 잇대었다.

"일제에 대항한 우리 의병은 나름대로 커다란 발자취를 남겼네. 그러나 조선은 끝내 결딴이 났고 의병은 독립군의 모태가 되면서 역사 속으로 사라진 게야. 그래서 내가 역사적 임무는 끝이 났다고 한 걸세."

"그렇지만 지금 다시 의병이 크게 거병할 수도 있지 않습니까? 방금 선생님께서 말씀하셨듯이 임진왜란을 거친 뒤 대한제국에 이르러 부활한 것처럼 의병은 면면히 이어져 오지를 않습니까?"

훈장이 의병은 이제 역사의 잔재인 양 몰아가자 일규가 억울한 듯 반박했다. 그런 일규가 가상한지 훈장의 입가에는 부드러운 미소가 감돌았다.

"당연하지. 그렇지만 의병이 지금 또다시 봉기하더라도 내가 쫓아다녔던 의병은 아니라는 뜻이야. 전혀 새로운 의병이란 말일세. 물론 광의로 해석하자면 의미야 같겠지. 독립군도 일종의 의병이듯이 말이야. 한데 왜 굳이 구분하려 드느냐?"

훈장은 잠시 말을 멈추고 호흡을 가다듬었다. 숨길이 가쁜 듯했다. 그러다 깜박 잊고 있었다는 듯 곰방대의 물부리를 입으로 가져갔다. 그러나 담뱃불이 꺼진 지 이미 오래라 물부리를 빨아대도 느끼한 냄새만 받쳤다. 강혁이 기다렸다는 듯 얼른 손을 내밀었다.

"저한테 주십시오."

곰방대를 받아 든 강혁은 먼저 찌꺼기부터 제거한 뒤 대나무 합에 담긴 잎담배를 곱게 비벼서 쇠 대통에 담았다. 그런 쇠 대통을 손끝으로 꾹꾹 누르면서 담기를 반복하더니 이윽고 두 손을 받쳐 물부리 쪽을 스승에게 건넸다. 훈장은 마음이 넉넉해졌다. 다시 눈을 지그시 감으며 담배 연기를 깊숙이 빨아들였다. 그러자 평화로운 서당의 한 장면이 선연히 떠올랐다. 근엄한 훈장의 담배를 서로 재어 드리려고 담뱃대를 다투는 학동(學童)들의 천진한 모습이었다. 학동들 가운데는 꼬마 개구쟁이인 자신도 끼어 있었다. 다시 눈을 뜨자 성큼 성장한 애제자 강혁과 의병을 신봉하는 청년이 앉아 있었다. 든든한 가운데 대견스러웠다.

"내가 한 가지 물어보겠네. 자네들은 젊고 또 서간도의 신민회 지사들에게 교육을 받았으니 환하겠지. 민주공화국이 무슨 뜻인가?"

"국민이 나라의 주인이며 나라의 주권은 국민에게 있다는 뜻입니다."

그제야 일규는 굳이 의병을 구분 지으려는 훈장의 의도를 알 것도 같았다. 질문에 답하면서 시대가 확 바뀌는 느낌을 받았던 것이다. 민주 공화제는 상해 임정에서 공포한 대한민국 임시헌장의 제1조였다.

"답은 바로 거기에 있네. 세상은 지금 엄청난 속도로 변하고 있어. 몇백, 아니 몇천 년을 이어온 가치 판단에 일대 변혁이 온 셈이지. 처음에는 나도 백성이 나라의 주인이란 말을 들었을 때는 황당했네. 엄연히 황제 폐하께서 살아 계시는데 종묘사직을 폐하자는 그런 불충한 무리가 있나 싶어 괘씸한 생각이 들더구먼. 그런데 세월이 흐르면서 한 왕조보다는 국가와 민족이라는 의식이 어렴풋이 받아들여지는 게야. 그렇다고 그 주장에 전적으로 동조한다는 뜻은 아닐세. 내가 배우며 살아온 세상은 따로 있기 때문이야. 요컨대 후손들은 그럴 수도 있겠다는 마음의 변화가 온 셈이지. 새 술은 새 부대란 말도 있지 않은가?"

훈장이 이번에는 곰방대를 재떨이에 걸쳤다. 얘기는 다시 의병으로 돌아왔다.

"나를 포함한 우리 의병은 외세를 막고 다시 황실을 굳건히 일으키는 게 궁극적인 목적이었어. 한데 우리가 의병으로 나선 대한제국은 끝내 탈이 나고 말았네. 그 의병은 침략에 맞서 전쟁을 벌인 걸세. 그러면 지금 나라의 군대나 진배없는 독립군이나, 또 기타 새롭게 태어나는 무장 세력은 빼앗긴 나라를 도로 찾는 막중한 사명을 떠안은 셈이지. 상대가 여전히 왜놈이라는 사실은 변함이 없지만, 요는 추구하는 목표가 엄연히 달라졌다는 말일세. 그래서 침략을 막는 의병의 임무는 끝이 났다고 한 게야. 대략 무슨 뜻인지 알겠는가?"

"예, 잘 알겠습니다."

"호칭이 의병이면 어떻고 또 독립군이면 어떤가? 중요한 것은 나라를 되찾는 일이지. 나한테는 왜놈이 국호를 바꾸든 말든 대한제국이 조선이고, 마찬가지로 조선이 곧 대한제국일세. 상해의 정부에서는 작년 기미년을 대한민국의 원년으로 칭한다지만, 아직은 대한제국이 입에 익어서 부르기가 왠지 어색하거든. 그것도 세월이 흐르면 차차 익숙해지겠지."

훈장의 커다란 변화에 강혁은 속으로 적잖이 놀랐다. 불과 몇 년 전까지만 해도 스승은 다른 노유(老儒)들처럼 봉건 왕조에 대한 충성심으로 철저히 무장된 인물이었다. 그런데 지금은 새로운 사조(思潮)에 대한 이해 정도를 넘어선 것이었다. 아마도 만세 운동의 영향이 아닌가 하고 강혁은 짐작할 수밖에 없었다. 그래도 미진한 점이 있는지 훈장이 다시 덧붙였다.

"내가 말이 길었던 것은 기껏 의병으로 나서고도 나라를 잃어 면목이 없어 그랬던 걸세. 원래 변명은 여러 군말이 보태지기 마련 아닌가? 이제 의병 얘기는 이 정도로 하고 가만있자…."

훈장은 일규를 이윽히 바라보다 무릎을 쳤다.

"원래 자네 얘기가 조선 땅에서 다시 의병을 봉기시킬 만한 방도가 없겠느냐고 했지. 있다면야 얼마나 좋겠나? 하지만 여력이 없어서 당분간은 어려울 거야. 그나마 숨어서 활동하던 지사마저 만세 운동 여파로 붙잡혀 들어갔거나 아니면 국외로 망명했다니 오죽하겠나. 그들이 노심초사하며 가르친 청년들에게 장래를 기대해 봐야겠지."

결론을 내린 훈장은 곰방대를 집다가 문득 자신이 한 말을 곱씹었다.

"노심초사라…. 노심초사."

훈장은 천천히 담배를 태운 뒤 화로를 한 곁으로 치웠다.

"내 자네들한테 오늘 특별히 우리 집 가보를 보여줌세."

스승의 지시로 강혁은 선반 구석의 천장을 조심스레 뜯었다. 거기에는 굵은 대나무 통 하나가 교묘히 숨겨져 있었다. 대통에서 나온 물건은 돌돌 말린 한지(韓紙)였다. 훈장은 경건하다 싶을 정도로 그 한지를 소중히 다뤘다.

"아!"

펼쳐진 한지를 보고 강혁과 일규는 동시에 탄성을 터뜨렸다.

"국가 안위 노심초사(國家 安危 勞心焦思)."

한지 중앙에 힘 있게 쓰인 한문 글씨였다. 그런데 청년들이 놀란 것은 글씨보다 먼저 눈길을 확 사로잡는, 왼쪽 아래의 시커먼 장인(掌印) 때문이었다. 한데 특이한 것은 장인의 약손가락 길이가 새끼손가락과 비슷하다는 점이었다. 장인 위에는 글쓴이의 이름이 조그맣게 쓰여 있었다.

"기유 6月 대한국인 안응칠 서(己酉 六月 大韓國人 安應七 書)."

안응칠이 누군가. 바로 의사 안중근의 아명(兒名)이 아닌가.

"안 대장이 저기 하얼빈 의거 몇 달 전에 나한테 써 준 글일세. 의병으로 동고동락할 때 지켜보니 기개는 더 말할 것도 없고 글씨까지 뛰어나 부탁한 것인데, 지금 와서 우리 집 가보가 될 줄이야. 그리고 자네들이 정확히 알아야만 될 일이 있네. 우리 안 대장의 하얼빈 의거를 두고 암살 운운하는 얼빠진 자도 있는 모양인데 천만의 말씀이야. 안 대장은 대한의군의 참모중장 자격으로 침략자

이토 히로부미를 처단한 것일세. 우리 의병 싸움의 연장 선상이었다는 얘기야."

훈장은 의병과 처단이라는 말을 유난히 강조했다.

"어때, 노심초사의 참뜻을 알 만한가? 국가의 안전과 위태 앞에 뭐가 대수겠는가? 오직 한 가닥 붉은 마음가짐이 문제지. 국가 안위 노심초사라⋯."

훈장의 목소리는 지극히 고요했다. 더 이상의 사족은 무의미하다는 듯 생각에 잠겨 한지 끝만 만지작거린다. 그 한지에 손때를 묻힌 안중근 의병장을 회상하는 시간인지도 몰랐다. 이윽고 다시 가보를 소중히 보관한 훈장은 바깥으로 나갔다. 꿇어앉았던 다리를 풀면서도 강혁과 일규는 약속이나 한 듯 침묵을 지켰다. 안 의사의 친필을 대하게 된 감동과 충격에서 쉽사리 깨어나지 못했던 것이다.

"엄하다고 겁을 주더니만 엄청 자상하시기만 한데, 뭘?"

훈장에 대한 인상을 일규가 속삭이듯 말했다. 강혁은 어림없다는 듯 고개부터 내둘렀다.

"말도 말아라. 내가 한학을 배우러 다닐 때는 호랑이셨다, 호랑이. 글은 뒷전이고 얼마나 무섭던지⋯."

그때 바깥에서 훈장의 잔기침 소리가 들렸다. 이제 방에 들어갈 테니 미리 대비하라는 신호였다.

"여기서 점심을 먹고 가거라. 닭도 한 마리 잡으라고 했다."

"괜찮습니다. 집에 가서 먹겠습니다."

강혁이 손까지 내저으며 사양했다. 훈장이 짐짓 눈을 부릅뜬다.

"어허, 어른이 먹고 가라지 않는가. 우리 집에 양식이 남아돌아서 그러는 게 아니라 너희가 앞으로 나라의 기둥이 되라는 뜻으로 한 끼 먹이는 것이야. 둘 다 알아들었나?"

"예."

두 청년이 동시에 대답했다.

"양식 얘기가 나왔으니 한마디 더 하겠네. 곡식은 농부의 땀을 먹고 자란다는 말이 있듯이 어디서든 사람이 부지런하고 성실하면 먹고 살게 되어있어. 게으른 놈일수록 얼른 김은 안 매고 남은 밭이랑만 세고 앉았거든. 내가 처음 간도로 건너와서 의병 할 때는 어땠는지 아는가? 사람 사는 곳도 드문드문했고 양식은 사냥하거나 감자 따위를 심어서 근근이 입치다꺼리 정도였어. 그래서 내가 마을 사람들에게 곧잘 해주는 말이 있느니라. 이왕이면 조선 땅에서 쫓겨 왔다고 생각지 말고, 이곳이 나한테는 새로운 터전이라며 자신을 자주 추스르라고 말이야. 삼수갑산도 정 붙일 나름이거든. 모든 것은 마음과 생각에서 오는 게야. 겨울의 매서운 추위가 다소 힘들기는 하지만 이곳 간도도 자기만 부지런하면 배고픈 땅은 아니야. 내가 볼 때 논 풀기에 좋은 땅이 아직 얼마나 많은데."

새로 담아 온 화로가 발갛게 피어났다. 훈장은 다시 곰방대를 붙여 물었다.

"각설하고 이번에는 강혁이 네놈의 공부를 한번 물어보마."

수염을 슬슬 쓰다듬는 것은 기분 좋을 때 훈장의 버릇이었다. 이윽고 눈까지 스르르 감더니 상체를 좌우로 흔들기 시작했다. 그것은 개구쟁이인 강혁을 일깨우던 그 옛날 스승의 모습이었고 강혁도 추억의 학동 시절로 돌아갔다.

"예, 말씀하십시오."

"관포지교(管鮑之交)가 무슨 말인고?"

"관포지교란 관중(管仲)과 포숙아(鮑叔牙)와 같은 친교(親交)란 뜻으로, 곧 매우 친한 친구 간의 사귐을 이르는 말입니다."

강혁과 일규는 서로 눈을 맞추며 슬며시 웃었다. 훈장이 굳이 그 사자성어를 들고나온 의도를 알기 때문이었다.

"하면 그 말의 유래에 대해서도 알고 있으렷다. 한번 말해 보아라."

"제(齊) 나라의 관중과 포숙아는 죽마고우인데 포숙아는 관중의 능력을 잘 알고 있었습니다. 그런데 제 나라의 공자(公子) 중에서 관중은 형을 섬겼고 포숙아는 동생 공자의 측근이 되었습니다. 마침 나라에 반란이 일어나 공자들은 자기 사람을 거느리고 각기 다른 나라로 망명을 하게 되었는데, 뒷날 왕의 자리가 비게 되면 먼저 돌아오는 공자가 왕이 되기로 약조를 했습니다. 훗날 관중은 형보다 먼저 돌아오는 동생 공자의 암살을 노렸으나 실패했고, 결국은 동생 공자가 포숙아의 도움으로 왕위에 올랐으니 바로 제환공(齊桓公)입니다. 제환공은 자신의 형과 그 측근들을 죽일 때 관중까지 죽이려 했지만, 천하의 패자(覇者)가 되려면 관중은 꼭 필요하다며 포숙아가 말렸습니다. 덕분에 목숨을 건진 관중은 수완을 발휘해 제환공을 춘추 전국 시대 제일의 패자로 만들었습니다. 그것이 가능했던 것은 오로지 평생 변함없는 포숙아의 우정 때문이었다며, 뒷날 관중이 밝혔습니다."

강혁은 나름대로 핵심을 요약했다. 관중이란 인물에 대해서 해박하기에 가능한 일이었다.

관중은 방금 관포지교의 고사로도 유명하지만, 강혁은 그의 사상을 따로 공부했다. 군사 사상에서 빼놓을 수 없는 법가(法家)의 시조(始祖)가 바로 관중이었다. 그 밖에도 관중은 강혁 자신의 별명인 제갈량과도 관련되었다. 초야 시절의 제갈량은 곧잘 자신을 다른 두 사람과 견주고는 했는데, 바로 관중과 함께 다른 한 사람은 악의(樂毅)였다.

강혁의 답이 부실해서라기보다는 평생 배운 바가 유학 쪽인 훈장은 덧붙이고 싶은 글이 있었다. 그래서 스스로 《사기(史記)》〈관안열전(管晏列傳)〉의 관중(管仲)이 되어 학동들을 일깨웠다.

"나는 전에 가난했기 때문에 포숙아와 함께 장사했는데, 내 몫을 이익의 분배보다 많이 취했으나 포숙아는 나를 욕심쟁이라고 말하지 않았다. 그것은 내가 가난한 것을 알고 있었기 때문이다. 또 나는 포숙아를 위해 어떤 일을 도모한 적이 있는데 도리어 더욱 곤궁하게 만들었다. 그러나 포숙아는 나를 바보라고 말하지 않았다. 때로는 이익이 되기도 하고 불리한 일도 있다는 것을 알아주었기 때문이다. 또 나는 일찍이 벼슬하다 임금에게 세 번씩이나 쫓겨났는데 포숙아는 나를 못났다고 말하지 않았다. 내가 아직 때를 못 만난 것을 알고 있었기 때문이다. 또 나는 세 번 싸워서 세 번 도망친 적이 있는데 포숙아는 나를 비겁한 사람이라고 말하지 않았다. 나에게는 늙은 어머니가 있다는 것을 이미 알고 있었기 때문이다. 또 내가 섬기던 공자가 패해 죽었는데도 나는 사로잡혀 죄인이 되고 수모를 당했다. 그러나 포숙아는 내가 부끄러움을 모른다고 말하지 않았다. 내가 작은 절개보다도 더 부끄러워하는 게 천하에 공명(功名)을 날리지 못함이라는 것을 일찍부터 알고 있었기 때문이다. 그러기에 나를 낳아 주신 분은 부모님이지만 나를 알아준 사람은 포숙아였다."

훈장은 거기서 문득 몸 흔들기를 멈추더니 두 청년을 번갈아 쳐다보았다.

"나를 낳아 주신 분은 부모님이지만 나를 알아준 사람은 친구였다. 이 뜻을 자네 둘은 깊이깊이 새겨 두어라. 잘 알겠느냐?"

"예."

강혁과 일규가 동시에 대답했다. 오늘은 머리 굵은 서당 아이들이었다.

"임 군, 자네 이름이…."

"예, 임일규라고 부릅니다."

"오랜만에 옛날 기분이 살아난 데다 또 자네가 시를 잘한다고 친구가 칭찬하더구먼. 그럼 임백호가 유명한 황진이(黃眞伊)의 무덤 앞에 바친 시조를 한번 들려주게. 설마 모른다는 말은 않겠지?"

강혁이 칭찬할 때는 못 들은 척했지만, 훈장은 그 말을 기억해 두고 있었다. 청하는 목소리도 부드러웠다.

"잘하지 못하는데 강혁이가 괜히…."

"과공(過恭)은 비례(非禮)라, 예의도 길면 실례가 되는 법이야."

훈장은 곧바로 일규의 말을 분질러 버렸다.

"예, 알겠습니다. 틀리고 미숙한 부분은 다시 가르침을 받겠습니다."

가볍게 목을 가다듬은 일규가 시를 읊기 시작했다.

청초 우거진 골에 자는다 누웠는다
홍안은 어디 두고 백골만 묻혔는다
잔 잡고 권할 이 없으니 그를 슬허 하노라

"허허허, 좋구먼. 과연 백호다운 멋이 있어. 미모와 재주가 제아무리 뛰어나다 한들 황진이는 일개 기생에 불과했지. 한데 명색 사대부가 옛 기생이 묻힌 땅을 찾아서 시를 읊는다고 누가 감히 상상이나 했겠는가? 그 파격성과 세속에 구애되지 않았던 삶이 한편 생각하면 부럽기도 하구먼."

이왕 말이 나온 김에 훈장은 가볍게 황진이 얘기로 점심을 기다릴까 하다가 이내 생각을 접었다.

황진이는 천하절색에다가 예인으로서의 뛰어난 재능, 거기다 엉뚱함까지 지닌 여인이라 재미있는 일화가 많았다. 특히 송도(松都=개성)의 명기인 황진이가 당시 송도의 명사인 고승 지족선사(知足禪師)와 대학자인 서경덕(徐敬德)을 유혹한 것은 엉뚱한 면에서 단연 압권이었다. 결과는 생불로 불리던 지족선사는 끝내 황진이의 유혹에 넘어가 파계(破戒)하였으나 서경덕은 가파른 유혹을 물리치고 나중에 사제 관계가 되었다. 그런 황진이는 서경덕과 자기 자신, 거기에 자연물인 박연폭포(朴淵瀑布)를 더해 이른바 송도삼절(松都三絶)이라 칭했다. 한데 어쩌면 송도삼절에 대한 황진이의 첫 구상은 박연폭포가 아닌 지족선사였는지도 모를 일이었다. 그래서 훈장은 화담(花潭) 서경덕의 경우는 도학군자의 본보기로 추키며 교육적인 훈계까지 가능했다. 한데 서경덕을 논하면서 빠뜨릴 수 없는 지족선사에 이르면 얘기가 달라졌다. 색계(色界)에 빠져 수십 년 정진이 하루아침에 허무하게 된 노 선사의 경우는, 아무래도 입에 올리기에는 자리가 합당치 않았던 때문이다. 그런 훈장은 문득 황진이를 사모하다 죽은 동네 총각에게 생각이 미쳤다. 자기도 모르게 혀를 차며 중얼거렸다.

"그러고 보니 시절만 좋으면 자네들도 벌써 성혼했을 나이인데, 쯧쯧"

세상이 수상해도 훈장은 가르침이 근본인지라 박건호는 남은 시간을 권학가(勸學歌)에 할애했다. 특히 송(宋)나라 때 자치통감(資治通鑑)을 쓴 책벌레 사마광(司馬光)의 노래가 일품이었다. 훈장의 몸 흔들기가 다시 시작되었다.

자식을 기르면서 가르치지 않음은 부모의 잘못이요
훈도를 엄하게 하지 않음은 스승의 게으름이네
부모는 가르치고 스승은 엄하여 둘 다 벗어남이 없는데
학문의 성취가 없음은 자식의 죄라오
따뜻하게 입고 배불리 먹으며 사람 사이에 살면서
내가 웃으며 말하는 것을 마치 흙덩이처럼 여기누나
높은 지위에 오르려다 미치지 못하여 하품(下品)으로 흐르니
등용되어 녹을 받는 어진 인재와는 상대가 되지 않으리

노력하라 후생들이여 힘써 가르침을 구하라

훌륭한 스승에 의지하여 스스로 몽매함에 빠지지 말지어다

어느 날이고 출셋길에 확실히 오르기만 하면

훌륭한 이와 이름을 나란히 하며 선배라 불리게 되리

만약 집안에서 아직 혼인을 맺지 못했다면

자연히 아름다운 여인이 배필 되길 구하리라

그대들은 힘써 노력하여 어서 배움을 닦아

늙어진 후 공연히 스스로 후회하지 말지어다

훈장의 사립문을 벗어나기 바쁘게 일규가 말했다.

"오늘 네 따라서 오기를 참말 잘했지. 그 스승에 그 제자라더니…."

"나도 닭고기에다 쌀밥 포식하기는 참말 오랜만이다."

강혁은 짐짓 시치미를 떼며 말이 엇나갔다. 스승 칭찬에 자신까지 끼게 되니 얼굴이 간질간질한 때문이었다. 그러나 감동의 여운이 긴 일규는 개의치 않았다.

"물론 대접도 후하게 받았지. 한데 그보다도 안중근 의사님의 친필 유묵(遺墨)은 어디서 대할 것이며, 의병 하신 분의 탁견은 언제 다시 들어보겠나? 거기다 관포지교에 대해 말씀하실 때는 부끄러워서 혼났어. 내가 부족한 것이 어디 한둘이어야 말이지."

"그렇게 말하면 오히려 내가 더 쑥스럽지. 어쨌든 선생님 앞에서 네가 시를 읊고 하니까 괜히 내가 기분이 우쭐해지고 그러더라."

다시 어깃장을 놓기도 뭣해 강혁도 솔직해졌다. 한데 어찌 된 셈인지 이번에는 일규의 말이 달리 나갔다.

"선생님이 다른 사람보다 크게 개명하신 것만은 분명해. 하지만 여전히 봉건적인 데다 유교적 관념에 사로잡혀 계신단 말이지."

"아무려나, 젊은 우리와 같을 수야 없겠지. 한데 갑자기 왜 선생님을 몰아세울까?"

표정이 떨떠름해진 강혁이 고개를 갸웃거렸다.

"어쩌면 그냥 내 주관에 불과한지도 모르지. 그래도 굳이 밝히자면 아까 선생님이 임백호를 천하의 문장가라며 우러렀잖아? 한데 그에 버금가는 황진이는 일개 기생이라며 하찮게 여기시는 것 같아서 한번 해본 소리야."

"역시 시인이라 예민하구먼. 나는 그쪽 방면은 먹통이라 뭘 알아야지. 네 말대로 하자면 황진이의 문장도 뛰어났다는 얘긴데…."

강혁이 이해하기 어렵다는 기색을 보이자, 이번에는 입에 침이 마르도록 일규가 황진이 예찬론을 펼쳤다. 임제를 칭송한 훈장에 못지않았다. 듣고 있던 강혁이 슬며시 한 가닥 신명을 더했다.

"황진이가 그토록 빼어난 시인이면 좋은 시도 많겠네?"

"많고말고. 어디 보자… 격조 높은 연애 시가 있는데 한번 들어 볼래?"

연애 시란 말에 강혁의 눈길은 자신도 모르게 저편 웃계 마을로 내달았다. 자기 흥에 젖은 일규는 헛기침으로 목청을 가다듬은 뒤 낭랑한 목소리로 시를 읊었다.

동짓달 기나긴 밤을 한 허리 베어내어
춘풍 이불 아래 서리서리 넣었다가
어룬 님 오신 날 밤이어드란 구비구비 펴리라

8. 사랑이어라

또 눈이 내리고 있었다. 눈이 많으면 농사는 풍년이 든다고 했던가. 공중에 가득 박힌 눈송이는 편편이 땅 위로 떨어지고 그 빈자리에는 이내 다른 눈이 채워지고는 했다. 쉼 없는 백(白)의 행렬이었다. 축복받은 대지는 이내 때깔 고운 은세계로 새롭게 또 새롭게 단장을 했다.

웃계의 정란은 문고리 옆에 부착된 작은 유리를 통해 다시금 눈 내리는 광경에 정신이 팔렸다. 흰 저고리에 검정 치마 차림이었다. 손에는 바느질 중이던 버선 한 짝이 무심히 들려 있었다.

"정란아."

북청댁이 딸을 나직이 불렀다. 한 손은 아랫목에 누운 아이를 토닥거려 잠을 재우는 중이었다. 못 들었는지 정란은 미동도 하지 않았다.

"저 애가 넋을 어디에다 두고 있을까? 정란아."

북청댁이 목소리를 조금 돋운다. 이제 막 잠이 들려던 아이가 몸을 뒤척였다. 정란은 흠칫 놀라며 고개를 돌렸다.

"한두 번 오는 눈도 아니고…. 이것도 마저 기워라. 날씨까지 침침하니까 이제 바늘귀 찾기도 쉽지 않네."

북청댁이 저고리와 반짇고리를 딸에게 밀어주었다. 그리고는 상체를 문 쪽으로 기웃기웃하며 중얼거렸다.

"눈도 참 새삼스레 온다. 풍년이 들긴 들라나? 하긴 우리네하고야 전혀 무관한 일이긴 하다만."

눈은 한참이었다. 화창한 봄날에 흩날리는 꽃잎만큼이나 큼직큼직한 눈송이가 펑펑 쏟아졌다. 잠든 명훈이가 새근거리는데도 북청댁은 여전히 이불을 토닥거렸다. 그러다 가만히 한숨을 내쉬었다. 넋을 놓고 눈 내리는 광경을 쳐다보는 딸의 모습에서 어떤 애련함 같은 것을 느꼈던 것이다.

정란은 요즘 들어 말 수가 더 줄어든 것 같았다. 전 같으면 한마디쯤 거들 일도 그냥 설핏한 웃음기로 넘기기 일쑤였다. 거기다 무슨 고민거리라도 생겼는지 전에 없이 딴생각에 푹 빠진 모습을 가끔 보여주고는 했다. 원래 여성스러운 성격임을 고려하더라도 분명 심상찮은 변화였다.

'저 애 짝을 빨리 맞춰 줘야 할 텐데, 아버지란 사람이 도통 걱정을 해야 말이지. 얘기를 꺼내면 두고 보자, 두고 보자 만날 그 장단에 그 소리뿐이니 기가 막힐 노릇이지. 장래 누가 신랑감이 될지는 몰라도 복덩이를 차고 가는 게지. 내 딸이지만 인물이야 참말로 어디를 내놔도 꿀릴까. 거기다 성격 좋겠다, 위아래 알고 손끝 야물겠다.'

딸을 찬찬히 살피는 북청댁의 얼굴도 해사하고 맑은 편이었다. 정란은 버선을 한 땀 뜨다 말고 다시금 유리에 눈을 가져갔다. 무료해서 그러는 줄 지레짐작한 북청댁은 엉덩이 걸음으로 딸 곁에

다가갔다.

"조선 북도(北道)는 또 몹쓸 흉년에다 큰 비바람까지 덮쳐서 난리인가 보더라. 그만하면 다행이게. 돌림병이 다시 돈다고 하네. 그러다 보면 우리 선암골인들 무사할까?"

선암골은 함경도 북청의 산골로 정란의 고향이었다. 북청댁이 의식적으로 입에 올리지 않는 지명인데 딸에게 말을 시키려다 보니 그만 불쑥 뱉고 말았다.

"엄마는 눈이 싫어요? 나는 덜 추운 것 같고 좋기만 한데."

선암골이란 말에 언뜻 표정이 변하던 정란이 이내 예사롭게 물었다.

"아이고 애야, 징글맞게도 내리니까 하는 말 아니냐? 하긴 눈도 눈이지만 날씨가 엔간히 추워야 말이지. 바늘구멍으로 황소바람 들어온다는 말도 못 들었나? 문 좀 더 꼭꼭 닫아라, 춥다."

"북쪽에다 또 만주가 벌판이라서 더 추운가 봐요."

"오죽하면 소가 다 얼어 죽을까? 그래도 한번 겪었다고 이번에는 마음을 단단히 먹어서 그런지 작년보다는 조금 우선하다. 첫해는 그만 꼭 얼어서 죽는 줄 알았다. 춥다 춥다 해도 그만치나 추울까. 어이구, 생각만 해도 끔찍스럽다."

양손을 겨드랑이에 끼며 북청댁은 부르르 떠는 시늉을 했다. 맹렬하던 눈발의 기세가 차차로 수그러들었다. 얼마 만에 하얗게 변해 버린 바깥은 분위기가 싹 바뀌어 전혀 딴 세상이 되었다.

"너희 아버지는 오늘도 오시려나, 안 오시려나?"

묻는 말인지, 혼잣말인지 반짇고리를 뒤척이며 북청댁이 중얼

중얼했다. 김달용은 그저께 용정에 볼일 보러 간 뒤로는 여태 함흥
차사였다.

"전부터 엄마한테 물어보고 싶은 말이 있는데…. 바른대로 대답
해 줄래요?"

정란은 먼저 방그레 웃음부터 짓는다. 어릴 때부터 온통 귀염받
던 볼우물이 파인다. 살짝 드리워져 있던 수심도 걷힌 모습이었다.

"무슨 좋은 일이기에 웃음부터 나올까? 얘기를 들어봐야 알지."

북청댁은 딸의 변화가 궁금해서 얼굴을 빤히 들여다보았다. 초
승달 모양의 윤택한 눈썹은 아버지인 김달용을 닮았지만, 동그스
름한 눈매와 연분홍 입술은 천생 자기 이모를 빼다 박은 듯했다.
그래서 선암골에 살 때는 정란이 외탁했다는 말을 자주 들었다. 정
란은 무슨 비밀스러운 얘기라도 하듯 살며시 물었다.

"결혼하기 전에 아버지가 엄마를 좋아했어요, 아니면 거꾸로 엄
마가 좋아했어요?"

"이 애가 이제는 별소리를 다 하네. 어른이 짝을 맞추니까 했지,
좋아하고 안 하고가 어디 있었나?"

"그래도 내리 한동네에 살았는데 그런 일도 없었어요?"

북청댁이 선암골에 살 때는 택호가 본동댁(本洞宅)이었다. 한 동
네 사는 김달용 총각한테 시집을 간 때문이었다.

"꼭 따지자면 너희 아버지가 날 좋다고는 했지. 네 아버지가 외
할머니한테 야단맞은 일도 수차례 있었고…."

북청댁은 얼굴을 살짝 붉히다가 이내 표정을 바꾸었다.

"그래도 부모 말이 문서라고, 어디 좋아한다고 자기들 마음대로

할 수 있던가? 그때는 시집 장가도 일찍 갔고, 부모가 독단으로 짝을 맞추면 연분이거니 하고 모두 따랐느니라. 하기는 지금도 매일 반이기는 하다만."

북청댁은 딸의 혼기가 늦었다는 생각이 다시금 새삼스러워졌다. 이제 한 달 남짓 남은 설을 쇠고 나면 정란의 나이도 벌써 스무 살인데 싶었다. 결혼 적령기가 자꾸 늦춰지긴 하지만 그래도 여자는 열여덟 내외가 금값이었다. 두 모녀가 도란거리고 있는데 문득 바깥에서 부르는 소리가 들렸다.

"정란아."

"문 좀 열어봐라. 누가 온 모양인데?"

찾아온 사람은 뜻밖에 순복이었다. 곱게 땋은 칠흑 같은 머리에는 마치 장식처럼 흰 눈이 여기저기 수놓아져 있었다.

"어이구, 이 눈 속에 복이 네가 웬일이냐? 얼른 들어오너라. 춥다."

몸까지 일으키며 북청댁이 여간 반기지 않았다. 한데 웬일인지 정란의 얼굴은 긴장감으로 도리어 굳어졌다.

정란의 집은 대체로 적적했다. 늦게 이사 온 데다 집까지 외따로 떨어졌기 때문이다. 그래서 마을 사람과는 여태 서먹함이 가시지 않은 데다 왕래도 드문드문한 편이었다. 순복이는 건너편 큰 동네인 용계촌에 살았다. 그런데 근래 어찌어찌하여 정란과 단짝이 되더니만 서로 집에도 오가는 사이가 되었다. 북청댁은 성격이 싹싹하니 붙임성 있는 순복을 좋아했고, 그런 북청댁에게 순복이도 어머니 같은 정을 느끼며 따랐다.

"우리 귀염둥이는 영 한밤중이네? 누나가 명훈이 좋아하는 누룽지 가져왔는데."

새근거리는 아이의 천진한 얼굴을 들여다보며 순복은 언 손을 이불 속으로 쑥 집어넣었다.

"뭣 하러 그런 건 가져오고 그럴까? 눈 때문에 바깥에 놀러 못 나가서 그런지 시무룩이 앉았더니만 좀 전에 잠이 들었다. 네가 온 걸 알면 좋아서 펄펄 뛸 텐데."

"조금만 더 있다 자지. 누나도 덜 심심하게."

아이를 깨울 듯이 순복은 얼굴을 더 디밀었다. 북청댁은 이불을 끌어당겨 그런 순복의 발을 덮어 주며 물었다.

"샌님께서는 여전하시고?"

정 씨에 대한 안부 인사였다. 북청댁은 순복 위로 오빠가 있다는 것은 알지만 아직 대면한 적은 없었다. 멀리 공부하러 갔다는 말만 들었다.

"겨울에는 나무하러 안 가시면 방에서 그저 일인데요, 뭘."

"참말로 보기 드문 어른이다. 복이 너를 친딸보다 더 중히 여기고 묵묵히 일만 하시는데, 거기다 비하면 명훈이 아버지라는 사람은…."

자기도 모르게 남편 험담이 나오려고 하자 북청댁은 말끝을 흐리고 다른 말을 꺼냈다.

"오랜만에 왔는데도 입 다실 게 있어야지. 고구마라도 좀 삶을까?"

"점심 많이 먹고 왔어요. 어머니가 자꾸 그러시면 저 놀러 안 올

래요."

"알았다, 알았어. 그런데 저 애는 제 동무가 왔는데도 왜 저러고 앉았을까?"

북청댁이 눈치를 주자 정란은 설핏 웃기만 했다.

"눈이 제법 쌓였지? 막 퍼붓고 하더니만."

북청댁은 슬며시 일어나 문을 열고 바깥으로 나갔다. 자리도 피해 줄 겸, 혹 남편이 오는가 싶어 내다보려는 것이었다.

"어이구, 가장이란 사람이 집에 죽이 끓는지 밥이 끓는지 도통 신경을 써야 말이지. 서방인지 이웃집 영감인지 모른다고 하더니만."

방 안에서는 억지로 눌렀던 신세타령이 결국은 신발을 꿰면서 저절로 흘러나왔다. 그런 북청댁은 집 밖을 나서며 고개를 갸웃갸웃했다. 아무리 친한 동무 사이지만 오늘 같은 엄동설한에 턱없이 놀러 온 순복도 그랬고, 그런 동무를 대하는 딸의 태도도 뭔가 미심쩍은 구석이 느껴졌던 것이다. 명훈은 새근거리며 잠이 들었고 이제 방에는 처녀 둘만 앉아 있었다. 나이는 한 살 위지만 정란은 순복이보다 키나 몸집이 작았다. 정란이 전체적으로 아기자기한 미인형이라면, 순복은 활달한 성격에 귀여운 상이었다.

"아버님은?"

유리를 통해 바깥 동정을 살피던 순복은 작은 소리로 물었다. 뒤에서 여전히 긴장된 얼굴인 정란이 얼른 답했다.

"용정 가셨어."

그제야 순복은 비장의 보따리를 풀었다.

"그제 밤에 강혁 오빠가 왔더라."

"……."

뒤편에서 별다른 대꾸가 없었다. 순복은 고개를 돌리며 의아한 표정을 지었다.

"반갑지 않니?"

"내가 뭘?"

"얘가? 언제는 안달이기에 눈길을 무릅쓰고 왔더니만."

"……."

순복은 다시 유리께로 눈을 가져갔다. 북청댁이 금방 돌아올까 봐 마음은 바쁘기만 했다. 정란은 무슨 생각을 하고 있는지 표정만으로는 알 수 없었다. 긴장한 것만은 확실했다.

"네가 그러면 나도 모르겠다."

순복은 짐짓 발을 빼는 척했다. 그러나 곧바로 상대방 급소에 일격을 가하는 기분으로 말을 잇대었다. 한데 말투는 꼭 남의 얘기를 하는 듯했다.

"어쨌든 오빠는 모레 다시 돌아간다더라."

아니나 다를까 떠난다는 말이 급소였는지 정란의 표정이 크게 흔들렸다.

"모레? 그렇게나 빨리!"

"아이고, 어머니가 다시 오신다. 오빠가 너한테 전하라더라. 내일 점심 뒤에 감걸에서 기다릴 테니 꼭 나오라고. 알았지, 알았지?"

순복은 목소리를 낮춰 다그친다. 눈이 동그랗다. 그러자 정란은 필요 이상으로 크게 고개를 끄덕인다. 자기 자신은 모르는 듯했다.

한데 순복의 능청과 달리 북청댁은 여전히 집 밖에서 어슬렁대는 중이었다. 순복은 손을 입으로 가져가 터지려는 웃음보를 막았다.

이윽고 북청댁과 얼마간 노닥이던 순복도 돌아갔다. 그때부터 정란은 무엇에 쫓기듯 내내 허둥거려 북청댁에게 다그침까지 받았다. 밤이 되어 잠자리에 들었으나 정란은 좀처럼 잠을 이룰 수가 없었다. 역시 강혁과 관련된 갖가지 상념이 원인이었다. 이제나저제나 하며 강혁 소식에 조바심을 내고는 했는데, 막상 왔다는 말을 듣게 되자 왠지 실감이 나지 않았다. 그동안은 설령 강혁이 온다고 하더라도 꼭 자기를 찾는다는 보장이 없어 애태우다가, 가끔은 자신이 기다릴 아무런 이유가 없다며 속으로 짐짓 허세를 부릴 때도 있었다. 낮 다르고 밤 다른 변덕이요, 딱 부러지게 자신조차 자기 마음을 읽을 수가 없었다. 그랬는데 순복으로부터 만나자는 전갈을 받게 되자 그게 또 너무도 당연한 일로 받아들여지는 것이다.

평소 정란이 잠자리에 들기만 하면 강혁은 환히 웃는 얼굴로 다가오고는 했다. 한데 이 밤에는 이상하게 얼굴조차 잘 떠오르지 않아 애를 먹었다. 어렴풋이 윤곽이 잡힐 듯하다가 이내 헝클리고 마는 것이다. 그래도 가슴은 여전히 콩닥거렸다. 지난여름의 명장면들은 또렷이 떠올랐다. 주위의 배경 하나하나까지 정말 선명하게 그려졌다.

정란은 태어나서 줄곧 선암골에서만 살았다. 아름답고 소중한 것은 모두 거기에 있었다. 그래서 사람의 마음이 원래 따뜻한 줄만 알았다. 밤이 되면 두둥실 떠오르는 선암골의 달도 따로 있었다.

그런데 2년 전의 어느 봄날이었다. 정란의 식구는 난데없이 이사하게 되었다. 선암골에서 남부여대(男負女戴)하여 찾아온 간도 땅은 정란에게도 낯설기만 했다. 완만한 능선으로 굽이치는 산과 주변 풍경, 가끔 만나게 되는 중국 사람들, 심지어 거무튀튀한 흙의 색깔까지 선암골과는 전혀 딴판이었다. 따라서 쉽사리 정이 들 리도 만무했다. 거기다 떠돌이 생활이라 간도는 그대로 시련의 땅이었다. 이주민 대부분은 빈손으로 와서 빈손으로 시작했다.

정란의 아버지인 김달용은 남들만큼 부지런하지도 않았고 인내심까지 부족해 한곳에 오래 정착을 못 했다. 새는 앉는 곳마다 깃이 떨어진다고, 이사를 자주 다니다 보니 그나마 세간 나부랭이도 거의 없어졌다. 그러다 날씨가 점점 매워지자 허겁지겁 찾아든 곳이 지금의 웃계 마을이었다. 만세 운동을 앞둔 그 겨울의 초입 무렵이었다.

간도 생활의 첫해를 넘기며 여러 면에서 힘겨웠던 정란은 남몰래 눈물도 많이 흘렸다. 밤에 잠을 청할라치면 눈은 더 말똥말똥해지고 마음은 이내 선암골로 내닫기 일쑤였다. 슬며시 웃음이 머금어지는 때도 없지 않았지만, 대부분은 자신도 모르게 따뜻한 물기를 귀 쪽으로 주르르 흘리고는 했다. 만주의 긴 겨울을 나면서 정란 식구는 그럭저럭 웃계 마을에 정착할 수 있었다. 마을에서 귀양이라도 당한 양 외떨어져 살지만, 그래도 그곳이 간도에서는 고향이나 다름없게 되었다.

고달파도 세월만큼은 어김이 없어 여름이 되었다. 만주도 한여름은 무더웠다. 연일 후덥지근한 어느 날이었다. 정란은 바구니와

호미를 챙겨 집을 나섰다. 밭의 김도 매고 푸성귀도 뜯어 올 요량
이었다. 그런데 남의 소유인 데다 손바닥만 한 밭뙈기는 그나마 개
울 건너 용계촌에 있었다. 정란과 동행한 꼬마는 누나를 졸졸 따르
는 명훈이었다. 선암골에서는 그렇게 명랑하더니 자주 이사를 하
다 보니 아이도 풀기가 예전만 못했다.

"명훈아, 너는 동무도 없니?"

"동무가 왜 없어!"

명훈이는 샛별처럼 초롱초롱한 눈을 들어 곧바로 반박했다. 일
곱 살의 한창 개구쟁이였다.

"누군데?"

"동수, 또 강섭이….."

"애개, 걔들은 선암골에 살잖아?"

"그래도 동무는 동무다. 나는 빨리빨리 자라서 다시 선암골에
가서 살아야지. 누나도 같이 가자, 응?"

언덕길을 내려온 정란은 감걸의 징검다리를 건너다 말고 갑자
기 난감한 처지에 놓였다. 어젯밤 쏟아진 비에 그만 징검다리의 징
검돌 서너 개가 떠내려가고 없었던 때문이다. 그것도 물살이 제일
센 중간 지점이었다. 평소에는 실개천이나 다름없고, 징검다리도
비교적 물이 얕은 곳에 놓인지라 남자들은 그냥 물속으로 지나다
닌 것 같았다. 그러나 정란은 그럴 수도 없었다. 어린 동생까지 딸
린 여자 몸으로는 물살이 너무 버거웠기 때문이다. 그렇다고 그냥
발길을 돌리자니 밭의 김매는 일은 두더라도 당장 찬거리가 문제
였다.

"조금만 기다리세요."

정란이 징검다리에서 주춤대는데, 문득 개울 건너 느티나무 아래에서 사내 하나가 우뚝 나섰다. 집에 다니러 온 강혁이었다.

"그쪽 어디 그늘에서 잠깐 기다리세요. 조금만 더 손보면 지나다닐 수 있어요."

정란에게는 낯선 남자였다. 그러나 상대에게서 무슨 악의 같은 것은 느껴지지 않았다. 착착 접어 올린 바짓가랑이도 믿음을 주었다. 징검다리를 손보다가 지금은 쉴 참이라는 것을 보여주었기 때문이다. 하릴없이 발길을 돌려 냇가에 자리 잡은 정란은 물장난에 빠져드는 명훈을 지켜보았다. 근처에 마땅한 그늘이 없는 데다 시원한 물이 오히려 더 좋았던 것이다.

전날 이곳 감결에서 스승인 훈장을 만나게 된 강혁은 지시 하나를 받았다. 물살 센 곳의 징검돌 작업이 부실하니 나중에 손을 좀 보라는 내용이었다. 그러나 철혈광복단 친구들과 뭉칫돈 얘기에 빠져드는 바람에 그만 지시를 깜박 잊고 말았다. 밤중에 퍼붓는 빗소리를 듣고서는 그제야 무릎을 쳤다. 스승의 지시인지라 오늘 감결에 나와 보았다. 아이 말 거짓 없고 노인 말 그른 데 없다고, 아니나 다를까 징검돌 몇 개가 떠내려가고 없었다. 물살 센 중간 지점이었다. 책임감을 느낀 강혁은 기초공사를 끝낸 뒤 느티나무 그늘에서 숨을 돌리는 중이었다. 이제 무거운 징검돌은 행여 장정이 지나가면 힘을 합칠 요량이었다. 한데 그때 공교롭게도 정란이 나타났다.

사실 느티나무 아래서 정란을 본 강혁은 성가신 느낌부터 들었다. 기다리는 사람은 힘 꼴이나 쓸 장정인데, 웬 여자가 꼬마까지 딸린 채 징검다리를 건너려고 들었던 때문이다. 일찍 나서기도 뭣해 지켜보고 있자니 역시 짐작대로 물 중간쯤에 이른 여자는 난처한 몸짓을 보였다. 스승의 안목을 생각하면 책임감이 없지 않던 강혁은 별수 없이 느티나무 그늘에서 나와 양해를 구했다. 성가신 대로, 어떻게 물을 건널 수 있도록 적당히 조처를 해주고 꼬마는 자신이 건네줄 요량이었다.

한데 웬걸! 막상 근처에서 여자 얼굴을 본 순간, 강혁은 갑자기 가슴이 두근두근 날뛰고 생각은 또 전혀 엉뚱한 방향으로 튀었다. 그깟 징검돌쯤이야 혼자서도 넉넉히 해치울 수 있다는 자신감과 함께 알 수 없는 힘까지 솟구쳤다. 자신도 모르게 맑은 물에 얼굴부터 우둑우둑 씻는다. 이어 큼직하고 반반한 돌덩이를 골라서 안아 들었다. 체력에 비하면 사실 처음부터 벅찬 돌덩이였다. 평소의 강혁이라면 그쯤은 능히 짐작하고도 남을 일이었다. 한데 갑자기 무슨 미련한 짓인지 알다가도 모를 일이었다.

돌덩이를 안은 강혁은 물속에서 힘겹게 발걸음을 한발 한발 떼어간다. 구릿빛 팔뚝은 근육이 뭉쳐 탱글탱글했고 이마에서는 땀방울이 연신 송골송골 돋아난다. 누나에게 손을 잡힌 명훈은 덩달아 애가 켜이는지 손에다 힘을 주고는 했다. 그럭저럭 요량한 자리에 다다른 강혁은 결국 힘이 바닥났는지 돌덩이를 떨어뜨리다시피 놓았다. 첨벙 하는 소리와 함께 물이 공중으로 솟구쳐 올랐다.

"하하하…."

해맑은 웃음소리의 주인공은 명훈이었다. 솟구친 물을 함빡 뒤집어쓴 강혁의 모습은 그대로 물에 빠진 생쥐 꼴이나 다름없었다. 미안한 생각은 들었으나 정란도 나오는 웃음은 도리가 없었다. 손바닥으로 입을 가리기는 했다. 상황이 그렇다 보니 강혁도 덩달아 멋쩍은 웃음을 흘렸다. 하지만 그만한 일로 사내대장부의 결심이 흔들린대서야 말이 되겠는가. 나중에 몸살을 할지언정 강혁의 중노동은 한층 탄력을 받았다. 물벼락까지 뒤집어쓰며 용을 쓴 덕에 징검다리 공사는 그럭저럭 완공되었다. 새로 놓인 징검돌을 성큼성큼 건너보며 강혁은 안전성까지 확인했다.

"요놈, 형이 실수한 게 그렇게 통쾌하냐?"

이윽고 강혁은 명훈에게 다가가 꿀밤 주는 시늉을 했다. 다리 완공을 자축하는 의식이라 할 수도 있었다. 정란은 구릿빛 얼굴의 남자 미소가, 때로는 들꽃보다 더 싱그러울 수 있다는 것을 그때 비로소 알았다.

"어깨에 올라타라! 건네다 줄 테니."

명훈이 앞에 쪼그려 앉은 강혁이 고개를 넙죽 숙인다. 신이 난 명훈은 냉큼 강혁의 어깨 위에 걸터앉았다. 정란이 말리고 자시고 할 틈도 없었다. 명훈을 목말 태운 강혁이 먼저 개울을 건너갔다. 그들이 건너편에 무사히 이른 걸 본 정란은 그제야 개울을 건너기 시작했다.

일은 그다음에 벌어졌다. 징검다리 중간쯤에 이른 정란이 막 발을 옮기려는데 옆구리에 비스듬히 낀, 바구니 속의 호미가 물속으로 떨어지려 했다. 그걸 잡으려다 그만 몸이 중심을 잃고 기우뚱거렸다.

"어머!"

비명과 함께 정란은 그만 볼품없이 물속으로 처박히고 말았다.

"누나!"

명훈이 먼저 외친다.

"어엇!"

놀란 강혁이 날다람쥐처럼 잽싸게 달려온다.

"안 다쳤습니까?"

강혁이 얼른 손을 내민다. 비가 와서 물이 불었다지만 원래 그다지 깊은 곳은 아니었다. 정란이 고개를 돌리며 구원의 손길을 외면하자 그제야 강혁도 자신의 실수 아닌 실수를 깨달았다. 어줍은 듯 머리를 긁적이다가 이번에는 혹 공사가 부실한 게 아닌가 싶어 물속을 살펴보았다. 하필이면 새로 놓인 징검돌에서 정란이 그만 낙마의 불상사를 당했기 때문이다. 그러나 강혁이 짐작한 대로 크고 반반한 징검돌은 안전하기가 태산 같았다.

"저기, 바구니….."

저만큼에서 껍신껍신 떠내려가는 바구니를 정란이 손으로 가리켰다. 멋쩍은 몸짓으로 괜한 징검돌만 돌보던 강혁은 자신을 향한 정란의 난생 첫마디에 현재 가장 시급하고도 중요한 임무가 무엇인지 홀연히 깨달았다. 마치 주군으로부터 출전을 명받은 충성스러운 장수처럼 곧장 바구니를 향해 돌진했다. 사실 돌부리에 자주 걸리며 떠내려가는 바구니는 불과 저 앞에서 껍신대고 있었다. 그러나 맹수는 토끼 사냥에도 최선을 다하고, 뛰어난 장수는 작은 싸움이라고 결코 소홀히 여기는 법이 없었다. 강혁의 젖 먹던 힘에다 무관 학교에서 연마한 각종 고등 기술까지 보태지자 그만 바구니는 싱겁게 체포되고 말았다.

목말을 태운 뒤부터 명훈은 강혁을 '형아'라 부르며 온통 신이 났다. 내밀한 꿍꿍이속까지는 알 수 없지만 어쨌든 강혁도 그런 명훈이 귀여워 죽겠다는 표정이었다. 한데 정란 앞의 강혁은 그저 우물거리기만 했다.

"형아, 우리 물고기 잡자!"

명훈이가 진퇴양난인 강혁의 바지를 끌었다. 바구니가 체포되는 과정을 지켜보며 나름대로 강혁을 신뢰하는 것 같았다. 이제 명훈은 자기 누나를 따라 밭에 갈 마음은 손톱만큼도 없었다.

"그, 그럴까?"

강혁의 목소리는 감격으로 떨렸다. 이제 자신은 다시 외톨이가 될밖에 없었고, 그러면 뭔가 소중한 것을 잃는 듯한 기분을 느낄 게 분명했다. 한데 고맙게도 명훈이 그것을 미뤄 주었다. 사내끼리 의기투합하자 졸지에 정란이 외톨이 신세로 전락했다. 밭의 김을 건성으로 매며 정란은 자꾸만 자신을 탓했다. 생전 처음 보는 외간 남자 앞에서 꼴사나운 모습으로 물에 빠진 게 도무지 부끄러우면서 억울했던 것이다. 평소 덤벙대는 자신이 아니라서 더욱 그랬다. 왜 그런 일이 벌어졌는지 지금도 이해할 수가 없었다. 굳이 따지자면 애초 호미를 바구니에 담은 채 물을 건넌 게 잘못이었다. 한데 어디다 정신을 팔고 있었는지 그러한 사실조차 까맣게 몰랐다. 알았다면야 진작부터 호미를 잘 챙겼을 게 분명했다.

'정말 내가 어디다 정신을 팔았을까? 그나마 지나다니는 사람이

없었기에 망정이지, 대체 이게 무슨 망신이람.'

그런 정란도 시간이 흐르자 차츰 여유가 생겼다. 왠지 기분이 자꾸만 들뜨는 게 이상했다. 거기다 뜨거운 햇볕 아래서 김을 매자니 물에 젖은 옷도 과히 나쁘지는 않았다. 다시 언덕길을 오르며 명훈은 연방 종알거렸다. 오랜만에 재미난 시간을 보내 기분이 꽤 즐거운 모양이었다.

"누나, 강혁이 형 좋지?"

"강혁이?"

"응, 방금 그 형 있잖아?"

"어디 용계촌이 집이래?"

"응, 그 형이 나한테 손가락 걸고 약속했어. 이다음에 팽이하고 또 썰매하고 다 만들어 준댔어."

"다시 만나기로 약속했니?"

"그건 아니고…. 하여튼 이다음에 꼭 만들어 준댔어. 내가 조른 건 아니고 형이 자꾸 갖고 싶은 게 뭐냐고 물어서 그랬어."

"물고기는 많이 잡았니?"

"응, 그 형 고기 잡는데 도사야, 도사! 그런데 나중에 다 살려줬어. 고기 눈을 보니까 불쌍하잖아."

얘기로 미루어 볼 때, 반나절도 못 되는 짧은 시간에 어떻게 강혁은 명훈에게 제법 신임을 얻은 듯했다. 명훈의 말 상대도 되어가며 이것저것 물어보던 정란이 살짝 얼굴을 붉히며 말했다.

"오늘 있었던 일 누구한테 이르면 안 된다, 알았지?"

"뭘?"

"그러니까… 하여튼 전부 다 안 하기다. 자, 약속."

새끼손가락을 내미는 정란은 볼우물까지 파며 미소를 지었다. 명훈은 그제야 생각난 듯 한마디 불쑥 보탰다.

"그 형이 누나 예쁘다고 말해서 나는 마음이 더 예쁘다고 했어."

다음날은 온종일 비가 질금거렸다. 무더위를 한풀 꺾는 비였으나 정란은 왠지 그 비가 언짢게만 느껴졌다. 다시 밭에 간다며 호미를 챙긴 것은 비 온 다음 날 오후였다. 명훈은 놀러 나가고 집에 없었다.

"그저께 김은 다 맸다면서?"

북청댁이 의아한 표정을 지었다.

"매긴 했는데 너무 더워서 대충대충…. 하여튼 냇물에 발도 담글 겸 갔다 올게요."

저 건너 용계촌을 바라보는 정란은 괜히 가슴이 울렁거리는 자신을 발견했다. 그래서 스스로 물었다. 밭을 핑계하고 나온 것이 혹 그제 일 때문이 아닌가 하고. 부정했지만 자신은 없었다. 어쨌든 개울 쪽으로 나가보지 않고는 마음이 싱숭생숭해서 그냥 배길 수가 없었다. 언덕길을 내려가며 먼저 개울 형편부터 눈살폈다. 저 아래 물 깊은 웅덩이에 발가벗고 뛰노는 꼬맹이들만 신이 났을 뿐 다른 사람은 눈에 띄지 않았다. 그러다 느티나무를 보는 순간 정란은 답을 얻었다. 잎이 무성한 느티나무 그늘에 그 누군가가 있을 거라고.

징검다리 못 미쳐서 느티나무 아래다 눈길을 주었다. 거기서 이편을 바라보고 있을 사람이 눈치 못 채도록 아주 조심스럽게. 그러나 느티나무 아래는 텅 비어 있었다. 나무 기둥 뒤에도 마찬가지였다. 순간 정란은 온몸에 맥이 탁 풀렸다.

징검돌을 하나씩 밟던 정란은 어느 순간 우뚝 멈추어 섰다. 새로 놓인 징검돌 위였다. 바구니가 떠내려가던 물길을 따라 정란의 공허한 눈길도 함께 흘러갔다. 작열하는 오후의 태양 아래 펼쳐진 온갖 사물은 너무도 적막했다. 물 흘러가는 소리만 정란에게 뭔가를 알려주려는 듯 졸졸거렸다.

느티나무 아래 짙게 드리워진 녹음은 차라리 여름날의 허무 그 자체였다. 그래서 정란은 더 서러웠다. 매미는 또 뭐가 그리 애달픈지 저 혼자 줄기차게 울어댔다. 마침내 그녀는 눈물이 핑 돌았다. 꼭 밭에 가려고 온 것도 아니지만 가고 싶지도 않았다. 느티나무 그늘에 쭈그리고 앉아 공연히 잡풀에 호미질할 때였다.

"다시 만나서 반갑습니다. 그런데 명훈이는 안 보이는군요?"

확실했다. 아직도 무슨 환청처럼 귓가를 맴도는 그 목소리가 틀림없었다. 정란은 반사적으로 고개를 돌렸다. 조금은 멋쩍은 듯한 웃음을 머금고 저만치 서 있는 것은 강혁, 역시 그 사람이었다. 반가움에 앞서 정란은 다시 서러움 같은 것이 왈칵 북받쳤다.

"놀러 갔나 봐요."

들릴 듯 말 듯 조그맣게 답한 정란은 우물쭈물 그늘에서 벗어나 윗계의 개울로 향했다. 명훈이도 없이 혼자 온 자신을 혹 이상히 여기지는 않을까 하는 선입견과 함께 막상 단둘이 부딪게 되자 또 그렇게 부끄러울 수가 없었던 때문이다.

"저기, 제 얘기 조금만 듣고 가십시오."

그 길로 정란이 곧장 돌아간다고 여겼는지 강혁의 목소리에는 다급함이 묻어났다. 정란은 걸음만 우뚝 멈추었다.

"어쩌면 멀리서나마 모습을 볼 수 있을까 싶어 어제는 종일 여기 느티나무에서 기다렸습니다. 비가 야속하더군요. 저는 내일 먼 곳으로 떠납니다. 용계촌이 집이지만 겨울쯤에나 다시 올 것 같군요. 그런데, 그런데…."

가슴속에 간직한 말을 빨리 전하려는 강혁은 도리어 더듬거리기 일쑤였다. 순간 정란은 자신도 모르게 뒤돌아섰다. 아마도 내일 멀리 떠난다는 그 말 때문이었으리라.

"그런데 다시, 꼭 다시 만나고 싶습니다. 굉장히 보고 싶을 것 같아요. 이건 제 진심입니다. 제 이름은 이강혁이고 여동생은 순복인데… 저에 대해서는 동생을 만나서 물어보십시오. 아마 친하게 지내도 괜찮은 동생일 겁니다. 그럼 겨울에 꼭 다시 뵙기로 하고 저는 이만…."

겨울이란 말을 유난히 강조한 강혁은 곧바로 돌아섰다. 어찌 보면 미련스러울 정도로 바삐 서두르는 강혁이었다. 그렇지만 남녀 간의 사랑에 이제 막 달뜨기 시작한 총각이 달리 요량도 없이 행동하겠는가.

무엇보다 강혁은 상대방이 냉정히 나올까 봐 은근히 겁부터 났다. 쑥스러움을 무릅쓰고 사랑의 감정을 고백했는데, 행여 그 자리에서 퇴짜를 맞는다면 장차 그 일을 어찌할 것인가. 자신이 제안한 겨울의 재회와 관련해서도, 그녀가 방긋 웃으며 "그럴게요." 하는 식으로 나온다면 그보다 더 황홀할 수는 없을 것이다. 그러나 매몰찬 거절은 상상만으로도 실로 두렵고 또 두려운 일이었다. 그럴 바에야 강혁은 차라리 모든 것을 유예하고 싶었다. 나락보다 더한 절망감에 비하면, 불확실하더라도 가능성을 열어 두는 편이 훨씬 낫다고 판단했던 것이다. 다른 한편으로는 정란에 대한 배려도 작용했다. 남녀 간의 만남이 남의 눈에 들기라도 하는 날에는 대개 입방아에 오르내리기 십상이었다. 그러면 여자 처지에서는 두고두고 흠집이 될 수도 있었던 까닭이다. 다행히 행인이 뜸한 길이기는 했다.

정란은 별안간 망부석이 되었다. 그 자리에 꼼짝하지 않고 멍하니 서 있었다. 남자의 기습적인 사랑 고백도, 겨울에 다시 만나자는 일방적인 기약도 모두가 꿈인 양 현실감이 없었다. 머리가 텅 비고 어지럼증이 몰려왔다. 햇볕이 쨍쨍 내리쬐는 저편 길모퉁이에서 언뜻 강혁이 뒤돌아보는 것 같았다. 뒤이어 메아리 같은 말이 정란의 귓가에 아롱졌다.

"명훈이한테 전해 주십시오, 겨울에 와서 썰매와 팽이 만들어 준다고."

그때부터 정란은 단 하루도 지난여름의 감결을 잊어 본 적이 없었다. 그런데 오늘 밤은 그때 그 장면들이 한층 또렷해졌다. 밤은 고요한 물속처럼 자꾸 깊어만 갔다. 끝내 정란은 기나긴 겨울밤도 이슥할 무렵에야 겨우 잠이 들었다.

새벽부터 눈이 다시 내리기 시작했다. 한데 일규는 나무하러 가자며 강혁을 졸라댔다. 공짜 밥이 조금은 부담스러운 모양이었다.

결국, 오전의 강혁은 눈 내리는 산에서 나무를 한 짐 했다. 싸리나 잡목의 마들가리 따위를 낫으로 베어 온 것이라 불땀은 별로였다. 용계촌 인근의 겨울 돈벌이는 땔나무를 하는 것이 거의 유일했다. 그래서 실한 땔나무감도 귀한 편이지만, 감걸로 달아나는 강혁의 바쁜 마음이 나뭇짐을 한결 허술하게 만들었다.

순복의 배려로 점심을 후딱 해치운 강혁은 장작개비 한 묶음을 들고 집을 나섰다. 하늘은 흐리터분했으나 다행히 눈은 그친 상태였다. 감걸로 가는 샛길은 티끌 한 점 없을 것 같은 온전한 은세계였다. 원래 왕래가 드문 길이기도 하지만 엄동설한에 나다닌 사람도 없었다. 강혁은 성스러운 마음으로 눈길에다 발자국을 찍어갔다. 그것은 경이로움과 축복이었다. 자신의 기억 저편 무의식 속에, 언젠가 이런 풍경과 설렘을 한번은 경험한 듯 전혀 낯설지가 않았다. 기억할 수 없을 만큼 어린 시절의 일인지, 혹은 전생의 일인지 그것까지는 알 수 없었다. 지금은 단지 이미 오래전부터 예정된 길로 이끌린다는 느낌이 중요했다.

얼마나 애태우며 고대했던 날인가. 어쩌면 여름 한낮에 한바탕 꿈이라도 꾼 듯한 정란과의 만남이 강혁에게는 그대로 요술이었다. 때로는 외로움을 다독이는 알 수 없는 힘으로 다가왔다가 다시 인내를 시험하는 조물주의 장난쯤으로 둔갑을 거듭했던 것이다. 그러나 지금은 그 모든 것이 오늘의 만남을 보다 소중하게 만들고 의미를 더하기 위한 하나의 과정쯤으로 여겨졌다. 어제가 있어 오늘이 아름답고, 오늘이 있기에 내일의 소망도 있음인가.

점심 뒤였다. 정란이 용계촌에 간다는 뜻을 비치자, 어제도 순복이를 만났는데 추운 날씨에 무슨 청승이냐며 북청댁이 성화를 부렸다. 그러나 미리 누나로부터 강혁 얘기를 귀띔받은 명훈이가 막무가내로 뻗댔다. 결국은 눈에 넣어도 아프지 않을 아들의 성화에 손을 든 북청댁은 명훈의 옷차림을 단속한 뒤 마지못해 허락했다. 정란은 명훈을 앞세우고 집을 나섰다. 눈 내린 뒤끝이라 날씨는 더없이 매웠다.

강혁은 천천히 느티나무를 한 바퀴 돌아보았다. 지난여름의 여러 장면이 간단없이 머리를 스쳤다. 뜨겁던 태양의 열기와 함께 떠오르는 얼굴들. 한상호와 최봉설, 그리고 정란과 명훈! 이 한겨울에 할 수만 있다면 강혁은 그들 하나하나를 따뜻이 안아주고 싶었다. 가슴에 아롱진 지난여름의 열정으로 그들의 체온이 되고 싶었다. 이윽고 개울 위쪽에 저만큼 자리한 돌무덤으로 향했다. 느티나무는 사방이 탁 트여서 삭풍에 막무가내였다. 거기다 나다니는 행인은 거의 없지만 어쨌든 사람의 눈만큼은 피하는 게 상책이었다. 저고리 호주머니에는 팽이가 들어 있었다. 그 팽이를 만지작거리며 강혁은 다시 모든 것에 감사했다. 팽이를 다듬으며 마음속으로 얼마나 원을 세우고는 했던가. 그것은 이 팽이가 부디 정란의 손을 거쳐 명훈에게 전해졌으면 하는 간절한 바람이었다.

"형아!"

강혁을 본 명훈이가 힘차게 부른다.

"어허, 우리 명훈이 왔구나. 이 형은 정말로 명훈이가 보고 싶더라."

"나도!"

"겨울 오기를 손꼽아 기다렸다, 참말로."

"나도!"

장단은 척척 맞아떨어졌다. 그러나 강혁이 손꼽은 겨울과 개구쟁이인 명훈이 학수고대한 겨울이 어찌 그 의미까지 같겠는가.

"형아! 이번에 팽이하고 썰매 만들어 줄 거지?"

강혁은 명훈을 번쩍 안아 올렸다. 그제야 참고 참았던 강혁의 눈길이 정란의 얼굴로 던져졌다. 어느 순간 두 남녀의 눈길이 허공에서 딱 마주친다. 그 찰나에 강혁은 심장이 그대로 터져 버릴 것만 같았다. 이런 것인가! 세상이 이토록 아름다울 수도 있는 것인가! 활활 타오르는 장작불 곁에는 두 청춘이 앉아 있고, 제법 평평한 땅을 골라서 팽이에 온통 정신이 팔린 꼬마는 명훈이었다. 팽이의 머리 부분은 빨강과 파랑 색깔이 반반씩 칠해져 있었다. 그것은 태극기의 색깔이었다.

"내일 가신다는 게 정말이세요?"

반쯤 돌아앉은 정란이 또 고개를 반쯤 숙인 채 작은 소리로 물었다.

"어쩌다 보니 그만 날짜를 많이 까먹었네요. 원래는 여유가 많았는데…."

강혁의 목소리에는 짙은 아쉬움이 묻어났다.

"다시 서간도로 가시나요?"

"예, 제가 지금 머무는 곳입니다."

순복을 통해서 정란은 형편을 대략 꿰고 있었다. 얼마간 침묵이 흐른 뒤 이번에는 강혁이 말을 꺼냈다. 정란을 만나게 되면 묻고 싶은 말, 하고 싶은 말이 밤하늘의 별보다도 많았는데 이상하게 머리가 텅 빈 느낌이었다. 시간은 짧고 할 말은 많다 보니 어쩌다 눈길이 마주치는 그 순간, 폭포수처럼 묻고 또 답하는지도 몰랐다.

강혁은 슬그머니 정란의 손을 잡으려 들었다. 혹시나 해서 눈길은 명훈에게로 향했다. 그러나 눈치를 살피는 것은 괜한 일이었다. 크고 작은 팽이의 성능을 시험하느라 명훈이는 하찮은 일에 신경 쓸 겨를이 없었다. 강혁의 손이 다가가자 장작불을 쬐던 정란은 슬그머니 손을 거두었다. 그때부터 강혁이 수도 없이 꿈꾸었던 장면은 하나씩 허물어졌다. 스스러운 마음을 억지로 누르고 다시 용기를 내어 정란 곁으로 다가갔다. 이번에는 정란이 저만큼 사이를 두었다. 강혁은 열없으면서 한편으로는 불안감이 스멀스멀 스몄다. 그런 가운데 아까운 시간이 뭉텅뭉텅 흘러갔다. 아낀 장작개비도 이제 달랑 서너 개밖에 남지 않았다.

"명훈이가 팽이를 좋아하는 건 어떻게 알았어요?"

명훈이는 콧물을 닦은 소매에다 다시 팽이를 정성 들여 닦고 있었다.

"저만할 때는 뭐니 뭐니 해도 가지고 노는 게 제일입니다. 저번에 명훈이와 약속도 했지만, 예쁜 누나를 만나기 위해서는 또 저 녀석의 환심도 사야만 되거든요. 어찌 보면 뇌물이라 할 수도 있습니다, 흐흐흐."

강혁은 무슨 큰 계교라도 밝히는 듯 은근했다.

"무슨 웃음소리가 그렇게 음침해요?"

정란이 고운 눈매를 살짝 흘긴다.

"지난여름에 이미 상납하기로 약조가 된 썰매는 순복이한테 맡겨 두지요. 그런데 집의 어르신 성정이 괄괄하다고 들었는데…. 혹 명훈의 썰매를 보고 내막을 추궁하지나 않으실는지 걱정입니다."

마침내 하나 남은 장작개비가 모닥불 위에 얹혔다. 동시에 강혁의 눈이 갈등으로 심하게 흔들린다. 장작이 없는 것도 문제지만, 이제는 어린애 때문에라도 추운 바깥에서 더는 지체할 수 없었다. 다시 이별의 시간이 바작바작 다가오고 있었다. 강혁은 손에 쥔 부지깽이를 추슬러 잡더니 눈 위에다 글을 썼다. '사랑'이라는 두 글자였다. 뒷말을 이어갈 듯 망설이던 강혁이 머리를 들었다. 재회에 대한 설렘으로 희열이 넘칠 때와는 극과 극으로, 흑백이 분명한 눈동자에는 슬픔과 번민이 점점이 박혀 있었다.

모닥불이 차차로 불땀을 잃어 갔다. 마침내 부지깽이까지 불 위로 던져진다. 다시 춤을 추던 불꽃이 점점 사그라진다. 이제 시간이 절박했다. 무슨 결심을 한 듯 강혁이 문득 몸을 일으켜 정란을 향했다. 자세가 공손했다. 띄엄띄엄 건너뛰는 독백이 이어졌다. 목소리는 또렷했다.

"몇 번 만나지도 않았는데… 이런 말을 꺼내는 제가 무례인 줄은 잘 알지만… 이대로는, 정말 이대로는 헤어질 수가 없어서… 현재 제 입장은 동생한테 들어서 잘 알 테고…"

고개 숙인 정란은 꼼짝 않고 귀만 열어 놓았다. 중간마다 끊김이 많은 강혁의 독백은 계속되었다.

"집에서… 아무리 시집가라고 졸라도… 올해… 늦어도 올 연말까지는 기다리겠다고… 약속해 주십시오. 정말 하늘에 맹세코 잘

해 드리고 싶습니다."

자신도 모르게 정란은 숙였던 머리를 천천히 들었다. 순간 간절한 눈빛과 마주쳤다. 진심을 보여주지 못해 어쩔 줄 몰라 하는 그런 눈빛이었다. 다시 고개를 떨어뜨린 정란은 속으로 투덜댔다.

'만나자마자 이별이면서 또 기다리라니…. 자기가 무슨 춘향이의 이 도령인가!'

이별을 생각하자 정란은 견우와 직녀 이야기가 불쑥 떠올랐다. 은하수에 모인 까마귀와 까치들이 서로 몸을 잇대어 만든 오작교(烏鵲橋)에서, 일 년 중 칠월 칠석(七夕)에 단 한 번 만날 수 있다는 그 견우와 직녀. 정란은 얼핏 눈가가 젖어 오는 걸 느꼈다. 묵직한 침묵이 두 사람을 짓눌렀다. 개울 위쪽에서 찬바람이 내리 쏠려 청춘 남녀의 가슴을 할퀴고 지나갔다.

"명훈아, 이제 그만해. 집에 가야지."

그동안 멀거니 쳐다보면서도 깜박 잊고 있었던 듯 정란이 갑자기 허둥대며 사위어가는 모닥불로 동생을 데려왔다.

"명훈아, 형은 네 썰매를 만들어 주고 다시 멀리 떠난다고 하네. '형님, 고맙습니다. 잘 가세요.' 하고 인사드려야 우리 명훈이 착하지."

표나지 않으려고 애를 써도 정란의 목소리는 가늘게 떨렸다. 물기까지 머금은 듯했다. 끝내 정란은 팔짱 위로 얼굴을 파묻는다. 강혁은 점점 불안감이 엄습했다. 자신은 벼르고 벼른 끝에 힘들게 사랑을 고백했다. 그런데 상대는 여태 반응이 없었던 것이다. 어쩌면 강혁의 고백은 공허한 다짐으로 남아 감골 주변을 마냥 떠돌

지도 몰랐다.

강혁은 지금 매우 예민한 상태였다. 그래선지 정란이 이미 자신의 심중을 밝힌 게 아닌가 하는 의구심까지 일었다. 명훈이에게 "다음에 만나요." 하고 이르면 될 것을, 왜 굳이 "잘 가세요."를 입에 담는단 말인가. 어째 영영 작별을 고하는 것만 같아 정신이 아뜩한데 명훈은 배짱 편한 소리만 했다.

"형아! 가지 마. 순복이 누나 집에서 살면 되잖아?"

이윽고 명훈의 손을 잡은 정란이 왔던 길을 되돌아간다. 강혁의 사랑 고백은 끝까지 못 들은 척했다. 낙심천만인 강혁의 눈길은 이제 열기가 다해 한 줌의 재로 변해가는 모닥불에 던져진다. 그러다 곧바로 한 발 한 발 멀어져 가는 정란의 뒷모습에 못 박힌다. 그녀의 등에 드리워진 제비부리 댕기가 서럽도록 붉었다. 이제 어찌할 것인가. 정말, 정말 이대로 끝나도 세상은 멈추지 않을 것인가.

그때였다. 그러잖아도 느릿느릿하던 정란이 저만치서 문득 걸음을 멈춘다. 몸을 돌이키는가 싶더니 먼저 강혁의 시선부터 붙잡는다. 그리고는 천천히, 아주 천천히 고개를 끄덕인다. 그것도 세 번씩이나. 승낙의 표시였다. 둘의 장래에 대한 무언의 약속이었다. 그러나 그것은 백 마디의 말보다도 더 무게를 지닌 맹약이었다.

처음 강혁은 그런 정란의 모습을 보고도 아무런 반응이 없었다. 너무도 상심이 컸기 때문에 잠시 혼이 떠나갔는지, 아니면 기적이 일어났을 때 가끔 나타나는 백치(白癡) 상태인지 정확히 알 수는 없었다. 그러다 서서히 솟구쳐 오르는 기쁨을 주체할 수 없는지 마침내 강혁이 두 손을 번쩍 치켰다.

"만세!"

이번에는 펄쩍 뛰며 목청껏 외친다.

"이강혁이 만세!"

기세가 더 넘쳤다. 환호작약(歡呼雀躍)이라는 표현 그대로였다. 그런 강혁과 정란을 번갈아 쳐다보는 명훈의 눈이 알쏭달쏭했다.

"대한 독립 만세!"

만세 운동으로 온 산하가 들썩인 기미년도 이미 해가 바뀌었다. 그런데 뒤늦게 만주 산골 감걸에서 조선 청년이 만세 운동 중이었다. 그것도 한겨울에 단독 시위로. 굳이 따지자면 대한 독립 만세는 '김정란이 만세'를 대신한 것은 아닌지 몰랐다. 당사자인 강혁만이 알 수 있는 일이었다.

"호호호…."

순복은 자꾸만 웃음을 터뜨렸다. 수수깡 울타리 앞에 세워진 눈사람 때문이었다. 하긴 입이 비뚤어지고 눈은 거의 울상인 눈사람이 좀 이상스럽기는 했다. 동심으로 돌아간 일규의 작품이었다.

마루에 걸터앉은 정 씨는 입가에 푸근한 미소를 띤 채 둘을 지켜보았다. 어떤 기대감 같은 것이 서린 눈빛이었다. 마당 제설 작업을 하던 세 사람은 지금 잠시 쉴 참이었다.

"이왕이면 환히 웃는 모습이 보기에도 좋잖아요?"

순복이 가볍게 항의했다. 그러자 자기 작품을 이윽히 바라보던 일규가 말했다.

"지금 세상은 슬픈 일이 많아서 그랬지. 그럼 다시 만들어볼까?”

일규가 손을 잠시 놀리자 눈사람은 언제 그랬느냐는 듯 웃음꽃
이 만발했다. 함께 지내는 시간이 길어지면서 순복이 부끄럼을 타
는 것도 점점 엷어졌다. 이제는 오빠보다도 오히려 일규에게 재미
있는 얘기를 해달라며 조를 정도였다. 그럴 때의 순복은 어떤 열기
같은 것을 내비쳐 일규를 당황스럽게 만들 때도 있었다. 감걸에서
돌아온 강혁도 제설 작업에 동참했다. 얼굴에는 감미로운 미소가
떠나지 않았다. 불과 얼마 만에 한층 성숙하고 여유로운 모습이었
다. 그런 강혁을 요리조리 뜯어보는 순복은 기대와 함께 어떤 상실
감으로 표정이 묘했다.

“편지는 썼나?”

이윽고 제설 작업이 끝나자 강혁이 일규에게 물었다.

“아니, 아직 못 썼어.”

“내가 얘기를 잘해줄 테니까 어렵게 생각 말고 간단히 적어. 그
동안 네가 입장을 자주 밝힌 만큼 학교에서도 이해해 줄 거야.”

“그래도 사람이 미안하잖아.”

이제 내일이면 두 청년은 갈 길이 달라서 헤어져야만 했다. 강
혁은 다시 서간도로 돌아가지만, 일규가 갈 곳은 왕청현의 북로군
정서였다. 그래서 일규는 자신이 근무했던 학교에 양해를 구하는
편지를 써서 강혁 편에 부치려는 것이었다.

신흥의 두 청년이 북로군정서 사령부에 머물 때였다. 김좌진 총
사령관과 강혁은 독립군의 미래를 놓고 얘기를 나눴다. 높은 안목
과 식견을 지닌 총사령관이 자꾸만 의견을 구하자 강혁은 말을 아

끼는 가운데 가만가만 자신의 견해를 밝혔다. 자주 고개를 끄덕이며 공감을 표하던 총사령관은 마침내 강혁에게 반하고 말았다. 김좌진의 인재 욕심은 이미 정평이 나 있었다. 그런 총사령관이 젊은 용의 탁월한 재주를 접했으니 아끼는 마음이 이는 것은 당연했다. 거기다 의욕적으로 추진 중인 사관연성소를 생각하면 강혁은 놓칠 수 없는 인재였다. 그러나 강혁을 키운 단체가 따로 있는 만큼 섣불리 욕심을 드러낼 수가 없었다. 아쉽지만 우선은 북로군정서의 존재를 각인시키고 자신의 진심을 보이는 선에서 만족했다. 그런 김좌진은 일규에게 사관연성소의 교관 자리를 제의했다. 군사적 재능만 따진다면 다소 부족한 점이 있을지 몰라도 선생으로서의 자질이나 품성 면에서는 일규가 탁월하다는 것을 간파했던 것이다. 또 먼저 강혁의 친구부터 붙들려는 총사령관의 계산도 작용했다. 강혁의 은근한 추천이 뒤따른 것도 사실이었다. 일규의 기쁨은 더 이를 것도 없었다.

"강혁아, 잠시 방에 들어오너라."

일이 손에 안 잡히는지 괜스레 왔다 갔다 하던 정 씨가 강혁을 찾았다.

"내일 꼭 가야만 되나? 하루쯤 더 쉬었다 가지."

역시 곰방대부터 손이 갔다.

"내일 출발해도 시간이 촉박합니다."

"그 학교에 가는 걸 말렸는데도…. 이제 다 지난 얘기고 하여튼 네 몸은 네가 알아서 간수를 잘해라. 가서 형편이 되면 잊지 말고 소식을 꼭꼭 전해다오. 집에 있는 사람은 늘 그게 궁금하니라."

"외삼촌, 제 걱정은 마십시오. 잘하겠습니다."

뭉글뭉글, 좁은 방 안은 이내 담배 연기로 가득했다. 얼마 뒤 정 씨는 속으로만 요량하던 일을 은근히 비쳤다.

"다른 것도 문제다만 첫째 네가 장가를 들어야 하는데…."

"차차 해결 방도가 나겠지요."

"태평스럽게 웃기는? 내일모레 설을 쇠고 나면 네 나이도…. 아이고, 스물둘이면 노총각이야, 노총각. 네가 하는 일을 남에게 예사로 얘기를 할 수 있나? 집에 오래 머물러서 말이라도 꺼내 볼 수 있나? 그것참."

혀를 끌끌 찬다. 어쩌다 순복에게 놀러 오는 정란을 염두에 두고 하는 말이었다.

"너도 문제긴 하다마는…."

강혁 곁으로 다가앉는 정 씨의 목소리가 한결 은근했다.

"이제 장차 순복이가 큰일이다. 여자는 사내하고 경우가 또 달라. 남들이 찾을 때 짝을 지워 줘야만 제값이 나가거든."

정 씨가 속으로 견주던 말을 입에 담으려 할 때였다.

"오빠, 도와줘. 오빠!"

순복의 다급한 목소리였다. 바깥에 둘만 남게 되자 순복은 눈을 뭉쳐서 일규에게 던지며 은근슬쩍 눈싸움을 걸었다. 그러다 마침내 일규가 반격 준비를 취하자 대놓고 엄살부터 떨었다.

제2부에서 계속됩니다

- 전 3권 -

열
혈 ❶

초판 1쇄 인쇄 2020년 10월 06일
초판 1쇄 발행 2020년 10월 13일
지은이 송현수

펴낸이 김양수
책임편집 이정은
편집·디자인 김하늘
교정교열 박순옥

펴낸곳 도서출판 휴앤스토리
출판등록 제2012-000035
주소 경기도 고양시 일산서구 중앙로 1456(주엽동) 서현프라자 604호
전화 031) 906-5006
팩스 031) 906-5079
홈페이지 www.booksam.kr
블로그 http://blog.naver.com/okbook1234
이메일 okbook1234@naver.com

ISBN 979-11-89254-45-2 (04800)
　　　979-11-89254-44-5 (세트)